简·奥斯汀全集

傲慢与偏见

Pride and Prejudice

[英]简·奥斯汀◎著

汪 燕◎译

华东师范大学出版社

·上海·

图书在版编目（CIP）数据

傲慢与偏见/（英）简·奥斯汀著；汪燕译 . —
上海：华东师范大学出版社，2024
（简·奥斯汀全集）
ISBN 978 - 7 - 5760 - 4824 - 7

Ⅰ.①傲… Ⅱ.①简…②汪… Ⅲ.①长篇小说-
英国-近代 Ⅳ.①I561.44

中国国家版本馆 CIP 数据核字（2024）第 062202 号

傲慢与偏见

著　　者　[英]简·奥斯汀
译　　者　汪　燕
策划编辑　彭　伦
责任编辑　陈　斌
审读编辑　许　静
责任校对　庄玉玲　时东明
装帧设计　卢晓红

出版发行　华东师范大学出版社
社　　址　上海市中山北路 3663 号　邮编 200062
网　　址　www. ecnupress. com. cn
电　　话　021 - 60821666　行政传真 021 - 62572105
客服电话　021 - 62865537　门市（邮购）电话 021 - 62869887
地　　址　上海市中山北路 3663 号华东师范大学校内先锋路口
网　　店　http://hdsdcbs. tmall. com

印 刷 者　上海颛辉印刷厂有限公司
开　　本　889 毫米×1194 毫米　1/32
印　　张　12.875
字　　数　286 千字
版　　次　2024 年 6 月第一版
印　　次　2024 年 6 月第一次
书　　号　ISBN 978 - 7 - 5760 - 4824 - 7
定　　价　78.00 元

出 版 人　王　焰

© Luke Shears

简·奥斯汀故居

Images of Jane Austen's House, Chawton, UK., reproduced courtesy of Jane Austen's House.

© Luke Shears

简·奥斯汀家的餐厅

目　录

译者序

　　《傲慢与偏见》是简·奥斯汀继《理智与情感》后在史蒂文顿创作的第二部小说，初稿写于 1796 年 10 月和 1797 年 8 月之间，当时命名《第一印象》，有评论家认为这可能和《理智与情感》的初稿《埃利诺与玛丽安》一样，也是一部书信体小说。当年 11 月，简的父亲乔治·奥斯汀给伦敦出版人卡德尔写信，说自己"有一部小说手稿，共三卷，和伯尼小姐的《埃维莉娜》①篇幅相近"，不知对方能否考虑出版，并提出可以采用支付佣金，自费出版的方式。然而傲慢的卡德尔对这部小说毫无兴趣，甚至对乔治寄来的手稿没看一眼就直接退回。1811 年，简·奥斯汀在乔顿乡舍将《第一印象》修改为《傲慢与偏见》，1812 年以 110 英镑的价格将版权卖给出版商埃格顿。1813 年 1 月，小说在伦敦出版，署名"《理智与情感》的作者"。

　　简·奥斯汀在 1813 年 1 月 29 日的信中，兴奋地告诉卡桑德拉"我已经从伦敦得到我亲爱的宝贝"，说她认为伊丽莎白"是至今出版过的书籍中最可爱的人儿，我不知道该怎样忍受那些连她都不喜欢的人"。5 月 24 日，简告诉卡桑德拉她和亨利在春天

---

① 指弗朗西斯·伯尼（1752—1840）1778 年二十六岁时匿名发表的第一部小说，英文名为"Evelina"，当时在伦敦引起轰动。伯尼小姐深受简·奥斯汀喜爱，对她的创作风格产生了很大影响。

花园看展览时见到宾利太太的一幅小型画像，正是她应有的模样，可是没有达西太太。她有些得意地说："很乐意见伯德特小姐，但听说她想被介绍给我，真让我惊恐。如果我是一头野兽①，我也无可奈何。这不是我自己的错。"小说很受欢迎，在 1813 年 10 月和 1817 年两次加印，给埃格顿带来 450 英镑。从此简·奥斯汀再也没有出售版权。

《傲慢与偏见》也是在限定继承制下，一对挚爱的姐妹历经考验，有情人终成眷属的故事。在简·奥斯汀创作于史蒂文顿的三部年轻时期作品中，如果说最早的《理智与情感》是对当时言情哥特小说的延续和纠偏，最后创作且未经多少修改的《北怒庄园》是青春可爱的哥特与反哥特小说，那么从《傲慢与偏见》中既能依稀看出戏剧大师莎士比亚《罗密欧与茱丽叶》的影响，更让读者见到全新的女性形象和崭新的爱情关系。

作为莎士比亚的忠实粉丝，简·奥斯汀几乎在每一部作品中都以明确的方式向她的偶像致敬，比如话语引用（《北怒庄园》），故事改写（《爱玛》），直接赞颂（《曼斯菲尔德庄园》）等。从《傲慢与偏见》简和宾利的相爱过程中，不难看出对《罗密欧与茱丽叶》的模仿，以及简和《理智与情感》中玛丽安的对比。

两对情侣都以爱情小说传统浪漫的方式，因外貌气质的吸引而一见钟情。罗密欧描述心中爱人的词语，如漂亮（fair），甜美

---

① 简·奥斯汀对作家身份的自嘲。

（sweet），被宾利多次用来赞美简；而茱丽叶奶妈夸赞罗密欧的"英俊"（handsome），不仅是所有人对宾利的评价，也是伊丽莎白听到简对宾利的描述后即刻做出的补充。罗密欧曾以"疯狂"（madness）表达爱的感受，而伊丽莎白在加德纳太太询问宾利对简的态度时，毫不犹豫说他"爱得发狂"（mad in love）。罗密欧与茱丽叶在舞会上一见倾心；而伊丽莎白以宾利在舞会上对简的一心一意，让理智的舅母相信"他感觉到了那种爱情"。

因为家庭的障碍和信息的误传，罗密欧与茱丽叶这对相爱的情侣双双死去，只因换得两个敌对的家族消除世仇才没被列入四大悲剧；宾利有事去往伦敦，在达西和姐妹的劝说下相信简的冷漠并留了下来，九个月后才重返梅里顿。这对依然相爱的恋人不久便订下婚约，得到幸福的生活；然而这场分离很有可能带来全然不同的结果。

《理智与情感》中的玛丽安在威洛比离开后伤心欲绝，得知他要和一个有钱的女人结婚时痛不欲生，容颜憔悴，仅过半年就差点病重而死。事实上几乎所有人，包括威洛比、詹宁斯太太，甚至埃利诺，都以为她会死去。玛丽安在奇迹般生还后抛弃她曾坚信的"一次爱恋"的想法，嫁给值得敬重的布兰登上校，并逐渐将自己的整颗心献给了他。

和玛丽安失恋后的憔悴不堪相比，简的健康漂亮，如同她的温柔善良，是她始终不变的特点。简在宾利一行离开后，从宾利小姐的来信中得知所有人都希望他娶有三万英镑的达西小姐。她住在伦敦舅母家的日子里，对宾利小姐的态度话语倍感失望，虽努力振作，却时常情绪低落，让得知情况的伊丽莎白非常伤心。

两个月后伊丽莎白在拜访夏洛特的途中顺路看望简，她"急切地望着她的脸，高兴地看出和以前一样健康可爱"。伊丽莎白结束对夏洛特一个半月的探望后，和简一起回到家中。"班尼特太太看到简漂亮如初非常高兴"，但在得知简从未见到宾利后，她相信简会死于心碎，让宾利为他做的事感到难过。

离开九个月后，宾利再次来到朗博恩，伊丽莎白坐在一旁观察他们：

> 她看出她姐姐的美貌再次点燃了她曾经那位情人的爱慕。在他刚进来时，他很少和她说话；但每隔五分钟，他似乎就对她更加殷勤。他发现她和去年一样漂亮，一样性情温和，一样毫不做作，虽然说话没有那么多。简急于不让他看出她的任何改变，并真心相信她和以前说话一样多。但她心事重重，常常不知道自己陷入了沉默。

在当时的爱情小说中，失恋的女孩随之失去青春美貌，甚至失去生命，几乎是自然而然的结果。然而简在宾利离开后依然对世界满怀善意，在伤心和痛苦中依然珍爱自己，更是以她的性格成就了这段姻缘，成为对"理智与情感"近乎完美的诠释。

和简相比，伊丽莎白的爱情故事当然更令人欣喜。因为限定继承制，班尼特母女将在班尼特先生去世后，被柯林斯先生赶出家门。由于班尼特夫妇从来没有攒钱的习惯，女儿们的嫁妆微乎其微，几乎算得上身无分文。然而伊丽莎白勇敢地拒绝了柯林斯愚蠢自负的求婚，并言辞激烈地拒绝了达西傲慢无礼的第一次求婚，最终在克服偏见，明白自己的内心后，和真诚的达西结为让世人羡慕的幸福夫妻。

伊丽莎白和达西的爱情，很容易让人想起《灰姑娘》和《美女与野兽》这样的童话故事。在这段感情中，容貌和财富地位只起了次要作用。伊丽莎白并非如简那般毋庸置疑的大美女。事实上，最宠爱她的父亲在说起她的优势时，只提到"机敏"，母亲则说她不及简一半漂亮。第一场舞会上宾利想让达西和伊丽莎白跳舞时，达西只冷冷地答道："她还可以，但没有漂亮得足以诱惑**我**。"尽管如此，伊丽莎白依然很快俘获了达西的心。

> 达西先生最初几乎不承认她漂亮，他在舞会时看着她却毫不仰慕，在他们下一次见面时，他看着她却只想批评。可他刚向自己的朋友们说明她脸上几乎没有一处长得漂亮，就开始发现她的脸因为她黑眼睛里的漂亮神气而变得无比聪颖。在此之后又有了些同样令他羞愧的发现。虽然他以挑剔的眼光发现她的身材在许多方面算不上匀称，他却只得承认她的体态轻盈可爱；尽管断定她没有上层社会的风度，他却为她的轻松活泼而着迷。

舞会结束前，宾利小姐说达西一定觉得这个夜晚难以忍受，达西却直言不讳地答道："我的心里在想着更愉快的事情。我在默想一个漂亮女人脸上的那双美丽眼睛能够带来多少快乐。"

伊丽莎白在旅行途中去彭伯利拜访达西小姐时，妒火中烧的宾利小姐和达西的对话，说明了伊丽莎白美貌的本质。

　　"我记得，我们第一次在赫特福德郡认识她时，我们全都多么惊讶地发现她是个公认的美人。我特别记得你有一天晚上说过，就是她们在尼日斐尔德吃饭的那一天：'她是个美人！——我也能称她母亲为智者了。'可是后来你对她的印象似乎变好了，我相信你有一次认为她很漂亮。"

　　"是的，"达西答道，他再也无法克制，"但那只是我第一次见到她时，因为我已经好几个月都将她视为我认识的人中最漂亮的一个女人。"

达西无疑相貌出众，拥有令人羡慕的财富地位，然而所有的优势都因他的傲慢无礼而荡然无存。

　　他高大挺拔、五官俊美、气质高贵，他刚进来五分钟，人们就纷纷传说他每年有一万英镑。先生们宣称他体格健美，女士们断定他比宾利先生英俊得多。大约有半个晚上人们都满心仰慕地看着他，直到他令人生厌的举止让众人不再喜欢他，因为人们发现他十分骄傲，目中无人，无法取悦。即使他在德比郡全部的丰厚资产那时也无法不让他拥有最盛气凌人、令人讨厌的面孔，不配和他的朋友相提并论。

达西第一次求婚被拒，虽让伊丽莎白心烦意乱、百感交集地痛哭了半个小时，但并未让她和读者感到真正的遗憾。然而伊丽莎白参观彭伯利的所见所闻，他们意外相遇时达西的得体表现，让伊丽莎白感动又惊奇；他费尽周折地让莉迪亚和韦翰结婚，默默帮助班尼特家庭摆脱了耻辱，展现了他高贵的品格，最终使他赢得了伊丽莎白和读者的心。

当然，这场婚姻并非只是对伊丽莎白或班尼特一家的奖赏，而是对夫妻双方的救赎。伊丽莎白和家人避免了贫穷和耻辱带来的悲惨命运；而只有伊丽莎白才能改变达西的性格，帮他摆脱姨妈的期待，没有陷入基于财富地位，注定会带来痛苦的婚姻，让他获得幸福的生活。正如伊丽莎白得知韦翰将和莉迪亚结婚时伤心又绝望的思索：

> 她常常想，假如他知道仅仅四个月前，她骄傲地拒绝了他的求婚，如今却会开心至极、感激不尽地接受，他会感到多么得意！她毫不怀疑他生性慷慨，是慷慨大度的男人，但只要是个凡人，就一定会得意。
>
> 她现在开始发现他正是在性情和才华上，最适合她的那个男人。他的理智与脾性，虽然和她本人不同，却完全合她心意。这样的亲事一定会给双方带来好处。因为她的轻松活泼，他的性格会变得柔和，他的举止会得到提升；而因为他的判断力、学问和见识，她一定能获得更重要的益处。
>
> 然而如今没有了这样的幸福婚姻，能让心生仰慕的众人领教夫妻之间真正的幸福。一桩截然不同的婚事，很快将出现在她的家中，让另一门亲事变得不再可能。

伊丽莎白是当时的英国文学中难得的一位能发现自己的错误，并从错误中成长的女主角。在终于成为达西太太后，她的活泼善良给彭伯利庄园带来了前所未有的温馨幸福，也给文学界刮来一阵怡人的清风。

彭伯利如今成了乔治安娜的家，姑嫂间的感情正如达西所愿。她们甚至能按照自己的心愿彼此喜爱。乔治安娜对伊丽莎白推崇备至，虽然起初听到伊丽莎白和她哥哥活泼、嬉闹的说话方式时，她常常惊讶得近乎惊恐。他，始终让她本人心生敬意，几乎压倒了喜爱之情，她此时却看着他成为公开打趣的对象。她学到了以前从未见识的学问。在伊丽莎白的教导下她开始明白，女人也许能在丈夫面前亲昵放肆，而哥哥却并非总是允许比他本人小十岁的妹妹这样做。

朗博恩庄园的限定继承人柯林斯先生也是令人印象深刻的角色。他的信件和话语，他对伊丽莎白愚不可耐的冗长求婚，以及三天之内形式相同、结果相反的第二次求婚，使他成为小说的另一个亮点和最大笑点。简·奥斯汀对他性格成因的分析，即使对现代读者也很有启迪。

柯林斯先生并非理智之人，他天性的缺陷几乎没因为教育或社交得到弥补。他人生的大部分时间都在一个无知吝啬的父亲的指导下度过。虽然他上了某所大学，但他只修读了必要的课程，没结识任何有益的朋友。他父亲培养的顺从性格，起初让他的举止极度谦卑，如今却被一个愚笨头脑的自以为是大大抵消。这是离群索居，以及早早得到不期而至的财产带来的自然感受。他在亨斯福德的牧师职位空缺时有幸结识了凯瑟琳·德·布尔夫人。他对她身居高位的敬重，对她作为女恩主的崇拜，夹杂着他的自命不凡，他作为牧师的权威，以及作为教区长的权利，总而言之使他既骄傲又谄媚，既自负又谦卑。

然而柯林斯先生向伊丽莎白的求婚虽荒唐可笑，但并不说明他的自不量力或乘人之危，这一点从他转而向性情理智的夏洛特求婚成功，以及给卢卡斯一家带来的喜悦便可证明。

追求真爱的伊丽莎白无法接受愚蠢的柯林斯，她的坚持和尽可能平心静气的解释令人钦佩。她在忍无可忍时说出的"现在别把我当作一个打算折磨你的优雅女人，而是视我为说出真心话的理智之人"，显示了温和的简·奥斯汀同当时激进的女权主义作家玛丽·沃尔斯通克拉夫特的心灵相通。虽然夏洛特对柯林斯的接受让伊丽莎白感到痛苦不解，然而玛丽已经在她的《女权辩护》（1792）中为夏洛特的选择做出了解释。

对我而言非常重要的另一个观点，我想，对每个善解人意的仁慈心灵都会产生些影响。得到此番无力教育的女孩，常常在毫无供养的情况下被父母残忍地抛在世上；因而必然不仅依赖她们兄弟的财富，也要依靠他们的理智。在此情形下，最好的状况是，这些兄弟是善良之人，能好心给予自家姐妹曾经同样有权享受的生活。在这种微妙的屈辱处境中，一个温顺的女性也许能在一段时间内，得到尚可接受的舒适生活。然而，当兄弟结婚后，她很可能从曾被看成家中的女主人，到转而被视为闯入者，成了依靠房子主人和他新同伴的仁慈之心，毫无必要的一个负担。

夏洛特全家人为此事感到的万分高兴，女孩的喜悦和男孩的释然，更暗示了在限定继承制下，班尼特太太和五个女儿可能面临的无助未来。班尼特太太的失望气恼不是无事生非，而班尼特先生的淡然慷慨也非慈爱豁达。他无视家中显然存在的合适姻缘，轻松打发了至少在当时唯一能保护他妻女的人，这和他在莉迪亚私奔后的达观表现，共同刻画了一个虽看似可爱，但毫无责任心的男性形象。

柯林斯先生愚蠢至极，却是难能可贵的完全不在乎财产之人。他虽不懂爱为何物，却从未将婚姻当成一场交易，并在结婚后始终尊重和善待不能增添财富的妻子。他能娶回理智的夏洛特，是奥斯汀对他的奖赏；而夏洛特因为她的婚姻给伊丽莎白和达西提供了重逢的机会，也成为她对班尼特一家的补偿。

读毕掩卷，回想小说看似戏谑讽刺的开端：

> 凡是有钱的单身汉，都必定想要个妻子，这是一条举世公认的真理。

这句话已经不再只是对渴望嫁出女儿的家庭的调侃。每个单身汉的确都想要个妻子，但他们究竟想要美丽贤淑的简，还是活泼自信的伊丽莎白，或是像菲茨威廉上校那样，在理想和无奈的现实之间徘徊挣扎，这是文学的话题，也是人类社会的永恒主题。

中译本标题"傲慢与偏见"，在很大程度上实现了同原名"Pride and Prejudice"音与意的和谐一致，不仅以尾韵呼应了原名的首韵，读来朗朗上口，也呈现了故事的根源，并暗示了小说的发展和结局。然而"傲慢"在此版本的正文中只出现了12次，对应英文"haughty; hauteur"，"arrogance; arrogant"，"insolence"，"overbearing"，"supercilious; superciliousness"，前四组词和达西产生了8次关联，另外4次和卢卡斯爵士（not supercilious），宾利姐妹（superciliousness），以及凯瑟琳夫人（arrogant）相关。"骄傲"共出现73次，对应原文的"pride; proud"，不仅和达西有关，也和伊丽莎白姐妹、班尼特夫妇、凯瑟琳夫人、柯林斯夫妇、宾利姐妹等人关联，或是成为人们讨论的话题。

达西的骄傲和目中无人让他很快成为所有人讨厌的对象，然而卢卡斯小姐却认为"他有**权利**骄傲"。伊丽莎白对此答道：

我能轻易原谅**他的**骄傲，如果他没有伤害**我的**骄傲。

伊丽莎白和韦翰关于达西的一段对话，体现了骄傲和高尚品格的密切关系。

　　"多么奇怪!"伊丽莎白叫道,"多么可恶!我很好奇达西先生的这种骄傲没有让他公正对待你!如果没有更好的动机,他不会因为骄傲而变得阴险,因为我必须称之为阴险。"

　　"这**的确**令人惊奇,"韦翰答道,"因为他几乎所有的行为也许都源于骄傲,而骄傲一直和他如影相随。这让他更多和美德而非其他任何感觉相联。但我们谁都不会始终如一,在他对我的行为中有比骄傲更强烈的冲动。"

　　"他如此令人讨厌的骄傲能对他有好处吗?"

　　"是的。这常常使他慷慨大方——散发钱财,表现好客,资助佃农,救济穷人。家庭的骄傲,以及**子女的**骄傲,因为他对父亲的为人非常骄傲,让他这样做。不能显得给家庭蒙羞,丢失众人喜爱的美德,失去彭伯利大宅的影响,是个强大的动力。他也有**兄长的**骄傲,因为**一些**兄长的情意,把他变成了他妹妹极其善良细心的保护人;你会听到众人夸赞他是最尽心尽意的好哥哥。"

　　其实,对"骄傲"的探讨是简·奥斯汀作品的一个共同主题,在她的每部小说中都有体现(黑体着重标记均由笔者添加)。在《理智与情感》中出现了13次"骄傲",比如玛丽安得知威洛比背叛后无助的痛苦。

　　埃利诺无法争辩,只答道:"无论谁会是你如此可恶的敌人，就让他们被他们恶毒的胜利欺骗吧，我亲爱的妹妹，看看你勇敢地坚信自己的无辜和好意会怎样帮你振奋精神。这是明智可敬的**骄傲**，能抵抗那样的恶意。"

"不，不，"玛丽安叫道，"像我这样的痛苦没有**骄傲**。我不在乎谁知道我的痛苦。全世界都能看着我这样而得意洋洋。埃利诺，埃利诺，那些不痛苦的人可以随心所欲地**骄傲**独立——可以拒绝侮辱，或还击伤害——但我不行。我必须感觉——我必须痛苦——让他们知道后感到高兴去吧。"

《北怒庄园》有 12 个"骄傲"。在小说末尾，凯瑟琳得知自己要被将军无礼地赶出家门时强作镇定，却在好友离开后立刻泪水汹涌。

> 凯瑟琳满心的委屈需要发泄。在埃莉诺面前，友情和**骄傲**都遏制了她的泪水，可她一离开，凯瑟琳的眼泪就喷涌而出。

《曼斯菲尔德庄园》共出现 14 个"骄傲"，比如伯特伦小姐虽在前往未婚夫家的旅途中，对一同坐在前面，有说有笑的亨利和妹妹感到嫉妒恼火，却在马车进入索瑟顿后"因为自负和**骄傲**，已经高兴得飘飘然了"。"骄傲"在《爱玛》中出现了 21 次，也成为单纯善良的爱玛的困惑之源，因为她"无法相信以费尔法克斯小姐的品位与**骄傲**，她竟然能够忍受牧师一家给予的交往和友谊"。最成熟忧伤的《劝导》中有 18 个"骄傲"，而温特沃斯舰长的骄傲，因为机缘巧合才没让他失去重获幸福的机会。

  路易莎被送到哈维尔舰长家，所幸没有生命危险。温特沃斯舰长刚松了一口气，又惊恐地发现在别人眼中，他已经属于路易莎了。心灰意冷的温特沃斯舰长在路易莎清醒后去了哥哥家。在那儿，他学会认清坚持原则和固执己见，鲁莽冒失和沉着冷静之间的区别。他在心里承认了对安妮的敬佩与爱慕，为自己的**骄傲**、怨恨和愚蠢悔恨不已，这时传来了路易莎与本威克舰长订婚的消息。

  当追求安妮的埃利奥特先生宣称别人也说他骄傲，以及他和安妮的骄傲有着同样的目的，安妮却不认为他们有着同样的骄傲时，读者也会不由自主地为温特沃斯舰长感到一些安心。

  这些不同语境下的"骄傲"告诉我们，不得体或过度的骄傲会变成自负傲慢；骄傲的不当表现会令人不悦，或成为错误的根源。但与此同时，"骄傲"也是人们心中不可或缺的尊严。因此，"Pride and Prejudice"不仅是达西和伊丽莎白克服傲慢与偏见后终成眷属的故事，也是关于所有人不同程度的骄傲与偏见的故事，同时提醒读者在面对与生俱来的骄傲以及常常无法避免的偏见时，怎样正确看待别人并让自己变得更好。而达西和伊丽莎白交谈时所说的："自负的确是个弱点。但**骄傲**——如果头脑足够出色，**骄傲**总能得到良好的控制"，是对"Pride"一词的极佳阐释。

  简·奥斯汀曾担心《傲慢与偏见》"太轻松活泼灿烂"，认为

"它需要阴影"，然而这正是读者喜爱它的重要原因。两个多世纪以来，这部童话般的小说赢得了无数读者的喜爱，也成为著名的治愈系作品。

1798 年，简·奥斯汀开始创作另一部小说《苏珊》（《北怒庄园》），1799 年完成，是她最后一部年轻时代的小说，1803 年春天被出版商接受并得到 10 英镑稿费。1801 至 1809 年间，主要生活在巴斯的简只留下一份写于 1803 或 1804 年，后来被命名为《沃森一家》的不足两万词的未完成小说手稿。1809 年，住进乔顿乡舍的奥斯汀开始恢复写作的热情。她于当年 4 月 5 日写信要求克罗斯比公司立即出版《苏珊》，却遭到拒绝。1809 至 1811 年间，简修改了《理智与情感》和《傲慢与偏见》，分别出版于1811 年和 1813 年。

1811 年，简开始了长篇小说《曼斯菲尔德庄园》的创作，开启了她向成熟型职业作家的转变。她保留了一贯的幽默讽刺风格，同时赋予这部作品足够的阴影。《曼斯菲尔德庄园》1814 年出版，因其与众不同的风格让读者和评论家们陷入了持久的分裂状态，被视为她最伟大或最糟糕的一部作品。1814 年 1 月 21 日至 1815 年 3 月 29 日，简·奥斯汀以最高的效率创作了另一部长篇小说《爱玛》，也被誉为她最杰出的小说。爱玛和伊丽莎白同龄，是漂亮、聪明、富有的千金小姐，拥有同样活泼灿烂善良的性情。她在奈特利先生的守护下，逃脱了有可能最为悲惨的女主角命运。1815 年 8 月至 1816 年 8 月期间，奥斯汀默默创作了最成熟忧伤的《劝导》。她让八年前取消婚约的安妮和温特沃斯舰长破镜重圆，实现了一个跨越阶层的美好姻缘；然而几个月后的滑铁卢战役，是这对幸福夫妻必将面临的生死考验。

1817 年 1 月 27 日，疾病缠身的简·奥斯汀在身体状况有所好转时，开始了一部关于投资开发海滨浴场的小说。以现实主义著称的简·奥斯汀在有生之年的最后一部作品中以自己的病痛为调侃对象，尽情放飞想象力，创造了许多令人捧腹的情境，以及众多堪比柯林斯先生的可笑之人。3 月 17 日，奥斯汀因为病情加重停止写作。7 月 18 日，41 岁的简·奥斯汀与世长辞，留下未完成的《桑迪顿》和无尽的遗憾。然而她的作品都跨越时空历久弥新，成为熠熠生辉的世界经典。

本人是华东师范大学外语学院教师，于 2017 年 9 月至 2018 年 9 月期间获国家留学基金委奖学金，在加拿大滑铁卢大学英语系作为访问学者，师从弗雷泽·伊斯顿教授（Fraser Easton）进行简·奥斯汀研究。访学期间，我遇见时任滑铁卢大学孔子学院中方院长周敏教授，在她的指引下走上了奥斯汀翻译之路。感谢群岛图书出版人彭伦老师、华东师范大学出版社许静老师和陈斌老师的帮助与认可。感谢华东师范大学出版社对我的信任，感谢我在此工作二十年，温暖如家的大学英语教学部，同时感谢给我帮助、支持与鼓励的师长、家人、同事、学生和朋友们！

译文的章节与段落划分、黑体着重标记（原版为斜体）以"牛津世界经典丛书"的"Pride and Prejudice"（2008）为标准，文末注释也以此书为重要参考。希望此译本能够得到读者的认可和喜爱。

最后，愿轻松活泼灿烂的《傲慢与偏见》让亲爱的读者们享受美好的奥斯汀世界！

汪燕

2022 年 10 月 12 日

第一卷

第一章

　　凡是有钱的单身汉，都必定想要个妻子，这是一条举世公认的真理。

　　无论这样的人第一次来到一个地方时他的感情或想法多么不为人知，这条真理已经在周围人家的心里根深蒂固，因而他已经被视为他们某个女儿的合法财产[①]。

　　"我亲爱的班尼特先生，"这位太太有一天对他说，"你听说尼日斐尔德庄园终于租出去了吗？"

　　班尼特先生回答他没有。

　　"那是真的，"她答道，"因为朗太太刚刚来过，她全都告诉我了。"

　　班尼特先生没有回答。

　　"你不想知道谁租了吗？"他妻子不耐烦地叫道。

　　"**你**想告诉我，我不反对听一听。"

　　这话已是足够的邀请。

　　"哎呀，我亲爱的，你必须知道。朗太太说尼日斐尔德被来自北英格兰的一位很有钱的年轻人租下了。他星期一乘坐驷马马

---

① 含讽刺意味。根据 1753 年的婚姻条款，女性的财产在婚后属于丈夫。

车①来看这个地方，特别喜欢，并立即和莫里斯先生谈妥。他会在米迦勒节②前住进来，他的一些仆人下周末之前会住进房子里。"

"他叫什么名字？"

"宾利。"

"结了婚还是单身？"

"哦！单身，我亲爱的，当然啦！有钱的单身男人；一年四五千英镑③。对我们的女孩是多好的事情！"

"为什么？这对她们有何影响？"

"我亲爱的班尼特先生，"他的妻子答道，"你怎能这么讨厌！你一定知道我想让他娶她们当中的某一个。"

"那是他住在这儿的打算吗？"

"打算！胡言乱语，你怎能这么说话！但很有可能他**会**爱上她们中的某一个，因此他来了以后你必须尽快拜访他。"

"我看没那个必要。你和女儿们可以去，或者你能让她们自己去，这样也许更好，因为既然你的美貌比得上她们中的任何一位，宾利先生也许在这群人中最喜欢你。"

"我亲爱的，你在恭维我。我当然有**过**美貌，但我现在绝不假装有任何特别之处。当一个女人有五个成年女儿时，她不该再想着自己的美貌。"

---

① 原文为"chaise and four"，四匹马拉的四轮封闭式马车，只能乘坐两三个人，是身份财富的象征。
② 原文为"Michaelmas"，在 9 月 29 日，是古老的基督教节日，常作为搬家、收租的日子。
③ 当时英国银行的年利率为 4%—5%。宾利的年收入很丰厚。

"在这种情况下，一个女人就没多少美貌可想了。"

"可是，我亲爱的，你真的必须在宾利先生来了后去见他。"

"告诉你吧，我没时间。"

"可是想想你的女儿。只要想想这对她们中的某个人是多好的亲事。威廉爵士和卢卡斯夫人决定要去，只为那个原因，因为总的来说，你知道，他们从不拜访新来的人。你真的必须去，因为**我们**不可能拜访他，要是你不去的话。"

"你太谨慎了，真的。我敢说宾利先生会很高兴见到你。我会让你带一封便笺，向他保证我完全同意他娶我们的任何一个女孩，虽然我必须为我的小莉齐说句好话。"

"我希望你千万别这样做。莉齐一点都不比别人更好，我相信她没有简一半漂亮，也没有莉迪亚一半的好脾气。可你总是喜欢**她**。"

"她们全都没什么可夸赞的地方，"他答道，"她们全都像别的女孩一样愚蠢无知，但莉齐比她的姐妹们更机敏些。"

"班尼特先生，你怎能那样辱骂你自己的孩子？你喜欢让我恼火。你毫不同情我可怜的神经①。"

"你误会我了，我亲爱的。我非常尊重你的神经。它们是我的老朋友。至少在过去的二十年里我总是听你郑重其事地提到它。"

"啊！你不知道我的痛苦。"

"但我希望你能克服它，并且活着见到许多一年四五千英镑

———————————————

① 神经紧张，尤其是女性的神经紧张，是当时的言情与哥特小说中较为常见或有趣的话题。

的年轻人来到这儿。"

"就算来了二十个也对我们毫无用处，因为你不去拜访他们。"

"相信我，我亲爱的，等有了二十个，我会全都去拜访。"

班尼特先生是个古怪之人，集思维敏捷、话语讽刺、沉默寡言、反复无常于一身，所以二十三年的生活经历也不足以让他妻子理解他的性格。**她的**心性不那么难以捉摸。她是个智力贫乏、孤陋寡闻、喜怒无常的女人。当她不满意时，她会想象自己神经紧张。她的人生大事是让女儿们结婚，她的生活安慰是走亲访友和打探消息。

第二章

班尼特先生是最早拜访宾利先生的人之一。他一直打算拜访他，虽然在此之前总向妻子保证他不会去；在他完成拜访的当晚之前她对此一无所知。随后这件事以如下方式透露。他看见二女儿忙着装饰帽子①，忽然对她说：

"我希望宾利先生会喜欢它，莉齐。"

"我们根本不会知道宾利先生喜欢**什么**，"她的母亲愤恨地说，"既然我们不去拜访他。"

"可你忘了，妈妈，"伊丽莎白说，"我们能在舞会时遇见他，朗太太已经答应介绍他了。"

"我绝不相信朗太太会做那样的事。她自己有两个侄女。她是个自私虚伪的女人，我对她无话可说。"

"我也没有，"班尼特先生说，"我很高兴你没指望她来帮你。"

班尼特太太不屑给出任何回答。然而，她无法克制自己，便开始责备她的一个女儿。

"别老是咳嗽，基蒂，天啊！稍稍体谅我的神经吧。你快把我逼疯了。"

"基蒂咳嗽毫不谨慎，"她的父亲说，"她时间选得很差。"

---

① 当时的女性爱做的活计。

"我又不为咳着开心，"基蒂气恼地答道，"你的下一场舞会是什么时候，莉齐？"

"明天过后两个星期。"

"啊，是这样，"她母亲叫道，"朗太太前一天才会回来。因此，她不可能介绍他，因为她自己也不认识他。"

"这样的话，我亲爱的，你也许比你的朋友更有优势，能把宾利先生介绍给**她**。"

"不可能，班尼特先生，不可能，那时我自己也不认识他。你怎能这样戏弄人？"

"我尊重你的审慎。两个星期的相识当然很短。人们不可能在两个星期后真正了解一个人。但如果**我们**不冒险，别人会去做。毕竟，朗太太和她的侄女必须碰碰运气。因此，她会认为这是善意的行为，你要是不肯做，让我自己来。"

女孩们瞪着她们的父亲。班尼特太太只说道："胡说，胡说！"

"那番叫嚷是什么意思？"他叫道，"你把介绍的形式①，以及对此的看重，视为胡言乱语？**那点**我不太赞成你。你说呢，玛丽？因为我知道，你是个思想深刻的年轻小姐，读了不起的书还做摘抄。"

玛丽希望说出些很有理智的话，但不知该怎么说。

"当玛丽在调整她的想法时，"他继续说道，"让我们回到宾利先生吧。"

"我讨厌宾利先生。"他的妻子叫道。

----

① 按照当时的社会规范，必须在男性家长的拜访与介绍下，妻女才能进行与对方的社交。

"听到**那个**我很难过。可你为何之前不这样告诉我呢？如果我今天上午①能知道，我一定不会拜访他。真是不幸；但因为我已经做了拜访，我们现在没法逃避相识了。"

女士们的惊奇正如他所愿，而班尼特太太或许超过了别人。尽管在第一阵欢呼雀跃结束后，她开始宣称这是她一直以来的期待。

"你真是太好了，我亲爱的班尼特先生！但我知道我最终会说服你。我知道你太爱你的女孩们，不会无视这样的结识。好了，我太高兴了！这也真是好笑，你竟然今天上午去拜访，直到现在才说起。"

"现在，基蒂，你可以随心所欲地咳嗽了。"班尼特先生说。话语间，他离开屋子，因为他妻子的欣喜若狂而不胜厌烦。

"你们的父亲多好啊，女孩们，"门关上后她说，"我不知道你们怎样才能报答他的好意，或是感谢我，为了那件事。在我们的年纪，我能告诉你们，每天出去结交新朋友并不愉快，但为你们着想，我们什么都愿意做。莉迪亚，我的宝贝，虽然你**的确**最小，我敢说宾利先生在舞会上会和你跳舞。"

"哦！"莉迪亚坚定地说，"我不害怕，因为虽然我**是**最小，我个子最高。"

晚上剩余的时间都用来猜测他多快能来回访班尼特先生，决定他们何时该邀请他吃饭。

_____

① 指早餐和正餐（即晚餐）间的那段时间，当时的英国人一天吃两顿饭，早餐在上午9点至10点，晚餐时间差异较大，一般在下午3点至6点半之间，通常富裕或时髦的家庭晚餐较迟。晚餐后会吃茶点（tea），也可能吃夜宵（supper）。

第三章

　　然而，班尼特太太在她五个女儿的帮助下能对此提出的所有问题，却不足以从她丈夫那儿得到对宾利先生的任何满意描述。她们以各种方式对付他：露骨的提问，巧妙的假设，不着边际的猜想，但他躲开了她们所有人的技巧；最后她们只得接受邻居卢卡斯夫人的二手消息。她的报道十分有利。威廉爵士很喜欢他。他很年轻，非常英俊，极其友善。更重要的是，他准备带一大群人来参加舞会。简直太令人高兴了！喜爱跳舞是坠入爱河的明确步骤①，人人都憧憬着获得宾利先生的心。

　　"只要我能看着一个女儿幸福地住进尼日斐尔德，"班尼特太太对她丈夫说，"别的几个都嫁得一样好，我就别无所求了。"

　　几天后宾利先生回访了班尼特先生，在图书室和他坐了十来分钟。他本来很想见见年轻小姐们，她们的美貌他早有耳闻，但他只见到了她们的父亲。小姐们倒是幸运些，因为她们可以从楼上的一扇窗户，看出他穿着蓝色大衣②，骑了一匹黑马。

　　很快就发出了一封邀请函。班尼特太太已经安排了能够展示她家务能力的菜肴，这时一封回信推迟了一切。宾利先生第二天

---

① 当时的舞会是给年轻人提供相遇、调情和恋爱结婚机会的重要场合。
② 当时较为时髦的男性外套颜色。

必须去城里①，因此无法荣幸地接受他们的邀请，如此等等。班尼特太太非常不安。她无法想象他刚来赫特福德郡就要去城里能有什么事情；她开始担心他也许会一直在两地奔波，永远不能好好待在尼日斐尔德。卢卡斯夫人想到他去伦敦只为带一大群人来参加舞会，这稍稍平息了她的恐惧；很快就听说宾利先生要带十二位女士和七位先生来到舞会上。女孩们为来这么多女士而难过，但在舞会的前一天得到安慰，因为听说没有十二个。他只从伦敦带来六个人，他的五个姐妹和一个表亲。当这群人进入舞厅时，一共只有五位：宾利先生，他的两个姐妹，姐姐的丈夫，还有另一个年轻人。

宾利先生相貌英俊，有绅士风度。他神情愉悦，举止自然不做作。他的姐妹是漂亮女人，显然非常时髦。他的姐夫，赫斯特先生，只是有点绅士派头，但他的朋友达西先生很快吸引了全场的注意。他高大挺拔、五官俊美、气质高贵，他刚进来五分钟，人们就纷纷传说他每年有一万英镑。先生们宣称他体格健美，女士们断定他比宾利先生英俊得多。大约有半个晚上人们都满心仰慕地看着他，直到他令人生厌的举止让众人不再喜欢他，因为人们发现他十分骄傲，目中无人，无法取悦。即使他在德比郡全部的丰厚资产那时也无法不让他拥有最盛气凌人、令人讨厌的面孔，不配和他的朋友相提并论。

宾利先生很快熟悉了舞厅里的所有主要人物。他生气勃勃、毫不拘谨，每支舞都跳，气愤舞会结束得这么早，说起自己要在

---

① 原文为"town"，指伦敦。

尼日斐尔德举办一场舞会。如此和蔼可亲的品质当然不言自明。他和他的朋友真是天壤之别！达西先生只和赫斯特太太跳了一次，还有一次是和宾利小姐跳的。他拒绝被介绍给其他任何女士，晚上剩下的时间在屋里走来走去，偶尔和他那群人中的某一位说说话。他的性格一目了然。他是世界上最骄傲、最不讨人喜欢的人，大家都希望他永远不会再来。最讨厌他的人包括班尼特太太，她对他大体行为的不喜爱，变成了特别的厌恶之情，因为他怠慢了她的一个女儿。

因为缺少男士，伊丽莎白·班尼特有两场舞只好坐着。在那段时间，达西先生站得离她很近，足以让她听见他和宾利先生的一段对话。他有几分钟离开舞列，催他的朋友加入进来。

"来吧，达西，"他说，"我一定要让你跳舞。我讨厌看你这样无聊地站着。你最好来跳舞。"

"我当然不会。你知道我对此有多讨厌，除非我对我的舞伴特别熟悉。在这种舞会上，会让人无法忍受。你的姐妹都有舞伴，在整间屋子里，再没有哪个女人，能让我和她站在一起而不觉得受罪。"

"我不会像你这么挑剔，"宾利叫道，"天哪！说真的，我此生从未遇见过这么多可爱的女孩，能像今晚这样，你看有好几个特别漂亮。"

"你在和屋里唯一的漂亮女孩跳舞。"达西说，他看着班尼特家的大小姐。

"哦！她是我所见过最漂亮的人儿！但她有个妹妹就坐在你身后，她很漂亮，我敢说，也很讨人喜爱。一定要让我请我的舞伴帮你介绍。"

"你是指哪个?"他转过身,朝伊丽莎白看了会儿,直到和她对视,才收起目光冷冷地说道,"她还可以,但没有漂亮得足以**诱惑我**,我现在没兴趣向被其他男人冷落的小姐献殷勤。你最好回到你的舞伴身边享受她的笑脸,因为你正在我身上浪费你的时间。"

宾利先生听从了他的建议。达西先生走开了,伊丽莎白留在那儿,对他没多少好感。然而,她兴致勃勃地向她的朋友们说起了这件事,因为她生性活泼,爱开玩笑,将任何荒唐的事情都视为乐事。

全家人总的来说晚上都过得很愉快。班尼特太太看见她的大女儿很受尼日斐尔德那群人的仰慕。宾利先生和她跳了两次舞,她也特别受到他姐妹们的看重。简和她母亲感到一样满意,尽管表现得更加安静。伊丽莎白感受到简的喜悦。玛丽听见她本人被宾利小姐说成这一带最有才华的女孩。凯瑟琳和莉迪亚幸运地从未缺过舞伴,这是她们至今学到对舞会最看重的方面。因此,她们兴高采烈地返回了朗博恩,她们居住的村庄,她们也是那儿的主要居民。她们发现班尼特先生还没睡。只要有本书他就会忘了时间,此时他对激起如此美妙期待的晚间活动深感好奇。他本来指望他妻子对这位陌生人的所有看法都令人失望,但他很快发现能听到截然不同的故事。

"哦,我亲爱的班尼特先生,"她刚进屋就说道,"我们这个晚上过得特别开心,这是一场最棒的舞会。我希望你也在那儿。简非常受仰慕,无人能及。人人都说她特别漂亮。宾利先生认为她漂亮极了，和她跳了两次舞①。只要想想**那一点**，我亲爱的。他真的和她跳了两次舞，而且她是整个屋子里唯一得到他两次邀请的人。开始，他邀请了卢卡斯小姐。我看着他和她站在一起特别恼火，可是，他一点也不仰慕她：说真的，谁也不会，你知道。当简进入舞列时他似乎被她迷住了。因此他询问她是谁，得到介绍，并邀请她跳下面两支舞。接着，他第三轮的两支舞和金小姐跳，和玛丽亚·卢卡斯跳了第四轮的两支，第五轮的两支舞又和简跳，第六轮的两支和莉齐跳，还有博兰格尔——"

"他要能对**我**有点同情心，"她丈夫不耐烦地叫道，"他不会跳一半这么多！天哪，别再说他的舞伴了。哦！他跳第一支舞时就该扭伤脚踝！"

"哦！我亲爱的，"班尼特太太继续说道，"我很喜欢他。他真是特别英俊！他的姐妹都很迷人。我这辈子也没见过比她们更优雅的裙子。我敢说赫斯特太太裙子上的蕾丝②——"

这时她又被打断了。班尼特先生反对任何对于服饰的描述。因此她只好就这个话题换个角度，带着有些夸张的愤愤不平，说起了达西先生令人震惊的粗鲁。

"但我能向你保证，"她又说道，"莉齐不符合**他的**喜好没什么损失；因为他是个最令人讨厌、糟糕透顶的人，完全不值得取悦。那么高高在上、自以为是，让人无法忍受！他走到这儿，又走到那儿，想象自己是个大人物！没有人漂亮得能和他跳舞！我希望你在那儿，我亲爱的，能好好训斥他一顿。我极其讨厌这个人。"

---

① 根据当时的社交规则，一次舞为半小时，男士在一场舞会上和同一位小姐最多跳两次舞。
② 当时时尚昂贵的装饰。

第四章

当简和伊丽莎白单独在一起时，前者虽然之前对宾利先生谨慎夸赞，却告诉妹妹她非常爱慕他。

"他正是一个年轻人应有的样子，"她说，"理智、风趣、活泼，我从未见过这么令人愉快的举止！——那么轻松自然，有着这么完美的好教养！"

"他也很英俊，"伊丽莎白答道，"一个年轻人也应该如此，只要能做到。所以他的人品就十全十美了。"

"他第二次邀请我跳舞让我受宠若惊。我没料到有这样的恭维。"

"你没有吗？*我*为你料到了。但那是我们之间的巨大差异。恭维总会让*你*惊讶，而*我*从来没有。还有比他再次邀请你更自然而然的事吗？他一眼就能看出你比屋子里的任何女人至少漂亮五倍。无需为那件事感谢他的殷勤。好了，他当然很讨人喜爱，我允许你喜欢他。你已经喜欢过许多更愚蠢的人了。"

"亲爱的莉齐！"

"哦！你知道，你总的来说实在太容易喜欢别人。你从来看不出任何人的缺点。在你眼里全世界的人都善良又可爱。我此生从未听你说起任何人的坏话。"

"我不想轻易责备任何人，但我说的都是我的想法。"

"我知道你是这样，正是**那一点**让我惊讶。凭**你的**理智，能对别人的愚蠢荒唐如此真心地毫无察觉！假装坦率这很常见——人们随时都能见到。但既不夸张也不刻意的坦诚——看出每个人的优点并说得更好，对缺点一言不发——只有你能做到。因此，你也喜欢这个人的姐妹，是吗？她们的举止可比不上他。"

"当然，起初是这样。但当你和她们交谈时她们是很让人喜爱的女人。宾利小姐会和她哥哥住在一起，帮他打理家务。如果我不能发现她是个很迷人的邻居，一定是我错了。"

伊丽莎白默默听着，但并不相信。她们在舞会上的举止总体而言算不上愉悦。她比姐姐观察力更敏锐，脾气也不那么柔顺，不会因为别人对自己的关注而失去判断力，所以她对她们不太赞赏。她们其实是很漂亮的女人，高兴时不乏兴致，只要愿意就能讨人喜爱，但骄傲又自负。她们十分漂亮，曾在城里最好的一所私人学校接受教育，有两万英镑财产，习惯花钱过多，结交有地位的人，因此总会在各方面自视很高，同时待人刻薄。她们来自北英格兰的一个体面家庭，她们对此印象更深，胜过她们兄弟以及她们本人的财富是通过生意获得①。

宾利先生从他父亲那儿继承了将近十万英镑的财产，他曾打算购买地产，却没活到那一天——宾利先生也有此打算，有时会决定买在他的郡里。但因为他现在有了座漂亮的房子，能在庄园自由打猎，对于许多最熟悉他随和性情的朋友来说，他们也不清楚他是否会在尼日斐尔德度过余生，让下一代去购置房产。

---

① 当时的人更以获得世袭财产为荣，但工业革命已经逐渐带来社会阶层的变化。

他的姐妹急于让他拥有自己的产业，但他虽然现在只是租户，宾利小姐却完全没有不情愿掌管他的家务，赫斯特太太同样如此。她嫁了个时髦有余财产不足的男人，也并非不乐意在合适的情况下，把弟弟的房子当成自己的家。宾利先生成年[①]还不到两年，就在一次偶然推荐的诱惑下来看尼日斐尔德大宅。他的确看了，在里面待了半小时，喜欢房子的位置和主要的房间，对主人的赞赏感到满意，便立即租下。

他和达西之间有着很稳定的友谊，虽然他们的性格截然相反——宾利因为他随和、开朗、顺从的脾气得到达西的喜爱，虽然宾利找不到和他本人性情更天差地别的人，而且从未显得对自己的性情感到不满。宾利对达西的感情深信不疑，对他的见解推崇备至。在领悟力上，达西更胜一筹。宾利绝不欠缺，但达西很聪颖。他同时也傲慢、矜持、挑剔，虽有好的教养，但他的举止很不友好。在那个方面他的朋友大有优势。宾利无论出现在哪儿都一定受人喜爱，达西不断让人恼火。

他们说起梅里顿舞会的方式有足够的代表性。宾利此生从未见过更愉悦的人或更漂亮的女孩；人人都对他满怀善意、关心备至，人们不讲客套、毫不拘谨，他很快就感觉对屋里的所有人都很熟悉；至于班尼特小姐，他想象不出比她更美的天使。达西恰恰相反，看到了一群没有姿色、不懂时尚的人，对任何人都没有丝毫兴趣，没得到任何人的关注和喜爱。他承认班尼特小姐很漂亮，但她笑得太多。

---

① 当时的男子 21 岁被视为成年。

赫斯特太太和她妹妹同意如此——但她们依然爱慕她并喜欢她，宣称她是个甜美的女孩，她们不会反对更多地了解她。于是班尼特小姐被确认为一个甜美的女孩，她们的兄弟因为这番称赞，感觉能够如他所愿地想着她。

第五章

在离朗博恩步行距离不远的地方住着和班尼特家特别亲密的一家人。威廉·卢卡斯爵士曾在梅里顿做过生意，赚得不错的财产，在当地方长官时因为面见国王而获得骑士头衔①。这个身份也许被他过于看重。这使他厌恶他的生意，讨厌住在一个小集镇上。放弃两者后，他把全家人搬到离梅里顿大约一英里②的地方，从那时起命名为卢卡斯宅邸，他能在那儿愉快地想着自己的重要性；没了生意的束缚，他就一心一意地忙着对全世界以礼相待。他虽因爵位而得意，这却没使他变得傲慢，相反，他对每个人都非常关心。他天性随和、友好、乐于助人，而他去王宫③觐见让他变得礼貌谦恭。

卢卡斯夫人是很好心的那种女人，不算聪明，因此成了班尼特太太的宝贵邻居——他们有几个孩子。最大的一位是个理智聪慧的年轻女子，大约二十七岁，是伊丽莎白的密友。

卢卡斯小姐们和班尼特小姐们当然有必要聚在一起谈论舞会的事情。舞会后的第二天上午前者就来到朗博恩倾听交流。

---

① 可能指乔治三世，他会给一些新贵赐予爵位。骑士是介于贵族和平民之间的身份，此头衔不可继承。
② 一英里约为1.6公里。
③ 原文为"St. James's"。

"你给晚会开了个好头，夏洛特，"班尼特太太礼貌又克制地对卢卡斯小姐说，"你是宾利先生的第一个选择。"

"是的——但他似乎更喜欢第二个舞伴。"

"哦！我想你是指简——因为他和她跳了两次。说真的他**的确**看似很仰慕她——说实话我宁愿相信他**是这样**——我听到了一些话——但我几乎不知道是什么——关于罗宾逊先生的一些话。"

"也许你是指我听见的他和罗宾逊先生的对话，我没对你说过吗？罗宾逊先生问他认为我们梅里顿的舞会怎么样，他是否认为屋里有许多漂亮女人，**哪一位**他觉得最漂亮？他立即对最后一个问题做了回答：'哦！毫无疑问是班尼特家的大小姐，那一点不可能有异议。'"

"一点不假！——嗯，那一点非常明确无疑——那的确看似——可是，你知道也许最终都会化成泡影。"

"**我**听到的比你听见的内容更加明确，伊莱莎，"夏洛特说，"达西先生作为他的朋友不那么值得倾听，是吗？可怜的伊莱莎！——只是**可以**。"

"我请求你别让莉齐因为他的冷遇感到恼火，因为他是个极其讨厌的人，要是果真被他喜欢会很不幸。朗太太昨晚告诉我，他在她身边坐了半个小时却一次都没开口。"

"你很确定吗，太太？难道没有一些错误？"简说，"我肯定看见了达西先生对她说话。"

"哎——因为她最后问他是否喜欢尼日斐尔德，他只能回答她——但她说他似乎对有人和他说话感到非常生气。"

"宾利小姐告诉我，"简说，"除非和熟人在一起他总是难得说话。和**他们**一起时他特别随和。"

"我根本不相信，我亲爱的。他真要那么随和就会和朗太太说话。但我能猜出是怎么回事。人人都说他极其骄傲，我肯定他听说了朗太太没有马车，是乘出租马车①来参加舞会的。"

"我不在乎他没和朗太太说话，"卢卡斯小姐说，"但我希望他和伊莱莎跳了舞。"

"下一次，莉齐，"她母亲说，"我不会和**他**跳舞，如果我是你的话。"

"我相信，太太，我能向你明确保证**永远不**和他跳舞。"

"他的骄傲，"卢卡斯小姐说，"并不像通常的骄傲那样令**我**恼火，因为有个理由。人们不会奇怪一个如此英俊的年轻人，在家庭、财产和一切方面很有优势，会自视甚高。如果我能这样说，他有**权利**骄傲。"

"那很正确，"伊丽莎白答道，"我能轻易原谅**他的**骄傲，如果他没有伤害**我的**骄傲。"

"骄傲，"玛丽说，她总自恃很有见地，"我认为是十分常见的缺点。在我读过的所有书中，我相信这的确特别常见；人类的天性很容易如此，很少有人不会喜欢在某些方面感到自鸣得意，无论其为真实还是想象。自负和骄傲并不相同，虽然它们常被用作同义词。一个人可以骄傲却不自负。骄傲更多和我们的自我评价有关，自负更是在于想让别人怎么看待我们。"

---

① 原文为"hack chaise"。能否拥有马车以及马车的类别是经济与社会地位的标志。

"假如我和达西先生一样富有，"陪姐姐们过来的一个小卢卡斯叫道，"我就不会在乎我有多骄傲。我会养一群猎狐犬，每天喝一瓶葡萄酒。"

"那你就会喝得太多，"班尼特太太说，"我要是看到你这样就会立即夺走你的酒瓶。"

男孩抗议她不能这么做，她继续宣称她会的，直到结束拜访才停止争执。

第六章

　　朗博恩的女士们很快去拜访了尼日斐尔德的女士们。这次拜访照例得到回访。班尼特小姐令人愉悦的举止愈发得到赫斯特太太和宾利小姐的喜爱，尽管她们发现那位母亲令人无法容忍，也不值得对几个妹妹说话，却对两位姐姐表达了想和**她们**更多交往的意愿。简极其愉悦地接受了这番关注，但伊丽莎白还看出她们对每个人的傲慢态度，甚至不排除对她的姐姐，因而无法喜欢她们，尽管她们的确看似对简友好，很可能因为她们兄弟对她的仰慕而有了价值。无论他们何时遇见，都显而易见他**确实**仰慕她；在**她**看来同样显而易见的是简开始接受从最初就对他产生的喜爱之情，在某种程度上已经陷入爱河。但她高兴地想到总的来说别人都难以看出，因为简虽然感情热烈，却性格沉静，看上去始终很愉悦，不会让人怀疑她的轻率。她对她的朋友卢卡斯小姐说起这一点。

　　"在这种情况下能让众人相信这一点，也许令人高兴，"夏洛特答道，"但有时如此谨慎却很不利。如果一个女人以同样的技巧向她的爱慕对象隐藏感情，她可能失去得到他的机会；到那时相信世人同样一无所知只是个可怜的安慰。在几乎每一段感情中都包含着许多感激和自负，任其自行发展并不安全。我们都可以自由**开始**——稍有好感再自然不过，但我们当中很少有人能爱得足够深，在毫无鼓励的情况下真正坠入爱河。十有八九，一个女人最好展现**超出**她感觉的爱意。宾利毫无疑问喜欢你姐姐，但他也许对她永远不过是喜欢，如果她不给他帮助。"

"但她的确在帮助他，在她天性允许的范围内。如果**我**能觉察到她对他的爱慕，他要是不也能发现就一定是个傻瓜。"

"记住，伊莱莎，他不像你这么了解简的性情。"

"但如果一个女人喜爱一个男人，并且没有试着隐藏，他一定能发现。"

"也许他一定能，如果他对她足够了解。但虽然宾利和简还算经常见面，却从来不能一起待上好几个小时，因为他们总是混在一大群人中彼此见面，他们不可能时时刻刻都在交谈。所以简应该好好利用能和他专心交流的每一个半小时①。在她得到他后，他们就能从容地如她所愿坠入爱河了。"

"你的安排很好，"伊丽莎白答道，"除了嫁个有钱人的想法之外没有任何问题。如果我打定主意嫁个有钱的丈夫，或任何丈夫，我敢说我会采取这个做法。但这些不是简的感受，她并非按计划行事。到现在，她甚至无法确定自己爱得多深，或是否合理。她才认识他两个星期。她和他在梅里顿跳了四场舞，她有一天上午在他本人的家里见到他，随后和他一起吃过四顿饭。这不足以让她了解他的性格。"

"并非如你所说。假如她只是和他**吃饭**，她也许只会发现他胃口好不好，但你必须记得还一起度过了四个晚上——四个晚上

①　半小时是当时社交较为得体的时长。

可能做到许多事。"

"是的。这四个晚上已经让他们弄清两人都喜欢二十一点胜于康默斯①，但至于其他任何主要性格，我无法想象展现了很多。"

"好吧，"夏洛特说，"我衷心祝愿简能成功。如果她明天就能和他结婚，我会认为她和他幸福生活的机会，同她研究他的性格一年之后差不多。婚姻的幸福完全在于机会。如果双方之前就完全熟悉彼此的性情，或是非常相似，这丝毫不会提升他们的幸福。他们后来总会设法变得大不相同并且都为此恼火。对于要和你度过一生的那个人，对他的缺点了解得越少越好。"

"你让我发笑，夏洛特，但这不对。你知道这样不对，你自己也永远不会这样做。"

伊丽莎白忙于观察宾利对她姐姐的关注，完全没怀疑她本人成了他朋友眼中有些趣味的目标。达西先生最初几乎不承认她漂亮，他在舞会时看着她却毫不仰慕，在他们下一次见面时，他看着她却只想批评。可他刚向自己的朋友们说明她脸上几乎没有一处长得漂亮，就开始发现她的脸因为她黑眼睛里的漂亮神气而变得无比聪颖。在此之后又有了些同样令他羞愧的发现。虽然他以挑剔的眼光发现她的身材在许多方面算不上匀称，他却只得承认她的体态轻盈可爱；尽管断定她没有上层社会的风度，他却为她的轻松活泼而着迷。对于这一点她浑然不知——在她看来他只是个在哪儿都不受喜爱的人，并且认为她没有漂亮到可以和他

---

① 原文分别为"vingt-un"和"Commerce"，均为当时流行的牌戏。

跳舞。

他开始希望更多了解她，为使自己能和她说话，便开始关注她与别人的交谈。他的做法引起了她的注意。那是在威廉·卢卡斯爵士家，当时许多人济济一堂。

"达西先生什么意思，"她对夏洛特说，"干嘛要听我和福斯特上校的谈话？"

"那个问题只有达西先生能够回答。"

"但他要是再这么做，我当然会告诉他我知道他想干啥。他的眼神非常挑剔，如果我自己不从一开始就表现得无礼，我很快就会害怕他。"

当他很快又接近她们时，虽然他看似毫无说话的打算，卢卡斯小姐却鼓动她的朋友公开对他挑明这个话题，伊丽莎白马上扭头对他说：

"达西先生，我刚才怂恿福斯特上校在梅里顿给我们开一场舞会时，你难道不认为我的话说得很漂亮？"

"说得很激动——但这是一个总能让小姐们感到激动的话题。"

"你对我们很苛刻。"

"很快会轮到**她**被取笑[①]了，"卢卡斯小姐说，"我准备打开钢琴，伊莱莎，你知道随后做什么。"

"作为朋友你真是个非常奇怪的人！——总想让我在任何人和每个人面前弹琴唱歌[②]！要是我能以音乐来满足自负，你将是

[①] 原文为"teaze/tease"，取笑或打趣在当时的社交中很常见。
[②] 弹琴、唱歌、绘画、语言等，为当时女性的重要才华，也是她们教育的主要方面。

个无价之宝，但事实上，我宁愿不坐在那些肯定习惯于听见最佳演奏的人面前。"不过，在卢卡斯小姐的坚持下，她又说道："很好，如果必须如此，那就这样。"她严肃地瞥向达西先生，"有一句很好的老话，人人当然都很熟悉——'留口气来吹凉粥①'——我就留口气来唱我的歌吧。"

她的表演令人愉悦，虽然完全算不上出色。一两首曲子后，她还没能答复几个人让她再唱一首的请求，她的妹妹玛丽就急着替她坐在了钢琴前。玛丽作为家中唯一一个相貌平平的女孩，便努力学习知识，增长才华，总是迫不及待地想要表现。

玛丽既没天分又没品位，虽然虚荣心让她勤奋，这也给了她迂腐的气质和自负的神情，即使她造诣更高也会受损。伊丽莎白轻松自如毫不做作，让人听得愉快得多，虽然弹得不及她一半好。玛丽在一首长长的协奏曲后，很高兴在她妹妹们的请求下，以苏格兰和爱尔兰的乐曲②换得赞赏和感激。妹妹和几位卢卡斯小姐，还有两三个军官急切地加入了屋子另一端的舞会。

达西先生坐在他们旁边，沉默又气愤地想着以这样的方式度过夜晚，完全无人交谈。他沉浸在自己的思绪中，没看见威廉·卢卡斯爵士就在身旁，直到威廉爵士这样开口道：

"这是多么让年轻人着迷的娱乐呀，达西先生！跳舞真是无与伦比——我将此视为文雅社会最高贵的一项活动。"

"当然，先生——这也有幸成了世界上不太文雅的社会中非

---

① 当时的谚语，原意指别提不受欢迎的建议。
② 对当时的场合显得过长的乐曲。

常时尚的活动——每个野蛮人都能跳舞①。"

威廉爵士只笑道:"你的朋友跳得很好。"稍作停顿后他看见宾利加入那群人,又说道:"我毫不怀疑你本人也擅长这门技艺,达西先生。"

"我相信你在梅里顿见过我跳舞,先生。"

"是的,的确,我从中得到了很大的快乐。你经常在王宫跳舞吗?"

"从来没有,先生。"

"你不认为你的出场是对那儿的恭维吗?"

"只要能避免,我从来不想以这种方式恭维任何地方。"

"你一定在城里有座房子吧?"

达西先生鞠了一躬。

"我曾经自己也有点想定居在伦敦,因为我喜欢上流社会,但我不太确定卢卡斯夫人能否适应伦敦的空气。"

他停下来等待答复,但他的同伴不想做出任何回答。伊丽莎白那时正朝他们走来,他忽然想要好好献个殷勤,就对她叫道:

"我亲爱的伊莱莎小姐,你为何不跳舞呢? 达西先生,你必须允许我向你介绍这位年轻小姐,她是极好的舞伴——你不会拒绝跳舞,我相信,当你面前是这样的大美人时。"他拉起她的手,本想交给达西先生,而他虽惊讶至极,却并非不愿接受,这时她立即抽出了手,有些慌乱地对威廉爵士说:

"说真的,先生,我一点也不想跳舞,我请你别以为我走到

---

① 启蒙运动中的常见想法。

这儿是为了求得舞伴。"

达西先生严肃又得体地请求能有幸拉她的手，却徒劳无益。伊丽莎白心意已决，威廉爵士怎么劝说也无法动摇她的意志。

"你舞跳得这么好，伊莱莎小姐，不让我开心地看着你跳舞真是残忍。虽然这位先生总的来说不喜欢这项娱乐，我相信，他不会反对给我们赏光半小时。"

"达西先生真有礼貌。"伊丽莎白笑着说。

"是的，他的确如此。不过，想想这个诱惑，我亲爱的伊莱莎小姐，我们不可能对他的殷勤感到奇怪，因为谁能拒绝这样一位舞伴呢？"

伊丽莎白狡黠地看了看，转身离开了。她的拒绝并未伤害这位先生对她的印象，他正怀着几分愉悦之情想着她，这时宾利小姐走近他说：

"我能猜出你在想什么。"

"我想你不能。"

"你在想以这种方式度过许多个夜晚多么难以忍受——在这样的人群中。说实话我很赞同你。我简直无比恼火！所有这些人乏味却又吵闹，无足轻重却又自命不凡！我很想听听你对他们的批评！"

"你的猜测完全错了，我向你保证。我的心里在想着更愉快的事情。我在默想一个漂亮女人脸上的那双美丽眼睛能够带来多少快乐。"

宾利小姐马上用眼睛盯住他的脸，让他告诉她哪位小姐能有幸激起这番感想。达西先生不假思索地答道：

"伊丽莎白·班尼特小姐。"

"伊丽莎白·班尼特小姐！"宾利小姐重复道，"我惊讶至极。她成为这样的最爱有多久了？——请问我何时能向你道喜？"

"这正是我知道你会提出的问题。小姐的想象力真是敏捷，会从仰慕到爱上，从爱上到结婚，只在一瞬间。我知道你会向我贺喜。"

"如果你对此这么认真，我会认为这件事已经完全决定。你将有一位可爱的岳母，真的，她当然会一直和你住在彭伯利。"

他毫不在乎地听她说话，当她选择以这种方式自娱自乐时；因为他的镇定让她相信一切都很安全，她打趣的话说得没完没了。

第七章

班尼特先生的产业几乎完全在一份每年两千英镑的地产上，对他的女儿们而言不幸的是，得限定继承①，因为缺少子嗣，被传给了一位远亲；她们母亲的财产，虽然对她的境遇而言还算足够，却难以弥补他财产的不足。她的父亲曾是梅里顿的律师，给她留了四千英镑。

她有个妹妹嫁给了一位菲利普斯先生，曾是她们父亲的书记员，并继承了他的事业；还有个弟弟在伦敦做一门体面的生意。

朗博恩村庄只离梅里顿一英里，对年轻小姐们是极其方便的距离，她们常被诱惑着一个星期去三四趟，问候她们的姨妈，顺路去趟米伦店②。家中最小的两个孩子，凯瑟琳和莉迪亚，去得最频繁。她们的头脑比姐姐们空虚，当没有更好的事情可做时，就必须去一趟梅里顿，让上午过得开心，同时为晚上提供谈资。无论乡下总的来说多么缺乏新鲜事，她们总能设法从姨妈那儿得到一些。此时，的确，她们因为民兵团刚来这儿既得到了消息又高兴不已。兵团整个冬天都驻扎在这儿，梅里顿是

---

① 原文为"entail"，这样的产业通常源于国王的赏赐，只能传给男性子嗣。
② 原文为"milliner's shop"，名称源于意大利的时尚之都"米兰"，出售以女帽为主的织物、服饰等物品。

总部。

她们对菲利普斯太太的拜访最能带来有趣的消息。每一天都能增加她们对军官姓名和社会关系的了解。他们的住所没保密多久，后来她们就开始认识军官本人。菲利普斯先生拜访了所有人，为他的外甥女打开了以前从未知晓的幸福之源。她们只会谈论军官。宾利先生的丰厚财产，提到这点会让她们的母亲神采奕奕，但在她们的眼中比起军官制服不值一提。

听她们眉飞色舞地对这个话题说了一上午后，班尼特先生冷静地说道：

"从你们的谈话方式我能看出，你们一定是村里最愚蠢的两个女孩。我已经怀疑一段时间了，但我现在很确信。"

凯瑟琳感到不安，没有回答。莉迪亚却满不在乎，继续表达着她对卡特上尉的爱慕，以及她希望当天能见到他，因为他第二天上午要去伦敦。

"我很惊讶，我亲爱的，"班尼特太太说，"你竟然那么容易认为你自己的孩子愚蠢。如果我想奚落任何人的孩子，那也绝不会是我自己的孩子。"

"如果我的孩子愚蠢，我一定希望我始终对此很明白。"

"是的，但实际上，她们全都很聪明。"

"我自认为，这是我们想法的唯一不同之处。我曾希望我们的观点在每个细节上都完全一致，但我必须偏离你的想法，认为我们的两个小女儿极其愚蠢。"

"我亲爱的班尼特先生，你绝不能期待这样的女孩有她们父亲母亲的理智。等她们到了我们的年纪时，我敢说她们对军官们不会比我们更在乎。我记得我自己也曾经特别喜欢红制服^①——说真的，我现在心里依然喜欢。假如有个漂亮的年轻上校，有五六千英镑一年，喜欢我们的一个女孩，我不会拒绝他。我认为福斯特上校那天晚上在威廉爵士家穿着军装看起来很漂亮。"

"妈妈，"莉迪亚叫道，"我姨妈说福斯特上校和卡特上尉不像刚来时那样经常去沃森小姐家了，她现在经常看见他们站在克拉克图书馆^②里。"

班尼特太太没能回答，因为男仆进来给班尼特小姐送一封便笺，来自尼日斐尔德，仆人在等待答复。班尼特太太欢喜得两眼放光，在女儿读信时急切地叫嚷道：

"哎呀，简，谁的来信？和什么有关？他说了什么？好了，简，快点告诉我们，快一点，我的宝贝。"

"这来自宾利小姐。"简说着，大声读了出来。

我亲爱的朋友：

    如果你不可怜我们，今天不肯过来陪我和路易莎一起吃饭，我们就会处在余生都彼此怨恨的危险中，因为两个女人一整天面对面地待在一起，不可能不以争吵为结束。收到信后尽快过来。我哥哥与先生们要和军官们一起吃饭。

你永远的
卡洛琳·宾利

_____

① 当时军人的制服颜色。
② 当时的流动图书馆。简·奥斯汀的家人也喜欢在流动图书馆订阅图书，尤其喜爱当时被视为不够高雅的小说。里面同时出售书籍和饰品。

"和军官们一起!"莉迪亚叫道,"真奇怪姨妈怎么没告诉我们**那个**。"

"出去吃饭,"班尼特太太说,"那真不幸。"

"我能乘马车吗?"简说。

"不,我亲爱的,你最好骑马去,因为看起来很像要下雨,然后你就必须一整晚都待在那儿了。"

"那将是个好主意,"伊丽莎白说,"如果你肯定她们不会提出送她回家。"

"哦!不过先生们会乘坐宾利先生的马车去梅里顿,而赫斯特夫妇自己没有马。"

"我宁愿乘马车去。"

"可是,我亲爱的,你父亲腾不出这些马儿,我相信这一点。农场里要用它们,班尼特先生,不是吗?"

"农场里经常需要它们,远超我能得到的次数。"

"但你今天要是得到了它们,"伊丽莎白说,"母亲的意图就此了结。"

她的确最终迫使父亲承认马儿都有用处。因此简只得骑马过去,她母亲陪她到门口,高高兴兴地说了许多预测天气变坏的话。她的心愿得到了满足,简出门不久就下起了大雨。她的妹妹们为她感到不安,但她的母亲很愉快。雨整夜都下个不停,简当然无法回家。

"这是我想出的幸运主意,真的!"班尼特太太说道,还不止说了一次,似乎天会下雨全都是她的功劳。不过,在第二天上午前，她还不知道她的计谋带来的所有幸福。早餐刚结束，一位尼日斐尔德的仆人就给伊丽莎白送来了这封便笺：

我最亲爱的莉齐：

我发觉我今天早上身体很不舒服，我猜是因为我昨天淋雨浑身湿透了。我好心的朋友们不等我身体变好就不肯让我回家。他们还坚持让我看看琼斯先生。因此如果你们听说他来看我不要惊慌——除了喉咙疼和头痛，我没什么关系。

你的……

"好了，我亲爱的，"当伊丽莎白大声读出内容时，班尼特先生说，"如果你的女儿病情危急，要是她死了，想到这是因为你的指令，全都为了追求宾利先生，也会是个安慰。"

"哦！我一点都不担心她死去。人不会因为小感冒而死。她会得到很好的照料。只要她待在那儿，一切都很好。我会去看她，要是我能有马车。"

伊丽莎白感到真心焦虑，也决定去她那儿，尽管得不到马车。因为她不会骑马，走路①是她唯一的选择。她表明了她的决心。

"你怎能这么傻，"她母亲叫道，"能想出这样的事情，走过所有这些泥泞道路！等你到那儿后都不适合见人了。"

"我会很适合见到简——那是我想要的一切。"

————————————

① 当时的未婚女性通常不独自出行，她们的服饰鞋袜也不适合走长路或泥泞的道路。

"莉齐，"她的父亲说，"你在暗示我给你安排马车吗？"

"不，真的不是。我不想躲避走路。在有动力的时候，路程不值一提，只有三英里。我会在晚餐前回来。"

"我敬佩你的善良带来的行动力，"玛丽说，"但每一个冲动都该得到理智的指引。在我看来，付出始终应该符合需要。"

"我们会和你一起走到梅里顿。"凯瑟琳和莉迪亚说——伊丽莎白接受了她们的同行，三位年轻小姐一起出发了。

"如果我们快一点，"莉迪亚在路上说，"也许在卡特上尉离开前我们还能见到他。"

她们在梅里顿分开了。两个小女儿去了其中一位军官妻子的住所，伊丽莎白独自前行，快步穿过一片片田地，越过台阶，急不可耐地跳过水坑，最终看见了那座房子，已是脚踝酸疼，鞋袜泥泞，因为剧烈运动而脸色红润。

她被领进早餐厅，除了简所有人都在那儿，而她的样子令人大吃一惊。她竟然一大早走了三英里，在这么泥泞的天气，还独自一人，对于赫斯特太太和宾利小姐简直不可思议。伊丽莎白相信她们都为此鄙视她。然而，她得到她们非常礼貌的招待，她们兄弟的态度不止是礼貌，还有些愉快和善意——达西先生话语很少，赫斯特先生一言不发。前者既爱慕运动使她的脸色容光焕发，也在怀疑这件事是否值得她独自一人走这么远的路过来。后者只想着他的早餐。

她对她姐姐的询问没得到乐观的答复。班尼特小姐睡眠不好，虽然起床了，却发着高烧，无法离开她的房间。伊丽莎白很高兴被立即带到她身边。简只因为担心让家人惊恐或带来不便，才没在信中说她多想有这样的看望，见到她进来非常高兴。然而，她无力说很多话，在宾利小姐把她俩留下后，她除了对得到的极其善意的对待表达感激之情，几乎说不出什么。伊丽莎白默默地照料着她。

早餐结束后，两姐妹也来了。当伊丽莎白看见她们对简有多么喜爱和关心时，自己也开始喜欢她们。医生来了，在检查了他的病人后，不出所料地说她得了重感冒，他会努力治好它，建议她回到床上，答应给她开些药剂。建议很快被接受，因为发烧的症状加重，她头痛欲裂。伊丽莎白一刻也没离开房间，另外两位小姐也难得不在；先生们出去了，他们实际上在别处无事可做。

当钟敲三点时，伊丽莎白感觉她必须走了，并且很不情愿地说出此话。宾利小姐提出让她乘坐马车，她只需稍加催促就能接受，这时简表示特别不想和她分开，宾利小姐只好把邀她使用马车变成请她暂时住在尼日斐尔德。伊丽莎白感激不尽地同意了，一位仆人被派往朗博恩，告诉她的家人她要留下，并带回了换洗衣物。

第八章

五点时两位女士回去更衣，六点半①伊丽莎白被叫去吃晚餐。对着扑面而来的礼貌问询，她满意地看出宾利先生的最为真切。她给不出很好的答复。简一点没有好转。两位姐妹听说后，重复了三四遍她们有多难过，得重感冒多么可怕，她们怎样极其讨厌自己生病，接着就不再想这件事。当简不在面前时她们对简的冷漠，让伊丽莎白恢复了对她们原先的不喜爱之情。

的确，她们的兄弟是这群人中唯一让她感到有些满意的人。他对简的担忧显而易见，他对她本人的关心非常令人愉快，这让她不那么感觉自己像个入侵者，她相信别人都会这么想。除他以外她几乎不受关注。宾利小姐满心都是达西先生，她的姐姐也几乎如此。至于坐在伊丽莎白身旁的赫斯特先生，他是个懒惰之人，活着只为吃喝打牌。当他发现她喜爱素食胜过炖肉，便对她无话可说。

晚餐结束后，她直接回到简的身边，刚离开屋子宾利小姐就开始辱骂她。她的态度被宣称为极其恶劣，结合了骄傲与无礼；她不善言谈、没有风度、没有品位、没有美貌。赫斯特太太也这么想，又说道：

---

① 受到伦敦时尚的影响，宾利家的晚餐时间较迟。

"简而言之，她一无是处，除了特别擅长走路。我永远忘不了她今天早上的样子。她看起来简直疯了。"

"她的确如此，路易莎。我几乎无法控制表情。她来得真是莫名其妙！为何必须让她在村子里奔跑，因为她姐姐得了感冒？她的头发那么凌乱，那么邋遢！"

"是的，还有她的衬裙。我希望你看见了她的衬裙，我完全相信在泥里浸了六英寸；把长裙放下也没能遮住。"

"你的描述也许很准确，路易莎，"宾利说，"但这些我都没看见。我认为伊丽莎白·班尼特小姐今天早上进屋时，看起来非常漂亮。她泥泞的衬裙完全逃脱了我的注意。"

"你看见了，达西先生，我相信，"宾利小姐说，"我宁愿认为你不想看着你的妹妹这副模样。"

"当然不想。"

"步行三英里，或四英里，或五英里，或无论多远，让泥泞没过脚踝，一个人，独自一人！她这样做什么意思？在我看来似乎是非常可恶的那种自高自大的独立感，对礼仪最粗鄙的漠视。"

"这显示了很令人喜爱的姐妹之情。"宾利说。

"我担心，达西先生，"宾利小姐半是耳语地说，"这次冒险大大影响了你对她美丽眼睛的爱慕。"

"完全没有，"他答道，"它们因为运动而更加明亮。"这番话后是短暂的停顿，赫斯特太太再次开口。

"我极其看重简·班尼特小姐，她真是个非常甜美的女孩，我衷心祝愿她能嫁得很好。但有了那样的父亲母亲，那么低下的亲戚，我担心这毫无机会。"

"我想我听你说过她们的姨父是个梅里顿的律师。"

"是的。她们还有个舅舅,住在奇普赛德①附近。"

"那真绝妙。"② 她的妹妹又说道,两人开怀大笑。

"就算她们有足够的舅舅把**整个**奇普赛德装满,"宾利叫道,"也丝毫不能减少她们的可爱之处。"

"但这一定会实实在在地降低她们嫁给任何有身份男人的机会。"达西答道。

宾利对这番话没做回答,但他的姐妹表示强烈赞同,为她们可爱朋友的低贱亲戚纵情欢笑了一番。

不过,离开餐厅后,她们重新温柔起来,回到简的房间,和她一直坐到喝咖啡的时间。她依然很不好,伊丽莎白完全不肯离开她,一直到很晚。当她放心地看着简睡着后,觉得她本人应该下楼看看,这在她看来似乎更是件正确而非愉快的事情。进入客厅后她发现所有人都在玩卢牌③,并立即得到加入的邀请,但她怀疑他们玩得很大就拒绝了④,以姐姐为借口,说她想在能待在下面的一小段时间自娱自乐,看看书。赫斯特先生惊讶地看着她。

"你宁愿读书也不肯打牌?"他说,"那真奇特。"

"伊莱莎·班尼特小姐鄙视打牌,"宾利小姐说,"她是个了

---

① 原文为"Cheapside",有"廉价,贫穷"之意。

② 原文为"That is capital",另有"那是首都"的意思,当时的首都伦敦也是英国的商业中心。宾利小姐以此双关语嘲讽伊丽莎白身份低下的亲戚,却忘了她父亲留下的财产同样通过生意获得。

③ 原文为"loo",圆桌牌戏,参与人数可变。

④ 简·奥斯汀也曾有过担心赌注太高而拒绝打牌的经历。

不起的读书人，从别的任何事中都完全感觉不到快乐。"

"这种夸赞或此番责备我都担当不起，"伊丽莎白叫道，"我**不是**了不起的读书人，我对很多事情感到快乐。"

"我相信你从照料你的姐姐中得到了快乐，"宾利说，"我希望你很快能看着她好起来并更加快乐。"

伊丽莎白从心里感谢他，然后走到放了几本书的桌子旁。他立即提出再帮她拿一些，把他图书室的书都拿来。

"我希望我有更多的藏书，对你和我本人的名誉都有好处。但我是个闲散的家伙，虽然我的书不多，可我已经读不完了。"

伊丽莎白向他保证屋里的那些书对她已完全足够。

"我很惊讶，"宾利小姐说，"父亲竟然只留下这么少的藏书——你在彭伯利的图书室多么令人喜爱，达西先生！"

"它应该很好，"他答道，"这是几代人的收藏。"

"然后你自己又增添了那么多，你一直在买书。"

"我无法理解在如今的日子里忽略家庭图书室。"

"忽略！我相信你不会忽略任何能给那个高贵的住所增添美丽的事情。查尔斯，当你建造**你的**房子时，我希望能有彭伯利一半令人喜爱。"

"我希望如此。"

"但我真的建议你在那个地区购买产业，把彭伯利当成某种典范。在英格兰没有比德比郡更美的郡。"

"我完全乐意。我会买下彭伯利，假如达西愿意出售。"

"我在说可能的事，查尔斯。"

"说真的，卡洛琳。我会认为更有可能通过购买而非模仿得到彭伯利。"

伊丽莎白对这些话很感兴趣，几乎没法专心看书。很快她把书彻底放在一边，靠近牌桌，坐在宾利先生和他姐姐中间，观看打牌。

"达西小姐春天以来是否长了不少？"宾利小姐说，"她会不会和我一样高了？"

"我想会。她现在大概是伊丽莎白·班尼特小姐的高度，也许更高。"

"我多想再见到她！我从未见过令我这么喜爱的人。这样的容貌，这样的风度！对她的年龄而言极其有才华！她的钢琴弹得好极了。"

"我总是很惊讶，"宾利说，"年轻的小姐们怎会全都有能耐变得这么有才华。"

"所有的年轻小姐都有才华！我亲爱的查尔斯，你是什么意思？"

"是的，所有人，我想。她们都会装饰桌台，绘制屏风，编织手袋。我几乎不知道有谁不是样样都会，我相信我没有哪回第一次听说一位年轻小姐时，能不被告知她很有才华。"

"你所列举的常规才华，"达西说，"很有道理。这个词被用在了许多只会绘制屏风和编织手袋的女人身上。但我绝不同意你对女士们的总体评价。在我所有的熟人中，我无法吹嘘自己认识六个以上真正有才华的人。"

"我也是，真的。"宾利小姐说。

"那么，"伊丽莎白说，"你对什么叫做有才华的女人一定很有想法。"

"是的，我的确很有想法。"

"哦！当然，"他的忠实助手说，"一个人如果不能远远超出常规水平就不能被视为真正有才华的人。一个女人必须精通乐器、唱歌、绘画、跳舞和现代语言，才能配得上这个词。除了所有这些，她必须在走路、语调、言谈和神情上拥有某些特别的气质和风度，否则就配不上这个词一半的意思。"

"所有这些她必须具备，"达西又说道，"在所有这些之上她必须要增加某些更实际的方面，通过大量的阅读提高心智。"

"我不再为你只认识六个有才华的女人感到惊讶。我现在更惊讶你真能认识某一个。"

"你对女人这么苛刻，竟会怀疑所有这些的可能性吗？"

"我从未见过这样的女人。我从未见到这样的才能，以及品位、勤奋、优雅，如你所说，结合在一起。"

赫斯特太太和宾利小姐都抗议她不公正的含沙射影，两人都声称她们认识许多符合这种描述的女人，这时赫斯特先生叫她们安静下来，愤愤地责备她们对正在做的事情漫不经心。因为所有的谈话就此结束，伊丽莎白很快离开了屋子。

"伊莱莎·班尼特，"门刚关上，宾利小姐就说道，"是那种想通过贬低女人来向男人吹嘘自己的年轻小姐。在许多男人面前，我敢说，这很有效果。不过，在我看来，这是雕虫小技，很卑鄙的伎俩。"

"毫无疑问，"达西答道，她这话主要是说给他听的，"小姐们有时为迷住男人而屈尊采用的所有伎俩都很卑鄙。任何接近狡猾的做法都可鄙。"

宾利小姐对这个回答不完全满意，没有继续这个话题。

伊丽莎白再次来到他们这儿，只为说她的姐姐病得更重，她不能离开她。宾利催促马上请来琼斯先生，而他的姐妹认为乡村医生的治疗无济于事，建议发一封快信从城里请来最出色的医生。她绝不希望这样做，但她并非不那么情愿接受她们兄弟的建议，于是决定第二天一早请来琼斯先生，如果班尼特小姐没有明显好转。宾利很不安心，他的姐妹宣称她们很痛苦。不过，晚餐后她们通过二重奏抚慰了她们的痛苦，而他能得到的最佳安慰，是告诉管家竭尽全力照料这位生病的小姐和她妹妹。

第九章

伊丽莎白晚上主要在姐姐的房间里度过，见到宾利先生一早派来问询的女仆时，能愉快地告诉她情况不错，过了一会儿也同样答复了照料他姐妹的两位优雅女仆。不过，虽然有了好转，她请求送一份便笺去朗博恩，让她的母亲来看看简，自己判断简的情况。便笺即刻送出，内容很快得到答复。班尼特太太由两位小女儿陪同，在家庭早餐结束不久后到达了尼日斐尔德。

假如班尼特太太发现简处于任何明确的危险之中，她会特别难过，但见面后她满意地发现简的病情并不令人惊恐，她完全不希望简立即康复，因为她恢复健康后也许就得离开尼日斐尔德。因此，她不愿听女儿说起回家，同时赶来的医生也认为这完全不可行。和简坐了一会儿后，宾利小姐出现了，在她的邀请下母亲和三个女儿都同她一起进入了早餐室。宾利见到她们，希望班尼特太太没有发觉班尼特小姐比她想象的情况更糟糕。

"我的确发觉如此，先生，"这是她的回答，"她病得太重没法挪动。琼斯先生说我们绝不能想着带她走。我们必须借你的好意多打扰几日。"

"带她走！"宾利叫道，"绝对不行。我相信，我的姐妹肯定不会让她走。"

"那是一定，太太，"宾利小姐冷淡又客气地说，"班尼特小姐在我们这儿会得到一切可能的照料。"

班尼特太太连声道谢。

"我相信，"她又说道，"要不是有这样的好朋友我不知道她会变成怎样，因为她的确病得很重，非常痛苦，尽管她极其忍耐，她也向来如此，因为，她有着我所见过最甜美的性情。我常常告诉我的其他几个女孩，她们和**她**相比一无是处。你的房子真可爱，宾利先生，那段石子路外面的景致很迷人。我觉得村子里没有任何地方能和尼日斐尔德相比。我希望你不会想到匆忙离开，虽然你只有很短的租约。"

"我做什么都很匆忙，"他答道，"因此假如我会决定离开尼日斐尔德，我也许五分钟就能走。不过现在，我觉得自己算是在这儿安顿下来了。"

"那正是我对你的想法。"伊丽莎白说。

"你开始了解我了，是吗?"他叫道，向她转过身。

"哦! 是的，我非常了解你。"

"我希望我能将此视为夸奖，但恐怕如此轻易地被人看透很可怜。"

"情况恰好如此。并不意味着深沉复杂的性格比你这样的性格更多或更少地值得尊重。"

"莉齐，"她母亲叫道，"记住你在哪儿，别以你在家里的样子在这儿撒野。"

"我以前并不知道，"宾利马上接着说，"你对性格很有研究。这一定是门有趣的研究。"

"是的，但复杂的性格**最**有趣。它们至少有那个优势。"

"乡村，"达西说，"总的来说只能为这样的研究提供很少的对象。在乡村周围你就进入了非常狭窄且一成不变的社会。"

"但人们本身变化很大，在他们身上永远能看到新鲜之处。"

"是的，的确如此，"班尼特太太叫道，为他提及乡村时的态度感到恼火，"我向你保证乡下和城里在**那方面**的变化几乎一样大。"

每个人都很惊讶，达西看了她一会儿，默默转身离开。班尼特太太自以为对他大获全胜，便乘胜追击。

"我看不出伦敦比乡下好得多，对我而言，只除了商店和公共场所。乡下令人愉快得多，不是吗，宾利先生？"

"当我在乡下时，"他答道，"我从不希望离开它。我在城里时几乎一样。它们有着各自的优点，我在哪儿都一样高兴。"

"啊，那是因为你有好性情。但那位先生，"她看着达西，"似乎认为乡下毫无趣味。"

"说真的，妈妈，你错了，"伊丽莎白说，她为母亲感到脸红，"你完全误解了达西先生。他的意思只是在乡下不像在城里那样能遇到各式各样的人，你必须承认这是事实。"

"当然，我亲爱的，没人会说一样，但至于说在这儿遇不到许多人，我相信找不到几个更大的地方。我知道我们和二十四个家庭一起吃饭。"

宾利只是出于对伊丽莎白的关心才勉强保持了镇定。他的姐妹没那么体贴，带着极其意味深长的笑容望着达西。伊丽莎白为了说些也许能改变她母亲想法的事情，这时问她自从**她**离开后夏洛特·卢卡斯是否来过朗博恩。

"是的，她昨天和她父亲过来拜访。威廉爵士是那么讨人喜欢的人，宾利先生——他不是吗？也是个时髦的人！那么文雅又那么随和！他总是对每个人都有话可说。**那**就是我所认为的好教养；那些自以为非常重要、从不开口的人，在这方面大错特错。"

"夏洛特和你一起吃饭了吗？"

"没有，她想回家。我猜是要她做碎肉馅饼。对我来说，宾利先生，**我**总会雇些能干好他们分内事情的仆人；**我的**女儿们教养不同。但人人都能自己判断，而且卢卡斯家的女孩们都非常好，我向你保证。真可惜她们不漂亮！并非**我**认为夏洛特**十分**相貌平平，但另一方面她是我们特别的朋友。"

"她似乎是个很讨人喜爱的年轻小姐。"宾利说。

"哦！天啊，是的，但你必须承认她相貌平平。卢卡斯太太本人也经常这么说，为简的美貌嫉妒我。我不喜欢吹嘘我自己的孩子，但说实话，简——不常见到比她更漂亮的人。每个人都这样说。我不认为是我自己的偏爱。在她只有十五岁的时候，我城里的加德纳弟弟家有一位先生深深爱上了她，让我的弟媳相信他会在我们离开前向她求婚。然而他没有。也许他认为她太过年轻。不过，他为她写了一些诗，非常漂亮的诗词。"

"于是结束了这场爱情，"伊丽莎白不耐烦地说，"有许多的爱情，我想，都以同样的方式被克服了。我很好奇谁最早发现了诗歌在赶走爱情上的效力。"

"我一直认为诗歌是爱情的**食粮**①。"达西说。

---

① 源自莎士比亚的《第十二夜》。

"对于美好、苗壮、健康的爱情也许如此。什么都能滋养原本强壮的事物。但如果只是轻微、淡薄的那种意愿，我相信一首好的十四行诗就能让它彻底夭折。"

达西只是微笑，随后众人的不语让伊丽莎白担心她母亲会再次出丑。她很想说话，但完全想不出该说什么。短暂沉默后班尼特太太为宾利先生对简的好意再次表示感谢，也为莉齐给他的麻烦而道歉。宾利的回答真诚礼貌，迫使他的妹妹同样礼貌，说出合乎时宜的话语。她那样做时的确不大情愿，但班尼特太太很满意，随后很快吩咐马车。得到这个指令后，她最小的女儿走上前。两个女孩整个拜访中都在窃窃私语，带来的结果是，小女儿竟然质问宾利先生第一次来乡下时承诺在尼日斐尔德办一场舞会的事。

莉迪亚是个结实并发育良好的十五岁女孩，肤色白皙，神情愉悦，她是母亲的宠儿，因为对她的喜爱而早早让她进入社交。她生性活跃，有点天生的自以为是，她姨父的美餐和她本人的轻浮举止让军官们对她大献殷勤，令她更加自负。因此，她完全能够向宾利先生提出舞会的话题，并贸然提醒他记住他的承诺，还说，假如他不能信守承诺将是世界上最可耻的事情。他对她突然责难的回答在她们的母亲听来很悦耳。

"我完全准备好了，我向你保证，我会遵守约定；等你的姐姐恢复后，你要是愿意可以指定舞会的日子。但你不会希望在她生病时跳舞。"

莉迪亚宣称她很满意。"哦！是的，等简恢复了当然好得多，到那时卡特上尉很可能又来梅里顿了。等你开完*你的*舞会，"她又说道，"我会坚持让他们也开一场。我要告诉福斯特上校如果他不这样做会很丢脸。"

班尼特太太和她的女儿们随后离开，伊丽莎白立即返回简的身边，任由她自己和她家人的行为被两位女士和达西先生评论，不过，后者无论如何不愿加入她们对**她**的批评，尽管宾利小姐对**美丽的眼睛**①一再打趣。

① 当时女性容貌的重要标准，也因此让宾利小姐感到嫉妒。

第十章

这一天过得和前一天差不多。赫斯特太太和宾利小姐上午陪了病人几个小时，她虽恢复缓慢，却在持续恢复。晚上伊丽莎白和他们一起待在客厅。不过，卢牌桌没有出现。达西先生在写信，宾利小姐坐在他身旁，观察着他的进展，不断以传给他妹妹的话打断他。赫斯特先生和宾利先生在打皮克牌①，赫斯特太太看着他们打牌。

伊丽莎白拿起一些针线活，趣味盎然地看着达西和他同伴之间发生的事情。这位小姐不断称赞他的字迹，夸他写得工整，以及信的长度，毫不在意她的夸赞得到了怎样的接受，构成了一段奇妙的对话，完全符合她对双方的看法。

"达西小姐收到这样一封信该有多高兴啊！"

他没有回答。

"你写得非常快。"

"你错了。我写得很慢。"

"你一年中得写多少封信呀！还有事务上的信件！我会觉得那极其讨厌！"

"那么，幸运的是它们落到了我的身上，没有落在你身上。"

---

① 原文为"piquet"，一种双人牌戏。

"请告诉你妹妹我很想见到她。"

"我按照你的意思，已经写了一次。"

"我担心你会不喜欢你的笔。让我帮你修修吧。我笔修得很好①。"

"谢谢你，但我总是自己修笔。"

"你怎能写得这么工整？"

他沉默着。

"告诉你妹妹我听说她在竖琴上的进步很高兴，也一定要让她知道我对她设计的漂亮小桌布欣喜若狂，我认为远远超过了格兰特利小姐的桌布。"

"能允许我把你的狂喜推迟到我下次写信吗？此时我没地方好好写。"

"哦！这无关紧要。我一月能见到她。但你是否总给她写这么可爱的长信呢，达西先生？"

"它们一般都很长，但是否总是可爱，这不由我决定。"

"我的原则是，一个能轻松写出长信的人，不可能写不好。"

"那可不能作为对达西的夸奖，卡洛琳，"她哥哥叫道，"因为他写得**不轻松**。他总是反复斟酌，寻找四音节词汇——不是吗，达西？"

"我和你的写信风格大不相同。"

"哦！"宾利小姐叫道，"查尔斯的信写得特别马虎。他有一半的词会漏掉字母，其余的都涂涂抹抹。"

---

① 当时用羽毛笔写字，写久之后笔尖会变钝。

"我的想法流淌得太快，让我没时间表达出来——我的意思是我的信有时没向我的收信人传递任何想法。"

"宾利先生，"伊丽莎白说，"你的谦逊一定会消除所有的责备。"

"没什么能比看似谦逊更有欺骗性，"达西说，"这常常只是无心的想法，有时是间接的吹嘘。"

"你认为**我**最近的小谦虚属于哪一类?"

"间接的吹嘘——你对你信件的缺点感到真心骄傲，因为你认为它们源于敏捷的思想和草率的表达，这即使不算可贵，你至少认为非常有趣。能迅速做任何事的能力让拥有者非常珍惜，常会忽略执行过程中的不完美。当你早上告诉班尼特太太假如你决定离开尼日斐尔德你五分钟就会走时，你意在夸耀，是对你本人的恭维，然而你把非常重要的事情置于不顾，对你本人或其他任何人不可能有真正的好处，这样的鲁莽怎会如此值得赞赏?"

"不，"宾利叫道，"这太过分了，在晚上时记得早上说过的所有傻话。可是，说真的，我相信我说的关于自己的话是事实，我现在就相信。因此，至少，我没养成以毫无必要的鲁莽在女士们面前炫耀的性格。"

"我敢说你相信如此，但我绝不认为你能那么迅速地离开。你的行为和我认识的所有人一样取决于机会。如果你正在上马时，一个朋友对你说:'宾利，你最好待到下个星期。'你也许会这样做，你可能就不走了——换句话说，也许会待上一个月。"

"你只是以此证明了，"伊丽莎白叫道，"宾利先生没有如实表现他本人的性情。你对他的赞赏远超他对自己的夸赞。"

"我太高兴了，"宾利说，"你把我朋友的话变成对我性情温和的夸奖。但恐怕你这样的改变完全不合我朋友的意愿，因为在这样的情况下如果我断然拒绝，尽快离开，他对我的看法会好得多。"

"达西先生会认为你原先的鲁莽打算能因为你的固执己见得到补偿吗？"

"说实话，我说不清这件事，达西必须自己说明。"

"你期待我解释你所谓的我的想法，但我从未承认过。然而，就算这件事如你所述，班尼特小姐，你必须记住，这位可能想让他回到家中、延迟他计划的朋友，仅仅想要这样，他提出此事却没有给予一个能证明其恰当的理由。"

"能够乐意、轻松地接受朋友的**劝告**对你而言绝非优点。"

"没理由的接受对双方的理智绝非恭维。"

"达西先生，你在我看来，似乎绝不允许受友谊和感情的影响。对请求者的尊重常常让人欣然接受请求，无需等待说服的理由。我并非特别说起你所提到的宾利先生这种情况。也许，我们可以等待，等事情发生后，再来讨论他行为的慎重程度。但在寻常而普通的情形下，如果朋友中的一位想让另一位改变完全不算重要的决定，你会轻视不等待任何理由就接受想法的那个人吗？"

"在我们继续这个话题前，更准确地弄清这个请求的重要程度，以及双方的亲密程度是否更好？"

"当然可以，"宾利叫道，"让我们听到所有的细节，别忘了他们相对的身高体型。班尼特小姐，因为那对争论的重要性，会超出你的预料。我向你保证如果达西没比我本人高那么多，我对他不会有一半的顺从。我发誓我没见过比达西更讨厌的家伙，在特别的情况，特殊的地方时，尤其星期天晚上在他自己的房子里，他无事可做的时候。"

达西先生笑了笑，但伊丽莎白觉得她能感到他很恼火，就克制了她的大笑。宾利小姐激动地抗议他受到的无礼对待，责备哥哥的胡言乱语。

"我看出了你的打算，宾利，"他的朋友说，"你不喜欢这个争论，想停下来。"

"也许是。争论太像争吵。如果你和班尼特小姐能把你们的争论推迟到我离开屋子，我会非常感激，然后你们就能随心所欲地说起我了。"

"你的要求，"伊丽莎白说，"对我而言毫无问题。达西先生最好完成他的信。"

达西接受了她的建议，真的写完了他的信。

这件事结束后，他请宾利小姐和伊丽莎白赏光弹奏一些乐曲。宾利小姐敏捷地走到钢琴前，在礼貌地请求伊丽莎白首先演奏，并得到另一位更诚恳的拒绝后，她坐了下来。

赫斯特太太给她妹妹伴唱，当她们忙于此事时，伊丽莎白翻看着放在钢琴上的一些乐谱，却不由自主地发现达西先生总是用眼睛注视着她。她几乎不知该怎样理解她能成为这种大人物的仰慕对象，但认为他是不喜欢她才看着她，这更奇怪。然而，最终，她只能想着，她能吸引他的注意，是因为根据他对正确的想法，她有些在场的其他人都没有的某种错误或应受责备的地方。这种设想没让她难过。她不喜欢他，所以毫不在乎他的赞许。

在弹奏了几首意大利歌曲后，宾利小姐以一首活泼的苏格兰乐曲改变了风格。很快达西先生走到伊丽莎白身旁，对她说道：

"班尼特小姐，你难道不会很想抓住这个机会跳一支里尔舞吗？"

她笑了，但没有回答。他重复了这个问题，对她的沉默有些惊讶。

"哦！"她说，"我刚听见了，但我无法立即决定该怎么回答。我知道，你想让我说'是'，这样你就能愉快地鄙视我的品位，但我总喜欢戳穿那种计谋，捉弄那些蓄意鄙视我的人。因此，我已经下定决心要告诉你，我一点也不想跳里尔舞——现在如果你敢就蔑视我吧。"

"我真的不敢。"

伊丽莎白原以为会惹恼他，对他的殷勤十分惊讶。然而她的举止既甜美又淘气，让她很难惹恼任何人。达西从未对任何女人像对她这样着迷过。他确实相信，要不是因为她的低贱亲戚，他就会处于某种危险中了。

宾利小姐的所见所想足以让她感到嫉妒。她对她亲爱的朋友简身体的恢复无比担忧，这让她在想摆脱伊丽莎白的心愿上得到了一些帮助。

她常常谈论他们假想的结婚，以这样的亲事筹划他的幸福生活，努力以此惹得达西不喜欢她的客人。

"我希望，"他们第二天一起在灌木林散步时她说，"在这件美事发生后，你会给你的岳母一些提醒，让她最好别乱说话；要是你能做得到，务必别让几个小女孩总跟着军官们跑。还有，如果我能提及如此敏感的话题，也尽量克制你太太拥有的那种近乎自负和无礼的性情。"

"你对我的家庭幸福还有没有别的建议？"

"哦！有的。务必将你菲利普斯姨父姨妈的画像挂进彭伯利的画廊，放在你法官祖父旁边。他们从事同一种职业，你知道，只是不同分支而已。至于你的伊丽莎白的肖像，你绝对不要尝试去画，因为哪位画师能够描绘出那双美丽的眼睛呢？"

"的确，想捕捉眼中的神色绝非易事，但它们的颜色和形状，还有那极其美丽的睫毛，也许可以模仿。"

那时他们遇见了从另一条路过来的赫斯特太太和伊丽莎白本人。

"我不知道你们也想散步。"宾利小姐有些困惑地说，担心他们的话被听见。

"你们的做法真可恶，"赫斯特太太说，"没说你们要出去就跑开了。"

接着她挽起达西的另一只胳膊，留下伊丽莎白独自散步。这条路只容得下三个人并排走。达西先生感觉到她们的无礼，立即说道：

"这条路对我们来说不够宽。我们最好去大路上。"

然而伊丽莎白完全不想和他们待在一起，笑着答道：

"不，不，就这样吧。你们在一起很漂亮，看上去特别迷人。要是来了第四位就会破坏了这幅画面。再见。"

随后她高兴地跑开，一边漫步一边愉快地想着也许再过一两天就能回家了。简恢复得很好，已经想要在那天晚上离开房间一两个小时。

第十一章

等女士们吃过晚餐离开后，伊丽莎白跑到姐姐身旁，看到她穿得很暖和，陪着她进了客厅，在那儿她的两位朋友说了许多表示开心的话，以此欢迎她；在两位先生出现前的一个小时里，伊丽莎白从未见她们如此和蔼过。她们真是非常健谈。她们可以细致入微地描述一场演出，妙趣横生地说起一桩轶事，兴致勃勃地嘲笑她们的熟人。

可当先生们出现后，简就再也不是首要目标了，宾利小姐的目光立即转向达西，他还没走几步她就有话对他说。他本人向班尼特小姐问好，礼貌地表示祝贺；赫斯特先生也向她微微鞠躬，说他"很高兴"；但宾利的问候充满关怀，热情洋溢。他满心喜悦，殷勤备至。他最初的半小时都用在添加柴火上，以免她因为换了屋子感到不适。她按照他的想法挪到了火炉的另一边，能够离门远一些。他在她身旁坐下，几乎不和别人说话。伊丽莎白在对面的角落做着针线活，非常高兴地看着这一切。

喝完茶后，赫斯特先生提醒他的小姨子准备牌桌，但徒劳无益。她已经私下得知达西先生不喜欢打牌，赫斯特先生很快发现他的公开请求甚至也被拒绝。她向他说明没人想打牌，所有人对这个话题的沉默似乎证实了她的看法。赫斯特先生因此无事可做，只能躺在一个沙发①上睡大觉。达西拿起一本书，宾利小姐也照着做。赫斯特太太主要在玩弄她的手镯和戒指，不时加入她弟弟和班尼特小姐的谈话。

宾利小姐的注意力一半用来观察达西先生读**他的**书本时的进展，一半用来读自己的书。她不断提出问题，或看着他的页面。然而，她无法得到他的任何交谈；他只回答她的问题，然后读下去。她努力对自己的书感兴趣，却被这番努力弄得筋疲力尽，而她挑选这本书，仅仅因为这是他那本书的第二卷。最后，她打了个大大的哈欠说："以这样的方式度过夜晚真愉快！我相信什么娱乐都比不上阅读！人们对任何事都会比对书本更快感到厌倦！当我有了自己的房子时，如果不能有个出色的图书室我会非常痛苦。"

没人做出任何答复。于是她又打了个哈欠，把她的书扔在一边，环顾屋子想找些乐趣。当听见她哥哥对班尼特小姐提及舞会时，她忽然转向他说：

"顺便问一下，查尔斯，你当真想在尼日斐尔德举办一场舞会吗？在你决定之前，我会建议你问问在场的人怎么想。要是在场者中没有人把舞会视为惩罚而非快乐，那就是我错了。"

"如果你指达西，"她哥哥叫道，"他可以去睡觉，要是他乐意，在舞会开始之前。但至于舞会，这件事已经定下，一旦尼科尔斯准备了足够的白汤②我就会派发请帖。"

---

① 奥斯汀最喜爱的诗人威廉·库珀曾在他的诗集《任务》（1785）中以戏谑的语气将沙发呈现为奢侈和懒惰的象征。
② 由小牛肉、奶油、杏仁等熬制的一种汤，源于中世纪宫廷食谱，是优雅精致的象征。

"我会对舞会喜欢得多，"她答道，"假如能以不同的方式举行，可是这种聚会的寻常过程无聊得令人无法忍受。要是谈话而非跳舞成为当天的主要项目一定会理性得多。"

"我亲爱的卡洛琳，我敢说这当然会理性得多，但这就完全不像舞会了。"

宾利小姐没有回答，很快她站起身在屋里走动起来。她体态优雅，步伐端庄，然而达西依然埋头读书，尽管一切都是为他而做。她深感绝望，决定再做一番努力，便转向伊丽莎白，说道：

"伊丽莎白小姐，请允许我劝你和我一样，在屋里走走，我向你保证，以同一个姿势坐了这么久后这很能提神。"

伊丽莎白很惊讶，但马上同意了。宾利小姐也实现了这番客套的真正目的，达西先生抬起了头。他和伊丽莎白本人都对这种新颖的献殷勤方式很感兴趣，不知不觉合上了他的书。他立即被邀请加入她们，但他拒绝了，说他只能想出她们选择一起在屋里走来走去的两个动机，而他的加入对两者都是妨碍。"他是什么意思？她[①]太想知道他到底是什么意思？"她问伊丽莎白究竟能否听懂他的话。

"完全不懂，"她答道，"但毫无疑问，他意在挑剔我们，而我们让他失望的最佳办法，是什么也不问。"

然而，宾利小姐无法让达西先生对任何事感到失望，因此执意要求他对两个动机加以解释。

"我完全不反对做出解释，"她刚能允许他开口，他就说道，

---

① 此为说书人的话语。

"你们选择以这种方式度过晚上的时间，不是因为你们想说悄悄话并谈论一些私密的事情，就是因为你们知道你们的身材在散步时显得最美。如果是第一种情况，我一定是个妨碍，若是第二种，我坐在火炉旁能更好地加以欣赏。"

"哦！令人震惊！"宾利小姐叫道，"我从未听过这么讨厌的话。我们该为这样的话怎么惩罚他？"

"再简单不过，"伊丽莎白说，"只要你愿意，我们都能彼此折磨和惩罚。戏弄他、嘲笑他，既然你们这么熟悉，你一定知道该怎么做。"

"但说实话，我**不知道**。我向你保证我的熟悉感还没有教会**我那样做**。戏弄举止镇定头脑冷静的人！不，不，我觉得在那方面他会反击我们。至于嘲笑，如果你愿意，我们别尝试毫无理由的嘲笑，给自己带来麻烦。达西先生也许会为此暗自得意。"

"达西先生不可嘲笑！"伊丽莎白叫道，"那是个非同寻常的优势，我希望这会继续不同寻常，因为拥有很多这样的熟人对**我**会是个重大损失。我特别喜欢取笑。"

"宾利小姐对我的夸奖言过其实。"他说，"最明智最出色的人，不，他们最明智和最出色的行为，也可能因为将取笑作为人生第一目标的人而变得荒唐可笑。"

"当然，"伊丽莎白答道，"有这样的人，但我希望我不是**他们**中的一员。我希望我从不取笑明智出色的人与事。愚蠢和荒唐、异想天开和反复无常**的确**让我感到有趣，我承认，只要可能我都会对此嘲笑，但这些，我认为，正是你所没有的。"

"也许那对任何人都不可能。但我一生都在研究该怎样避免常会使明智的大脑受人嘲弄的那些弱点。"

"比如自负和骄傲。"

"是的，自负的确是个弱点。但骄傲——如果头脑足够出色，骄傲总能得到良好的控制。"

伊丽莎白扭头掩饰一丝微笑。

"你对达西先生的盘问已经结束，我想，"宾利小姐说，"请问结果如何？"

"我完全相信达西先生没有缺点。他自己也毫不掩饰地承认了。"

"不，"达西说，"我绝无那样的自负。我有足够的缺点，但我希望，不在理解力上。我不敢保证我的脾气，我相信它太不顺从，当然对于处理世事极不方便。我无法尽快忘记别人的愚蠢和恶行，或是他们对我本人的冒犯。我的感情让我不能想方设法消除这些。我的脾气也许能被称作容易怨恨——我的好感一旦失去，便会永远消失。"

"**那**真糟糕！"伊丽莎白叫道，"无法消除的怨恨**是**个性格缺陷。但你真的选择了一个很好的缺点，我的确无法对此**嘲笑**。你在我这儿安全了。"

"我相信，每一种性情都可能有些特别的缺点，一些天生的缺陷，即使最好的教育也无法克服。"

"**你的**缺点是容易讨厌每一个人。"

"而你的，"他笑着答道，"是故意误解他们。"

"一定要让我们来点音乐，"宾利小姐叫道，她对自己无法参与的谈话感到厌烦，"路易莎，你不会介意我吵醒赫斯特先生吧?"

她的姐姐没做丝毫反对，钢琴被打开。达西思考片刻后，对此并不遗憾。他开始感到对伊丽莎白过于殷勤的危险。

第十二章

在姐妹俩的共同决定下，伊丽莎白第二天上午给母亲写信，请求她当天派马车过来。然而班尼特太太原本打算让女儿们在尼日斐尔德住到下个星期二，正好让简住满一周，无法愉快地在此之前接她们回来。因此，她的答复并不如意，至少不合伊丽莎白的心愿，因为她迫不及待地想要回家。班尼特太太回信说她们不可能在星期二之前得到马车。在附言中又加上，如果宾利先生和他的姐妹想让她们多住一阵，她完全没有问题。然而，伊丽莎白已经下定决心，不再多住——她也不太期待得到请求，相反，她担心被看成毫无必要地打扰过久，便催促简立即向宾利先生借马车，并最终决定提出她们当天上午离开尼日斐尔德的打算，也提出了请求。

这番话引发了许多关心之言，说出了许多希望她们至少住到第二天，这样对简更好的话，于是她们的离开推迟到第二天。那时宾利小姐后悔自己提出了推迟的建议，因为她对一个姐妹的嫉妒与讨厌远远超出了对另一位的喜欢。

房子的主人听说她们这么快要离开感到真心难过，一再试着劝说班尼特小姐这样对她不安全，说她恢复得还不够好，但简感觉自己在做正确的事情时会很坚定。

对达西先生而言这是个好消息，伊丽莎白已经在尼日斐尔德住得够久了。她对他的吸引超出了他的意愿，宾利小姐对**她**很失礼，对他本人也比平时更爱取笑。他明智地决定要特别留意**现在**绝不流露出丝毫仰慕之情，绝不让她更加希望能影响他的幸福。他知道如果这个想法曾被暗示，他在最后一天的表现对于证实或摧毁这一点至关重要。他心意已决，整个星期六几乎没对她说一两句话。虽然他们有一次单独待了半个小时，他却聚精会神地读着书，甚至不肯抬头看她。

星期天，做了晨祷后，是令所有人无比愉快的告别时刻。宾利小姐对伊丽莎白的礼貌最后突然升温，她对简的感情同样如此。告别的时候，她向后者保证将始终乐意在朗博恩或尼日斐尔德见到她，和她深情拥抱，甚至和前者握了手。伊丽莎白兴高采烈地同所有人道了别。

她们在家中没得到母亲很热情的招待。班尼特太太奇怪她们怎么回来了，认为她们带来这么多麻烦很不对，并相信简会再次感冒。但她们的父亲，虽然愉快的话说得很简短，却是真心高兴见到她们，他已经感觉到她们在家中的重要性。家人都聚在一起的晚间交谈，因为缺少了简和伊丽莎白，失去了大部分活力，也失去了几乎所有的意义。

她们发现玛丽还像往常一样，埋头钻研声学和人性，欣赏了一些摘抄，听她谈论了一些陈腐的道德观点。凯瑟琳和莉迪亚有着截然不同的消息。她们滔滔不绝地谈论着从上星期三开始兵团发生的事情，最近有好几个军官和她们的姨父吃了饭，一个士兵受了鞭笞，还隐约听说福斯特上校要结婚了。

第十三章

"我希望，我亲爱的，"第二天早餐时，班尼特先生对他妻子说，"你今天准备了不错的晚餐，因为我有理由期待家中增添一个成员。"

"你是什么意思，我亲爱的？我肯定不知道有谁要来，除非夏洛特·卢卡斯会来拜访，我希望**我的**晚餐对她而言足够好了。我相信她不常在家中看到这么好的饭菜。"

"我说的那个人是位先生，一个陌生人。"

班尼特太太两眼发光："一位先生和陌生人！我相信是宾利先生。哎呀简——你从未透露一点口风，你这个狡猾的东西！好了，我当然会非常乐意见到宾利先生。可是——天哪！太不幸了！今天根本买不到鱼。① 莉迪亚，我的宝贝，摇铃，我必须吩咐希尔，此时此刻。"

"这**不是**宾利先生，"她的丈夫说，"这是一个我这辈子从未见过的人。"

这话引起了众人的惊讶，他愉快地得到了他妻子和五个女儿即刻对他的热切询问。

用她们的好奇心自娱自乐一番后，他进行了解释。"大约一

---

① 因为星期天是安息日不能捕鱼，所以星期一买不到鱼肉。

个月前我收到了这封信，大约两个星期前我回了信，因为我觉得这是一件有些敏感的事情，需要尽早处理。信来自我的侄子，柯林斯先生。等我死后，他能随心所欲地随时将你们全都赶出房子。"

"哦！天啊，"他的妻子叫道，"我受不了听你说起那件事。请不要谈论那个讨厌透顶的人。我的确认为这是世界上最残忍的事情，你的财产不给自己的孩子，竟要传给别人。我相信如果我是你，我早就会尝试对此做些什么。"

简和伊丽莎白试着向她解释限定继承的性质。她们以前也经常试着这么做，但这个话题却无法对班尼特太太解释清楚。她继续破口大骂，说家中的财产不能给五个女儿，却要传给一个谁都不在乎的男人，这太过残忍。

"这当然是件最不公正的事情，"班尼特先生说，"什么都无法消除柯林斯先生继承朗博恩的罪过。但你要是愿意听听他写的信，你也许会因为他自我表达的方式稍稍缓和一点。"

"不，那我相信不会。我认为他竟然给你写信真是无礼，也十分伪善。我讨厌这种虚伪的朋友。他为何不一直与你吵闹不休，就像他父亲曾经那样呢？"

"是啊，真的。他在那方面似乎的确有些顾及孝道，你能听得出。"

肯特郡韦斯特汉姆附近亨斯福德

10 月 15 日

亲爱的先生：

　　您和我尊敬的先父之间存在的矛盾，始终令我深感不安，自从我不幸失去他后，我常常希望消除隔阂，但有一段时间我因为自身的犹豫而踌躇不前，担心我与他欣然表示关系不善的任何人友好交往也许会显得对他不敬——"听着，班尼特太太。"——不过对于这件事我如今心意已决，因为我在复活节①接受圣职后，幸运地被刘易斯·德·布尔爵士的遗孀，我的女恩主，尊敬的凯瑟琳·德·布尔夫人选中，她慷慨仁慈地让我住进这个教区宝贵的牧师住宅②，我将在此竭尽全力对尊敬的夫人诚惶诚恐、感恩戴德，随时准备执行英格兰教堂制定的仪式与典礼。而且，作为一名牧师，我感觉自己有责任尽力提升我能影响的所有家庭的幸福与安宁。基于这些原则我自认为我如今的主动示好很值得称赞，我作为朗博恩下一位限定继承人的情况，能被你们好意忽略，不会让你们拒绝这抛来的橄榄枝③。成为伤害您可爱的女儿之人令我满心忧虑，请允许我为此道歉，同时向您保证我乐意对她们做出任何可能的补偿，但请容后再议。如果您不反对我登门拜访，我希望能在 11 月 18 日星期一下午四点前来到府上，或许要叨扰至下个星期六的晚上，这对我毫无不便之处，因为凯瑟琳夫人完全不反对我在星期天偶尔缺

---

① 原文为 "Easter"，每年春分月圆之后的第一个星期天，在 3 月 22 日至 4 月 25 日之间。
② 牧师职位由教区恩主赐予，通常是终身的职位。
③ 源于英国著名小说家塞缪尔·理查逊（1689—1761）的书信体小说《克拉丽萨》（1747）。出自书中一位谄媚迟钝的牧师。

席，只要能安排另一位牧师行使当天的职责。亲爱的先生，谨向尊夫人和您女儿们表示敬意，我依然是您的祝福者与朋友。

威廉·柯林斯

"因此，在四点时，我们也许能期待这位求和的先生，"班尼特先生把信折起时说道，"说实话，他似乎是个极其诚恳、极有礼貌的年轻人。我毫不怀疑他会成为可贵的熟人，尤其要是凯瑟琳夫人能够开恩，愿意让他再来看我们。"

"不过，他说的关于女孩们的话有些理智。如果他打算为她们做任何补偿，我不会是阻拦他的那个人。"

"虽然很难猜测，"简说，"他会指以何种方式做出他认为我们应得的补偿，但他有这样的心愿当然值得赞扬。"

伊丽莎白主要感到惊讶的是他对凯瑟琳夫人异乎寻常的尊敬，以及他随时都好意准备着为他的教民主持洗礼、婚礼和葬礼。

"他一定是个怪人，我想，"她说，"我觉得他捉摸不透。他的风格有些浮夸自负。他作为下一个限定继承人而道歉是什么意思？我们不会认为他愿意放弃，如果他可以，他可能是个理智的人吗，先生？"

"不，我亲爱的，我认为不是。我想大有希望发现他恰恰相反。他信中的语气既卑躬屈膝又妄自尊大，说明很有可能。我迫不及待地想见到他。"

"就写作而言，"玛丽说，"这封信似乎没有缺陷。关于橄榄枝的想法也许并不新颖，但我认为表达得不错。"

对凯瑟琳和莉迪亚来说，这封信或信的作者都毫无趣味。她们的堂兄几乎不可能身穿红色大衣进来，她们已经好几个星期都无法从身穿其他任何颜色衣服的人那儿得到乐趣。至于她们的母亲，柯林斯先生的来信已经消除了她的许多怨恨，她打算心平气和地见他，让她的丈夫和女儿感到惊讶。

柯林斯先生准时到达，得到全家人非常礼貌的接待。班尼特先生的确话语很少，但小姐们非常乐意交谈，而柯林斯先生似乎既不需要鼓励，也不想沉默不语。他是个子很高，体形壮实的二十五岁年轻人。他的神情严肃庄重，他的态度很郑重其事。他刚坐下不久就恭维班尼特太太有这么多漂亮的女儿，说他早就听闻她们的美貌，然而盛名依然不够符实；又说道，他毫不怀疑能看着她们全都及时结婚。这番恭维并不符合他一些听众的品位，但班尼特太太从不反对任何恭维，立即答道：

"你心肠真好，我相信如此。我真心希望事情能够这样，否则她们会穷困潦倒。事情安排得那么古怪。"

"你也许是指这块产业的限定继承。"

"啊！先生。的确如此。这对我可怜的女儿们是件伤心事，你必须承认。并非我想责怪你，因为我知道在当今世界上这种事情全凭运气。一旦产业被限定继承，谁都不知道会落入什么人手中。"

"太太，我知道这给我漂亮的堂妹们带来的苦楚。对于这件事我有许多话要说，可我得小心别显得仓促轻率。但我能向年轻小姐们保证我来是为仰慕她们。此时我不想多说，不过，也许，等我们更加熟悉后——"

　　他的话被招呼用餐的声音打断了，女孩们相视而笑。柯林斯先生并非只仰慕她们。客厅、餐厅以及所有的家具，都得到了他的审视与赞赏。他对一切的夸赞本来可以打动班尼特太太的心，要不是她满怀屈辱地想着他把一切都视为自己的未来财产。晚餐也得到了盛赞，他请求知道该感谢哪位漂亮的堂妹出色的厨艺①。但此处班尼特太太纠正了他的错误，以有些严厉的语气向他保证他们完全请得起一个好厨子，她的女儿们无需在厨房干活。他为惹她不悦向她道歉。她语气缓和地宣称自己完全没有生气，但他接连道歉了大约一刻钟。

---

① 当时中上层社会的人通常不从事体力劳动。

第十四章

晚餐时，班尼特先生几乎一言不发；但在仆人们退下后，他认为是时候和他的客人说说话了，因此开始了一个他料想能让他神采奕奕的话题，说他似乎特别幸运地遇见了女恩主。凯瑟琳·德·布尔夫人关注他的心愿，在意他的安适，真是非同寻常。班尼特先生选不出更好的话题。柯林斯先生对她赞不绝口。这个话题让他的神情变得异常严肃，他郑重其事地表明他此生从未见过一个有身份有地位的人这样的态度，如此和蔼可亲又屈尊俯就，像他遇见的凯瑟琳夫人那样。他曾有幸两次当面向夫人布道，都得到她亲切愉快的表扬赞许。她还两次邀请他去罗辛斯用餐，就在上个星期六他还被叫去，为凑齐一个四人牌桌。他知道凯瑟琳夫人在许多人看来为人骄傲，但**他**从来只看出她平易近人。她对他说话的样子和对其他任何绅士完全一样。她丝毫不反对他和周边邻居交往，或偶尔离开教区一两个星期，去看望亲戚。她甚至屈尊建议他能尽快结婚，只要他慎重选择；有一次还光临了他卑微的牧师住宅，并完全同意他做的所有改动，甚至不吝赐教——让他在楼上的壁橱里添置一些架子。

"那都非常得体客气，我相信，"班尼特太太说道，"我敢说她是个特别和蔼的女人。可惜了不起的女士们通常都不像她这样。她住在你附近吗，先生？"

"寒舍所在的花园和罗辛斯庄园①只隔一条小路，那是夫人的住所。"

"我想你说过她是个寡妇，是吗？她有没有家人？"

"她只有一个女儿，罗辛斯的女继承人，拥有很大的产业。"

"啊！"班尼特太太摇头说道，"那么她比许多女孩都更有钱。她是怎样的年轻小姐？她漂亮吗？"

"她的确是位非常迷人的年轻小姐。凯瑟琳夫人本人说在真正的美貌方面，德·布尔小姐远超最漂亮的女人；因为她容貌不凡，显然是出身高贵的年轻小姐。她不幸体弱多病，妨碍了她在许多才艺方面的进展，否则定会才华出众。这些我是从负责教育她的女士那儿听说的，她依然和她们住在一起。不过小姐非常和蔼可亲，常常屈尊乘坐她的四轮轻便小马车②路过寒舍。"

"她觐见了国王吗？我不记得在皇宫的女士名册中有她的名字。"

"她不幸因为身体欠佳，从未去过伦敦，因此，正如我某一天对凯瑟琳夫人所说，让英国王宫失去了最耀眼的人物。夫人似乎很喜欢这个想法；你可以想象我很乐意不失时机地提出女士们总爱接受的巧妙恭维。我已经不止一次对凯瑟琳夫人说，她迷人的女儿似乎天生就是位公爵夫人，再高的头衔都无法提升她的重要性，只会因她而增光添彩。这些是让夫人高兴的小事，我认为自己特别应该献上那样的殷勤。"

"你的判断很正确，"班尼特先生说，"你能拥有巧妙恭维的

---

① 原文为 "Park"，指新建而非世袭的庄园。
② 原文为 "little phaeton and ponies"，由两匹马拉。

才华真不错。请问这些讨人喜爱的殷勤究竟源于当时的冲动，还是早期钻研的结果？"

"这些主要是临场发挥，虽然我有时会自娱自乐地设计一些能在平常使用的短小精练的恭维话，我总会尽量做出不假思索的样子。"

正如班尼特先生所料。他的侄子和他期待的一样荒唐，他听得津津有味，与此同时保持着极其镇定的表情，除偶尔瞥一眼伊丽莎白之外，无需任何人分享他的乐趣。

然而到喝茶时班尼特先生乐够了，便高兴地领着他的客人再次进入客厅，喝完茶后，又高兴地邀请他为女士们读书。柯林斯先生欣然答应，一本书被拿了过来。然而，刚一看见，（因为一切表明这来自流动图书馆①）他就吓得后退，请求原谅，宣称他从来不读小说。基蒂瞪着他，莉迪亚惊叫起来。于是拿来了别的书，经过慎重考虑后他选择了福代斯的《布道集》②。他打开书卷时莉迪亚目瞪口呆，他还没以单调乏味、一本正经的声音读完三页，她就打断他说：

"你知道吗，妈妈？我的菲利普斯姨父说要解雇理查德，他要是这么做，福斯特上校就会雇用他。我姨妈星期六亲口告诉我的。我明天会走到梅里顿多打听些消息，再问问丹尼先生什么时候从城里回来。"

两位姐姐让莉迪亚住口，但柯林斯先生特别生气，把书搁在

---

① 简·奥斯汀和家人也是流动图书馆的订阅者，里面通常有许多当时被视为不够高雅的小说。
② 简·奥斯汀的偶像安·拉德克里夫夫人认为这本书的风格矫揉造作。此为奥斯汀的讽刺。

一边，说道：

"我常常发现年轻小姐们总对正经书不感兴趣，尽管纯粹是为使她们受益而写。我承认这让我惊讶，因为，当然什么都不如圣贤教诲对她们有好处。但我将不再勉强我的堂妹。"

接着他转向班尼特先生，提出和他玩双陆棋[①]。班尼特先生接受了挑战，说他让女孩们自得其乐非常明智。班尼特太太和她的女儿们极其礼貌地为莉迪亚的打断而道歉，承诺他要是接着读书，这绝不会再发生。然而柯林斯先生保证他完全不怨恨他的堂妹，永远不会将她的表现视为冒犯并感到愤怒，随后和班尼特先生在另一张桌旁坐下，准备玩双陆棋。

---

① 原文为"backgammon"，一种双人玩的棋。

第十五章

柯林斯先生并非理智之人，他天性的缺陷几乎没因为教育或社交得到弥补。他人生的大部分时间都在一个无知吝啬的父亲的指导下度过。虽然他上了某所大学，但他只修读了必要的课程，没结识任何有益的朋友。他父亲培养的顺从性格，起初让他的举止极度谦卑，如今却被一个愚笨头脑的自以为是大大抵消。这是离群索居，以及早早得到不期而至的财产带来的自然感受。他在亨斯福德的牧师职位空缺时有幸结识了凯瑟琳·德·布尔夫人。他对她身居高位的敬重，对她作为女恩主的崇拜，夹杂着他的自命不凡，他作为牧师的权威，以及作为教区长的权利，总而言之使他既骄傲又谄媚，既自负又谦卑。

如今他有了一座不错的房子和足够的收入，便打算结婚。与朗博恩和好的同时他期望得到一个妻子，因为他有意从中挑选一个女儿，如果发现她们和传闻中一样漂亮可爱。这就是他的补偿计划——为继承她们父亲的产业，做出的弥补。他认为这是绝妙的想法，完全可行也非常合适，对他本人而言极其慷慨无私。

见到她们后他的计划没有改变。班尼特小姐的可爱脸庞坚定了他的想法，也确立了他严格按照长幼权益的念头。在第一个晚上她是他的明确选择。然而，第二天上午，出现了变化，因为早餐前他和班尼特太太面对面交谈了一刻钟，谈话从他的牧师住宅开始，自然而然地引入他的心愿，说他也许能在朗博恩找到个女主人。这番话让她喜笑颜开，对他大加鼓励，但提醒他不能选择他已选定的简。"至于她**小一些**的女儿们她不敢断言——她不能明确回答——但她不**知道**有过婚约①；不过她的**大**女儿，她必须提及——她感觉有责任提示一下，她可能很快就会订婚。"

柯林斯先生只需从简变成伊丽莎白，变得很快——就在班尼特太太拨火的一瞬间。伊丽莎白在年龄和美貌上都仅次于简，自然接替了她的位置。

班尼特太太对此番暗示如获至宝，相信她也许很快就能有两个结了婚的女儿。这个她前一天还无法忍受的男人，现在却深得她的欢心。

莉迪亚步行去梅里顿的打算没被忘记，除了玛丽每个姐姐都同意和她一起去。柯林斯先生将陪同她们，这是班尼特先生的请求，他急于摆脱他，独自享用他的图书室。因为早餐后柯林斯先生跟他去了那儿，一直待着，名义上是看他收藏的最大的对开本图书②，实际上却在对班尼特先生说话，几乎一刻不停，说着他在亨斯福德的房子和花园。这种行为让班尼特先生心烦意乱。在他的图书室里他总能得到安逸和宁静，正如他对伊丽莎白所说，虽然他准备在其他任何一个房间里遇见愚蠢和自负的人，他却习惯在那儿摆脱他们。因此，他立刻礼貌地邀请柯林斯先生和他的女儿们一起散步，柯林斯先生实际上更适合散步而不是阅读，便高兴不已地合上那本大部头书，走了。

---

① 当时婚约的通常形式为年轻人之间的口头承诺。
② 当时开本最大的一种昂贵书籍。

一路上他自命不凡地说着废话，他的堂妹们礼貌地表示赞同，就这样来到了梅里顿。这时**他**再也无法引起两位小堂妹的关注。她们的眼睛立即在街上四处打量，寻找着军官们，只有橱窗里真正特别漂亮的帽子，或的确新款的细纱布①，才能引起她们的注意。

然而很快每一位小姐都注意到一位年轻人，她们以前从未见过，样子非常绅士，在街的对面和另一位军官一同走着。这位军官正是莉迪亚前来询问是否从伦敦返回的丹尼先生，她们走过时他鞠了一躬。所有人都被那位陌生人的风度吸引，都在好奇他会是谁。基蒂和莉迪亚决定尽量弄清楚，便穿过街道，假装想看对面商店里的东西，幸运的是她们刚走上人行道，两位往回转的先生就到达了同一个位置。丹尼先生立即向她们问好，请求能介绍他的朋友韦翰先生，他前一天刚和他从城里回来，还高兴地说他已经被任命为他们军团的军官。事情本该如此，因为这位年轻人只需穿上军装就能彻底令人着迷。他的相貌非常讨人喜爱，他长得十分漂亮，五官清秀，身材匀称，谈吐宜人。介绍后他非常乐意交谈，与此同时这样的乐意完全得体，毫不做作。所有人都站在那儿愉快地交谈着，这时一阵马蹄声引起了他们的注意，他们看见达西和宾利骑着马沿街而至。两位先生认出了小姐们，立即来到她们身边，开始了寻常的问候。宾利是主要的说话者，班尼特小姐是主要的目标。他说他那时正要特意去朗博恩问候她。达西先生以鞠躬证明了他的话，正要决心不再盯着伊丽莎白，这时

---

① 原文为"muslin"。当时的流行布料，在《北怒庄园》中经常提及。

他的视线忽然被这位陌生人吸引。伊丽莎白碰巧看见两人对视时的表情，为见面的结果吃惊不已。两人都变了脸色，一个面色发白，另一个满脸通红。韦翰先生稍过片刻后，触碰了帽檐，达西先生只勉强还礼。这会是什么意思？令人无法想象，让人不可能不想得知。

又过了一会儿，宾利先生似乎没注意到发生的情形，道了别，和他的朋友骑马离去。

丹尼先生和韦翰先生陪着年轻小姐们走到菲利普斯先生的家门口，然后鞠躬告辞，尽管莉迪亚小姐不断请求他们进去，菲利普斯太太甚至从客厅窗户探出身来，大声共同邀请。

菲利普斯太太总是很高兴见到她的外甥女们，两位姐姐因为最近没来过，更是特别受欢迎。她急于表示对她们突然回家的惊讶，因为自家的马车没能去接她们，她本来会一无所知，要不是她碰巧在街上遇见琼斯先生的店员，告诉她他们不再往尼日斐尔德送药，因为班尼特小姐们要走了。这时简把柯林斯先生介绍给她。她极其礼貌地接待了他，他更是礼貌，为他原本素不相识却前来打扰而道歉。不过，他忍不住吹嘘因为他和年轻小姐们的亲戚关系，也完全有理由被介绍与她相识。菲利普斯太太惊叹于他好得过分的教养，但她对一位陌生人的思考很快因为对另一位的感叹与问询而结束。不过，对于那一位，她只能告诉她的外甥女们他们已知的消息，说丹尼先生从伦敦把他带来，他将在某郡的民兵团当个中尉①。她说，她之前的一个小时就看着他在街上走

① 原文为"lieutenant"，级别较低的军衔。

来走去。要是韦翰先生出现了，基蒂和莉迪亚一定会继续这样做，但不幸的是除了几个军官，没人从窗前路过，他们和那位陌生人相比，变成了"愚蠢讨厌的家伙"。其中一些第二天会在菲利普斯家吃饭，她们的姨妈答应让她的丈夫去拜访韦翰先生，也邀请他过来，如果朗博恩的一家人晚上会过来。众人达成了一致，菲利普斯太太声称他们会玩一场轻松热闹的摸彩游戏①，随后再吃点热气腾腾的夜宵。想到这样的乐趣令人高兴，双方都兴致勃勃地道了别。柯林斯先生离开时又再三道歉，主人不厌其烦地客气表示这毫无必要。

回家的路上，伊丽莎白告诉简她见到的两位先生之间的情景。但即使他们的做法看似不对，简也会为其中一人或双方进行辩护，不过她也和妹妹一样完全无法解释这样的行为。

柯林斯先生回去后对菲利普斯太太举止和礼貌的大加赞赏让班尼特太太非常满意。他声称除了凯瑟琳夫人和她女儿，他还从未见过更优雅的女人，因为她不仅极其礼貌地接待了他，甚至还特意邀请他第二天晚上过去，尽管他之前与她素不相识。他想，也许是因为他和他们的亲戚关系，但他此生还从未得到过这样的殷勤招待。

---

① 原文为"lottery tickets"，一种圆桌牌戏。

第十六章

因为年轻人和姨妈的约会没受到反对，而柯林斯先生为来访期间离开班尼特先生太太一个晚上的顾虑被坚决打消，马车把他和五个堂妹适时送到了梅里顿。进入客厅后，女孩们高兴地听说韦翰先生已经接受了她们姨父的邀请，那时已经在屋里。

得知这个消息后，他们全都坐了下来，柯林斯先生有时间四处打量并表达赞赏。屋子的大小和里面的家具令他印象深刻，他声称几乎以为自己来到了罗辛斯小小的夏日早餐厅。这番比较起初不太令人满意，可当菲利普斯太太从他那儿得知罗辛斯是怎样的地方，主人是谁，当她听说了对凯瑟琳夫人一间客厅的描述，发现仅是壁炉架就值八百英镑时，她感觉到这番恭维的全部效力，即使和管家的屋子相比也几乎不会让她生气。

他愉快地忙着为她描述凯瑟琳夫人的威严和她宅邸的富丽堂皇，偶尔岔开夸赞他自己的寒舍，以及正在做的改进，直到先生们加入他们。他发现菲利普斯太太是个专心的听众，听得越多，就越觉得他了不起，还打算尽快把听到的内容说给她的邻居们听。女孩们听不进堂兄说话，感到无事可做，希望能有架钢琴，只好看着壁炉上方她们自己差强人意的瓷器临摹画，等待的时间似乎很长。不过最后终于结束了，先生们的确走了过来。当韦翰先生走进屋子时，伊丽莎白感觉自己在之前见到他，以及后来想着他时，对他的仰慕之情没有丝毫不合理。某郡的军官们总的来说都很体面，风度翩翩，最出色的一位就在他们中间。然而韦翰先生的身材、相貌、气质和仪态都远超所有人，就像**他们**远超那位肥头大耳的菲利普斯姨父，他满嘴葡萄酒味，跟着他们进了屋子。

韦翰先生是幸运男人，几乎每个女人的眼睛都看着他，而伊丽莎白是他最后坐在她身旁的幸运女人。他立即和蔼可亲地和她交谈起来，虽然只说天会下雨，可能是个雨季，也让她觉得即使最寻常、最无聊、最老套的话题也会因为说话者的技巧而变得妙趣横生。

因为人人争相获得英俊的韦翰先生和军官们的关注，柯林斯先生似乎变得微不足道。对年轻小姐们而言他当然无关紧要。但他依然时常能得到菲利普斯太太这样好心的听众，并在她的关照下，不断添加着咖啡和松饼。

等牌桌摆好后，他坐下来打惠斯特①，有了个为她效劳的机会。

"我目前对这个牌戏知之甚少，"他说，"但我很乐意提高自己，因为以我的生活境遇——"菲利普斯太太很高兴他肯加入，但不想等他说出理由。

韦翰先生不玩惠斯特，于是高高兴兴地和伊丽莎白与莉迪亚坐在另一张桌旁。起初莉迪亚似乎有独占他的危险，因为她一心想要说话；但她同样也特别喜欢摸彩游戏，很快对此变得兴致盎

---

① 原文为"whist"，一种由两对游戏者玩的纸牌游戏。

然，急着下赌注，赢奖之后又大喊大叫，没心思特别关注任何人。于是韦翰先生一边应付着摸彩游戏，一边从容地和伊丽莎白说话。她很乐意听他说话，虽然她不会期待听见她最想听到的内容——他和达西先生的相识经历。她甚至不敢提起那位先生的名字。然而，她的好奇心却意外得到了释放。韦翰先生自己开始了这个话题。他询问尼日斐尔德距离梅里顿有多远，在得到她的答复后，有点疑惑地问她达西先生在那儿待了多久。

"大约一个月。"伊丽莎白说。随后，她因为不想放下这个话题，又说道："他在德比郡有很大的产业，我听说。"

"是的，"韦翰先生答道，"他在那儿的产业很可观。每年有一万英镑的净收入。你不会遇到能在那个方面比我本人提供更明确消息的人，因为我自幼就以特殊的方式和他的家庭有关联。"

伊丽莎白只能一脸惊讶。

"班尼特小姐，你很可能对这番话感到惊讶，你也许已经看到我们昨天的冷淡见面。你和达西先生很熟悉吗？"

"我只想和他熟悉至此，"伊丽莎白激动地叫道，"我和他在同一座房子里住了四天，我认为他非常讨厌。"

"我无权给出**我的**看法，"韦翰说，"关于他讨人爱或讨人厌的问题，我没资格评价。我和他认识太久，过于熟悉，不可能做出公正评价。**我**不可能毫无偏见。但我相信你对他的看法总的来说会令人吃惊，也许你不会在别的任何地方如此强烈地表达出来，这儿你是在自己的家人中间。"

"说实话，我在**这儿**说的话我也会在附近的任何一座房子里说，除了尼日斐尔德。他在赫特福德郡完全不受喜爱。人人都厌恶他的骄傲。你不会听到任何人对他更好的评价。"

"我无法假装遗憾，"韦翰稍稍打断后说，"无论他还是任何人都不该被看得过高，但对于**他**我相信这不常发生。世人会被他的财富和地位蒙蔽，或被他高高在上、盛气凌人的态度吓倒，只能顺着他的心意看待他。"

"我会认为他是个脾气很坏的人，即使只凭**我**的浅浅之交。"韦翰只是摇摇头。

"我想知道，"他在下一个开口机会时说，"他有没有可能在村里再住很久。"

"我完全不知道，但在尼日斐尔德时从未**听说**他要离开。我希望你对某郡的计划不会因为他在附近受到影响。"

"哦！不——不该由**我**被达西先生赶走。如果**他**想避而不见**我**，他必须走。我们关系不好，见到他总让我难过，但我没理由躲避**他**，而是也许可以对着全世界宣布，正因为他的为人，我得到了多少虐待，承受了多少痛苦。班尼特小姐，他的父亲，已故的达西先生，是世界上有过的最好的人，我曾经拥有的最真诚的朋友，只要和这位达西先生在一起我都会伤心地想起对他的一千个温柔回忆。他对我本人的行为已经非常可耻，但我真心相信我能原谅他所做的一切，除了他辜负了父亲的期望，并且辱没了他父亲的名声。"

伊丽莎白发现这个话题变得愈发有趣，听得专心致志，但问题的敏感性让她无法继续追问。

韦翰先生开始谈起更寻常的话题，梅里顿、周围的地方、身边的同伴，似乎对他目前见到的一切都非常满意。尤其在说到后者时，带着温柔却显而易见的殷勤。

"因为期待忠诚的同伴，有益的朋友，"他又说道，"这是我来到某郡的主要诱惑。我知道这是最体面、最友善的兵团，我的朋友丹尼又以他们目前的住所进一步诱惑我，以及他们在梅里顿得到的关注和出色的朋友。我承认，朋友对我必不可少。我是个失意的人，我的内心无法忍受孤独。我**必须**有事可做，也有同伴。军队生活并非我原先的打算，但境遇如今将其变得可行。牧师**应该**是我的职业，我从小接受这样的教育，此时本该拥有一份极好的牧师职位，假如我们刚才提到的那位先生乐意如此。"

"真的吗？"

"是的，已故的达西先生将最好的下一任牧师职位作为礼物送给我。他是我的教父，对我极其喜爱。我怎么都说不尽他的好意。他想让我过富裕的生活，以为他做到了，但当这份职位空出后，却给了别人。"

"天啊！"伊丽莎白叫道，"但**那**怎么可能？怎能无视他的遗愿？你为何不寻求法律诉讼？"

"遗赠的条款很不正式，让我没有希望诉诸法律。一个正直的人不可能怀疑这番意图，但达西先生选择怀疑它，或只将它当作有条件的推荐，坚称我已经因为奢侈和轻率失去了所有的权利，简而言之失去一切，一无所有。的确如此，这个职位两年前空缺下来，正是我可以接任的年纪，然后给了另一个人；同样明确的是，我无法责备自己真的做了什么，理应失去那份俸禄。我生性热情，无防备之心，我也许过于随意地说出了我**对**他的看法，**冲**他直言不讳。我想不出更坏的情况。但事实是，我们是截然不同的人，而且他恨我。"

"这太令人震惊了！他理应身败名裂。"

"总有一天他**会**的，但这不该由**我**来做。在我忘记他的父亲前，我永远不会反抗或揭露**他**。"

伊丽莎白为这样的感情而尊重他，认为他说出这些话时比任何时候更加英俊。

"可是，"她稍停片刻后说道，"他能有什么动机？什么能诱使他做出这么残忍的事呢？"

"对我坚决彻底的不喜爱之情，这种不喜爱我只能归结于某种嫉妒心。假如已故的达西先生对我少一分喜爱，他的儿子也许能对我多一份忍耐；然而他父亲对我非同寻常的喜爱惹恼了他，我相信，从幼年时就已经开始。他无力忍受我们之间的那种竞争——常常对我的更喜爱之情。"

"我从未想过达西先生会这么坏，虽然我从不喜欢他。我从未认为他如此恶劣，我曾认为他总的来说会鄙视别人，但没有怀疑他会沦落到如此恶意报复，极不公正，不讲人道的地步。"

然而，沉思了几分钟后，她又说道："我**的确**记得他有一天的吹嘘，那是在尼日斐尔德，说他一旦怨恨就无法消除，说他生性不易原谅。他的性情一定很可怕。"

"我不会相信自己对这个问题的看法，"韦翰答道，"**我**几乎不可能对他公正。"

伊丽莎白再次陷入沉思，过了一会儿叫道："以这样的方式对待他父亲的教子、朋友和宠儿！"她本想加上："还是像你这样的年轻人，你的容貌就能保证你为人和蔼。"但她只说了："而且，也许是从童年开始的伙伴，相互关联，我想你也说过，极其密切！"

"我们出生于同一个教区，在同一座庄园，我们小时候的大部分时间都一起度过，是同一座房子里的居民，分享着同样的快乐，拥有着同样的父母关爱。**我的**父亲最初的职业，似乎和你姨父菲利普斯先生为之增光添彩的职业相同，但他放弃了一切给已故的达西先生效劳，把所有的时间都用来料理彭伯利的产业。他深受达西先生的器重，是他最亲密、最信任的朋友。达西先生经常承认对我父亲的有效管理深表感激，在我父亲去世之前，达西先生主动向他承诺要供养我。我相信他觉得这既是向**他**表达谢意，也是因为对我本人的喜爱。"

"多么奇怪！"伊丽莎白叫道，"多么可恶！我很好奇达西先生的这种骄傲没有让他公正对待你！如果没有更好的动机，他不会因为骄傲而变得阴险，因为我必须称之为阴险。"

"**这**的确令人惊奇，"韦翰答道，"因为他几乎所有的行为也许都源于骄傲，而骄傲一直和他如影相随。这让他更多和美德而非其他任何感觉相联。但我们谁都不会始终如一，在他对我的行为中有比骄傲更强烈的冲动。"

"他如此令人讨厌的骄傲能对他有好处吗？"

"是的。这常常使他慷慨大方——散发钱财，表现好客，资助佃农，救济穷人。家庭的骄傲，以及**子女的**骄傲，因为他对父亲的为人非常骄傲，让他这样做。不能显得给家庭蒙羞，丢失众人喜爱的美德，失去彭伯利大宅的影响，是个强大的动力。他也有**兄长的**骄傲，因为**一些**兄长的情意，把他变成了他妹妹极其善良细心的保护人；你会听到众人夸赞他是最尽心尽意的好哥哥。"

"达西小姐是哪种女孩?"

他摇摇头："我希望我能说她和蔼可亲。说某个达西的坏话总会让我难过。但她太像她的哥哥——非常，非常骄傲。小的时候，她温柔可爱，特别喜欢我，我会花许多个小时陪她玩耍。但她现在对我形同陌路。她是个漂亮女孩，大约十五六岁，我知道也非常有才华。自从她父亲去世后，她就以伦敦为家，那儿有一位女士和她住在一起，负责她的教育。"

在多次停顿并多次尝试其他话题后，伊丽莎白忍不住再一次回到开始的话题，说道：

"我对他和宾利先生的亲密感到诧异！宾利先生那么好脾气，而且，我相信他确实可爱可亲，怎能和这样一个人交朋友呢? 他们怎能合得来? 你认识宾利先生吗?"

"一无所知。"

"他是个性情温和，亲切可爱的人。他不可能知道达西先生的为人。"

"也许不知道，但达西先生想取悦别人总能做到。他不缺能力。他可以是个健谈的同伴，只要他认为值得。在那些和他地位相当的人中间，他的表现和同不那么富有的人在一起时判若两人。他从来不会不骄傲，但和有钱人一起时他宽容、公正、真诚、理性、高尚，也许会讨人喜欢——根据财富和身份做出调整。"

打惠斯特的人很快散场，打牌的人聚在另一张桌旁，柯林斯先生坐在他的伊丽莎白堂妹和菲利普斯太太中间，后者照例询问他赢了多少。情况不太好，他每牌都输了，不过当菲利普斯太太随即表示关心时，他一脸严肃地向她保证这无关紧要，区区小钱无足挂齿，请求她别为此感到不安。

"我很清楚，太太，"他说，"当人们坐下来打牌时，他们必须碰碰运气，幸运的我的境遇让我完全不必在乎五先令。毫无疑问，许多人说不出同样的话，但多亏了凯瑟琳·德·布尔夫人，我已经毫无必要在乎小事情。"

韦翰先生注意到他。在对柯林斯先生观察了一会儿后，他低声问伊丽莎白她的亲戚是否和德·布尔家庭非常熟悉。

"凯瑟琳·德·布尔夫人，"她答道，"最近给了他一份牧师职位。我几乎不知道柯林斯先生最初是怎样被引荐给她的，但他一定和她认识不久。"

"你一定知道凯瑟琳·德·布尔夫人和安妮·达西夫人是姐妹，因此她是现在这位达西先生的姨妈。"

"不，说真的，我不知道，我对凯瑟琳夫人的亲戚一无所知。我直到前天才听说了她这个人。"

"她的女儿，德·布尔小姐，将有一大笔财产，人们相信她和她的表哥会合并这两块产业。"

这个消息让伊丽莎白笑了，因为她想到了可怜的宾利小姐。她所有的殷勤全都会徒劳无益，她对他妹妹的喜爱和对他本人的夸赞都将毫无用处，如果他已经和另一个人定了终身。

"柯林斯先生，"她说，"对凯瑟琳夫人和她女儿都评价极高，但从他说起夫人的一些细节看来，我怀疑他的感激之情误导了他，她虽然是他的女恩主，却是个傲慢又自负的女人。"

"我相信极其傲慢自负，"韦翰答道，"我已经很多年没见过她，但我清楚地记得我从来不喜欢她，她的态度盛气凌人、蛮横无理。据说她极其理智聪明，但我宁愿相信她的能力一部分来自她的地位和财富，一部分来自她颐指气使的态度，其余来自她外甥的骄傲，他想让每个和他相关的人都有上等人的样子。"

伊丽莎白承认他的说法很有道理。他们一起继续谈论，双方都很满意，直到夜宵终止了打牌，让其他小姐们能够分享韦翰先生的殷勤。菲利普斯太太家的夜宵吵吵闹闹，无法说话，但他的态度让所有人都喜欢他。无论他说什么，都说得很好，不管他做什么，都做得漂亮。伊丽莎白离开时满脑子都是他。她回家的路上只能想着韦翰先生，想着他告诉她的话，但一路上她甚至没时间提起他的名字，因为莉迪亚和柯林斯先生一刻都没安静过。莉迪亚不停地说着彩牌，说她失去和赢得的鱼儿①；柯林斯先生描述着菲利普斯夫妇的客气，宣称他丝毫不在乎打惠斯特时输的钱，细数夜宵中所有的菜肴，一再担心挤着他的堂妹们，当马车停在朗博恩大宅时，还没能说完他的话。

---

① 原文为"fish"，通常是骨头或象牙制作的平面鱼形筹码。

第十七章

　　伊丽莎白第二天告诉简在韦翰先生和她本人之间发生的事情。简惊讶又担忧地听着，她不知该怎么相信达西先生竟然如此不值得被宾利先生看重。然而，对于韦翰这样和蔼可亲的年轻人，她的天性让她无法质疑他的诚实。他可能受到了那样的无情对待，这足以唤起她所有的柔情。因此除了想着两人都好，为各自的行为进行辩护，以意外或错误来说明否则无法解释的事情，什么也做不了。

　　"他们两人，"她说，"我敢说都受了欺骗，以某种方式，我们完全弄不清楚。也许有人从中挑唆。简而言之，我们无法猜测可能让两人疏离的原因或情形，其实双方都没有过错。"

　　"很正确，真的。现在，我亲爱的简，你能为也许和这件事有关的人说些什么？必须也洗清**他们**，否则我们只能把某人当作坏人了。"

　　"你尽可笑我，但你不会笑得我改变想法。我最亲爱的莉齐，只要想想这将达西先生置于了怎样的无耻境地，能以那样的方式对待他父亲的宠儿——那个人，他的父亲曾经承诺会供养。这不可能。任何有基本的人性，对自己的名誉稍有看重的人，都做不到。他最亲密的朋友能被他欺骗至此吗？哦！不。"

　　"我更容易相信宾利先生受了欺骗，而不是韦翰先生竟然编造了他昨晚告诉我的他本人的经历；名字、事实，全都脱口而出——如果不是这样，让达西先生来否定。而且，他的样子也证明如此。"

"这的确很难——这令人苦恼，让人不知该怎么想。"

"请原谅，人们很清楚该怎么想。"

但简只能明确想到一个问题，即宾利先生，如果他**真的**受了欺骗，当事情公布于众时会非常痛苦。

两位年轻小姐在灌木林交谈着，这时被叫了回去，因为正是她们刚刚说到的那些人了。宾利先生和他的姐妹过来为期待已久的尼日斐尔德舞会发出他们的私人邀请，定在下个星期二。两位女士很高兴又见到她们亲爱的朋友，说自从上次见面简直恍若隔世，不停地问她分别以后情况怎样。对家中别人她们几乎都不在意，尽量躲避班尼特太太，对伊丽莎白话语很少，对其他人完全不说话。她们很快又要走了，从座位上敏捷起身时把她们兄弟吓了一跳，然后匆忙离开，仿佛急于避开班尼特太太的礼节客套。

尼日斐尔德就要举办舞会，这让家中的每一位女士都非常高兴。班尼特太太宁愿将此看作对她大女儿的恭维，为从宾利先生本人那儿得到邀请，而非只收到请柬而极其得意。简想着这将是多么愉快的夜晚，有她的两个朋友做伴，还有她们的兄弟献上的殷勤；伊丽莎白开心地想着和韦翰先生跳许多支舞，并从达西先生的神情举止中看出对一切的证明。凯瑟琳和莉迪亚的幸福期待不那么依靠某一件事或某一个人，因为虽然她们每人都和伊丽莎白一样，想半个晚上都和韦翰先生跳舞，但他绝不是唯一能让她们满意的舞伴，而且舞会无论如何，只是个舞会。即使玛丽也能向家人保证她完全没有不想参加。

"只要我上午的时间能自由支配，"她说，"这就够了——我想偶尔参加晚上的活动算不上舍弃。我们所有人都需要社交。我承认我也觉得不时有些娱乐消遣对每个人都有好处。"

伊丽莎白对这件事兴致高涨，因此她虽然不常毫无必要地对柯林斯先生说话，却忍不住问他是否打算接受宾利先生的邀请，如果是，他认为参加晚上的娱乐活动是否得体。她十分惊讶地发现对那两件事他毫无顾虑，完全不担心因为贸然跳舞受到主教或凯瑟琳·德·布尔夫人的训斥。

"我完全不这么想，我向你保证，"他说，"这样的一场舞会，由一位正直体面的年轻人举办，不会带来任何坏处。我绝不反对自己跳舞，因此我希望晚上能有幸和我所有的漂亮堂妹们跳舞。我借此机会向你特别请求，伊丽莎白小姐，能和你跳前两支舞，我相信我的堂妹简能将我的选择归结于正确的原因，而非对她有任何不敬。"

伊丽莎白感觉自己完全上了当。她满心希望能和韦翰先生跳那两支舞，结果却是柯林斯先生！她从来没有活泼得这么不合时宜。然而事已至此。韦翰先生和她本人的幸福只得稍稍延迟，她尽量愉快接受了柯林斯先生的邀请。想到他的殷勤可能还有别的意思她更不高兴。现在她第一次想到，**她**是被从姐妹中挑选出来，作为配得上当亨斯福德牧师住宅女主人的那一个，在罗辛斯没有更多合适的客人时，会去凑数打四人桌牌。这个想法很快得到确认，因为她发现他对她本人越来越殷勤，听他不断试着恭维她的聪明活泼。虽然她对自己的魅力更感到惊讶而非得意，她母亲很快就让她明白他们之间可能的婚姻让**她**特别高兴。然而伊丽莎白权当没听懂这个暗示，因为她很清楚任何答复都一定会带来激烈的争执。柯林斯先生也许永远不会求婚，在他求婚之前，为他争吵毫无意义。

要不是有了尼日斐尔德的舞会可以准备和谈论，班尼特家的小女儿们此时也许会非常可怜，因为从得到邀请的那天开始，到举办舞会的那天，雨下个不停，她们一次也没能走到梅里顿。没法去找姨妈、军官，也得不到任何消息，就连舞鞋上的玫瑰花结①都是托人买的。连伊丽莎白都因为这样的天气感到有些烦躁不安，因为这让她完全无法加深和韦翰先生的交往。只有在星期二举办的一场舞会，才能让基蒂和莉迪亚熬过这样的星期五、星期六、星期天和星期一。

---

① 当时流行的丝绸饰品。

第十八章

伊丽莎白进入尼日斐尔德的客厅，在一群穿着红外套的人中间寻找韦翰先生却看不到他，在此之前她从未想过他会不来。想起过去的事情也许让她有理由感到惊恐，但她还是认为一定能见到他。她精心打扮了一番，兴高采烈地准备征服那颗尚未被完全征服的心，相信她也许在这个晚上就能做到。但她很快有了个可怕的疑惑，认为宾利先生为使达西先生高兴，也许在邀请军官时故意漏掉了他。虽然情况并非完全如此，可当莉迪亚急着询问他的朋友丹尼时，他宣称他的确没来，告诉她们韦翰前一天有事只得去了城里，还没返回，又带着意味深长的笑容说道：

"我想并非有什么事情能让他这时离开，要不是他想避开这儿的某位先生。"

这部分消息虽然没被莉迪亚听见，伊丽莎白却听到了，这让她相信达西依然和她最初设想的一样，应该为韦翰的缺席负责。这番失望让她对前者感到极其不悦，因此当他直接走到她身边，礼貌地提出请求时，她几乎无法客气地答复他。对达西的关注、忍受和耐心，就是对韦翰的伤害。她决定不和他做任何交谈，转身时心情极差，即使和宾利先生说话时也很不高兴，因为他的盲目偏爱惹恼了她。

但伊丽莎白天生没有坏脾气，虽然她本人对这个晚上的每一个期待都被悉数摧毁，却不能长久影响她的心情。她把自己的伤心事全都告诉了一个星期没见的夏洛特·卢卡斯，很快就主动谈起她堂兄的古怪表现，还特意把他指给她看。不过，最早的两支舞让她再次感到难受，舞跳得令人屈辱。柯林斯先生笨拙又严肃，不好好跳舞，却一直道歉，常常走错舞步也不知道，让她尝尽了一个讨厌的舞伴能在两支舞中带来的所有羞愧和痛苦。从他那儿解脱的那一刻她欣喜若狂。

接着她和一位军官跳舞，谈起了韦翰，听说人人都喜爱他又有了精神。那些舞跳完后，她回到夏洛特·卢卡斯身旁和她交谈，这时她忽然听见达西先生对她本人说话，请求和她跳舞，她惊讶得不知所措，就答应了他。他立即走开，而她为自己的心不在焉感到恼火。夏洛特试着安慰她。

"我敢说你会发现他非常令人喜爱。"

"天啊！**那**将是一切之中最大的不幸！发现让人一心讨厌的人令人喜爱！别祝我遇见这样的坏事。"

不过，又开始跳舞时，达西过来邀请她。夏洛特忍不住悄声提醒她别当个傻子，因为满心想着韦翰而在比他重要十倍的人眼中显得不高兴。伊丽莎白没有回答，走进舞列，为她竟然能有幸站在达西先生面前感到惊讶，从周围人们的表情中看出他们也一样惊讶。他们一言不发地站了一会儿，她开始想象他们的沉默将贯穿两支舞曲，起初下定决心不去打破，直到她忽然想到强迫他说话也许是对她舞伴更大的惩罚，便稍稍谈论了跳舞。他回答了，又沉默下来。停顿几分钟后她再次对他说道：

"现在轮到**你**说些什么了，达西先生。**我**说到跳舞，**你**应该对房间的大小，或舞伴的数量做些评价。"

他笑了，向她保证她想让他说什么他都会说。

"很好，那个回答现在够了。也许不久后我会说起私人舞会比公共舞会愉快得多，不过**现在**我们可以沉默。"

"那么，你在跳舞时，都照例会说话吗?"

"有时。你知道人总要说点什么。要是在一起整整半小时都一言不发会显得很奇怪。然而对于**一些人**，应该这样安排交谈，让他们能尽量少些说话的麻烦。"

"在目前的情况下你是在考虑自己的感受，还是认为你在让我高兴?"

"两者，"伊丽莎白狡黠地答道，"因为我总能看出我们的想法非常相似。我们两人的性情都不善社交，沉默寡言，不愿说话，除非我们有希望说出一些举座皆惊的话语，能作为妙言警句传给子孙后代。"

"这和你本人的性格没多少相似之处，我很肯定，"他说，"和**我的**性格有多接近，我不能贸然说出。毫无疑问**你**认为这十分确切。"

"我不能确定我自己的话语。"

他没有回答，他们又陷入了沉默，直到他们继续跳舞，这时他问她是否常和她的姐妹们步行去梅里顿。她给了肯定答复，因为无法拒绝诱惑，又说道："你那天在那儿遇见我们时，我们正在结交一个新朋友。"

这话立竿见影。他的脸上浮现出更深的傲慢之情，但他一言未发，而伊丽莎白虽然责备自己的软弱，却无法继续。最后达西神情不太自然地说道：

"韦翰先生有幸举止十分愉悦，让他能**结交**朋友。但他能否同样**保持**友谊，就不那么确定了。"

"他已经不幸失去了**你的**友谊，"伊丽莎白加重语气说道，"以可能让他终身痛苦的方式。"

达西没有回答，似乎很想改变话题。就在那时，威廉·卢卡斯爵士似乎离他们很近，打算穿过人群去屋子的另一边，但当见到达西先生时，他停了下来，彬彬有礼地鞠了一躬，夸赞他的跳舞和他的舞伴。

"我的确看得高兴至极，我亲爱的先生。如此出色的舞姿并不常见。显然你是一流的水准。不过，请允许我说，你漂亮的舞伴也没让你丢脸，我当然希望能常有这样的乐趣，尤其当某一件好事（瞥向她的姐姐和宾利）发生的时候，我亲爱的伊莱莎。那时将有多少的祝福蜂拥而至啊！我请求达西先生——但我还是别打扰你，先生。你不会为我耽搁了你和那位年轻小姐心醉神迷的谈话感谢我，她明亮的眼睛也在责备我呢。"

这番话后面的部分达西几乎没听见，但威廉爵士对他朋友的暗示似乎让他大为震惊，他以非常严肃的眼神望着正在一起跳舞的宾利和简。然而，他很快镇定下来，转向他的舞伴说：

"威廉爵士的打断让我忘了我们在说什么。"

"我想我们根本没说话。威廉爵士无法打断屋子里无话可说的两个人。我们已经尝试了两三个话题但没有成功，我也想不出下一个话题能说什么。"

"你认为谈论书怎么样？"他微笑着说。

"书——哦！不，我相信我们从来不读同样的书，也不可能有同样的感受。"

"我很遗憾你这么想，但如果是那种情况，至少不会缺少话题。我们可以比较不同的看法。"

"不——我无法在舞厅里谈论书，我的脑子里总会装满别的事情。"

"在这种情景下你总会想着**现在**，是吗？"他神情疑惑地说道。

"是的，总是如此。"她不知所云地答道，因为她的想法已经从这个话题飘向远处，她随后的突然叫喊似乎证明如此，"我记得曾经听你说过，达西先生，你几乎不会原谅，你一旦怨恨就不会平息。我想，你在**产生**怨恨时会非常慎重吧？"

"是的。"他以坚定的声音答道。

"而且从不允许自己被偏见蒙蔽。"

"我希望没有。"

"对那些从不改变想法的人而言，起初的公正评判变得尤为重要。"

"我能询问这些问题有何意图吗？"

"只想说明**你的**性格，"她说，并努力摆脱她的严肃感，"我想弄清楚。"

"你弄清了什么？"

她摇摇头。"我毫无进展。我听到对你截然不同的描述，让我无比困惑。"

"我能轻易相信，"他严肃地答道，"关于我的传言也许大相径庭。我希望，班尼特小姐，你别在此时勾画我的性格，因为我有理由相信这样的做法对你我都没有好处。"

"但如果我现在不勾勒你的样子，我也许就永远不再有机会了。"

"我绝不会阻挠你的任何快乐。"他冷冷地答道。她没再说话，他们跳了另一支舞，默默分开了。双方都感到不满，虽然程度不同，因为达西在心里对她有不少好感，很快原谅了她，把所有的怒气转到了另一个人身上。

他们分开不久后宾利小姐向她走来，带着礼貌又轻蔑的神情靠近了她。

"那么，伊莱莎小姐，我听说你很喜欢乔治·韦翰！你姐姐对我说起了他，问了我一千个问题。我发现这个年轻人在说别的话时忘了告诉你，他是老韦翰，已故的达西先生管家之子。不过，作为朋友，我想建议你，别完全相信他所有的话。至于达西先生虐待他，这完全是错误，因为，恰恰相反，他一直对他特别善意相待，然而乔治·韦翰以最无耻的方式对待了他。我不知道细节，但我很清楚达西先生无可指摘，他受不了听人说起乔治·韦翰，虽然我哥哥认为不好把他排除在应邀的军官之外，他却极其高兴地发现他主动离开。他竟然来到郡里，真是件极其无礼的事情，我很奇怪他怎能擅自这样做。我同情你，伊莱莎小姐，因为发现了你最喜爱的人的罪过。但说实话考虑到他的出身，也不可能指望他有多好。"

"在你看来他的罪过和他的出身似乎是同一件事，"伊丽莎白愤怒地说，"因为我听你对他的指责无非在于他是达西管家的儿子，对于**那一点**，我能向你保证，他本人对我说过了。"

"很抱歉，"宾利小姐答道，她面带嘲讽地转过身，"原谅我的打扰，我本来是好意。"

"无礼的女孩！"伊丽莎白心中暗想，"如果你期待以这样卑鄙的方式影响我就大错特错了。我只看到你本人的任性无知和达西先生的恶意。"她接着去找姐姐，她也就同一个问题问了宾利。简看到她时笑得无比甜蜜满足，一脸喜悦之情，足以表明她对晚上的经历有多满意。伊丽莎白立即读出了她的感情，那时对韦翰的关心、对他敌人的怨恨，以及其他一切都在对简以最美好的方式获得幸福的期待中烟消云散。

"我想知道，"她和姐姐一样笑盈盈地说，"你打听到韦翰先生怎样的消息。但你有可能高兴得想不起第三个人；在这种情况下你一定能得到我的原谅。"

"不，"简答道，"我没忘记他，但我没有任何让你满意的消息告诉你。宾利先生不知道他的整个经历，对于惹恼达西先生的主要情形一无所知；但他能为他朋友的行为、正直和名誉担保，完全相信韦翰先生不配获得达西先生对他的诸多关注。我很遗憾根据他和他妹妹的话，韦翰先生绝不是一个正派的年轻人。我担心他曾经的做法轻率无礼，理应失去达西先生的看重。"

"宾利先生自己不认识韦翰先生？"

"不，在梅里顿的那天上午之前他从未见过他。"

"那么这些话都是听达西先生说的。我很满意。他对那个牧师职位怎么说？"

"他想不起具体的情况，虽然他不止一次听达西先生说过，但他相信这只是**有条件**的赠予。"

"我毫不怀疑宾利先生的真诚，"伊丽莎白激动地说，"可你必须原谅我不能只被保证说服。我敢说宾利先生为他朋友的辩护很有道理；但他既然对事情的许多方面不了解，其他方面都从那位先生本人那儿听说，我不妨坚持我对两位先生之前的看法。"

她接着改成让两人都更愉快的话题，也绝对没有感情上的差异。伊丽莎白高兴地听着简对宾利先生的好感喜悦却不高的期待，便竭尽全力提升她对此的信心。在宾利先生本人过来后，伊丽莎白回到卢卡斯小姐身边，还没能回答她关于上一个舞伴有多令人喜欢的问题，这时柯林斯先生走过来，得意洋洋地告诉她他刚才有幸做了个非常重要的发现。

"我已经意外发现，"他说，"这间屋子里此时有我女恩主的一位近亲。我碰巧听见这位先生本人提起令蓬荜生辉的他的表妹德·布尔小姐的名字，以及她的母亲凯瑟琳夫人。发生这样的事情太棒了！谁能想到我会在这场舞会中遇见——也许是——凯瑟琳·德·布尔夫人的一个外甥呢！我特别高兴发现得正是时候，让我能去问候他。我现在就去，相信他会原谅我之前没这么做。我完全不知道这段亲戚关系一定能解释我的道歉。"

"你不会去向达西先生做自我介绍吧？"

"我当然要去。我会请他原谅我没早点这样做。我相信他是凯瑟琳夫人的**外甥**。我能向他保证夫人六天前身体很好。"

伊丽莎白努力劝他别这样，向他保证达西先生会认为他不经引荐就和他说话太随意无礼，而不是对他姨妈的恭维；说双方完全没必要认识；就算有必要，也该由达西先生，这个地位更高的人，先来结识。柯林斯先生一副坚定不移的样子听她说着，当她停止说话后，这样答道：

"我亲爱的伊丽莎白小姐，我极其看重你在理解力范围内对所有问题的出色评判，但我必须说，外行在礼节上的常规做法，和牧师的规则一定大不相同。因为请允许我这样说，我认为牧师职位和王国中最高的身份有着同等的尊严，只要能同时保持得体谦逊的行为。因此你必须允许我在这件事上遵循我内心的指引，让我做我视为责任的事情。原谅我没能接受你的建议，在其他任何问题上我都会听从，尽管在目前的问题上我认为自己更该凭借教育和惯常的研究，而非像你这种年轻小姐的看法，来决定怎样是正确的做法。"他稍稍鞠躬，就离开她去烦扰达西，而她热切地关注着他怎样对待他的前往，显而易见他听见那样的称呼感到惊诧不已。她的堂兄郑重其事地鞠了一躬开始说话，虽然她一个字也听不见，她却觉得似乎全都听到了，并从他嘴唇的动作中读出了"抱歉""亨斯福德"和"凯瑟琳·德·布尔夫人"。他让自己出现在这样一个人面前令她恼火。达西先生带着毫不掩饰的惊奇看着他，在柯林斯先生最终给他时间说话后，以冷淡礼貌的神情答复了他。然而，柯林斯先生没有气馁并再次开口，达西先生的鄙夷之情似乎随着他第二次话语的长度而大大加深，等他说完后只稍稍鞠躬，走到别处。柯林斯先生接着回到伊丽莎白身边。

"我向你保证，"他说，"我没理由为他的接待感到不满。达西先生似乎对这番关注特别高兴。他对我的回答极其礼貌，甚至夸赞我说他非常相信凯瑟琳夫人善识人品，从不会错误地赠予恩惠。这真是个漂亮的想法。总的来说，我对他十分满意。"

因为伊丽莎白不再有让自己感兴趣的事情，她把注意力几乎全都转向了她姐姐和宾利先生。她的观察带来了一连串愉快的联想，让她几乎变得和简一样高兴。她在脑海里看见她住进那座房子里，享受着真心相爱的婚姻能够带来的所有幸福。在这样的情况下，她觉得自己甚至能努力喜欢宾利的两个姐妹。她显然看出母亲的想法也朝着同一个方向，便下定决心不贸然接近她，以免听到太多的话。因此，当她们坐下来吃夜宵时，她发现她们竟然坐得很近，感到极其不幸。她深感恼火地发现她母亲正和那个人（卢卡斯夫人）随意畅谈，谈的都是她对简很快会嫁给宾利的期待。这是个令人振奋的话题，班尼特太太在列举这门亲事的好处时似乎乐此不疲。他是如此迷人的年轻人，这么有钱，住得只离他们三英里，这是让她自鸣得意的最先几点。接着她又愉快地想着两位姐妹那么喜欢简，相信他们一定也和她一样期待这门亲事。不仅如此，这对她的小女儿们也大有好处，因为简攀上这么了不起的亲事，一定能让她们遇到别的有钱男人。最后，她也许能把单身的女儿们托给姐姐照料，这样她也许就不用参加太多应酬，这也非常令人愉快。必须将此变成愉快的事情，因为在此情形下这是必要的礼节，但班尼特太太在生命中的任何阶段都最不可能从待在家里得到快乐。她以衷心祝福卢卡斯夫人也许能同样幸运作为结束，虽然显而易见并得意洋洋地相信这绝不可能。

　　伊丽莎白徒劳地想阻止母亲滔滔不绝的话语，或劝说她在低声说起她的幸福时别让人听见，因为，令她无比恼火的是，她能觉察出坐在对面的达西先生听见了大部分话语。她的母亲只责备她净说废话。

"请问，达西先生对我来说算得了什么，我为何要害怕他？我相信我们不欠他任何特别礼节，只要**他**不爱听的话就不能说。"

"天啊，妈妈，小声点。你惹恼达西先生能有什么好处？你这样做也绝不会让他的朋友喜欢你。"

然而，无论她说什么都毫无作用。她母亲执意以同样能听见的语调说出她的看法。伊丽莎白因为羞愧和恼火而一再脸红。她忍不住常常瞥向达西先生，尽管每次看去都能证实她的担忧，因为他虽然并不总是看着她的母亲，她相信他一直在关注着她。他脸上的表情逐渐从愤怒的鄙夷变成冷静持续的严肃。

然而班尼特太太终于无话可说，卢卡斯夫人听她不断重复和她无关的喜悦之情早就哈欠连连，便愉快地吃起冷火腿和鸡肉。伊丽莎白开始有了精神。但这段平静并未持久，因为夜宵结束后，有人说起了唱歌，她屈辱地看见玛丽在稍被请求后，就打算为众人唱歌。她一再以意味深长的眼神和沉默的请求，试着阻止她登台献艺，但无济于事。玛丽不愿理解，这样的表现机会令她愉悦，她开始了歌唱。伊丽莎白的眼睛极其痛苦地盯着她，焦躁不安地看她唱完了几段曲子，结束时却没得到回报，因为玛丽在接受众人的感谢时，听见有人暗示想再听一曲，停顿半分钟后又唱了起来。玛丽的才华完全不适合这样的表演，她嗓音虚弱，表情做作。伊丽莎白痛苦不堪。她看着简，看她会如何承受，但简正非常平静地和宾利说话。她看着他的两个姐妹，见她们交换着鄙夷的眼神，又看着达西，但他依然严肃至极。她望着她的父亲请求他干涉，以免玛丽唱一整个晚上。他领会了暗示，在玛丽结束第二首歌时，大声说道：

"那就足够了，孩子。你已经让我们高兴了很久。让别的年轻小姐有时间展示吧。"

玛丽虽然假装没听见，却有点不安。伊丽莎白为她感到难过，为她父亲的话语难过，担心她的焦虑毫无益处。这时有人邀请别人唱歌了。

"假如我，"柯林斯先生说道，"有幸能够唱歌，我相信，我一定会非常高兴为大家献唱一曲，因为我将音乐视为十分单纯的娱乐，完全符合牧师的职业。不过我并非声称我们应该在音乐上花太多时间，因为当然还有别的事情需要处理。教区的牧师有许多事要做。首先，他必须拟定什一税①协议，能对他本人有利并且不会冒犯他的恩主。他必须自己写布道词，剩下的不多时间要用来承担教区职责，照料和修缮他的住所，他当然得尽量把它打理舒适。还有一件事我认为并非不重要，他应该对每个人殷勤周到、言语和顺，尤其对给了他这份职位的人。我认为这是他应尽的职责。如果不能以对这个家庭任何亲戚的态度证明他的尊重，我对他也不会有好感。"他向达西鞠了一躬，结束了他的话语，声音响得半屋子的人都听得见。许多人瞪大眼睛，许多人笑了，但似乎谁也不及班尼特先生本人感到有趣，而他妻子认真夸奖柯林斯先生说得有理，半是耳语地对卢卡斯夫人说，他是非常聪明、很好的那种年轻人。

在伊丽莎白看来，即使她所有的家人都约好在这个晚上尽量出丑，他们也不可能表演得更加起劲或更加成功。她为宾利和她

---

① 原文为"tithe"，指教会向教区居民征收相当于农牧产品价值十分之一的税收，作为牧师的俸禄。

姐姐感到高兴，因为他没有注意到一些表现，而且他的感情让他不会因为见到的傻事太过沮丧。然而他的姐妹和达西先生将有极好的机会嘲笑她的亲戚实在糟糕，她也说不清究竟是这位先生沉默的蔑视，还是两位女士无礼的笑容，更加难以忍受。

晚上剩下的时间没带给她什么娱乐。柯林斯先生一直逗引她，坚决待在她的身旁，虽然他无法让她再和他跳舞，也让她无法和别人跳。她徒劳地请求他去别人那儿，提出把他介绍给屋里的任何一位年轻小姐。他向她保证至于跳舞，他对此毫不在乎，他的主要目的是通过不懈的殷勤让她喜欢上他，因此他坚持一整个晚上都待在她身旁。她最感谢她的朋友卢卡斯小姐，她时常加入他们，好心好意地让柯林斯先生和她本人交谈。

她至少不再为达西先生的更多关注感到恼火，虽然他总是站在离她不远的地方，也无事可做，却从未走过来说话。她感觉这可能是她提起韦翰先生带来的结果，并为此感到高兴。

朗博恩的一群人在所有人中最后离开，因为班尼特太太的策划，在其他所有人都离开后又等了他们的马车一刻钟，这让他们有时间看出一些家人多么希望他们离开。赫斯特太太和她妹妹除了抱怨劳累几乎没有开口，显然迫不及待地想自己待在家里。她们拒绝了班尼特太太每一次交谈的尝试，通过这样的做法，让所有人感到无精打采。柯林斯先生做着长篇大论，夸赞宾利先生和他姐妹举办的优雅娱乐，他们对待客人的热情与礼貌，完全没让众人感到好受些。达西一言未发。班尼特先生同样沉默，享受着这番景致。宾利先生和简站在一起，离开别人一些距离，只彼此说话。伊丽莎白同赫斯特太太与宾利小姐一样执意沉默着。即使莉迪亚也筋疲力尽，只偶尔叫道"天啊，我太累了"，伴随着大大的哈欠。

当他们最终起身离开时，班尼特太太迫不及待地礼貌表示希望很快在朗博恩再次见到他们全家，并且特别对宾利先生说话，向他保证如果他能不邀而至，随时过来吃顿饭，会让他们高兴不已。宾利感激又愉快，欣然答应他从伦敦回来后会尽早看望她，他第二天必须去那儿一小段时间。

班尼特太太非常满意，离开屋子时满意地相信，除了嫁妆、新马车、结婚礼服等必要的准备时间，她无疑会看着女儿住进尼日斐尔德，就在三四个月内。对于另一个女儿嫁给柯林斯先生，她同样确定，也特别高兴，虽然不能与这件事相提并论。伊丽莎白是她在所有孩子中最不喜欢的一个。尽管这个男人和这门亲事对**她**而言足够好，两者的价值同宾利先生与尼日斐尔德相比都黯然失色。

第十九章

第二天在朗博恩出现了一幅新景象。柯林斯先生正式求婚了。他已经决定不再耽搁，因为他的假期只到星期六，他也完全不缺乏自信，即便那时都不会感到不安。他有条不紊地开始了这件事情，遵守一切规则，将此视为例行公事。早餐后不久，他刚看见班尼特太太、伊丽莎白还有一个小女儿在一起，就对这位母亲说了这样的话：

"太太，为你漂亮的女儿伊丽莎白着想，我能否请求在今天上午有幸和她私下交谈？"

伊丽莎白只有时间惊讶得红了脸，班尼特太太立即答道：

"哦天啊！是的——当然，我相信莉齐会很高兴，我相信她完全不会反对。来吧，基蒂，我要你上楼去。"她收拾好针线匆忙离开，这时伊丽莎白叫道：

"亲爱的太太，别走。我求你不要走。柯林斯先生必须原谅我。他不可能有别人不能听的任何话对我说。我自己也要走。"

"不，不，胡说，莉齐，我要你待在这里。"看到伊丽莎白恼火又尴尬的样子，似乎真要逃走，她又说道："莉齐，我**一定**要你留在这儿听柯林斯先生说话。"

伊丽莎白不愿反对这样的命令。片刻的思考也让她意识到最好尽快安静地了结此事，她再次坐下，试着以不停做针线活隐藏她啼笑皆非的心情。班尼特太太和基蒂走出去，她们刚离开柯林斯先生就开始了。

"相信我，我亲爱的伊丽莎白小姐，你的谦逊，完全没有对你不利，反而让你更加完美。假如**没有**这些小小的不情愿，你在我眼中反而没这么可爱。但请允许我向你保证我这次求婚得到了你母亲大人的许可。你几乎不会怀疑我这些话的意图，无论你天生的敏感会让你怎样掩饰。我的殷勤太过明显，不可能被误解。我刚走进这座房子时就将你挑选为我未来的生活伴侣。但在我为此情不自禁之前，我也许最好说明我结婚的理由，以及我来到赫特福德郡挑选一位妻子的打算，因为我当然这么做了。"

想到神情严肃、心平气和的柯林斯先生能够变得情不自禁，几乎让伊丽莎白笑出声来，因而没能利用他的短暂停顿试着不让他再说。他继续说道：

"我有这些结婚的理由：第一，我认为每一位处境宽裕的牧师（像我本人一样）都应该为他的教区树立结婚的榜样。第二，我相信这会大大增加我的幸福。第三——也许我该早些提起，这是我有幸称为女恩主的那位高贵夫人特别的劝告和建议。她两次屈尊给我她对这个问题（还未经询问！）的看法，就在我离开亨斯福德的那个星期六晚上，趁我们玩四人纸牌的间隙，当詹金森太太正在安排德·布尔小姐的脚凳时，她说：'柯林斯先生，你必须结婚。像你这样的牧师必须结婚。好好挑选，为**我**选一个体面的女人；为你**本人**，让她是活泼有用的那种类型，不必出身多好，但能好好安排一份微薄的收入。这是我的建议。尽快找到这样的女人，把她带到亨斯福德，我会去看她。'顺便说一句，我亲爱的堂妹，请允许我说，我不把凯瑟琳·德·布尔夫人的关心和善意视为我能给予的最不重要的好处。你会发现她的举止让我无法形容。你的聪明活泼我想一定能让她接受，尤其当她的身份不可避免地将其变得安静恭顺之后。这就是我赞成婚姻的大致意图；还需告知我为何来到朗博恩而非在我自己附近的地方寻找，我向你保证那儿有许多可爱的女人。但事实上，因为我，将要在你的父亲大人去世后继承这份产业（不过，他还会再活许多年），如果不能决定从他的女儿中挑选一位妻子我就不会感到满意，这样也许能把她们的损失降到最低，当这件不幸的事情发生时。然而，正如我刚才所说，也许还有好几年。这就是我的动机，我漂亮的堂妹，我自认为不会让你轻视我。现在我只需以最生动的语言向你表达我最强烈的情感。对于财产我完全不在乎，不会对你父亲做那方面的要求，因为我很清楚这不可能做到，那一千英镑的四分利息，在你母亲去世后才能得到，是你能获得的全部。因此，在那方面，我将绝口不提，你尽可相信等我们结婚后我绝不会说出小气的责备话语。"

现在完全必须打断他了。

"你太性急了，先生，"她叫道，"你忘了我还没有回答。让我别再浪费时间答复你吧。请接受我对你的恭维表示的感激。我对你的求婚深感荣幸，但除了拒绝我别无办法。"

"我并非现在才知道，"柯林斯先生郑重地挥挥手，答道，"年轻小姐们常常会拒绝她们暗自打算接受的男士求婚，在他第一次提出的时候；有时拒绝会重复第二次甚至第三次。因此我完全不为你刚才所说的话感到泄气，并且希望不久后能领你走上圣坛。"

"说实话，先生，"伊丽莎白叫道，"在我声明之后你的希望真是异乎寻常。我真的向你保证我并非那种年轻小姐（如果有这样的年轻小姐），胆敢为了第二次被求婚的机会拿她们的幸福去冒险。我的拒绝非常认真，你无法让**我**幸福，我相信我是这个世界上最不可能使**你**幸福的女人。不，如果你的朋友凯瑟琳夫人认识我，我相信她会发现我在各个方面都不适合这种境遇。"

"如果凯瑟琳夫人真会这么想，"柯林斯先生十分严肃地说，"但我无法想象夫人会不喜欢你。你尽可相信当我下次有幸见到她时，我会对你的谦逊、节俭和别的可爱品质给予最高的赞赏。"

"说真的，柯林斯先生，对我的一切赞赏都会毫无必要。你必须允许我为自己做出判断，也请求你相信我说的话。我希望你非常幸福非常富有，通过拒绝你的求婚，尽我所能防止你陷入相反的境遇。你已向我求婚，必然已经满足你对我家庭的微妙感受，无论事情何时降临都能拥有朗博恩产业，无需任何愧疚。因此，这件事可以视为被最终解决了。"她说这些话时站起身，本来会离开屋子，要不是柯林斯先生这样对她说道：

"当我下次有幸对你说起这个话题时，我会希望得到比你现在给我的更好答复。虽然我此时绝不会责备你的残忍，因为我知道女人总会照例拒绝男人的第一次求婚，但也许甚至你现在说出的话也符合女人真正的敏感性格，足以鼓励我的追求。"

"说实话，柯林斯先生，"伊丽莎白有些激动地叫道，"你让我极其困惑。如果我直到此时说出的话能在你看来像是鼓励，我不知以怎样的方式表达我的拒绝才能使你相信。"

"你必须允许我奉承自己，我亲爱的堂妹，你对我求婚的拒绝当然只是说说而已。我相信这一点的理由简单来说有这些：在我看来我的求婚并非不值得你接受，我能提供的财产也不可能不非常令人满意。我的生活境遇，我与德·布尔家庭的关联，我和你本人家庭的关系，是对我非常有利的条件。你也必须进一步考虑虽然你有种种吸引力，但绝不能够保证得到另一次求婚。你的财产少得可怜，很可能会抵消你迷人可爱的品质。因此我必须认定你对我的拒绝并不认真，我宁可认为你是想通过悬念增加我的爱意，根据优雅女性的常规做法。"

"我的确向你保证，先生，我绝没有以那种假装的优雅来折磨一个体面的男人。我宁愿你肯相信我话语真诚。我再三感谢你向我求婚带来的荣耀，但接受求婚绝无可能。我的所有感情都不允许。我能说得更明白吗？现在别把我当作一个打算折磨你的优雅女人，而是视我为说出真心话的理智之人①。"

"你总是那么可爱！"他叫道，带着一丝笨拙的殷勤，"我相信在很快得到你父母大人的明确许可后，我的求婚就不可能不被接受。"

对于这样执意的自欺欺人，伊丽莎白无言以对，立即安静地退了出来，并下定决心，如果他坚持将她的反复拒绝当作奉承鼓励，她就去找父亲。他的反对也许能说得斩钉截铁，而他的行为至少不可能被误认为优雅女性的装腔作势和卖弄风情。

---

① 源自女权主义者玛丽·沃尔斯通克拉夫特（1759—1797）的《女权辩护》（1792）。

第二十章

柯林斯先生没能对他失败的爱情默默思索很久，因为班尼特太太一直在门厅闲荡等待着谈话的结束，刚看见伊丽莎白打开门并快步经过她走上楼梯，就进入早餐室，以热烈的语言祝贺他和她本人的关系将愉快地变得更加亲近。柯林斯先生同样愉快地接受并回答了这些祝福，接着说起他们见面的细节，相信他完全有理由对结果感到满意，因为他堂妹对他坚定的拒绝自然源于她羞怯谦逊和真正敏感的天性。

然而，这个消息吓坏了班尼特太太。她当然也乐意相信她女儿的拒绝求婚是为了鼓励他，但她不敢相信如此，她忍不住说出了这番话。

"不过请相信，柯林斯先生，"她又说道，"莉齐会懂道理的。我本人会马上和她谈谈。她是个固执愚蠢的女孩，不识好歹；但我会让她明白。"

"原谅我打断你，太太，"柯林斯先生叫道，"但如果她真的固执愚蠢，我不知道她总的来说能否成为我这种境遇的男人很理想的妻子，我当然想从婚姻中得到幸福。假如她真的执意拒绝我的追求，也许最好别强迫她接受我，因为如果她真有这样的性情缺陷，就不能带给我多少幸福。"

"先生，你误会我了，"班尼特太太答道，她满心惊恐，"莉齐只在这些事上固执。在别的所有事情上她都特别好脾气。我马上去找班尼特先生，我相信我们很快就能和她解决这件事。"

她不愿给他答复的时间，而是立即匆忙赶到她丈夫那儿，走进图书室时大声叫道：

"哦！班尼特先生，马上过来，我们都闹翻天了。你必须过来让莉齐嫁给柯林斯先生，因为她发誓不要他，你要是不快点他就会改变主意不要**她**了。"

班尼特先生在她进来时从书上抬起眼看着她，平静冷漠地盯着她的脸，完全没受她话语的影响。

"我还没能听懂你的话，"等她说完后，他说道，"你在说什么？"

"关于柯林斯先生和莉齐。莉齐宣称她不要柯林斯先生，柯林斯先生开始说他不想要莉齐了。"

"这件事我能做什么？看似毫无希望。"

"你自己和莉齐说说。告诉她你坚持让她嫁给他。"

"让她下来。她会听到我的想法。"

班尼特太太摇了铃，伊丽莎白被叫到图书室。

"来吧，孩子，"她出现时她的父亲叫道，"我为一件重要的事情叫你过来。我知道柯林斯先生已经向你求婚。是真的吗？"伊丽莎白回答是的。"很好——这个求婚你已经拒绝了？"

"是的，先生。"

"很好。现在我们来到了重点。你的母亲坚持让你接受。不是吗，班尼特太太？"

"是的，否则我永远都不会再见她。"

"你面前有个不愉快的选择，伊丽莎白。从今天起你必须和父母中的一位成为陌生人。你的母亲永远不愿再见到你，如果你**不**嫁给柯林斯先生；我会永远不再见你，假如你**嫁给**他。"

伊丽莎白忍不住为如此开头带来的这番结果笑了；然而班尼特太太原本相信她丈夫对这件事的想法如她所愿，感到极其失望。

"你是什么意思，班尼特先生，会这样说话？你答应我**坚持**让她嫁给他的。"

"我亲爱的，"她的丈夫答道，"我有两个小小的请求。第一，请你允许我对目前的情况作出自主判断；第二，离开我的房间。我很乐意尽快独自拥有我的图书室。"

然而，尽管她对丈夫感到失望，班尼特太太尚未放弃这件事情。她一再对伊丽莎白说起，对她轮番诱惑与威胁。她试着让简帮助她，但简极尽温柔地拒绝干涉。伊丽莎白时而真心激动，时而嬉戏调侃以应对她的责难。尽管她态度不同，然而她的决心从未改变。

柯林斯先生，与此同时，正在独自思考发生的事情。他自视过高而无法理解他堂妹拒绝他能有什么动机。虽然他的骄傲受了伤害，他没在别的任何方面感到难过。他对她的爱慕完全出于幻想，想到她母亲的责备可能有道理让他不觉得一丝遗憾。

就在一家人处于这种混乱时，夏洛特·卢卡斯来和他们度过一天。她在门厅见到了莉迪亚，她向她飞奔而来，低声叫道："我很高兴你来了，因为这儿真是有趣！你认为今天上午发生了什么？柯林斯先生向莉齐求了婚，但她不肯要他。"

夏洛特还没时间回答，基蒂就加入了她们，她来告知同样的消息。她们刚进入早餐室，班尼特太太正独自待在那儿。她又开始了这个话题，想得到卢卡斯小姐的同情，并请求她劝说她的朋友莉齐顺应全家人的心愿。"拜托，我亲爱的卢卡斯小姐，"她又以悲伤的语气说道，"因为谁也不站在我这边，谁都不支持我。我受到残酷的对待，没有人同情我可怜的神经。"

夏洛特因为简和伊丽莎白的进入而免于回答。

"啊，她来了，"班尼特太太又说道，"看起来那么满不在乎，对我们毫不在意，只要她能自行其是。——但我告诉你，莉齐小姐，如果你在心里执意以这种方式拒绝每一次求婚，你会永远得不到丈夫。我肯定不知道等你父亲死了谁来供养你。**我**没法养着你，因此我警告你，从今往后我和你一刀两断，我在图书室和你说了，你知道，我永远都不会再和你说话，你会发现我信守诺言。我完全不乐意和不孝顺的孩子说话。并非我真的那么喜欢和任何人说话。像我这样神经紧张的人不可能太喜欢说话。谁都不知道我有多痛苦！但总是这样。不抱怨的人永远不被同情。"

她的女儿们默默听她发泄情绪，知道任何同她理论或安慰她的尝试只会让她更加恼火。因此，她继续说着，没被任何一个人打断，直至柯林斯先生来到这儿。他进入屋子时的神情和平时一样郑重，见到他后，她对女孩们说道：

"现在，我要坚持这样做。你们所有人都别说话，让我和柯林斯先生稍微交谈一会儿。"

伊丽莎白静静走出房间，简和基蒂随后，但莉迪亚没有挪动，决心尽可能听到所有的话。夏洛特起初被柯林斯先生的问候耽搁了一会儿，他细细问候了她本人和她所有的家人，接着因为有些好奇，她走到窗前假装没在听，以便弄个明白。班尼特太太以沮丧的声音开始了这场计划中的交谈："哦！柯林斯先生！"

"我亲爱的太太，"他答道，"让我们对此事永远沉默。我完全没有，"他很快以显然不悦的声音继续说道，"厌恶你女儿的行为。接受无法躲避的坏事是我们所有人的责任，更是像我这样很早就获得职位的年轻人的责任，我相信我已经接受。或许也是因为怀疑我漂亮的堂妹接受我的求婚能否带给我幸福，因为我常常发现当被拒绝的幸福开始在我们心中有些失去价值时，顺其自然是最好的结果。我希望，你不会认为我在向你的家庭表示任何不敬，我亲爱的太太，就这样收回了向你女儿的求婚，没请求你本人和班尼特先生为了我而加以干涉。我担心因为接受了你女儿口中的拒绝而非你本人的拒绝，我的做法可能令人不快。但我们都会犯错。我对整件事情当然都是好意。我的目的是为我本人得到一个可爱的伴侣，同时适当考虑对你所有家人的好处。如果我的**方式**有任何不当之处，我在此请求向你道歉。"

第二十一章

对柯林斯先生求婚的讨论现在快要结束了，伊丽莎白只需忍受一些必然相随的不自在，偶尔是她母亲生气的含沙射影。至于这位先生本人，**他**的感觉并非主要以尴尬或沮丧，或试着躲避她来表达，而是表现为生硬的态度和怨恨的沉默。他几乎不和她说话，他本人之前很明确的百般殷勤，这一天剩下的时间就转移到了卢卡斯小姐身上。她礼貌地听他说话，对所有人都是及时的解脱，尤其对她的朋友而言。

第二天班尼特太太的坏脾气或健康问题都没有缓解。柯林斯先生还是那副气愤又骄傲的样子。伊丽莎白本来希望他的怨恨也许能缩短他的拜访，但他的计划似乎丝毫没有受其影响。他一直打算星期六离开，所以会待到星期六。

早餐后，女孩们走到梅里顿打听韦翰先生是否回来了，并为他没有参加尼日斐尔德舞会感到惋惜。她们刚到镇上他就来到她们身边并陪伴她们走到她们的姨妈家，在那儿谈论着他的遗憾与烦恼，以及每个人的关心。不过，对伊丽莎白，他主动承认他不得已的离开**的确**是自愿为之。

"当时间临近，"他说，"我发觉我最好别见达西先生，和他在同一间屋子里，与同样一群人待上许多个小时，也许会让我无法忍受，还可能发生争执，不只让我自己感到不快。"

她十分赞赏他的忍耐，他们有时间详细讨论了这件事，也有时间彼此礼貌夸赞。因为韦翰和另一位军官陪她们走回了朗博恩，一路上他特别陪伴着她。他对她们的陪伴有双重好处：她感觉到这对她本人的所有恭维，而且这几乎是把他介绍给她父亲母亲的最佳方式。

　　她们回来后不久，一封信被送到班尼特小姐手上，这来自尼日斐尔德，被立即打开。信封里有一张优雅小巧的热烫纸①，布满一位小姐娟秀流利的字迹。伊丽莎白见她姐姐读信时变了脸色，看到她专心致志地读着几个特别段落。简很快镇定下来，把信放在一边，努力依然高高兴兴地加入众人的谈话；但伊丽莎白对此的担忧让她甚至不能专心对待韦翰。他和他的同伴刚刚离开，简就以眼神邀请她随她一起上楼。当她们进入自己的房间时，简拿出那封信，说道：

　　"这来自卡洛琳·宾利，信里的内容，让我非常吃惊。此时他们所有人已经离开尼日斐尔德，在去城里的路上，完全没有再次回来的打算。你可以听听她说了什么。"

　　接着她大声读出第一句话，内容包括她们已经决定直接跟随她们的兄弟去城里，以及他们打算在格罗夫纳街吃饭，赫斯特先生在那儿有座房子。接着是这些话。"我不假装为我留在赫特福德郡的任何事物感到遗憾，除了你的陪伴，我最亲爱的朋友，但我们可以希望在未来的某些日子，能够经常这样愉快地交往。此时我们也许能以频繁而坦率的通信减轻离别的痛苦。我相信你会

①　当时较为优雅讲究的纸张，《爱玛》中也有提及。

这么做。"对这些高调的话语，伊丽莎白怀着无动于衷的不信任感听着。虽然他们的忽然离开让她惊讶，她没看出真正令人难过的方面。她们离开尼日斐尔德应该不会妨碍宾利先生待在那儿；至于失去她们的陪伴，她相信简一定很快就不会在意，当享受他的陪伴时。

"真不幸，"短暂停顿后她说，"你竟然没能在你的朋友离开村子前见到她们。但难道我们不能希望宾利小姐期待的未来幸福，也许会来得比她以为的更早，而且你们作为朋友的愉快交往，能以更令人满意的姐妹之情得以延续吗？宾利先生不会被她们留在伦敦。"

"卡洛琳明确地说他们中的任何人这个冬天都不会回到赫特福德郡。我来读给你听：

'当我哥哥昨天离开我们时，他以为他去伦敦办的事情，也许三四天就能结束；但我们肯定不会如此，同时相信当查尔斯到了城里，他会完全不急于再次离开。我们已经决定跟随他去那儿，这样他就无需被迫在很不舒适的旅馆度过无聊的时间。我的许多熟人已经前往那儿过冬，我希望能听见你，我最亲爱的朋友，说你有任何加入的打算，但我对那不抱希望。我真心希望你在赫特福德郡的圣诞节能充满这个季节通常带来的快乐，同时你能有众多情郎，让你不为我们三人的离去感到失落。'"

"这显而易见，"简又说道，"他这个冬天不再回来。"

"显然只是宾利小姐不打算**让**他回来。"

"你为何这样想？这一定是他本人的决定。他能自己做主。但你还不知道**全部**。我**会**给你读出特别伤害我的段落。我会对**你**毫无保留。'达西先生急于见到他的妹妹，说实话，**我们**想见到她的心情几乎一样迫切。我的确认为乔治安娜·达西的美貌、优雅和才华无人能及。她对路易莎和我本人激起的感情变得更加有趣，让我们大胆期待她未来能成为我们的姐妹。我不知道我以前是否向你提过我对这件事的感觉，但我离开村子前一定要向你吐露，我相信你不会将此视为不合情理。我哥哥已经非常仰慕她，他将常常有机会和她亲密相处，她的亲戚全都和他的亲戚一样期待此事。我没被妹妹的偏爱所误导，我想，当我说查尔斯最能迷住女人的心时。当所有这些情形都有利于这段感情且毫无阻碍时，我最亲爱的简，我满心期盼一件能让这么多人感到幸福的事情，会是错误吗？'"

"你对**这**句话怎么看，我亲爱的莉齐？"简读完后说，"难道不够清楚吗？这不是明确宣称卡洛琳既不期待也不希望我当她的姐妹，她完全相信她哥哥的冷漠，如果她怀疑我对他感情的实质，她打算（极其好意地！）让我警惕？对这件事还能有其他任何想法吗？"

"是的，可以有；因为我的想法完全不同，你要听吗？"

"非常乐意。"

"你可以听到几句话。宾利小姐看出她哥哥爱上了你，希望他娶达西小姐。她追随他去城里想要把他留在那儿，并试着说服你他不在乎你。"

简摇摇头。

"说真的，简，你应该相信我。任何见到你们在一起的人，都不会怀疑他的感情。宾利小姐我相信她也不能。她不是那样的傻子。她要是看出达西先生对她有一半的爱意，就已经定制结婚礼服了。但情况是这样的。我们对他们而言不够有钱，或不够有身份，她更急于为她哥哥得到达西小姐，因为想着当有了**一桩**婚事，她得到第二桩婚事也许能少些麻烦。她这样做当然有点聪明，我敢说这会成功，假如德·布尔小姐不去插手。可是，我最亲爱的简，你不能因为宾利小姐告诉你她哥哥非常爱慕达西小姐，就真心以为他星期二和你告别时完全无视**你的**优点，或者她有能力让他相信他并不爱你，而是深爱着她的朋友。"

"如果我们对宾利小姐感觉相似，"简答道，"你说的所有话，也许会让我非常安心。但我知道这个基础并不公正。卡洛琳不会恣意欺骗任何人，我能对这件事的全部期待，是她在自欺欺人。"

"那是对的。你想不出更愉快的念头，既然你无法从我的话中得到安慰。无论如何相信她受了欺骗。现在你已经尽到对她的责任，就别再烦恼了。"

"可是，我亲爱的妹妹，即使想到最好的情况，接受这样一个男人，而他的姐妹和朋友都希望他和别人结婚，我能幸福吗?"

"你必须自己决定，"伊丽莎白说，"如果经过深思熟虑，你发现让他的两个姐妹失望的痛苦超出了成为他妻子的幸福，我建议你无论如何都拒绝他。"

"你怎能这样说?"简说，带着淡淡的笑意，"你一定知道虽然我会为她们的反对特别难过，但我不可能犹豫。"

"我认为你不会——既然那样，我不会对你的境遇太过同情。"

"但他如果这个冬天不回来，就永远不用我来选择了。六个月里能发生一千件事情！"

伊丽莎白对他不再回来的想法极其不屑。在她看来这只表明了卡洛琳的意愿，她一刻都不肯相信，那些意愿，无论说得多么明白或巧妙，能够影响一个完全独立①的年轻人。

她尽量有力地向她姐姐表达了对这件事的感受，很快高兴地看到了可喜的效果。简的生性并不忧郁，虽然对感情的不自信有时会压倒希望，她逐渐相信宾利会回到尼日斐尔德并满足她的每一个心愿。

她们同意只让班尼特太太听说这家人的离开，以免她为宾利先生的行为感到惊恐；但即使这部分的消息也让她无比担心，她哀叹在小姐们都变得如此亲密的时候他们竟要离开，真是极其不幸。不过，在为此痛惜后，她逐渐为宾利先生将很快回来并在朗博恩吃饭感到安慰。最后她安心地宣称，虽然他只被邀请来吃顿便饭，她会用心准备完整的两道菜②。

---

① 指对财产的独立拥有权。
② 简·奥斯汀时期请客的正餐可以是完整的一道菜或两道菜。两道菜更加精致讲究。

第二十二章

班尼特一家应邀去卢卡斯家吃饭，这一天的大部分时间卢卡斯小姐再次好意地听着柯林斯先生说话。伊丽莎白找了个机会感谢她。"这让他心情不错，"她说，"我对你的感激无以言表。"夏洛特向她的朋友保证她很高兴能够效劳，这是对她牺牲的一点时间丰厚的回报。这很令人愉悦，但夏洛特的好意远远超出了伊丽莎白的想象——这样做的目的，只是确保柯林斯先生不再向她求婚，通过把他的注意力全都吸引到她自己身上。这就是卢卡斯小姐的计谋。当他们晚上告别时情况看似非常有利，她几乎感觉能确保自己的成功，要不是他这么快就得离开赫特福德郡。但在这儿，她未能公正评价他性格的炽热与独立，因为这使他第二天上午以值得赞赏的巧妙方式逃离了朗博恩大宅，匆忙赶到卢卡斯宅邸并拜倒在她的脚下。他急于避开堂妹们的注意，相信她们如果看见他离开，就一定能猜出他的打算，在他获得成功之前他不想也让人知晓他的意图。他虽然感到胜券在握，也有理由这么想，因为夏洛特一直给他鼓励，不过在星期三的冒险后他相对而言有些胆怯。然而他得到了最令他满意的接受。当他走向屋子时卢卡斯小姐从上面的窗户看见他，便立即出去和他在小路上偶遇。但她几乎不敢期待满满的爱意和滔滔不绝的求婚在那儿等着她。

在柯林斯先生的长篇大论能够允许的简短时间里，两人都心满意足地定下了所有事情。当他们进屋时他热切地请她说出把他变成最幸福男人的日子，虽然这样的请求此时必须暂缓，小姐却完全不想把他的幸福视为儿戏。他愚笨的天性，必然使他的求婚毫无魅力，让任何女人都不希望继续下去。卢卡斯小姐接受他，纯粹因为她想得到一份产业，对他毫无兴趣，也不在乎那份产业多快能够得到。

他们很快请求卢卡斯爵士和夫人的同意；两人喜不自胜地当即应允。柯林斯先生目前的境遇让他特别适合娶他们的女儿，因为他们几乎给不了她什么财产，而他未来的产业极其令人满意。卢卡斯夫人怀着前所未有的兴趣，立即开始计算班尼特先生也许还能活多少年；威廉爵士坚定地说，无论柯林斯太太何时得到朗博恩的产业，他们夫妻二人都很有可能再次进宫。简而言之全家人都为这件事万分高兴。小女孩们有希望比原先早一两年**进入社交圈**①，男孩们不再担心夏洛特死时还是个老姑娘。夏洛特本人还算平静。她已经实现她的目标，有时间为此思考。她的考虑总的来说令她满意。柯林斯先生当然既不明智也不可爱，和他相伴令人厌烦，而他对她的感情必然只是子虚乌有。但他依然会成为她的丈夫。她对男人或婚姻都不太看重，但结婚始终是她的目标：这是受过良好教育却财产微薄的年轻小姐唯一的出路，无论多不确定能否带来幸福，却一定是让她们免受穷困的愉悦保障。

---

① 指被视为进入已婚年龄，可以参加舞会等社交并接受求婚。15 岁的莉迪亚是简·奥斯汀小说中最早进入社交的女孩。通常 17 岁被视为最小年纪。

这份保障她现在已经得到了。在二十七岁①的年纪，也从未漂亮过，她感到十分幸运。这件事最不愉快的情况，是这一定会给伊丽莎白·班尼特带来的惊讶，而她对她的友情最为看重。伊丽莎白会好奇，也许会责备她；尽管她的决心不会动摇，她的感情一定会受到这番指责的伤害。她决定由自己告诉她这个消息，因此在柯林斯先生回朗博恩吃晚餐时，让他别向家中任何一个人透露消息。他当然顺从地答应保密，但保守秘密并非毫无困难，因为他长久的离开引起了强烈的好奇心，回来后众人一起问了许多直截了当的问题，需要他费些心思才能躲避。与此同时他在极力克制自己，因为他很想宣布他的爱情收获。

他第二天一早就要启程，见不到家中任何人，因此告别仪式在女士们就寝前进行。班尼特太太极其礼貌、热情友好地说他们会非常高兴在朗博恩再次见到他，无论他何时有空再来拜访。

"我亲爱的太太，"他答道，"这个邀请特别令人高兴，因为我正希望能够得到；你可以相信我会尽快过来。"

人人都大吃一惊。班尼特先生无论如何都不想让他那么快回来，立即说道：

"难道凯瑟琳夫人不会不答应此事吗，我亲爱的先生？你最好别在意你的亲戚，免得冒着惹恼你女恩主的风险。"

"我亲爱的先生，"柯林斯先生答道，"我特别感激你这番友好的提醒，你尽可相信没有夫人的许可我不会贸然行事。"

---

① 当时几乎被视为结婚无望的女性年龄。《劝导》的女主角安妮 27 岁。简·奥斯汀在 27 岁拒绝了一个富裕长子的求婚。

"你怎么谨慎都不为过。绝不要冒着让她不悦的风险。如果你发现再来这儿可能令她不悦，我认为这极有可能，那就静静地待在家里，你放心**我们**绝对不会恼火。"

"相信我，我亲爱的先生，你如此的好意关切让我感激不尽。请相信，你很快会收到我为此的感谢信，谢谢你们在我待在赫特福德郡期间对我的其他所有好意表现。至于我漂亮的堂妹们，虽然我离开不久因而并无必要，我现在还是要冒昧祝她们健康幸福，也不排除我的伊丽莎白堂妹。"

接着女士们礼貌得体地离开了，全都惊讶他想要尽快返回。班尼特太太希望将此理解为他在考虑向一个小女儿求婚，也许能劝说玛丽接受他。她比别人对他的能力看重得多；他想法的稳重感常常会打动她，虽然绝对没有她本人聪明，她想如果有了她这样的榜样来鼓励他读书并提升他自己，他也许能成为非常讨人喜爱的伴侣。但第二天上午，每一个这样的希望全都破灭了。卢卡斯小姐早餐后不久过来拜访，在和伊丽莎白的私下交谈中说出了前一天发生的事情。

伊丽莎白过去一两天里想过柯林斯先生幻想自己爱上她朋友的可能性，但夏洛特会鼓励他，似乎和她本人会鼓励他一样毫无可能，因而她惊诧万分，起初忘了礼貌，忍不住叫道：

"和柯林斯先生订婚！我亲爱的夏洛特，绝无可能！"

卢卡斯小姐尽量表情沉着地告诉她发生的事情，此时得到这么直接的责备不免稍有些困惑。然而，这并未出乎她的意料。她很快又镇定下来，平静地答道：

"你为何惊讶，我亲爱的莉齐？你认为柯林斯先生因为没能有幸得到你，竟然能获得其他女人的好感，这很不可思议吗？"

但伊丽莎白此时已冷静下来，她竭尽全力，终于能比较坚定地保证他们关系的未来前景令她心怀感激，她祝愿她能无比幸福。

"我知道你的感受，"夏洛特答道，"你一定感到惊讶，非常惊讶，柯林斯先生最近还想和你结婚。但当你有时间好好思考时，我希望你能对我的做法感到满意。你知道我不浪漫。我从来不是。我只想要个舒适的家。考虑到柯林斯先生的性格、关系和生活境遇，我相信我和他在一起幸福的机会，和大部分人进入婚姻时吹嘘的一样高。"

伊丽莎白静静地答道："毫无疑问。"在一阵尴尬的停顿后，她们回到别的家人那儿。夏洛特没待多久，伊丽莎白留下来想着她听到的话。她花了很长时间才能逐渐接受如此不般配的一桩婚事。柯林斯先生三天之内的两次求婚，比起他现在被接受不足为奇。她一直感觉夏洛特对婚姻的想法和她本人不完全一样，但她从未想过她到了该做决定时，竟然能牺牲所有更美好的感情，只为尘世的利益。夏洛特作为柯林斯先生的妻子，是最令人屈辱的画面！除了一位朋友自取其辱并失去她的尊重带来的痛苦，她还忧伤地断定那位朋友不可能从她选择的命运中得到勉强的幸福。

第二十三章

伊丽莎白和她的母亲与姐妹们坐在一起，想着她听到的话，不知她能否提起这件事，这时威廉·卢卡斯爵士本人出现了，他由女儿派来向这家人宣布她订婚的消息。他对她们再三恭维，为两家未来的关系深感得意，然后说出了这件事情。听众不仅困惑不解，而且难以置信。班尼特太太与其说不顾礼貌，不如说固执己见，声称他肯定完全错了。莉迪亚总是冒冒失失，常常行为失礼，大声叫嚷道：

"天哪！威廉爵士，你怎能说出这样的事情？你不知道柯林斯先生想娶莉齐吗？"

只有殷勤顺从的宫廷侍臣才能毫不生气地忍受这样的对待，然而威廉爵士的良好教养让他承受了一切。虽然他请求她们相信他说的都是真话，他却百般克制、礼貌至极地听着她们所有的无礼话语。

伊丽莎白感觉有责任把他从如此不愉快的处境中解脱出来，此时上前证明他的话，说她之前已经从夏洛特本人那儿听说了这件事。她努力让母亲和姐妹停止叫喊，并热切祝贺威廉爵士，简也很快加入，说起了这门亲事能带来的众多好处，柯林斯先生的出色人品，以及亨斯福德和伦敦的便捷距离。

班尼特太太实际上太过震惊，当威廉爵士在这儿时说不出多少话；但他刚离开她们，她的情绪就喷涌而出。首先，她坚决不相信整件事情；第二，她十分肯定柯林斯先生受了欺骗；第三，她相信他们在一起永远不会幸福；第四，这门亲事有可能告吹。然而，从整件事情中能明显得出两个结论：其一，伊丽莎白是整个恶作剧的真正缘由；另一点，是她本人受到了他们所有人的残酷虐待；这一天剩余的时间她主要对这两点喋喋不休。什么都不能安慰她，什么都不能使她平静下来。那一天也没能耗尽她的怨恨。过了一个星期她才能见到伊丽莎白而不责骂她，一个月后她才能不再无礼地对威廉爵士或卢卡斯夫人说话，好几个月过去后她才能真正原谅他们的女儿。

班尼特先生对这件事的情绪更加平静，他宣称的确为这次经历感到愉快至极。他说因为这令他满意，他一直认为夏洛特·卢卡斯还算明智，如今却发现她和他的妻子一样愚蠢，比他的女儿还要傻！

简承认她本人对这门亲事有点惊讶，但她没有多说她的惊讶，而是热切希望他们幸福。伊丽莎白也无法劝她相信这不可能。基蒂和莉迪亚根本不羡慕卢卡斯小姐，因为柯林斯先生只是个牧师；对她们而言这不过是能在梅里顿传播的一则消息。

卢卡斯夫人舒心地看着一个女儿体面地结了婚，能以此反驳班尼特太太，她不可能不感到得意。她到朗博恩去得比平时更勤，说她有多高兴，尽管班尼特太太的不悦神情和刻薄言语本来足以打消她的幸福。

在伊丽莎白和夏洛特之间有一种束缚，让两人都对此事保持沉默。伊丽莎白深信她们之间不会再有真正的信任。她对夏洛特的失望让她转而更加看重她的姐姐，相信对她正直审慎的评价永远不会改变，同时每天越发为她的幸福感到焦虑，因为宾利已经走了一个星期，却完全没听说他要回来。

简早早回复了卡洛琳的信，在数着日子等待再次收到来信的合适日期。柯林斯先生承诺的感谢信星期二到来，写给了她们的父亲，信写得郑重其事、感激不尽，仿佛已经在家中住了一年。消除了在那方面的良心不安后，他以欣喜若狂的语气，接着说起他得到他们可爱的邻居卢卡斯小姐的幸福，随后解释只为和她愉快相伴，他才欣然答应他们想在朗博恩再次见到他的心愿，他希望在两周后的星期一到达；他又说道，因为凯瑟琳夫人真心赞成他的婚事，希望尽快举行，他相信他可爱的夏洛特无疑会指定一个日子，让他尽早成为最幸福的男人。

柯林斯先生返回赫特福德郡对班尼特太太不再是件愉悦的事情。相反她一直向她的丈夫抱怨。真奇怪他竟然来到朗博恩而不是卢卡斯宅邸，这非常不方便，也极其麻烦。她讨厌身体不好时在家中接待客人，在所有人中情人最令人厌烦。这些就是班尼特太太的温柔怨言，只在想到宾利先生迟迟不归这件更让她难过的事情时才会停下。

简和伊丽莎白都对这件事无法安心。日子一天天过去却没带来他的任何消息，只是不久后在梅里顿传言他一整个冬天都不再回到尼日斐尔德。这个消息让班尼特太太极为愤怒，总会将此斥为最无耻的谎言。

即使伊丽莎白也开始担心，并非宾利冷漠无情，而是他的姐妹成功地阻拦了他。她不愿承认这个会大大破坏简幸福的想法，也有辱她情人的忠贞，却忍不住一想再想。她担心，他两个无情姐妹和他专横朋友的共同作用，加上达西小姐的魅力和伦敦的娱乐，也许会让他的感情无法抵挡。

至于简，**她**在这种悬念下的焦虑，当然比伊丽莎白更加痛苦，但她总想隐藏她的任何感情，因此在她和伊丽莎白之间，这个话题从未被提起。然而她的母亲不受这种敏感的约束，她难得有一个小时不说起宾利，说她迫不及待地等他到来，甚至要求简承认如果他不回来她会认为自己很受亏待。幸好简性格沉稳又温柔至极，才能较为平静地承受这些话语。

柯林斯先生两周后的星期一准时到达，但朗博恩对他的招待不像他第一次来访时那么客气。然而，他幸福得无需太多关注。对其他人而言幸运的是，因为他忙于谈情说爱，所以很多时候都不用和他在一起。他每天的时间主要待在卢卡斯宅邸，有时返回朗博恩太晚，只有时间在一家人就寝前为他的离开道个歉。

班尼特太太的确处于特别可怜的状态。只要提及任何与这门亲事有关的事情都会让她痛苦不堪，无论她走到哪儿都一定会听见对此事的谈论。看见卢卡斯小姐她总会恼恨不已。作为她那座房子的继承人，她对她嫉妒又厌恶。无论夏洛特何时来看他们，她总认为她在期待接任的时刻；无论她何时低声与柯林斯先生说话，她都相信他们在谈论朗博恩产业，决定等班尼特先生刚一死去，就把她本人和她的女儿们赶出房子。她伤心地对她丈夫抱怨这一切。

"说实话，班尼特先生，"她说，"想到夏洛特·卢卡斯竟然要成为这座房子的女主人，而**我**得被迫给**她**让位，看着她在里面安顿下来，真让人受不了！"

"我亲爱的，别总想着这些伤心事。让我们想些更好的事情。我们大可认为**我**能活得更久。"

这对班尼特太太算不上安慰，因此，她没做任何回答，还像前面那样继续说道：

"我无法忍受想着他们竟然会拥有这全部的产业。要不是因为限定继承我不会介意。"

"你不会介意什么？"

"我什么都不会介意。"

"让我们感谢你因此而免于陷入那种麻木不仁的状态。"

"班尼特先生，对于和限定继承有关的任何事，我永远不会心怀感激。一个人怎能眼睁睁地看着自己的产业不被自己的女儿继承，我无法理解。而且一切都为了柯林斯先生！为何让**他**而不是别人拥有？"

"由你自己去弄清楚吧。"班尼特先生说。

第二卷

第一章

　　宾利小姐的信来了，结束了所有的疑惑。第一句话就表明他们全都会在伦敦过冬，结尾是她哥哥遗憾在离开村子前没时间去赫特福德郡问候他的朋友们。

　　希望破灭了，彻底破灭。当简读着信的其余部分时，除了作者声称的感情，她几乎找不到能给她任何安慰的内容。对达西小姐的夸赞占据了主要的页面。她的许多魅力被一再详述，卡洛琳愉快地吹嘘他们之间愈发亲密，并大胆预言在上一封信中提及的心愿能够实现。她还非常高兴地写到她哥哥住在达西先生的房子里，并欣喜若狂地说起后者添置新家具的一些打算。

　　伊丽莎白很快听到简告诉她主要的内容，她默默听着，气愤不已。她在心里一半担心她的姐姐，另一半对其他所有人感到怨恨。她毫不在乎卡洛琳对她哥哥爱上达西小姐的断言。他像以前一样真正爱着简，她对此始终深信不疑。虽然她一直喜欢他，然而他脾气随和，无法做出正确决定，让他此时听凭他狡诈的朋友们摆布，为了他们反复无常的意愿牺牲他自己的幸福，想到这些她无法不感到生气，几乎心怀鄙夷。然而，如果他本人的幸福是唯一的牺牲，也许能任由他以自认为最好的方式玩弄幸福，但她姐姐的幸福也牵涉其中，她想他本人一定知道。简而言之，这个话题必然会引起长久的思索，而任何思考都终将徒劳无益。她无法想着别的事情。然而究竟宾利的爱慕之情已经真正消失，还是被他朋友们的干涉所抑制？他到底知道简的爱慕，还是这逃脱了他的注意？无论情况如何，虽然她对他的看法一定会因为这些差异而产生实际的影响，她姐姐的境遇依然相同，她的安宁同样受到了伤害。

一两天过去了，简才有勇气对伊丽莎白说起她的感情。当班尼特太太对尼日斐尔德和它的主人比平时抱怨了更久，最终把她们留在一起后，她忍不住说道：

"哦，要是亲爱的母亲能多一些自制力该多好！她想不到她对他的一再责备给了我多少痛苦。但我不会埋怨。这不会持续很久。他会被忘记，而我们将回到从前的样子。"

伊丽莎白带着难以置信的关切看着她姐姐，但什么也没说。

"你怀疑我，"简叫道，脸微微发红，"说真的，你毫无理由。他可以作为我最可爱的朋友留在我的记忆里，但仅此而已。我也没有希望或担忧，对他没有任何责备。感谢上帝！我没有**那种**痛苦。因此，只需一点时间，我一定会设法好起来。"

她很快又以更坚定的声音说："我有这个直接的安慰，这只不过是我这方错误的幻想，除我本人以外没有伤害任何人。"

"我亲爱的简！"伊丽莎白叫道，"你太好了。你有天使般的甜美和无私，我不知该对你说什么。我感觉我对你从不公正，也从来对你爱得不够多。"

班尼特小姐急切地否认了所有非凡的优点，转而夸赞她妹妹的深情。

"不，"伊丽莎白说，"这不公平。你想认为全世界的人都值得尊敬，我说任何人不好都会伤害你。**我**只想认为**你**很完美，你却自己加以反对。别担心我言过其实，或是我破坏了你独有的对全世界的好意。你无需如此。我真心喜爱的人不多，被我看重的人更少。我对这个世界见得越多，就对它越不满意；我相信所有人的性格都反复无常，不能信任表面上的优点或理智，而每一天都是对此的证明。我最近遇到了两件事，一件我不想提及，另一件是夏洛特的婚姻。这不可理喻！在各个方面都不可理喻！"

"我亲爱的莉齐，别放任这样的感情。它们会毁掉你的幸福。你没有充分考虑境遇和脾气的不同。想想柯林斯先生的体面，以及夏洛特审慎、稳重的性格。记住她来自一个大家庭，从财富而言，这是极其合适的婚姻。为大家着想，请你相信，她也许能对我们的堂兄感到一些尊重和敬意。"

"为你着想，我会试着相信几乎任何事，但别的任何人都不会从这样的信念中获益；因为如果我相信夏洛特对他有任何尊重，我只会对她的理智更加鄙视，超过我如今对她感情的看待。我亲爱的简，柯林斯先生是个自高自大、吹嘘炫耀、心胸狭窄的蠢人，你和我一样，知道他是如此；你也一定和我一样，感到嫁给他的女人，不可能头脑清醒。你不能为她辩护，尽管这是夏洛特·卢卡斯。为了某个人着想，你不能改变原则和正直的含义，或试着说服我和你自己，自私是审慎，对危险的无知无觉是幸福的保障。"

"我必须认为你说起这两件事的言语太过强烈，"简答道，"我希望你能看着他们幸福地生活，从而相信这一点。但这到此为止。你还暗指了别的事情。你提到了**两**件事。我不会误解你，但我请求你，我亲爱的莉齐，不要想着**那个人**应受责备，说你轻视他而让我痛苦。我们绝不能如此轻易地想象自己受到了故意的伤害。我们不能期待一个活泼的年轻人始终言行谨慎，考虑周全。常常只是我们本人的自负欺骗了我们。女人会想象爱慕超出了原有的意思。"

"男人应该当心她们会这么想。"

"如果这是有意为之，当然不能为他们辩护，但我认为世界上的故意所为不会如一些人想象的那么多。"

"我绝不认为宾利先生的任何行为出于故意，"伊丽莎白说，"但即使并非蓄意做坏事，或让别人不开心，也可能犯错，也会带来痛苦。考虑不周，不关注别人的感情，缺乏决断力，会带来这个结果。"

"你认为两件事都归咎于此?"

"是的，完全如此。但如果我继续下去，我会说出我对你看重的人有何想法，让你感到不悦。在你能做到时阻止我吧。"

"那么，你坚持认为，他的姐妹影响了他?"

"是的，和他的朋友一起。"

"我无法相信。他们为何试着影响他? 他们只能希望他幸福，而他要是爱我，别的女人无法让他幸福。"

"你起初的观点是错的。他们也许除了希望他幸福还希望许多事;他们也许希望他增加财富和地位;他们也许希望他娶一个十分有钱、家世显赫，同时非常骄傲的女孩。"

"毫无疑问，他们**的确**希望他选择达西小姐，"简答道，"但也许源于比你认为的更好的感情。他们认识她的时间比认识我长得多，如果他们更爱她也毫不奇怪。可是，无论他们自己有何想法，他们不大可能反对她们兄弟的心愿。怎样的姐妹会认为自己能擅自主张，除非有强烈的反对理由？如果她们相信他爱我，她们就不会试着把我们分开；如果他是这样，她们就不能成功。你想象出那样的爱情，让每个人的行为都不近情理也完全错误，让我极不开心。别以这个想法使我难过。我不会为曾经犯错而羞愧——或至少，是个轻微的错误，和我竟然对他或他的姐妹心怀恶意相比不值一提。让我从最好的角度考虑此事，以可以理解的角度。"

伊丽莎白无法反对这样的心愿，从这时起宾利先生的名字就难得在她们之间提起。

班尼特太太依然为他不再回来而惊奇苦恼，虽然伊丽莎白几乎每天都会对此详细解释，她却几乎无法在想起此事时少一些困惑。她的女儿努力让她相信她本人不相信的事情，说他对简的殷勤只是寻常那种稍纵即逝的喜爱，当他见不到她时就会停止。但虽然这些话的可能性当时会得到承认，她却每天都要重复同样的话语。班尼特太太最大的安慰是宾利先生夏天一定会再次回来。

班尼特先生对这件事有不同的看法。"那么，莉齐，"有一天他说，"我发现你姐姐失恋了。我祝贺她。除了结婚，女孩们喜欢不时尝尝失恋的滋味。这是可以思考的事情，让她在她的同伴中有些与众不同。什么时候轮到你？你几乎无法忍受被简胜出很久。现在你的时机到了。在梅里顿有足够的军官让村里所有的年轻小姐感到失望。让韦翰做你的男人吧。他是个讨人喜欢的家伙，会体面地抛弃你。"

"谢谢你，先生，但不那么讨人喜欢的男人就能让我满意。我们不能都期待简的好运。"

"的确，"班尼特先生说，"但无论你会遇上哪一种，想到你有个慈爱的母亲来充分利用这个机会，也是一个安慰。"

韦翰先生的陪伴，对于驱散最近的烦心事给朗博恩许多家人带来的烦恼，起了实在的作用。他们常常见到他，在他别的优点上如今又增加了他的坦率诚恳。伊丽莎白已经听说的所有事情，他对达西先生的要求，他因他而承受的所有痛苦，此时已经公开宣扬并尽人皆知。每个人都高兴地想到他们对这些还毫不知情时，已经一直很不喜欢达西先生。

班尼特小姐是唯一认为这件事或许情有可原，只是情况不为赫特福德郡的人们所知的人。她温柔而坚定的坦率性情，总让她想留有余地，竭力主张错误的可能性，但其他所有人都将达西先生斥为最可恶的人。

第二章

柯林斯先生花了一个星期谈情说爱并谋划幸福生活，星期六到来后只得离开他可爱的夏洛特。不过，离别的痛苦，在他这方，也许能通过迎接新娘的准备得到缓解，因为他有理由相信，回到赫特福德郡不久后，就能定下把他变成最幸福男人的日子。他和从前一样郑重其事地向他朗博恩的亲戚告别，再次祝愿他漂亮的堂妹们健康幸福，承诺给她们的父亲再写一封感谢信。

在随后的星期一，班尼特太太愉快地接待了她的弟弟和他妻子，他们和往常一样来朗博恩过圣诞节。加德纳先生是个理智绅士的男人，比姐姐强得多，无论在天性还是教育上。尼日斐尔德的女士们会很难想象一个做生意的人，只守着自己的货栈生活，竟能如此通情达理、让人喜爱。加德纳太太比班尼特太太和菲利普斯太太年轻几岁，是个和蔼、聪慧、优雅的女人，最受她朗博恩所有外甥女的喜爱。尤其在她本人和两个大女孩之间，存在着一种特别的喜爱之情。她们以前常常和她待在城里。

加德纳太太到来后的第一件事情，是分发礼物和讲述最新时尚。这件事做完后，她就不那么活跃了。轮到她来倾听。班尼特太太有许多伤心事要说，还有一大堆抱怨。自从她上次见到弟媳他们全都备受虐待。两个女孩都快要结婚了，结果却是一场空。

"我不责备简，"她又说道，"因为简会嫁给宾利先生，只要有可能。可是莉齐！哦，妹妹！想到她这时本来可以成为柯林斯先生的妻子，要不是她本人的任性自负，真让人难过。他就在这间屋子里向她求了婚，然后她拒绝了他。结果就是，卢卡斯太太将有个女儿比我女儿先结婚，而且朗博恩还得传给别人。卢卡斯一家真是非常狡诈的人，妹妹。他们全都唯利是图。我很难过这样说他们，但情况就是这样。在自己的家中这样受挫，让邻居能够自以为是，这让我神经紧张，身体难受。可是，你在这时候过来是最大的安慰，我很高兴听你告诉我们的事情，还有长袖子①。"

加德纳太太已经从和简与伊丽莎白的通信中，大体得知了这些消息。她稍稍答复了姐姐，出于对她外甥女的同情，转移了话题。

后来她独自和伊丽莎白在一起时，更多地说起了这件事。"这似乎是对简而言非常不错的亲事，"她说，"我很遗憾这告吹了。但这些事情经常发生！一个年轻人，正如你对宾利先生描述的那样，很容易爱上一个漂亮女孩几个星期，等意外情况把他们分开后，又很容易忘记她，这种用情不专十分常见。"

"这是极好的安慰，"伊丽莎白说，"但这对**我们**没用。我们并非因为**意外**而痛苦。因为朋友的干涉，说服了一个有独立财产的年轻人忘记他只在几天前还爱得发狂的女孩，这样的事情不常发生。"

"可'爱得发狂'那样的表达太过老套、太令人生疑、太不

---

① 当时在晚礼服中较为新颖且不常见的款式。简·奥斯汀曾在书信中提及长袖子的话题。

明确，很难给我多少了解。这除了用于真正强烈的感情之外，也常常用于半小时的结交引起的情感。请你说说，宾利先生的爱有**多么强烈**？"

"我从未见过更有希望的意愿。他变得对别人毫不在乎，只对她一心一意。每次他们见面，都越发明确并且显而易见。在他自己举办的舞会上他惹恼了两三位年轻小姐，因为没请她们跳舞，而我本人和他说了两次话，也没得到回答。还能有更好的迹象吗？难道对众人的无礼不正是爱情的真谛？"

"哦，是的！我想他感觉到了那种爱情。可怜的简！我为她难过，因为，以她的性情，她也许无法很快忘记。这最好是发生在**你**身上，莉齐，你能更快地一笑了之。但你觉得能说服她和我们一起回去吗？换个环境或许有些好处，也许稍微离开家散散心，比什么都有用。"

伊丽莎白对这个提议极其高兴，相信她的姐姐会欣然答应。

"我希望，"加德纳太太又说，"她不会因为考虑这个年轻人而受到影响。我们住在城里截然不同的地方，我们所有的关系都很不一样。而且，你很清楚，我们很少出去，因此他们几乎不可能遇到，除非他真的来看她。"

"**那**几乎没有可能，因为他正被朋友监管着，达西先生绝不会允许他到伦敦的那个地方去看简！我亲爱的舅母，你怎能想到这个？达西先生也许**听说**过格雷斯丘奇街①这样的地方，但他要是来了，会觉得一个月的沐浴也不足以洗净此处的污秽；相信

---

① 原文为"Gracechurch Street"，作为贸易区而不被上层社会接受，但街名意为"优雅教堂"。简·奥斯汀擅长以各种名称传情达意。

我，宾利先生没有他哪儿也不去。"

"那更好。我希望他们根本不要见面。但简不是和他妹妹通信吗？**她**会忍不住过来拜访。"

"她会彻底放弃这段交情。"

尽管伊丽莎白假装对此特别明确，认定宾利受到阻碍无法见到简这个更有趣的想法，但她对这件事十分牵挂，在细细思索后，相信事情并非毫无希望。有可能，她时常觉得很有可能，他会旧情复燃，他朋友的影响在简的魅力这种更自然的影响下被成功挫败。

班尼特小姐愉快地接受了舅母的邀请，与此同时对宾利一家的考虑，只在于她希望卡洛琳没和她的哥哥住在同一座房子里，这样她也许能偶尔和她过一个上午，没有见到他的危险。

加德纳夫妇在朗博恩住了一个星期，除了菲利普斯一家、卢卡斯一家，还有军官们，几乎没哪天没有约会。班尼特太太尽心安排她弟弟弟媳的娱乐活动，所以他们一次也没有全家人一起吃饭。当安排在家里时，总有一些军官们参加，韦翰先生必然是其中之一。在这些情况下，加德纳太太对伊丽莎白的热情夸赞起了疑心，便仔细观察两人。从她看到的情况，她并不认为他俩真心相爱，但他们彼此的喜爱之情显而易见，让她有些不安。她决定在离开赫特福德郡之前和伊丽莎白谈谈这个问题，告诉她鼓励这段感情有些轻率。

对于加德纳太太，韦翰有一个办法取悦她，和他通常的能力无关。大约十到十二年前，她还没结婚，在德比郡的那片地方住过很长一段时间，正是他的住处。因此，他们有许多共同的熟人，尽管自从达西的父亲五年前去世后韦翰难得去那儿，他依然能够对她的老朋友们，给出比她能得到的更新的消息。

加德纳太太见过彭伯利，很清楚已故的达西先生的人品。因此在这一点上他们总能说个没完。她把她对彭伯利的回忆，和韦翰的细致描述加以比较，在对已故的主人大加夸赞时，让他和她本人都感到高兴。得知现在的达西先生怎样对待他后，她试着回忆那位先生据说在小时候的性情，或许能与之相符，最终确信，她记得以前听人说过菲茨威廉·达西先生是个非常骄傲、性情乖僻的男孩。

第三章

加德纳太太第一次得到和伊丽莎白单独交谈的好机会就立即善意地提醒她。在如实告知了她的想法后，她接着这样说道：

"你是个非常理智的女孩，莉齐，不会只因为被提醒不要恋爱而爱上别人；因此，我不怕开诚布公地说出想法。说真的，我想让你当心点。别让你本人，或试着让他卷入一场因为缺少财产而十分轻率的爱情。我对**他**毫无意见，他是个极其有趣的年轻人；假如他拥有合适的财产，我会认为你找不到更好的人。但既然如此，你绝不能想入非非。你有理智，我们都期待你理智行事。我相信，你父亲会信任**你的**决断和恰当行为。你绝不能让你父亲失望。"

"我亲爱的舅母，这太严肃了。"

"是的，我希望也能让你严肃起来。"

"好吧，那么，你无需惊慌。我会当心自己，还有韦翰先生。他不会爱上我，只要我能阻止。"

"伊丽莎白，你现在并不严肃。"

"很抱歉，我再试试。此时我没有爱上韦翰先生，不，我当然没有。但是他，无可比拟，是我所见过最令人喜爱的男人。假如他真的爱上了我——我相信他最好别这样。我看出了其中的轻率。哦！**那**可恶的达西先生！我父亲对我的看法是我最大的荣耀，如果失去我会痛苦的。我父亲，不过，他喜欢韦翰先生。简而言之，我亲爱的舅母，如果让你们任何人不高兴我会非常难过。但既然我们每天都能见到，只要有爱情，年轻人很少会因为当时缺少财产而彼此不进入婚约，我怎能保证假如受到诱惑我会比许多人更加明智，我甚至怎能知道拒绝是明智的呢？因此，我能对你的承诺，是不要匆忙。我不会急于相信我本人是他的第一目标。当我和他在一起时，我不会祈求。简而言之，我会尽力而为。"

"也许，你最好别让他那么频繁地到这儿来。至少，你不该**提醒**你母亲邀请他。"

"像我那天的做法，"伊丽莎白羞涩地笑着说，"非常正确，我最好避免**那样**做。但别以为他总是来得很勤。是因为你他这个星期才如此频繁地得到邀请。你知道我母亲觉得必须让她的朋友一直有人陪伴。但说真的，我保证，我会尽量做我认为最明智的事情。现在，我希望你满意了。"

她舅母向她保证是这样。伊丽莎白谢过她的好意提醒，两人分开了。这是在那件事情上提出建议，却没被怨恨的精彩事例。

柯林斯先生在加德纳夫妇和简离开不久后回到赫特福德郡，但因为他待在卢卡斯家，他的到来没给班尼特太太带来多少不便。他的婚礼不断临近，她终于心灰意冷地认为这不可避免，甚至恶声恶气地一再说她**"祝愿**他们也许会幸福"。星期四将是结婚的日子，星期三卢卡斯小姐过来告别。当她起身离开时，伊丽莎白为母亲无礼又勉强的祝福感到羞愧，自己也真心感动，陪她走出了屋子。当她们一起下楼时，夏洛特说道：

"我相信能经常收到你的信，伊莱莎。"

"那你一定会。"

"我还有另一个请求。你能来看我吗？"

"我希望，我们能经常在赫特福德郡相见。"

"我可能有一段时间不能离开肯特。因此，答应我，来亨斯福德。"

伊丽莎白无法拒绝，虽然她并不期待从这次拜访中得到什么快乐。

"我父亲和玛丽亚三月来我这儿，"夏洛特又说道，"我希望你能答应一起过来。说真的，伊莱莎，你会和他们两人一样受欢迎。"

婚礼举行了。新娘新郎从教堂门口出发去肯特，人们照例对这件事有话要说或有话可听。伊丽莎白很快收到她朋友的来信，她们的通信和往常一样规律频繁，但想同样坦率是不可能了。伊丽莎白每次给她写信都感觉所有令人愉快的亲密感已经消失。而且，虽然决心不要做个懒散的写信人，这更是为了过去，并非为了现在。她怀着急切的心情收到夏洛特的前几封信，她当然很好奇她会怎样说起她的新家，她有多喜欢凯瑟琳夫人，她敢宣称自己有多幸福，尽管，在读信的时候，伊丽莎白感觉夏洛特对每一点的讲述都正如她所料。她写得很愉快，似乎一切顺心，对提到的每件事都赞不绝口。房子、家具、周边、道路，全都符合她的品位，而凯瑟琳夫人的行为最友好热情。这是把柯林斯先生对亨斯福德与罗辛斯描述的理性柔化；伊丽莎白发觉她必须等到自己去拜访，才能知道别的方面。

简已经给妹妹写了几行字告知他们平安到达伦敦。等她再次写信时，伊丽莎白希望她能写点和宾利一家有关的消息。

她迫切想收到这第二封信的心情也照例得到了回报。简已经在城里待了一个星期，但既没见到卡洛琳也没收到她的信。不过，她解释说，她认为从朗博恩写给她朋友的上一封信，因为某个意外而弄丢了。

"舅母明天要去城里的那个地方，"她又写道，"我会借此机会去格罗夫纳街拜访。"

结束拜访后她又写了信，她见到了宾利小姐。"我认为卡洛琳兴致不高，"这是她的原话，"但她很高兴见到我，并责备我没通知她我要来伦敦。因此，我说对了，我的上一封信她从未收到。我当然问候了她的哥哥。他很好，但总是和达西先生在一起，让她们难得见到他。我发现达西小姐将要过来吃饭。我希望我能见到她。我的拜访时间不长，因为卡洛琳和赫斯特太太正要出去。我敢说我很快会在这儿见到她们。"

伊丽莎白对这封信摇摇头。这让她相信，只有意外情况才能让宾利先生得知她的姐姐就在城里。

四个星期过去了，简从未见到他。她努力劝说自己她不为此难过，但她不可能继续无视宾利小姐的不理不睬。她有两个星期每天上午在家等待，每天晚上为她编个新的借口，来访者的确最终出现了，然而她的停留极其短暂，更重要的是，她态度的变化让简无法再欺骗自己。她为这件事给妹妹写的信，将会证明她的感受。

我相信，我最亲爱的莉齐不会为她出色的判断力感到得意，拿我取笑，我得承认我以为宾利小姐喜欢我，其实完全受了欺骗。可是，我亲爱的妹妹，虽然情况证明你是对的，如果我依然断定，考虑到她曾经的表现，我的信心和你的怀疑一样自然而然，别认为我固执。我完全不理解她想和我亲密相处的原因；但如果同样的情况再次发生，我相信我还会被欺骗。卡洛琳直到昨天才回访我，在此期间，我没收到一封信，没有一行字。当她的确来了以后，显然她根本不感到愉快。她稍稍做了个形式上的道歉，为之前没来拜访，完全没说希望再见到我，在各个方面都判若两人，所以她走后我彻底下定决心不再和她交往。我同情她，虽然我忍不住要责备她。她那样选中我非常错误，我能放心地说每一次亲密关系的发展都由她而起。但我同情她，因为她一定感觉到她做得不对，因为我相信她对她哥哥的担忧是这件事的缘由。我无需进一步解释自己，虽然**我们**知道这样的担忧毫无必要，但如果她能感觉到，可以很容易解释她对我的行为。他理应对他的妹妹非常宝贵，无论她一定会为他感到何种担忧，都自然而然、令人愉悦。然而，我只好奇她现在有任何这样的担忧，因为，如果他对我有丝毫在意，我们一定早已相见。他知道我在城里，从她本人说出的一些话中我很确信，然而从她说话的方式看来，她似乎想说服自己他真的喜爱达西小姐。我无法理解。假如我不害怕评判苛责，我几乎想说，所有这些很像口是心非。但我会努力摆脱每一个痛苦的想法，只想着能让我高兴的事，你的深情，还有亲爱的舅舅舅母始终的善意。让我很快收到你的来信。宾利小姐说了些他永远不再回到尼日斐尔德，要放弃这座房子的话，但毫不确定。我们最好不要提起。你对我们的朋友在亨斯福德的生活如此愉快的描述让我极其高兴。请你去见他们，和威廉爵士与玛丽亚一起。我相信你在那儿会非常舒适。

你的……

　　这封信让伊丽莎白感到有些痛苦，但想到简不会再受欺骗，至少不被这个妹妹欺骗，她又恢复了兴致。对这个哥哥所有的期待彻底结束。她甚至不想希望他旧情复燃。每次想到这件事他的人品都会降低；作为对他的惩罚，也是对简可能的好处，她认真希望他也许真能很快娶达西的妹妹，因为根据韦翰的描述，她会让他对自己抛弃的一切深感遗憾。

　　加德纳太太大约在此时提醒伊丽莎白答应写信说说那位先生，以及相关的消息；伊丽莎白写出的那些话也许更让她舅母而非她本人感到满意。他显而易见的喜爱之情已经平息，他的殷勤已经结束，他是别人的仰慕者。伊丽莎白的警觉足以让她看出一切，但她能看出一切并写下这些却不感到实在的痛苦。她的内心只有一丝触痛，因为相信在财富允许的情况下，**她**本来会是他唯一的选择，她的虚荣心得到了满足。那位年轻小姐最大的魅力是突然得到了一万英镑，让他这时大献殷勤；然而，伊丽莎白也许对此不如对夏洛特的情况看得那么清晰，并不为他想独立的心愿责备他。相反，什么都不会更自然而然；当她想到这也许使他挣扎一番后才放弃了她，她欣然认为这是对双方明智可取的做法，并能真心诚意地祝愿他幸福。

她向加德纳太太承认了这一切。在讲述了情况后，她接着这样写道："我现在相信，我亲爱的舅母，我从未爱过他，因为假如我真的感受到那种纯洁热烈的激情，我此时应该厌恶他的名字，希望他倒霉透顶。但我的感情不仅对**他**诚挚友好，甚至对金小姐也不偏不倚。我发觉我完全不恨她，甚至丝毫没有不愿认为她是个很好的女孩。所有这些不可能有爱意。我的警惕起了作用，虽然我一定会让所有的熟人更觉有趣，假如我对他爱得发狂，但我无法说我为自己相对的无足轻重感觉遗憾。重要性有时也许得付出过高的代价。基蒂和莉迪亚对他的背叛比我更在意。她们对世事还知之甚少，尚且不愿接受这个令人屈辱的信条，即漂亮的年轻人必须依靠财产生活，和相貌平平的人一样。"

第四章

除这些之外朗博恩一家没有发生更大的事情，加上在时而泥泞时而寒冷的天气有时步行去梅里顿，一月二月就这样过去了。三月将把伊丽莎白带到亨斯福德。她起初并未很认真地考虑去那儿，但她很快发现，夏洛特相信会按计划行事，她本人逐渐学着以高兴的心情更加明确地看待此事。离别让她更想再见到夏洛特，也减轻了她对柯林斯先生的厌恶。这个安排有些新鲜感，有了这样的母亲和这些无法做伴的妹妹们，家不可能无可挑剔，一点点改变本身并非不受欢迎。这次旅行还能让她和简短暂相见。简而言之，当时间临近时，任何耽搁都会让她难过。不过，一切进展顺利，最终按照夏洛特的原先方案进行。她将陪同威廉爵士和他的二女儿，又及时增添了在伦敦住上一晚的改进，让这个安排变得完美无缺。

唯一的痛苦是离开她的父亲，他当然会想念她。到了临走的时候，他实在不想让她离开，便告诉她给他写信，几乎答应要回复她的来信。

她本人和韦翰先生的告别非常友好，在他那方更是如此。他此时的追求无法让他忘记伊丽莎白曾是第一个引他献上殷勤并值得他献殷勤的人，是第一个听他说话并同情他，第一个受他仰慕的人。他以自己的方式向她告别，希望她无比快乐，提醒她能够期待凯瑟琳·德·布尔夫人是怎样的人，相信他们对她的看法，他们对每个人的看法总能一致，言语中的某种热切、某种兴趣，让她感觉会使她永远对他真心看重。和他告别时她深信，无论结婚还是单身，他一定永远是她对可爱愉悦之人的典范。

她第二天的同行者不是那种能让她感觉他不那么可爱的人。威廉·卢卡斯爵士的女儿是个好脾气的女孩，但和他本人一样头脑空空，说不出任何值得一听的话，听他们说话和听马车的嘎吱声几乎同样愉快。伊丽莎白喜爱荒唐，但她对威廉爵士的荒唐已经了解太久。关于他觐见国王和受封骑士的美妙之处他说不出任何新内容，他的客套和他的消息一样陈腐不堪。

这只是一段二十四英里的旅程，他们很早出发，中午就到了格雷斯丘奇街。当他们来到加德纳先生家的门口时，简正在客厅窗前看着他们到来。他们进入走廊时简在那儿欢迎他们，伊丽莎白急切地望着她的脸，高兴地看出和以前一样健康可爱。楼梯上有一群小男孩和小女孩，他们急于等待表姐的出现而无法待在客厅，又因为他们已经一年没见到她，害羞得不敢下来。一切都令人欢喜。这一天过得非常愉快，上午忙乱喧闹，接着出门购物，晚上去剧院看戏。

伊丽莎白那时设法坐在舅母身旁。她们最关心的是她姐姐。她仔细询问，听说简虽然总是努力振作精神，但依然会不时感到沮丧，伤心之情超过了惊讶。不过，可以合理期待这不会持续太久。加德纳太太还向她细致讲述了宾利小姐到格雷斯丘奇街的来访，重复了简和她本人在不同时候进行的谈话，证明简，从内心里，放弃了这段相识。

加德纳太太接着嘲弄外甥女被韦翰抛弃，夸赞她很好地承受了这件事。

"可是我亲爱的伊丽莎白，"她又说道，"金小姐是哪种女孩？如果认为我们的朋友唯利是图，我会感到难过。"

"请问，我亲爱的舅母，在婚姻上，唯利是图和审慎的动机有何区别？哪儿是谨慎的尽头，贪婪的开始？上个圣诞节你还担心他娶我，因为这会是轻率，现在，因为他想得到一个只有一万英镑的女孩，你想弄清他唯利是图。"

"只要你能告诉我金小姐是哪种女孩，我会知道该怎么想。"

"她是那种很好的女孩，我相信。我从未听说她有什么坏处。"

"但他从未向她献过一丝殷勤，直到她祖父的去世让她得到这笔财产。"

"没有，他为何要这样做？假如他不应该获得**我的**爱，因为我没有钱，他又为何对一个他不在乎，并且同样贫穷的女孩谈情说爱？"

"但他在这件事后很快转而向她献殷勤，似乎不太得体。"

"一个处境困顿的男人没时间遵守别人或许会遵守的所有那些文雅礼节。如果**她**不反对这一点，**我们**为何反对？"

"**她**不反对，并不证明**他**的正确。这只表明她本人有所欠缺——理智或感情。"

"好了，"伊丽莎白叫道，"随你怎么说。**他**将唯利是图，而**她**会愚蠢。"

"不，莉齐，那是我**不**愿认为的事情。你知道，轻视一个在德比郡生活了这么久的年轻人，我会感到难过。"

"哦！如果那就是全部，我会轻视所有生活在德比郡的年轻人，他们在赫特福德郡生活的密友也好不了多少。我对他们全都很讨厌。感谢上帝！我能在明天要去的地方发现一个一无是处的男人，举止和理智都无可夸赞。毕竟，愚蠢的男人是唯一值得了解的人。"

"当心，莉齐，那番话饱含失望之情。"

看完戏分别前，她喜出望外地得到她舅舅舅母让她夏天一同旅游散心的邀请。

"我们还没决定去多远的地方，"加德纳太太说，"但也许会去湖区①。"

没有任何计划能更受伊丽莎白喜爱，她十分乐意并满心感激地接受了邀请。"哦，我亲爱的，亲爱的舅母，"她欣喜若狂地叫道，"多么开心！多么幸福！你让我焕发新生与活力，告别失望和怨气。人对于岩石和高山算得了什么？哦！我们会度过多少激动的时光！当我们**的确**回来后，不会像其他旅行者那样，无法对任何事给出一丝准确的想法。我们**会**知道我们去了哪儿，我们**会**记得我们见到了什么。湖泊、高山、河流，不会在我们的脑中乱作一团；当我们试着描述任何特别的景致时，不会开始一场关于它相对位置的争执。让**我们**最初的畅谈不像通常的旅行者那般令人无法忍受。"

---

① 简·奥斯汀在18世纪末创作《傲慢与偏见》时，湖区已是很受欢迎的旅游胜地，到1813年小说出版时，又因为威廉·华兹华斯（1770—1850）、塞缪尔·泰勒·柯尔律治（1772—1834）等湖畔派诗人而声名大噪。

第五章

第二天旅途中的每件事物对伊丽莎白都新鲜有趣，她的心情非常愉悦。她因为见到姐姐气色很好而完全消除了对她健康的担忧，想到去北方的旅行始终让她感到快乐。

当他们离开大路转向去亨斯福德的小路时，每一双眼睛都在搜索着牧师住宅，每次转弯都期待能够看见。罗辛斯庄园的围栏是他们一面的边界。伊丽莎白想着听到的里面居民的所有事情时笑了。

最终牧师住宅进入了视线。花园倾斜延伸到路旁，房子就在里面，绿色的栅栏和月桂树篱，一切都表明他们已经到达。柯林斯先生和夏洛特出现在门口，马车停在小门前面，一段短短的石子路通向屋子，所有人都在点头微笑。很快他们全都出了马车，为彼此相见高兴不已。柯林斯太太喜不自胜地欢迎她的朋友，伊丽莎白得到如此诚挚的接待，为她过来感到愈发满意。她立即发现她堂兄的举止并未因为结婚而改变，他还像从前那样拘泥客套，让她在门口耽搁了好几分钟，问候她所有的家人并听她一一答复。接着没有别的耽搁，只由他指出入口多么整洁，被他领进屋子。他们刚进入客厅，他就再次表示欢迎，装腔作势地郑重欢迎他们来到寒舍，接着把妻子献上的点心又递了一遍。

伊丽莎白原本就准备见他得意洋洋，她不禁想着，当他展示房间大小合适，它的朝向和里面的家具时，他忍不住特别说给她听，似乎想让她感到拒绝他是多大的损失。但虽然一切似乎得体舒适，她却无法以丝毫悔恨令他满意，而是好奇她朋友有这样的伴侣竟然还能这么高兴。当柯林斯先生说出任何让他妻子自然感到羞愧的话语时——这当然不会少见，她会不由自主地看着夏洛特。有一两次她看出她稍有些脸红，但总的来说夏洛特会明智地听不见。他们坐在屋里对每一件家具欣赏了足够长的时间，从餐具柜到壁炉架，然后讲述他们的旅程，以及在伦敦发生的一切，随后柯林斯先生邀请他们去花园里散步。花园很大，也设计得很好，由他亲自打理。收拾花园是他最高雅的乐趣之一。当夏洛特说起这种运动有益健康，承认她鼓励他尽量多做时，伊丽莎白敬佩她的镇定自若。在这儿，他领着他们穿过每一条步道和交叉小道，几乎不给他们任何时间说出他想要的夸赞。他细致入微地指出每一处景物，让美感消失殆尽。他能细数每个方向的田地，能够说出最远的林子里有多少棵树木。但他的花园，或是这个郡或王国里能够夸耀的所有风景，和罗辛斯的景致相比都不值一提，透过几乎在他房子对面的树林的缝隙能够看见庄园。这是一座漂亮的现代建筑，坐落于一片高地上。

柯林斯先生本想从花园带他们去他的两块草场转转，但女士们的鞋子受不住残留的白霜，便转身离去。威廉爵士陪同他时，夏洛特把她的妹妹和朋友带回了屋子，她高兴不已，也许因为有机会不在她丈夫的帮助下展示这里。房子很小，但布局合理且使用方便；一切都安排得整洁协调，伊丽莎白全都归功于夏洛特。当柯林斯先生能被忘记时，的确弥漫着极其舒适的氛围，从夏洛特显然十分享受的样子看来，伊丽莎白认为他一定常被忘记。

她已经得知凯瑟琳夫人还在郡里。晚餐时又被说起，当时柯林斯先生加入进来，说道：

"是的，伊丽莎白小姐，你能有幸于随后的星期天在教堂见到凯瑟琳·德·布尔夫人，我无需说你会喜欢她。她和蔼可亲、屈尊俯就，我并不怀疑在礼拜结束后你会有幸获得她的一些关注。我几乎能毫不犹豫地说，当你们住在这儿时，她每次赏脸邀请我们都会包括你和我的妹妹玛丽亚。她对我亲爱的夏洛特的态度极其和蔼。我们每周在罗辛斯吃两顿饭，从不允许我们步行回家。总会为我们叫上夫人的马车。我**应该**说，夫人的一辆马车，因为她有好几辆。"

"凯瑟琳夫人的确是非常可敬又理智的女人，"夏洛特又说道，"最细致周到的邻居。"

"非常正确，我亲爱的，那正是我说的话。她是那种让人怎么敬重都不为过的女人。"

晚上主要在谈论赫特福德郡的消息，又说了一遍信里写过的事情。结束后，伊丽莎白独自待在房间思索着夏洛特有多满足，试着理解她指引丈夫时的语言，以及忍受他时的平静，承认一切都做得很好。她也在想着会怎样度过这段拜访时间，他们安静的日常生活，柯林斯先生恼人的打扰，以及他们和罗辛斯交往的快乐。丰富的想象力很快解决了所有问题。

大约第二天中午时分，她正在自己的房间里准备出去散步，下面一阵突然的声响似乎让整个屋子乱作一团。她听了一会儿，听见有人快步跑上楼梯，大声叫她。她打开门，看见玛丽亚站在楼梯口，激动得喘不过气来，叫道：

"哦，我亲爱的伊莱莎！请快来餐厅，因为能见到那样一番情景！我不会告诉你是什么。快点，现在就下来。"

伊丽莎白的提问毫无作用。玛丽亚什么都不肯多说，她们跑进正对着小路的餐厅，去寻找这番奇观。是两位女士坐着小马车停在花园门口。

"就这些吗？"伊丽莎白叫道，"我至少期待是猪猡跑进了花园，但这儿只有凯瑟琳夫人和她女儿！"

"天啊！我亲爱的，"玛丽亚对这个错误大为震惊，"这不是凯瑟琳夫人。这位老妇人是詹金森太太，她和她们住在一起。另一位是德·布尔小姐。只要看看她。她真是个可爱的小东西。谁能想到她竟然这么瘦小！"

"她在这样的大风天把夏洛特关在门外真是无礼。她为何不进来？"

"哦！夏洛特说，她难得进来。德·布尔小姐进来是最大的荣幸。"

"我喜欢她的样子，"伊丽莎白说，她忽然想到了别的事情，"她看上去病态又易怒，是的，她会非常适合他。她能成为他非常般配的妻子。"

柯林斯先生和夏洛特都站在门前和女士们交谈。最让伊丽莎白感到好笑的是，威廉爵士站在门口，热切注视着他面前的贵人，无论德·布尔小姐何时看向那儿都会鞠上一躬。

最后终于无话可说。女士们乘车而去，其他人返回屋里。柯林斯先生刚见到两个女孩就开始祝贺她们的好运，夏洛特加以解释，让她们得知所有人都被邀请第二天去罗辛斯用餐。

第六章

柯林斯先生因为这番邀请而彻底感到得意洋洋。能向他心有疑惑的客人展示他女恩主的气派，让他们看到她对他本人和他妻子的客气，正如他所愿。而这样做的机会竟然来得这么快，正说明了凯瑟琳夫人的屈尊俯就，他不知怎么赞赏才算够。

"我承认，"他说，"我完全不为夫人邀请我们星期天去罗辛斯喝茶并度过夜晚感到惊讶。从我对她和蔼性情的了解，我其实期待这会发生。但谁能预料到这样的关注呢？谁能想象我们竟然能得到去那儿用餐的邀请（而且，这个邀请包括了所有人），在你们刚刚到达之后！"

"我对发生的事情没那么惊讶，"威廉爵士答道，"凭我对大人物真正的处事风格的了解，我的生活境遇让我能够得知。在宫廷里，如此优雅有教养的情况并不少见。"

一整天和第二天上午几乎没说别的事情，除了他们去罗辛斯的拜访。柯林斯先生小心地告诉他们能期待些什么，以便看到那样的屋子，如此众多的仆人，这么豪华的宴会，不会让他们不知所措。

当女士们分别去更衣时，他对伊丽莎白说：

"我亲爱的堂妹，别为你的衣着让自己不安。凯瑟琳夫人绝不要求我们像她本人和她女儿那样穿着优雅。我只建议你穿上随便哪件稍好一些的衣服，没必要做得更多。凯瑟琳夫人不会因为你衣着朴素而轻视你。她喜欢人们保持身份的差异。"

当她们更衣时，他到她们各自的门前来了两三次，劝她们快点，因为凯瑟琳夫人很反对在她请客吃饭时等待。对夫人以及她生活方式如此可怕的描述，让难得社交的玛丽亚·卢卡斯惊慌不已。她满心忧虑地期待着初次拜访罗辛斯，就像她父亲当年去王宫觐见一样。

因为天气晴朗，他们穿过庄园愉快地走了大约半英里路，每一座庄园都有它的美丽和它的景致。伊丽莎白见到了许多喜欢的地方，虽然不可能感到柯林斯先生期待这番景色激起的欣喜若狂。在他细数房子正面的窗户①，说起这些玻璃最初花了刘易斯·德·布尔爵士多大一笔钱时，她几乎无动于衷。

当他们走下楼梯进入大厅时，玛丽亚每时每刻都更加惊恐，即使威廉爵士看起来也不完全平静。伊丽莎白依然勇气十足。她从未听说凯瑟琳夫人有着出类拔萃的才华或不可思议的美德，她认为仅凭钱财和地位带来的威严，还不会让她感到畏惧。

进入门厅后，柯林斯先生以欣喜若狂的神气，指出这儿完美的比例和精致的饰品。他们跟随仆人穿过一个前厅，到了凯瑟琳夫人、她女儿和詹金森太太坐着的屋子。夫人极其屈尊俯就，起身迎接他们。因为柯林斯太太已经和她丈夫决定由她来做介绍，所以介绍得很得体，完全没有任何他原先认为必不可少的那些道歉和感谢。

---

① 当时需要为窗户的数量和玻璃的重量缴纳昂贵的税收，因此窗户的数量与尺寸是财富与身份的象征。

虽然去过皇宫，威廉爵士却对周围的富丽堂皇无比敬畏，只有足够的勇气深鞠一躬，一言不发地坐了下来；他的女儿被吓得魂飞魄散，坐在椅子的边缘，不知该往哪儿看。伊丽莎白发觉自己能应对这个场面，可以镇定地观察她面前的三位女士。凯瑟琳夫人是个高大的女人，五官分明，也许曾经很漂亮。她的神情并不友好，待人的态度会使客人无法忘记他们低下的身份。她并非因为沉默而变得可怕，而是她无论说什么都以盛气凌人的语气，显示她的自命不凡，让伊丽莎白立刻想起了韦翰先生。从这一天总的观察看来，她相信凯瑟琳夫人和他描绘的一模一样。

她审视着这位母亲，很快从她的神情举止上发现了和达西先生的相似之处，随后朝她那位女儿看去，几乎和玛丽亚一样吃惊，想不到她怎会如此单薄，如此瘦小。两位女士在身材和脸蛋上毫无相似之处。德·布尔小姐苍白孱弱，她的五官虽不难看，却毫不起眼；她话语极少，除了对詹金森太太低声说话。那位太太的样子没有任何特别之处，只是一心一意地听她说话，用一块屏风在适当位置挡住她的眼睛。

坐了几分钟后，他们都被打发到某个窗户看风景，柯林斯先生陪着他们并指出美妙之处，凯瑟琳夫人和蔼地告诉他们夏天时要好看得多。

晚餐极其丰盛，有柯林斯先生保证的所有仆人和一应餐具，像他之前预示的那样，他按照夫人的意愿，在桌子的末端①就座，看似人生绝无可能更加得意。他切菜，用餐，喜滋滋地赞不绝

---

① 通常是男性主人的位置，指上座。

口。每道菜都受到夸赞，首先是他，接着是威廉爵士，他现在已经大大恢复，能附和他女婿说的任何话语，让伊丽莎白怀疑凯瑟琳夫人怎能忍受这副样子。然而凯瑟琳夫人似乎对他们的过度赞赏心满意足，笑得极为和蔼可亲，尤其当桌上有任何菜他们从未见过时。这些人没多少交谈。伊丽莎白只要有人开口随时准备说话，但她坐在夏洛特和德·布尔小姐中间，前者专心听凯瑟琳夫人说话，后者整个晚餐时间一言未发。詹金森太太主要忙着看德·布尔小姐吃得多么少，催她尝尝别的菜，担心她身体不适。玛丽亚感觉根本不可能开口，先生们只是边吃边赞赏。

当女士们回到客厅后，除了听凯瑟琳夫人说话之外无事可做。她一刻不停地说到咖啡端上来，说起每件事的态度都斩钉截铁，证明她不习惯让人反驳她的话。她随意又细致地询问夏洛特的家务，对于如何管理这一切给了许多建议：告诉她在她这样的小家庭中所有事务该怎样管理，还指导她该怎样照顾她的奶牛和她的家禽。伊丽莎白发现什么都逃不脱这位贵妇人的注意，只要能给她机会对别人发号施令。在她和柯林斯太太谈话期间，她问了玛丽亚和伊丽莎白许多问题，尤其对于后者。夫人对她的家人知之甚少，并对柯林斯太太说她是很文雅漂亮的那种女孩。她在不同的时候，问了她有多少姐妹，她们比她本人大还是小，是否有人要结婚了，她们漂不漂亮，在哪儿受的教育，她父亲用什么马车，她母亲的娘家姓什么。伊丽莎白感觉她所有的问题都很无礼，但十分平静地回答了。凯瑟琳夫人又说道：

"你父亲的财产由柯林斯先生继承，我想。为了你，"她转向夏洛特，"我对此感到高兴，但否则我看不出任何不把财产传给女人的理由。在刘易斯·德·布尔的家庭就认为这没有必要。——你弹琴唱歌吗，班尼特小姐?"

"一点点。"

"哦! 那么，什么时候我们会很乐意听听。我们的钢琴非常出色，也许超过了——你哪天可以试试。你的姐妹们弹琴唱歌吗?"

"有一个会。"

"你们为何不都学习呢? 你们应该都学的。韦布小姐们都会弹琴，她们父亲的财产还没你们父亲多。你们画画吗?"

"不，都不画。"

"什么，一个都不?"

"没有一人。"

"那很奇怪。但我认为你们没有机会。你母亲应该每年春天带你们去城里找个老师。"

"我母亲不会反对，但我父亲讨厌伦敦。"

"你们的家庭教师①离开你们了吗?"

"我们从未有过家庭教师。"

"没有家庭教师! 那怎么可能? 五个女儿在家中长大却没有一个家庭教师! 我从未听说过这样的事情。你母亲教育你们一定累坏了。"

伊丽莎白向她保证从未如此时，忍不住笑了。

"那么，谁教育你们? 谁照顾你们? 没有一个家庭教师，你

---

① 聘请家庭教师教育女孩是当时中上层阶级的常规做法。家庭教师也是当时没有财产的中产阶级女性几乎唯一的工作机会，是经济和社会地位很低的职位。

们一定被忽略了。"

"和一些家庭相比，我相信是这样；但只要我们想学习就永远不缺办法。我们总被鼓励读书，也请了所有必要的老师。那些选择闲散的人，当然也可以。"

"对，毫无疑问；但那就是家庭教师能阻止的事情。假如我曾认识你的母亲，我会费尽口舌劝她请一位。我总说离开稳定规律的指导，教育将一事无成，而只有家庭教师能够做到。我以那样的方式给许多家庭提供了家庭教师，真让我高兴。我总喜欢给一个年轻人找个好职位。詹金森太太的四个侄女几乎都通过我愉快地谋得职位；就在那天我还推荐了另一个年轻人，只因有人偶然对我说起她，那家人对她很满意。柯林斯先生，我有没有告诉你梅特卡夫夫人昨天过来感谢我？她发现蒲柏小姐真是宝贝。'凯瑟琳夫人，'她说，'你给了我一个宝贝。'你有没有妹妹进入社交圈了，班尼特小姐？"

"是的，夫人，所有人。"

"所有人！什么，五个人同时出来交际？非常奇怪！你才排行第二。妹妹们在姐姐结婚前就进入社交！你的妹妹一定很小吧？"

"是的，我最小的妹妹还不到十六岁。也许**她**太小了，不该多交际。但说实话，夫人，我认为这会对妹妹们很不公平，不让她们参加社交和娱乐，只因姐姐不能或不愿早日结婚。最晚出生和第一个出生的人同样有权享受年轻的快乐。而且因为**那样**的动机不让出去！我认为这不大可能提升姐妹的感情或敏感的心性。"

"说真的，"夫人说，"你这么年轻，说话却果断坚决。请问，你多大了?"

"有了三个成年的妹妹,"伊丽莎白笑着答道,"夫人就别指望我承认了。"

凯瑟琳夫人似乎为没得到直接回答非常吃惊;伊丽莎白怀疑自己是第一位敢于戏弄这个无礼贵妇的人!

"你不会超过二十岁,我相信,因此你无须隐瞒你的年龄。"

"我不到二十一岁。"

等男士们加入她们,喝完茶后,摆上了牌桌。凯瑟琳夫人、威廉爵士和柯林斯夫妇坐下来打四人牌;因为德·布尔小姐选择玩卡西诺①,两个女孩有幸帮詹金森太太凑满了人数。她们的牌桌愚蠢至极。几乎说不出和打牌无关的话语,除了詹金森太太表示担心德·布尔小姐太热或太冷,或是光线太强或太弱。另一张桌子热闹得多。凯瑟琳夫人基本都在说话,指出其他三人的错误,或讲讲她本人的轶事。柯林斯先生忙着同意夫人说出的每一件事,为他赢的每一牌感谢夫人,如果他感觉赢得太多就会道歉。威廉爵士没说太多。他正在把轶事和高贵的名字存入脑中。

等凯瑟琳夫人和她女儿感觉玩得够久了,就解散了牌桌,提出为柯林斯太太叫上马车,在后者感激地接受后,立即让人备车。接着一群人围着火炉听凯瑟琳夫人断定明天会有怎样的天气。他们聆听着教诲,直到马车到来。伴随着柯林斯先生长篇大论的感激之词,以及威廉爵士的再三鞠躬,他们出发了。刚离开门口,伊丽莎白就听见堂兄叫她,让她说说对罗辛斯所见所闻的

---

① 原文为"Cassino",可以由两人、三人或四人打的一种牌。

看法。为了夏洛特，她言过其实地说了些好话。然而她的夸赞虽然费了她一些麻烦，却完全不能让柯林斯先生满意，很快他只得亲自对夫人夸赞起来。

第七章

威廉爵士只在亨斯福德待了一个星期，但他的拜访长得足以让他相信女儿的生活非常舒适，还有难得遇见的这样一个丈夫和这样一位邻居。威廉爵士和他们一起时，柯林斯先生总在上午驾着双轮小马车①带他出去，向他展示乡间风景；不过他走后，整个家庭就恢复了平常的生活，伊丽莎白感激地发现这个变化没让她们更多见到她的堂兄，因为早餐和晚餐中的主要时间他不在花园干活就在阅读写作，以及从他自己的书房看着窗外，那正对着马路。女士们待的房间在后面。伊丽莎白起初疑惑夏洛特竟然不选择在餐厅做日常事务，那间屋子面积更大，景致更好。但她很快看出她朋友有个极好的理由这样做，因为柯林斯先生待在自己屋里的时间无疑会少得多，假如两个房间一样有趣味。她赞赏夏洛特这样的安排。

从客厅她们看不见路上的任何情形，多亏柯林斯先生来告知哪些马车过去了，尤其是德·布尔小姐乘坐她的四轮小马车路过了几次，他没有哪一次会不进来告诉她们，虽然这样的事情几乎每天发生。她停在牧师住宅的次数不算太少，和夏洛特说几分钟话，但难得答应走出来。

---

① 原文为"gig"，由一匹马拉的双轮轻便马车。

柯林斯先生很少有哪天不走到罗辛斯，他妻子觉得没必要和他一起去的日子也不多。伊丽莎白在想到也许还有别的家庭牧师职位①可以分配前，她无法理解为何要牺牲这么多时间。有时，他们会有幸得到夫人的来访，在这些来访中屋里的一切都逃不过她的观察。她询问他们的日常事务，查看他们的活计，建议他们换个做法；挑剔家具的摆放，或看出女仆的失责；如果她接受任何点心，似乎这样做只是为了发现柯林斯太太的肉块对她的家庭而言切得太大。

伊丽莎白很快察觉虽然这位贵夫人无需负责郡里的治安，她却是她本人教区里最活跃的地方官，一应小事都由柯林斯先生向她汇报。无论村民们何时有意争吵，感到不满，或过于穷困，她都会亲自去村里解决他们的矛盾，平息他们的抱怨，把他们骂得和睦富足。

在罗辛斯用餐的娱乐每个星期大约重复两次。因为少了威廉爵士，晚上只有一张牌桌，每次这样的娱乐都是第一次的重复。他们很少有别的约会，因为周围人们的生活方式，总的来说让柯林斯先生无法企及。不过这对伊丽莎白绝非坏事，总体而言她的时间过得足够舒适。她会和夏洛特愉快地聊上几个半小时，一年中这个时候的天气非常晴朗，她们常在户外玩得特别高兴。当其他人去拜访凯瑟琳夫人时，她常去的最喜爱的地方，是在庄园的另一边沿着开阔矮树林的步道，有一段树荫遮蔽的愉悦小径，似乎除她之外无人在意，她感觉在那儿能避开凯瑟琳夫人的好

---

① 说明凯瑟琳夫人的庄园很大，有不止一个教区。达西的庄园同样如此。

奇心。

　　她前两个星期的拜访很快就这样安安静静地过去了。复活节临近，在此之前的一个星期罗辛斯的家庭会来一个新成员，在这么小的圈子里必然很重要。伊丽莎白到来不久就听说达西先生几个星期后会过来，虽然她不喜欢的熟人并不多，但他的到来会给他们在罗辛斯的一群人带来一个相对新鲜的面孔，她也许能愉快地从他对他表妹的行为中，看出宾利小姐对他的打算有多么无望。凯瑟琳夫人显然认为他注定会有婚约，非常满意地说他要来，对他极尽赞赏之辞，看似几乎生气地发现他曾经常被卢卡斯小姐和她本人看见。

　　牧师住宅的人很快知道他来了，因为柯林斯先生一整个上午都在能看到通往亨斯福德小路的小屋旁走来走去，为了尽早得知消息。马车转进庄园时他鞠了一躬，随后带着这个了不起的消息赶回家中。第二天上午他急忙去罗辛斯问候。凯瑟琳夫人有两个外甥需要问候，因为达西先生带来了一位菲茨威廉上校[①]，是他的舅舅某勋爵的小儿子。让所有人大感惊讶的是，当柯林斯先生回家时，两位先生陪同着他。夏洛特已经从她丈夫的房间里看见了他们，便穿过走道，立即跑进另一个房间，告诉女孩们有贵客光临，又说道：

　　"也许我该感谢你，伊莱莎，为了这个礼节。否则达西先生绝不可能这么快来看我。"

　　伊丽莎白几乎没时间否认这番恭维，门铃声就表明他们已经

---

① 因为长子继承制，有钱的人家通常会为小儿子准备牧师职业或购买军衔等，给他们一份基本的生活保障。

来了，不久三位先生进了屋子。领头的菲茨威廉上校大约三十岁，并不英俊，但相貌谈吐有着真正的绅士风度。达西先生看起来和他在赫特福德郡时完全一样，向柯林斯太太问好，带着寻常的矜持。无论他对她的朋友怀有怎样的感情，和她见面时却极其平静。伊丽莎白只向他行了屈膝礼，却一言未发。

菲茨威廉上校以一个有教养之人的轻松自在，欣然加入了谈话，聊得非常愉快。然而他的表弟在向柯林斯太太对房子和花园稍作评论后，有一阵子坐在那儿没和任何人说话。不过，最后，他终于想起了礼貌，向伊丽莎白问候她全家人安好。她以平常的方式回答了他，稍停片刻后，又说道：

"我姐姐这三个月都在城里。你从未在那儿遇见过她吗？"

她完全清楚他从未见过，但她希望看出他能否流露一些对宾利和简之间情况的任何想法，她觉得他回答从未有幸遇见过班尼特小姐时看似有些窘迫。这个话题没再多谈，先生们很快就离开了。

第八章

　　菲茨威廉上校的表现在牧师住宅很受赞赏，女士们都觉得他一定会给他们在罗辛斯的约会增添许多快乐。然而，他们过了些日子才得到去那儿的邀请，因为当房子里有了客人时，他们就不再必需了。直到复活节那天，几乎在先生们来了一个星期后，他们才有幸得到那样的关注，当时他们只在离开教堂时应邀晚上去那儿。过去的一个星期他们很少见到凯瑟琳夫人和她女儿。菲茨威廉上校在此期间来牧师住宅拜访了不止一次，但达西先生只在教堂见过他们一面。

　　邀请当然被接受，在适当的时候他们加入了凯瑟琳夫人客厅里的一群人。夫人客气地接待了他们，但显然他们的陪伴完全不像她得不到别人时那么受欢迎。事实上，她几乎只想着她的外甥们，和他们说话，尤其是达西，比和屋里其他任何人说的话多得多。

　　菲茨威廉上校似乎真的高兴见到他们。任何事对在罗辛斯的他都是解脱，而且柯林斯太太漂亮的朋友让他十分喜爱。此时他坐在她身旁，非常愉快地谈论着肯特和赫特福德郡、旅行和待在家中、新书和音乐，伊丽莎白以前从未在那间屋子里感到一半的快乐。他们谈得兴致勃勃，没完没了，甚至引起了凯瑟琳夫人本人以及达西先生的注意。**他**的眼睛很快就带着好奇的神情一再转向他们；一段时间后，让夫人也感同身受，并公开承认，因为她无所顾忌地叫道：

"你们在说什么呢，菲茨威廉？你们在谈论什么？你在告诉班尼特小姐什么话？让我听听是什么。"

"我们在谈音乐，夫人。"他在无法躲避回答时说道。

"谈音乐！那么请说得大声点。这是我最喜欢的话题。我一定要加入谈话，如果你们在谈论音乐。我想，在英格兰，没几个人能比我本人更真心喜爱音乐，或有着更好的天生品位。我要是曾经学过，一定会非常精通。安妮也一样，假如她的身体允许她学习。我相信她会弹得很好。乔治安娜进展怎样，达西？"

达西先生满怀深情地夸赞了他妹妹的娴熟技艺。

"我很高兴听见对她这么好的描述，"凯瑟琳夫人说，"请告诉她我的话，她要是不勤于练习就不可能指望出色。"

"我向你保证，夫人，"他答道，"她无需这样的建议。她练得很勤。"

"那更好。怎么练习都不为过，等我下次给她写信时，我会叫她无论如何不要忽视。我常常告诉年轻小姐们要是不能一直练习就不可能在音乐上做到出色。我已经告诉班尼特小姐好几次了，说她不可能真正弹好，除非练得更多。虽然柯林斯太太没有钢琴，正如我常常对她所说，很欢迎她每天到罗辛斯来，在詹金森太太房间里的钢琴上练习。你知道，她在房子里的那个地方，不会妨碍任何人。"

达西先生看似为他姨妈的缺乏教养有些羞愧，没有回答。

喝完咖啡后，菲茨威廉上校提醒伊丽莎白答应为他弹琴，于是她直接坐在了钢琴前。他拉了把椅子到她身边。凯瑟琳夫人听完半曲，又像之前那样，对她的另一个外甥说话，直到后者从她身旁走开，像往常一样从容地走向钢琴，站在那儿，刚好能完整地看见演奏者漂亮的脸庞。伊丽莎白看出他在做什么，在第一个方便停顿的时候，带着狡黠的笑容转向他，说道：

"达西先生，你这样走来听我弹琴，是打算吓唬我吗？我不会害怕，尽管你妹妹**的确**弹得很好。我的性格有点倔强，永远不能忍受被别人的意愿吓倒。每一个恐吓我的尝试都会让我勇气高涨。"

"我不会说你错了，"他答道，"因为你不会真的相信我有任何吓唬你的打算。我有幸与你相识够久，知道你很喜欢偶尔承认其实并非你本人的想法。"

伊丽莎白为对她自己的这番描述开怀大笑，向菲茨威廉上校说道："你表弟会给你对我很不错的看法，告诉你别相信我说的任何一句话。遇见这么能揭露我真实性格的人我极其不幸，在我希望能保留一些名誉的地方。说真的，达西先生，你提起你知道的我在赫特福德郡的所有缺点实在很不慷慨——请允许我说，也很不明智——因为这会引起我的报复，说出让你的亲戚们感到震惊的话。"

"我不怕你。"他说，脸上带着微笑。

"请让我听听你能怎么指责他，"菲茨威廉上校叫道，"我想知道他在陌生人中会怎样表现。"

"那么你可以听听——准备好听见一些非常可怕的事情。我在赫特福德郡第一次见到他时，你必须知道，是在一场舞会上。

在这场舞会中，你认为他做了什么？他只跳了四次舞！我很遗憾让你难过，但事实如此。他只跳了四次舞，虽然男士极少，而且，据我所知，不止一位年轻小姐坐在那儿等待舞伴。达西先生，你无法否认这个事实。"

"我那时不曾有幸认识舞会中除我自己一行人之外的任何小姐。"

"是的，在舞厅里谁也不可能得到介绍。好了，菲茨威廉上校，我下一曲弹什么？我的手指在等待你的吩咐。"

"也许，"达西说，"如果我请人介绍，会是更好的做法，但我不习惯向陌生人推荐自己。"

"我们能问问你的表弟这是什么原因吗？"伊丽莎白说，她依然在对菲茨威廉上校说话，"我们能否问他为何一位很有理智、受过教育、见多识广的男人，依然不能向陌生人自我推荐呢？"

"我能回答你的问题，"菲茨威廉说，"无需问他。因为他不想给自己找麻烦。"

"我当然不具备一些人拥有的天分，"达西说，"无法和我从未见过的人轻松交谈。我不能把握他们交谈时的语气，或显得对他们的事情感兴趣，像我常常见别人做的那样。"

"我的手指，"伊丽莎白说，"不像我见过的许多女人那样能在钢琴上那么娴熟地移动。它们没有同样的力量或速度，也不能表达同样的感情。但我一直认为这是我自己的错误，因为我不想费心练习。并非我相信**我的**手指无法达到其他任何女人的出色技艺。"

达西笑着说道："你完全正确。你的时间利用得更好。能够有幸听你演奏的人，都不会认为有任何欠缺。我们两个都不在陌生人面前表现。"

这时他们被凯瑟琳夫人打断了，她大声询问他们在说什么。伊丽莎白立即又开始弹奏。凯瑟琳夫人走过来，听了几分钟后，对达西说：

"班尼特小姐要是能有个伦敦的老师，再多加练习，就不可能弹得不好。她的手指非常灵巧，虽然她的品位比不上安妮。安妮本来可以弹得很好，要是她的身体允许她学习。"

伊丽莎白望着达西，看看他会怎样热情地同意对他表妹的夸赞，但在那时或其他任何时候她都觉察不出丝毫的爱意。从他对德·布尔小姐的所有表现中她替宾利小姐感到安慰，因为他也许同样会娶**她**，假如她也是他的亲戚。

凯瑟琳夫人继续评价着伊丽莎白的演奏，夹杂了许多关于弹奏和品位的指导。伊丽莎白极尽礼貌地接受了，并在先生们的请求下留在钢琴旁，直到夫人的马车准备把他们全都送回家。

第九章

第二天上午，当柯林斯太太和玛丽亚有事去村里时，伊丽莎白正独坐着给简写信，这时她被门铃声吓了一跳，显然来了客人。因为没听见马车声，她认为并非不可能是凯瑟琳夫人，出于那番顾虑她收起写了一半的信，避免所有的无礼问题，这时门开了。令她万分惊讶的是，达西先生，只有达西先生，走进了屋里。

看见她独自一人他似乎也很吃惊，为他的打扰道歉，让她知道他以为所有的女士都在家中①。

随后他们坐了下来，在她问候罗辛斯之后，似乎有陷入彻底沉默的危险。因此，完全有必要想出一些话题。在这紧急情况下她记起**什么时候**在赫特福德郡最后一次见到他，因为很想知道他会对他们的匆忙离开做何解释，便说道：

"去年十一月你们全都那么突然地离开了尼日斐尔德，达西先生！让宾利先生看着你们全都这么快地追随他一定是最大的惊喜；因为，如果我记得对，他只在前一天离开。我希望，他和他的姐妹都好，在你离开伦敦的时候。"

"非常好，我谢谢你。"

---

① 单身男子拜访独自在家的年轻小姐不符合当时的社会规范。

她发现她不会得到别的回答，在一阵短暂停顿后，又说道：

"我想，据我所知宾利先生不太想再次回到尼日斐尔德吧?"

"我从未听他这么说，但有可能他今后待在那儿的时间会很少。他有许多朋友，他也处在人生中朋友和约会不断增加的时候。"

"如果他打算只在尼日斐尔德住很少的时间，他应该完全放弃这个地方，对周围邻居更有好处，因为那样我们可能在那儿有个稳定的家庭。但也许宾利先生租那座房子更是为了他本人而非邻居的方便，我们必须期待他以同样的原则保留或放弃它。"

"我不会感到惊讶，"达西说，"如果他会放弃它，一旦有了合适的房子可买时。"

伊丽莎白没有回答。她害怕对他的朋友谈论更久；因为没别的可说，这时决定把找个话题的麻烦留给他。

他领会了她的意思，很快说道："这似乎是座非常舒适的房子。我相信，凯瑟琳夫人在柯林斯先生第一次来到亨斯福德时做了许多修缮。"

"我相信她做了，我也相信她不可能把她的好意赋予更有感恩之心的人。"

"柯林斯先生在选择妻子上似乎非常幸运。"

"是的，的确如此。他的朋友可以为他遇见为数不多且愿意接受他的理智女人感到高兴，或是能让他幸福的女人，如果他们有幸福可言。我的朋友非常理智，虽然我不确定我把她嫁给柯林斯先生视为她所做过最明智的事情。她似乎非常幸福，不过，就审慎而言，这对她当然是门很好的亲事。"

"住在离她自己的家人和朋友如此方便的距离对她而言一定非常愉快。"

"你说这是方便的距离吗？有将近五十英里。"

"五十英里对好的路况算得了什么？不过半天的路程。是的，我说这是**非常**方便的距离。"

"我绝不会将此距离视为这门亲事的**有利条件，**"伊丽莎白叫道，"我绝不会说柯林斯先生的住所**靠近**她的家。"

"这证明了你本人对赫特福德郡的依恋。只要超出朗博恩附近的地方，我想，都会显得很远。"

当他说话时，脸上浮现了伊丽莎白认为她理解的某种笑容：他一定认为她在想着简和尼日斐尔德。她回答时红了脸：

"我不是想说女人嫁得离家越近越好。远和近必然是相对的，取决于许多不同情况。如果有足够的钱把旅行的费用变得无关紧要，距离就不是坏事。但**这儿**并非如此。柯林斯夫妇有舒适的收入，但没有高得允许他们经常旅行。我相信即使不到**一半**的距离我的朋友也不会自称离家很**近**。"

达西先生把椅子朝她拉近一些，说道："**你**不会有理由这么恋家。**你**不会一直待在朗博恩。"

伊丽莎白一脸惊讶。先生的感情起了些变化，他把椅子拉到后面，从桌上拿起一张报纸，瞥了一眼，以更冷淡的声音说道：

"你喜欢肯特吗？"

随后是对这个郡的短暂对话，双方都说得平静简洁——很快因为夏洛特和她妹妹走进来而结束，她们刚刚散步回家。这场面对面的谈话让她们很惊讶。达西先生说他因为弄错而打扰了班尼特小姐，又坐了几分钟却没和任何人说几句话，然后走了。

"这会是什么意思！"他刚离开夏洛特就说道，"我亲爱的伊莱莎，他一定爱上你了，否则他永远不会以这种随意的方式来看我们。"

可是当伊丽莎白说起他的沉默，即使考虑夏洛特的心愿，也看似不大可能如此。经过各种猜测，她们最终只能认为他的拜访只因为找不到任何事可做，在一年中的这个时候更有可能。所有的狩猎活动都已结束。在屋里只有凯瑟琳夫人、书本和一张台球桌，但先生们不能总待在屋里。因为离牧师住宅很近，或者散步很愉快，或是因为住在里面的人，两位表兄弟从这时起被诱惑着几乎每天走到那儿。他们在上午的不同时候来拜访，有时分开，有时一起，时常由他们的姨妈陪着。所有人都看出菲茨威廉上校过来显然是因为他喜欢和他们做伴，这样的想法当然使他更受欢迎。伊丽莎白从自己和他在一起时的满足感，以及他对她显而易见的仰慕中，想起了她以前最喜爱的乔治·韦翰；虽然，对他们进行比较后，她看出菲茨威廉上校的举止不那么温柔迷人，她相信他的头脑也许更加理智。

可是达西先生为何常来牧师住宅，这更令人费解。这不可能为了有人陪伴，因为他经常坐了十分钟也不开口，当他真的说话时，似乎是因为必要而非选择——为了得体而做出的牺牲，对他本人毫无快乐。他很少显得真有兴致。柯林斯太太不知该怎么理解他。菲茨威廉上校偶尔嘲笑他的愚蠢，证明他通常并非这样；她本人对他的了解也解释不清，因为她宁愿相信这个变化是爱情的结果，爱情的目标是她的朋友伊莱莎，她便认真打算把事情弄明白。无论他们何时去罗辛斯，或是他来亨斯福德她都观察着他，但没多少成效。他当然经常看着她的朋友，可那种神情令人生疑。那是一种热切、坚定的注视，但她常常怀疑其中是否有不少爱慕之情，有时似乎只是心不在焉。

她有一两次向伊丽莎白暗示他可能喜欢她，但伊丽莎白总是嘲笑这个想法。柯林斯太太觉得不该推进这个话题，避免引起期待，却只能以失望告终的危险；因为在她看来这毫无疑问，她朋友所有的讨厌之情都会消失，如果她能认为他由她掌控。

在她为伊丽莎白的好意安排中，她有时打算让她嫁给菲茨威廉上校。他是无与伦比的可爱男人；他当然仰慕她，而他的生活境遇也最合适；不过，为抵消这些优势，达西先生有极好的牧师职位，他的表兄什么也没有。

第十章

伊丽莎白在庄园漫步时，不止一次和达西先生意外相遇。她感觉竟然会在没有别人的地方见到他这种倒霉事有悖常理，为防止这再次发生，便一开始就特意告诉他这是她本人最爱去的地方。因此怎会发生第二次，这非常奇怪！然而就发生了，甚至还有第三次。这似乎是存心的恶意，或是主动的苦修，因为在这些情况下他并非仅仅在几句正式的询问和一阵尴尬的沉默后离开，而是确实认为有必要转身和她一起走。他从不说很多话，她也从不麻烦自己多说多听；但令她印象深刻的是在他们第三次偶遇中他问了几个奇怪又不相关联的问题：她在亨斯福德是否开心，为何喜爱独自散步①，她认为柯林斯夫妇有多幸福。当他说起罗辛斯以及她对这座房子不够了解时，他似乎期待她无论何时再来肯特都会也在**那儿**住。他的话似乎有此暗示。他是否在考虑菲茨威廉上校呢？她想，如果他有什么意思，他一定在暗示那方面的事情。这让她有些苦恼，很高兴发现自己到了正对牧师住宅的栅栏门口。

有一天散步时，她正忙着细读简的上一封信，反复读着证明简写信时兴致不高的段落，她抬头时没因达西先生而吃惊，而是

---

① 虽然当时通常认为年轻女子不适合单独散步，但在文学作品中常常出现女性在大自然中独自漫步的情节。简·奥斯汀在书信中也曾提及她独自散步很远的距离。

看见菲茨威廉上校向她走来。她立即收起信并勉强露出一丝微笑说：

"我以前不知道你会走这条路。"

"我在庄园里转转，"他答道，"我通常每年都这样做，打算以拜访牧师住宅为结束。你还要走很远吗？"

"我本该马上转回去。"

于是她真的转身，他们一起朝牧师住宅走去。

"你真要在星期六离开肯特吗？"她说。

"是的，如果达西不再推延。但我听他吩咐。他可以随心所欲地安排这件事。"

"如果安排不能使他本人满意，他至少有自作主张的快乐。我没见过似乎比达西先生更喜欢随心所欲的人。"

"他很喜欢自行其是，"菲茨威廉上校答道，"但我们都是这样。只不过他比许多人更能做到这一点，因为他很富有，而别的许多人很贫穷。我说的是真心话。你知道，一个小儿子就得习惯克制自己仰仗别人。"

"在我看来，伯爵的小儿子对两者都没多少体会。说真的，你对自我克制和仰仗别人有多少了解？你何时会因为没钱而去不了想去的地方，或得不到想要的东西？"

"这些是家庭问题，也许我不能说我经历过许多那样的困苦。但对于更重要的事情，我也许会因为没钱而痛苦。小儿子不能和喜欢的人结婚。"

"除非他们喜欢上有钱的女人，我想他们经常这样做。"

"我们花钱的习惯让我们过于依赖别人，没多少像我这种身份的人能够承受不在乎钱而结婚。"

"这些话，"伊丽莎白想，"是说给我听的吗？"这个想法让她脸红了。然而，她恢复常态，以活泼的语调说："请问，伯爵小儿子通常的身价是多少？除非长兄身体孱弱，我想你们不会要价超过五万英镑吧。"

他以同样的风格回答了她，这个话题就此搁下。为了打破沉默，不让他以为她被刚才的事情影响，她很快又说道：

"我想你表弟把你带在身边主要为了有人可以摆布。我奇怪他怎么不结婚，那样就能始终轻易地摆布别人。不过，也许，他的妹妹现在也行。而且，因为她由他独自照管，他也许能对她随心所欲。"

"不，"菲茨威廉上校说，"那个好处他必须与我分享。我和他共同监护达西小姐。"

"真的吗？请告诉我你是哪种监护人？你的责任有没有给你带来许多麻烦？在她这个年龄的年轻小姐有时会有点难以管教。如果她有真正的达西性格，她也许会喜欢自行其是。"

当她说话时，她发现他正热切地看着她。他立即问她为何觉得达西小姐可能会带给他们任何麻烦的做法，让她相信她无论如何接近了事实。她直接答道：

"你无须惊慌。我从未听说她的任何坏话；我敢说她是世界上最听话的一个人儿。她深受我熟悉的某些女士的喜爱，赫斯特太太和宾利小姐。我想我听你说过你认识她们。"

"我有点认识她们。她们的兄弟是讨人喜爱又有绅士风度的人，他是达西的好朋友。"

"哦！是的，"伊丽莎白冷淡地说，"达西先生对宾利先生异常友好，对他关心备至。"

"关心他——是的，我的确相信达西**真的**在那些他最需要关心的方面关心他。从他在过来的路上对我说的一些话，我有理由认为宾利对他非常感激。但我应该请他原谅，因为我没理由认为宾利就是提到的那个人。这全都是猜测。"

"你是什么意思？"

"这是达西不可能希望众人皆知的情况，因为要是传到那位小姐的家人那儿，会是一件很不愉快的事情。"

"你可以相信我不会提起。"

"记住我没太多理由认为这是宾利。他告诉我的只是这些：他庆幸自己最近把一个朋友从一桩极不审慎的婚姻带来的麻烦中拯救出来，但没提到名字或其他任何细节。我只能怀疑是宾利，因为相信他是那种会陷入那番窘境的年轻人，而且知道他们去年整个夏天都在一起。"

"达西先生有没有给你这番干涉的原因？"

"我知道对这位小姐有些很强烈的反对理由。"

"他用什么手段拆散了他们？"

"他没对我说起他本人的手段，"菲茨威廉微笑着说，"他只对我说了我现在告诉你的话。"

伊丽莎白没有回答，继续走着，她满心怒火。稍稍看了她之后，菲茨威廉问她为何这样心事重重。

"我在想着你告诉我的话，"她说，"你表弟的行为让我很不高兴。他为何要做评判？"

"你很想称他的干涉为多管闲事？"

"我看不出达西先生有何权利决定他朋友的感情是否得体，或者为何，只凭他本人的判断，他能决定并指示他的朋友以何种方式获得幸福。不过，"她镇定下来，又说道，"因为我们对细节一无所知，指责他并不公平。也许认为这件事中没有太多感情。"

"这并非不合情理的猜测，"菲茨威廉说，"但这不幸会大大抹杀我表弟的功劳。"

这话本是玩笑，但在她看来是对达西先生极其公正的描述，让她不敢贸然回答。因此，她忽然改变话题，谈着无关紧要的事情，直至他们到达牧师住宅。在那儿，他们的客人刚离开他们，她就关在自己的房间里，一刻不停地想着听到的一切。这件事除了与她相联的人之外不可能指其他任何人。世界上不可能存在**两个男人**，能让达西先生拥有无限的影响力。他和拆散宾利与简的做法有些关联，这一点她从未怀疑过；但她一直认为主要是宾利小姐的策划和安排。然而，如果他本人的虚荣心没有欺骗他，那么简已经承受的所有痛苦，以及还要继续承受的痛苦，**他**是缘由，他的骄傲和任性是缘由。他摧毁世界上最深情、最慷慨的心灵对幸福的所有希望已经有一段时间，谁也不知道他做的坏事将造成多么持久的恶果。

"对这位小姐有些很强烈的反对理由"是菲茨威廉上校的话。这些强烈的反对也许是，她有个姨父是乡村律师，还有个舅舅在伦敦做生意。

"对于简本人，"她叫道，"不可能有任何反对。她那么可爱又那么善良！她富有理智、头脑聪颖、举止迷人。也不可能有反对我父亲的理由，他虽然有些古怪，但他的能力让达西先生无可鄙夷，或许永远都不会有他那么受人尊敬。"当她想到她母亲时，她的信心有些动摇，但她不愿承认**那儿**的任何反对会对达西先生产生实质影响。她相信，他的骄傲，会因为他朋友的家人不够显赫，而非缺乏理智更受伤害。最终，她几乎断定，他部分受了这种最坏的骄傲的控制，部分因为他想把宾利先生留给他妹妹。

这件事带来的烦恼和泪水，让她感到头痛，到晚上时愈发严重。又因为她不愿见到达西先生，这使她决定不陪堂兄一家去罗辛斯，他们本来约好去那儿喝茶。柯林斯太太看出她身体不适，没有催她去，也尽量不让她丈夫催促她，但柯林斯先生无法掩饰他对凯瑟琳夫人因为她待在家中而十分不悦的担忧。

第十一章

当他们离开后，伊丽莎白似乎打算竭尽全力对达西先生感到恼怒，选择细细查看自从她来肯特后简写给她的所有信件。信中毫无真正的抱怨，也没再提起任何过去的事情，或表达现在的痛苦。但在所有信中，在几乎每封信的字里行间，都缺少了一直以来的愉悦风格。简本来心绪宁静，对每个人善意相待，难得感到忧郁。伊丽莎白起初并未在意，细细读来，她注意到每句话都传递了不安之情。达西先生无耻地吹嘘他能造成怎样的痛苦，让她更能体会她姐姐受到的折磨。想到他在罗辛斯的拜访后天结束是个安慰。更重要的是，不到两个星期她本人就能再次见到简，凭借亲情的所有力量，她终于能够振作精神。

她一想到达西离开肯特，就会想起他的表兄会和他一起走。但菲茨威廉上校已经明确他毫无意图，虽然他讨人喜爱，她并不想为他感到不快乐。

她正想着这件事，忽然被门铃声惊醒，想到会是菲茨威廉上校本人让她有些忐忑不安，他曾很晚过来拜访，也许现在特意来问候她。但这个想法很快被抛开，她的情绪受到了截然不同的影响，因为，令她万分惊讶的是，她看见达西先生走进了屋子。他匆匆忙忙地立即开始问候她的身体，说他过来是想听说她好些了。她冷淡礼貌地回答他。他坐了一会儿，然后起身在屋里踱起步来。伊丽莎白感到惊讶，但没有说话。沉默了几分钟后他激动不安地来到她身旁，这样开始道：

"我一直在徒劳地挣扎。这样不行。我的感情不受控制。你必须允许我告诉你我多么热烈地仰慕并爱着你。"

伊丽莎白吃惊得无以言表。她瞪大眼睛，脸色通红，满心疑惑，一言不发。他将此视为足够的鼓励，便立即说出了他所有的感觉，以及他长久以来对她的感情。他说得很好，但除了心中的爱慕还有别的感觉需要详述，而在温柔的话题上他不比对待骄傲更擅长。他认为她出身低微，觉得让他有失身份；想到家庭的障碍，理智总会对抗心愿。他滔滔不绝地说着，似乎理所当然地激动不已，以致言语伤人，然而这几乎不可能使他的求婚受到欢迎。

尽管有着根深蒂固的厌恶之情，她不可能意识不到这样一个男人的感情带来的恭维。虽然她的意图从未改变，她起初为他即将受到的痛苦感到难过，直到他随后的话语让她心生怨恨，她的同情全都变成了愤怒。然而，她试着平静下来，在他终将说完后耐心回答他。结束时他向她表明那份感情的热烈，尽管他竭尽全力，还是发现无法克服，并且表示他希望现在能以她的接受作为回报。当他说这话时，她能轻易看出他毫不怀疑会得到肯定答复。他**说着**担忧和焦虑，但他的神情表达了真正的安心。这样的情况只能使她更加恼火，当他停下后，她涨红了脸，说道：

"在这种情况下，我相信，常规的做法是表达对所宣称情感的感激之心，无论回报的感情有多不平等。也自然应该觉得感激，如果我能**体会**感激之情，我现在就会感谢你。但我不能，我从未想要你的好感，而你当然给得极不情愿。我很遗憾给任何人带来痛苦。然而，这完全是无意为之，我希望能非常短暂。你告诉我，这些感觉很久以来都让你无法承认爱意，在这番解释后你会毫无困难地克服它。"

达西先生正靠在壁炉上用眼睛盯着她的脸，似乎听到她的话时厌恶之情不亚于惊奇。他的脸色因为愤怒变得苍白，从整个五官都能看出他心烦意乱。他尽力显得平静，不愿开口，直到相信自己已经平静下来。这个停顿让伊丽莎白感觉非常可怕。最后，他以强作镇定的声音说道：

"这就是我有幸得到的答复！也许，我想得知，为何几乎没有**尝试**显得礼貌，我就这样被拒绝了。但这已无关紧要。"

"我也想问，"她答道，"为何有了这种显然要冒犯我并侮辱我的想法，你选择告诉我你无视你的心愿、你的理智，甚至你的性格而喜欢我？如果我**真的**无礼，这难道不是无礼的某种理由吗？但我有别的愤怒。你知道我有。就算我没对你如此反感，就算我感情冷淡，或甚至有些好感，你觉得任何考虑能诱惑我接受一个亲手毁掉，也许永远毁了我最亲爱的姐姐幸福生活的男人吗？"

当她说出这些话时，达西先生变了脸色，但这种情绪很短暂，在她继续说下去时他没有试着打断她。

"我有充分的理由讨厌你。没有任何动机能为你在**那儿**不公正也不友善的行为辩解。你不敢，你无法否认你是主要的，如果不是唯一将他们彼此拆散的人，让一个人因为反复无常和用情不专受世人责备，让另一个因为失去的希望被人嘲笑，让两人都陷入最深切的痛苦。"

她停下来，气愤不已地看出他听话时的神态证明他完全没有悔恨之意。他甚至看着她时带着一丝故作怀疑的微笑。

"你能否认你这样做了吗？"她重复道。

他假装平静地答道："我完全不想否认我想方设法地拆散了我的朋友和你姐姐，或是我为自己的成功感到高兴。对**他**我一直比对自己更仁慈。"

伊丽莎白不屑于显出注意到这番文雅之辞，然而话的意思她听得明白，也不可能平息她的怒火。

"但不仅是这件事，"她继续说道，"让我产生了厌恶。在这件事发生很久以前，我对你已有明确的看法。几个月前我从韦翰先生的讲述中得知了你的性格。在这件事上，你能说什么？你能在此以何种假想的友情为自己辩解？你又能以怎样的歪曲欺骗别人？"

"你对那位先生的事情很感兴趣。"达西说道，声音不那么平静，脸也涨得更红。

"凡是知道他不幸的人，谁能不对他感兴趣？"

"他的不幸！"达西鄙夷地重复道， "是的，他确实非常不幸。"

"而且由你造成，"伊丽莎白激动地叫道，"你让他陷入如今的贫困状态，相对的贫困。你扣留了他的职位，而你一定知道已经安排给他。你在他生命中最好的岁月剥夺了他的收入，这和对他的抛弃同样错误。你做了所有这些！然而提起他的不幸你却待以鄙视和嘲弄。"

"这，"达西叫道，他快步穿过房间，"就是你对我的看法！这是你对我的评价！我谢谢你解释得如此详尽。我的罪行，这样算来，真是深重！但也许，"他停下脚步，转向她，又说道，"这些冒犯会被无视，如果你的骄傲没被我对自身顾虑的诚实坦白所伤害，这些顾虑长久以来让我无法形成任何严肃的打算。这些愤怒的指责也许能被抑制，假如我更费心机地掩饰了我的挣扎，对你百般恭维，让你相信我被完全而纯粹的意愿驱使；因为理智，因为思考，因为一切。但任何掩饰都令我厌恶。我也不为我讲述的感情而羞愧。这些自然且公正。你能期待我为你低下的亲戚欢欣鼓舞吗？祝贺自己有望得到生活境遇远在我之下的亲戚？"

伊丽莎白感觉自己每时每刻变得更加愤怒，然而她却竭尽全力平静地开口说话：

"你错了，达西先生，如果你认为你的求婚方式除了免去我对拒绝你的顾虑，还能在其他任何方面对我产生影响，就算你表现得更像个绅士。"

她见他对此吃了一惊，但他没有说话，她接着说道：

"无论你以任何方式求婚都不可能诱使我接受。"

他的惊讶再次显而易见，他带着既难以置信又倍感屈辱的表情看着她。她继续说下去。

"从一开始，我几乎可以说，从我最初认识你的那一刻，你的态度就让我完全相信你的傲慢、你的自负、你对别人的感情自私的蔑视，这些让我对你很不赞许，而随后的事情将此变成无法改变的厌恶；我和你相识还不到一个月，我就觉得你是世界上我最不可能被劝说着①嫁给的男人。"

"你已经说得足够，小姐。我完全理解你的感情，现在只为我自己曾经的感情而羞愧。原谅我占用了你这么多时间，请允许我衷心祝愿你健康幸福。"

说完这些话他快步离开房间，伊丽莎白听见他下一刻打开大门离开了屋子。

她心烦意乱，此时痛苦不堪。她不知该怎样支撑自己，因为真正的虚弱坐下来哭了半小时。她想着发生的事情，每次回顾都会更觉惊讶。她竟然会得到达西先生的求婚！他竟然爱上了她好几个月！爱得那么深，以至于想要娶她，无视他不让他朋友娶她姐姐的所有反对，这些对他本人一定看似同样重要。这几乎不可思议！能不知不觉地激起如此强烈的爱情的确令人满意。然而他的骄傲，他可恶的骄傲，他无耻地宣称对简做的事情，他厚颜无耻地承认，虽然他无法辩解；还有他提起韦翰先生时的无情态度，也没有试着否认对他的残忍，这些很快压倒了他的爱慕之心一时引发的怜悯之情。

她继续激动不安地想着，直到凯瑟琳夫人的马车声让她感觉无法面对夏洛特的注视，便匆忙回到自己的房间。

---

① 奥斯汀时代的女性不能主动表达爱意，只能以接受求婚或说媒的方式订下婚约。

第十二章

伊丽莎白第二天早上醒来后陷入了她最终合上眼睛时同样的沉思默想。她还没能从发生的事情带来的惊讶中恢复，也不可能想到别的事。因为根本无法做活，她在早餐不久后决定，去享受外面的新鲜空气并做些运动。她直接朝她最喜爱的步道走去，这时想起达西先生有时去那儿便停了下来，没有进入庄园，而是走上小路，让她更加远离收费公路①。庄园的栅栏依然围在一边，她很快穿过一扇门进入庭园。

在那边的小路上走了两三趟后，因为上午的愉悦天气，她忍不住在一扇门前停下往庄园里看。她在肯特度过的五个星期让乡下变得大不相同，早绿的树木每天都会更加葱茏。她正要继续散步，这时瞥见庄园边缘矮树林里的一位先生，他正往那儿走去。因为担心是达西，她立即后退。但往前走的那个人，现在已经近得能够看见她，便急切地向前，叫了她的名字。她已经转身，但听见自己的名字后，虽然正是达西先生的声音，她还是朝着门走去。他那时也到了，递出一封信，她本能地接住，他带着一种傲慢冷静的神情说道："我已经在矮树林走了一段时间，希望能遇

---

① 最初由私人修缮，向过路马车征收费用的路况较好的道路。这种做法始于 17 世纪晚期，到 18 世纪晚期大有改进，方便并促进了出行。

见你。你能赏光读读那封信吗?[①]"接着,他微微鞠躬再次转入林子,很快离开了视线。

伊丽莎白完全没期待快乐,而是带着极其强烈的好奇心,打开了信。更令她惊奇的是,她看到一个信封里装着两张信纸,密密麻麻地几乎写满了。信封本身也写满了字。她沿小路走着,然后开始读信。信是在罗辛斯写的,时间是早晨八点,内容如下:

小姐,收到这封信时,请不要惊慌,担心里面有昨晚让你无比厌恶的那些感情的重复,或是再次求婚。我写信绝非打算让你痛苦,或让自己卑微,详述那些为使我们两人高兴,应该尽快忘却的心愿。假如我的性格没有使我必须写这封信让你阅读,本来写信和读信一定会带来的麻烦都可避免。因此,你必须原谅我贸然请你关注,我知道,你的感情会使你极不情愿,但我要求你能公正对待。

昨天晚上,你把两项性质截然不同、轻重毫不对等的罪名加到我身上。首先提到的是,我无视双方的感情,把宾利先生和你姐姐拆散;另一件是,我不顾各种权利,违反了名誉和人性,破坏了韦翰先生眼前的财富并摧毁了他的前途,任性并恣意地抛弃我儿时的同伴、公认的我父亲的宠儿、一个除了我们的牧师职位几乎没有其他依靠的年轻人,而他从小的教育就让他期待做这件事。这将是恶行,而拆散两个年轻人,他们的感情也许只发展了几个星期,二者无法相提并

---

① 当时未订婚的年轻人不能相互通信,因此达西悄悄把信交给伊丽莎白,以免伤害她的名誉。

论。然而对于各个情况，我希望将来能免受你昨晚慷慨给予的严厉责备，在你阅读了对我的行为及其动机的说明之后。如果，为了解释我需要解释的情况，我只得提及可能惹你恼火的感觉，我只能说我很抱歉。必须这么做，继续道歉就是荒唐。我到赫特福德郡不久后，就和别人一样，看出宾利对你姐姐比对郡里的任何一位年轻小姐更加喜爱，但直到尼日斐尔德舞会的那天晚上我才担心他动了真情。我以前常常看到他恋爱。在那场舞会上，当我有幸和你跳舞时，我因为威廉·卢卡斯爵士偶然的话语，第一次知道宾利对你姐姐的殷勤已经让众人期待他们的结婚。他说这件事明确无疑，只有时间尚未确定。从那时起我就注意观察我朋友的表现，那时我能看出他对班尼特小姐的喜爱超出了我曾经对他的所见。我也观察你的姐姐，她的神情举止一如既往的开朗、愉悦、迷人，但没有任何特别爱慕的迹象，经过那一晚的细致观察我依然相信，虽然她愉快地接受了他的殷勤，她并未以任何爱意诱发殷勤——如果*你*在这点上没有错，**我**一定错了。你对你姐更好的了解一定使后一种情况很有可能。假设情况如此，如果我被这个错误误导，给她造成了痛苦，你的厌恶并非不合情理。但我能毫无顾忌地断言，你姐姐的神情态度极其平静，也许会让最敏锐的观察者相信，无论她的性情多么和蔼，她的心似乎不会被轻易打动。我当然想相信她无动于衷，但我敢说，我的调查和决定通常不被我的希望或担忧影响。我并非因为希望她冷漠而相信如此。我相信这是公正的信念，与我的合理期待一样真诚。我对这桩婚事的反对，不仅因为那些我昨晚承认需要最强烈的感情才能置于不顾的理由，在我的情况下；亲戚低下的坏处对我的朋友而言不会像对我这样严重。但还有别的厌恶理由——这些理由虽依然存在，在两种情况下以同样的程度存在着，我本人已经尽力忘记，因为它们并非就在我眼前。这些理由必须说明，虽然会很简短。你母亲的家庭情况，尽管令人不快，但比起她本人几乎一贯以来的完全不得体行为，以及你的三个妹妹，甚至偶尔包括你父亲的表现，的确不值一提。原谅我，让你生气令我痛苦。但在你为最亲密的家人的缺点感到难过，为关于他们的这番话而不悦时，想想你和你姐姐举止得体，因而完全不受类似的苛责，这不仅让众人对你们交口称赞，也是对两人理智与性情的赞赏，以此作为安慰。我只想再说，根据那天晚上发生的事情，我对所有人的看法得到了证明，诱使我比以前更加希望不让我的朋友进入在我看来极不愉快的关系。他第二天离开尼日斐尔德去往伦敦，我相信你能记得，打算很快返回。现在要解释我所扮演的角色。他的姐妹和我本人一样感到不安，我们很快发现彼此感同身受，也同样觉得必须刻不容缓地把她们的兄弟隔开，我们马上决定直接去伦敦和他在一起。于是我们去了。在那儿我欣然向我的朋友指出了这样一个选择的某些坏处。我说明了情况，热切地劝说他，不过，无论这番规劝会怎样动摇或延缓他的决心，我认为并不能最终阻止这门亲事，要不是我随后毫不犹豫地向他保证了你姐姐的无动于衷。在此之前他都相信你姐姐以真诚，即使并非同等的爱慕回报了他的深情。但宾利的天性非常谦逊，对我的判断比他自己的判断更加信任，因此，要说服他，让他觉得在自我欺骗，并不困难。当他相信了那一点后，劝他别回到赫特福德郡，简直轻而易举。我不能为做了这些而责备自己。在整件事情中我只有一部分行为让我回想起来并不满意，因为我不择手段地向他隐瞒了你姐姐来到城里的消息。我本人知道，宾利小姐也知道，但她哥哥甚至现在还对此一无所知。也许，他们见了面也不会带来任何不良后果，但在我看来他的爱慕之情尚未足够平息，也许见她会有些危险。或许这番隐瞒，这种掩饰有失我的身份，然而，这已成事实，且是好意为之。对这件事我已经无话可说，也给不出别的道歉。如果我伤害了你姐姐的感情，那也是无心之过；尽管我的动机也许在你看来自然显得不够充分，我尚不认为需要对此加以谴责。关于另一件，更加严重的罪名，说我伤害了韦翰先生，我只能把他和我家庭的所有关系全盘托出，以此作为反驳。关于他对我的**特别**指责我一无所知；但对我要说出的事实，我能找到不止一个绝对可信的证人。韦翰先生的父亲是个非常体面的人，他许多年来都管理着彭伯利的产业；因为他行为得体、值得信任，自然让我的父亲愿意为他效劳。因此，对于乔治·韦翰，他的教子，他慷慨地对他善意相待。我父亲供他读书，后来上了剑桥①——这是极为重要的帮助，因为他自己的父亲，由于他妻子的奢侈而始终贫穷，本来无法给他体面的教育。我父亲

---

① 在奥斯汀时代，上牛津或剑桥大学常指接受了适当的神学教育，可以胜任牧师职位。

不仅喜欢这个年轻人的陪伴，因为他的举止总是很迷人；还对他评价极高，希望他将来能够从事圣职，打算给他提供牧师职位。至于我本人，我过了许多、许多年才开始对他有了截然不同的看法。他邪恶的习性——缺乏原则，这些他小心地不让他最好的朋友知道，却无法逃脱和他本人几乎年纪相同的年轻人的观察。我有机会在他没有防备时见到他，而达西先生不可能有。此时我又要让你痛苦了，程度多深只有你知道。但无论韦翰先生引起了怎样的感情，对这些感情本质的猜疑不会阻止我揭露他的真实人品。这甚至增加了另一个动机。我的好父亲大约五年前去世，他自始至终都喜爱韦翰先生，因此在他的遗嘱中特别向我提出，在他职业允许的范围内尽最大可能提升他的境遇，如果他接受圣职，想把一份俸禄优厚的家庭牧师职位一旦空缺出来就交给他。同时还有一份一千英镑的遗产。他的父亲没比我父亲多活很久，这些事情发生不到半年，韦翰先生就写信告诉我，说他已经最终决定不接受圣职，他希望让他即刻得到更多的金钱补偿，替代他无法获益的圣职，我不会认为这不合情理。他又说，他有些打算学习法律，我一定知道一千英镑的利息完全不足以支撑那些。我更是希望，而非相信他的诚恳。但无论如何，完全乐意接受他的提议。我知道韦翰先生不该成为牧师。因此这件事很快解决。他完全放弃了牧师职位，就算他有机会接受圣职，并为此得到了三千英镑。我们之间的所有关系似乎这时都已结束。我实在轻视他，所以不邀请他来彭伯利，或是在城里和他交往。我相信他主要住在城里，但他学习法律只是借口。如今他摆脱了一切束缚，过着闲散放荡的生活。大约有三年时间我很少收到他的信，但原先那份职位的牧师刚刚去世，他就再次给我写信要求给他。他向我说明，我也毫无困难地相信，他的境况极其糟糕。他已经发现从事法律无利可图，现在完全决定接受圣职，如果我能给他那份正在空缺的职位——这一点他相信毫无疑问，因为他很确信我没有别人需要供养，而且我不会忘记我尊敬的父亲的打算。你应该不会为我拒绝这个请求，或拒绝他的再三请求而责备我。他愈发困窘的境遇使他对我的怨恨不断加深，他在别人面前对我的辱骂无疑和他当面对我本人的责备一样粗暴。这段时间后我们之间再无交情。他怎样生活我并不知道。但去年夏天他再次以极其痛苦的方式迫使我关注他。我必须提起一件我本人想忘记的事情，只有此时这般情形才能诱使我告诉任何人。我已经说了这么多，也毫不怀疑你会保守秘密。我妹妹比我小十多岁，被留给我母亲的侄子，菲茨威廉上校和我本人监护。大约一年前，她被从学校领回，住在伦敦为她准备的房子里。去年夏天她和管家杨太太前往拉姆斯盖特①，韦翰先生也去了那儿，无疑别有用心，因为后来证明他和杨太太曾经相识，而我们却极其不幸地受她欺骗。在她的纵容和帮助下，他向乔治安娜大献殷勤。因为她情深意切，依然深深记得她还是个孩子时他对她的好意，所以在劝说下相信自己爱上了他，并且答应和他私奔。她那时只有十五岁，

_____

① 肯特郡的海滨小镇。

这必然让她情有可原。在说明了她的轻率后，我很高兴地加上一点，我是从她本人那儿听到了这个消息。我在他们打算私奔的一两天前不期而至，那时乔治安娜，她无法忍受让一个她几乎视为父亲的兄长伤心恼怒的想法，向我承认了一切。你能想象我会怎么想和怎样做。为了我妹妹的名誉和感受，这件事完全不为人知。但我给韦翰先生写了信，他立即离开了那儿，杨太太当然也被打发走。韦翰先生的主要目标无疑是我妹妹的财产，有三万英镑，但我忍不住会觉得他想报复我也是个强烈的诱惑。他的确差一点实现了报复。小姐，这是对和我们共同相关的每一件事情如实的讲述；如果你不完全将此斥为谎言，我希望，你能从此不再指责我对韦翰先生的残忍。我不知道他以何种方式，用怎样的谎言欺骗了你，但他的成功也许并不令人惊讶。因为你之前对我们两人都一无所知，无法察觉真相，当然也不愿怀疑。你也许会奇怪为何昨晚我没有全都告诉你，但我那时没有足够的自控力，不知道能够或应该透露些什么。关于在此说出的每一件事情的真实性，我可以特别请求菲茨威廉上校作证。我们身为近亲，一直关系亲密。更重要的是，作为我父亲遗嘱的一位执行人，他不可避免地了解这些事务的每一个细节。如果你对**我**的厌恶会使**我**的言语毫无价值，你不会因为同样的理由不信任我的表兄。为了让你有可能询问他，我会努力在上午的时候找个机会把这封信放入你的手中。我只想再说，上帝保佑你。

菲茨威廉·达西

第十三章

如果说伊丽莎白在达西先生给她信时，并未期待里面包含他的再次求婚，她也完全想不到它的内容。但既然是这样，可想而知她会多么急切地读完，同时激起了多么矛盾的情感。她读信时的感觉简直无法形容。起初她惊讶地得知他竟然相信自己能够道歉；她坚定不移地认为，他给不出任何解释，但凡有羞愧之心就不会进行掩饰。怀着对他可能说出的任何话语强烈的偏见，她读起他对发生在尼日斐尔德事情的讲述。她急不可耐地读着，让她几乎无力理解，因为迫不及待地想知道下句话会带来什么，也不能认真读懂眼前这句话的意思。他相信她姐姐无动于衷，她立即认定是个谎言；他说的对这门亲事实实在在的最大反对，让她气得不想公正对待他。他对他做的事情完全没表现出令她满意的遗憾；他的语气不是悔恨，而是傲慢。一切都骄傲至极，傲慢无比。

但紧随这个话题之后是他对韦翰先生的讲述。当她较为专心地读起一段往事，如果内容属实，必然会推翻对他所有的好感与看重，而且和他本人说出的经历惊人地相似时，她的感情更加痛苦，更难以言述。惊讶、担忧，甚至恐惧，压迫着她。她想对此全盘否认，不断叫道："这一定是假的！这不可能！这一定是弥天大谎！"当她看完一整封信，几乎不知道最后一两页的内容，便匆忙将它放到一边，宣称她不会在意它，她永远不会再看一遍。

在这种烦躁不安、思绪纷乱的心境下，她继续走着。但这不行，半分钟后信被再次打开，她尽量让自己镇定下来，又开始屈辱地读起和韦翰相关的所有内容，还让自己平静到可以审视每一句话的意思。关于他和彭伯利家庭的关系，正是他本人说过的内容；已故的达西先生的好意，虽然她以前不知究竟怎样，同样也符合他本人的话。至此双方的讲述相互印证，但当她看到遗嘱时，差别巨大。韦翰对这份职位说出的话还记忆犹新，当她想着他的原话时，不可能不觉得一方或另一方口是心非，有一会儿，她得意洋洋地想着她的心愿没有出错。但当她专心致志地再三阅读时，关于韦翰放弃对这份牧师职位的所有权利，转而得到三千英镑这样一大笔钱的细节，再次使她犹豫不决。她放下信，打算不偏不倚地权衡每一个情况，思索每一句话的可能性，却收效甚微。双方都只是断言。她又读下去。但每一行字都更加清晰地证明关于这件事，她曾相信无论如何都无法说清，能让达西先生在其中的行为不那么无耻，现在却可能改变，并且一定能让他在整件事中完全无可指摘。

他毫不顾忌地指责韦翰先生奢侈挥霍，令她极为震惊；因为她无法证明其不公正而让她愈发震惊。在他加入某郡民兵团前她从未听说过他，而他偶然在城里遇见一个曾经有过泛泛之交的年轻人，在他的劝说下加入了军队。在赫特福德郡人们对他曾经的生活方式一无所知，除了他本人说出的话。至于他的真实性格，即使她能够得知，她也从不想询问。他的相貌、声音和举止已经即刻说明他拥有一切美德。她试着回忆他的一些优点，一些正直或仁慈的出色品质，也许能让他免受达西先生的抨击，或至少，因为他品行端正，能弥补那些偶尔的过失，她愿努力把达西先生描述的多年以来的闲散与恶习归结为偶尔过失。但她回忆不出这样的事情。她能看见他即刻站在她面前，神情谈吐极有魅力，但她除了邻居的总体赞许，以及他的社交能力为他赢得的众人喜爱，想不出更多实际的好处。在这一点上停顿很久后，她再次继续阅读。可是，哎呀！随后的事情，关于他对达西小姐的企图，从前一天上午菲茨威廉上校和她本人之间说过的话得到了一些印证。最后让她对每个细节的真实性询问菲茨威廉上校本人——她以前就听他说对表弟的所有事情都非常关心，她也没理由怀疑他的人品。她一度几乎决定去问他，但因为这样的询问令人尴尬而作罢，最后完全放弃了这个想法，因为相信达西先生绝不会贸然提出这个建议，如果他不能十分确信他的表兄会为他证明。

她完全记得在菲利普斯家的第一个晚上，韦翰和她本人在谈话中说到的每一件事情。他的许多话依然记忆犹新。她**现在**想到和一个陌生人说出这样的话很不得体，奇怪以前怎么没想到。她看出他这样标榜自己极不文雅，以及他的言行不一。她记得他曾吹嘘根本不害怕见到达西，说达西先生也许可以离开乡下，但**他**会坚守在这里；然而就在第二个星期他避开了尼日斐尔德舞会。她还记得，在尼日斐尔德一家离开乡下前，他只对她本人说了他的经历，但他们离开后，这件事到处被人议论纷纷。而且他那时毫无保留、无所顾忌地贬低达西先生的人品，虽然他曾向她保证他对那位父亲的尊重会永远阻止他揭露他的儿子。

和他有关的一切如今显得多么大不相同！他对金小姐的殷勤如今看来只是出于可恨的唯利是图；她财产不多，不再证明他愿望适度，而是他急于抓住一切。他对她本人的表现如今绝无可以容忍的动机：他不是误以为她有些财产，就是通过鼓励她的爱慕满足自己的虚荣心，她相信自己很不慎重地表现了这一点。她对他的每一种好感都逐渐变弱。在进一步为达西先生辩解时，她只能承认宾利先生在被简询问后，早就断言他在这件事情上无可指摘。虽然他的行为骄傲可恶，她在他们的整个相识过程中——这种相识让他们最近常在一起，让她有些熟悉他的方式——却从未见过任何显出他没有原则、缺乏公正的事情，没有任何事说明他有丢失信仰、违背道德的恶习；在他自己的亲友中他很受尊敬和看重，即使韦翰也只能承认他是个好哥哥，她也常常听他满怀深情地说起他的妹妹，证明他能有**一些**和蔼的感情。如果他的行为真像韦翰先生说的那样，那样的胡作非为几乎不可能向世人隐瞒；能那样做的一个人，和宾利先生这么和蔼可亲的人之间的友谊，会不可思议。

　　她变得为自己感到羞愧至极。只要想到达西或韦翰，她都会觉得自己曾经盲目、不公、偏见、荒唐。

　　"我的行为多么可鄙！"她叫道，"我，一直为自己的洞察力感到骄傲！我，总是因为我的能力而看重自己！我常常蔑视我姐姐的慷慨坦率，以无用或错误的不信任满足我的虚荣心！这个发现多么令人羞愧！然而，这是多么公正的羞愧！即使我恋爱了，我也不会盲目得更加可鄙！然而虚荣，并非爱情，让我愚蠢。为一个人的偏爱而高兴，为另一个人的无视而恼火，从我们相识最初，我就先入为主、愚昧无知，在和任何一个人有关时，抛开理智。在这一刻之前我从不了解我自己。"

从她本人到简，从简到宾利，这一系列思考很快让她想起达西先生在**那儿**的解释似乎很不充分，于是她又读了一遍。第二遍的效果截然不同。她怎能在另一件事上相信他之后，不愿相信他在这件事情上的断言呢？他宣称自己完全没有怀疑她姐姐的感情，让她忍不住想起夏洛特一直以来的想法。她也无法否认他对简的描述非常公正。她觉得简的感情虽然炙热，却几乎不露痕迹，她的态度举止总是怡然自得，这不常和强烈的情感联系在一起。

当她读到信的那一部分，她的家人被以如此令人屈辱，却十分恰当的责备话语提起时，她感到极其羞愧。这番指责太过公正，有力得让她无法否认；而他特别提到的尼日斐尔德舞会上的那些情形，证明了他起初所有的不赞成，给他留下的印象不可能比她自己的印象更深刻。

对她本人和她姐姐的恭维，并非毫无触动。这是个安慰，但对于她别的家人就这样自己引来的蔑视，却无法给她安慰。当她想到简的失望实际上是她最亲爱的家人造成的结果，想到两人的名誉一定因为这种不得体的行为受到了怎样实质性的伤害，她感到了从未有过的沮丧之情。

她沿着小路走了两个小时，思绪万千。她重新思考事情，判断可能性，尽量接受如此突然也如此重要的改变，这时疲倦，以及想到她已离开很久，让她终于回了家。她进屋时希望能显得和往常一样愉快，她也决心抑制一定会让她无法谈话的那些思考。

她立即听说罗辛斯的两位先生在她离开期间逐个前来拜访。达西先生只来几分钟为了告别，不过菲茨威廉上校和他们坐了至少一个小时，希望她能回来，几乎决定出去找到她。伊丽莎白只能**假装**为错过他而遗憾，她其实为此感到高兴。菲茨威廉上校不再是个目标，她只能想着那封信。

第十四章

两位先生第二天上午离开了罗辛斯。柯林斯先生此前一直在小屋附近等待，向他们做临别致意，并且带回了愉快的消息，说他们看起来身体很好，经历了在罗辛斯刚刚经历的伤心告别后，情绪算是非常不错。接着他赶到罗辛斯去安慰凯瑟琳夫人，以及她的女儿；返回时，心满意足地带来了夫人的消息，说她感觉自己无聊至极，很想让他们全都和她一起吃饭。

伊丽莎白看着凯瑟琳夫人时不禁想到，假如她愿意，她也许此时已经被介绍给她，作为她未来的外甥媳妇；她也无法不面带一丝微笑，想着夫人会有多愤怒。"她会说什么？她会怎么做？"成了她自娱自乐的问题。

他们的第一个话题是罗辛斯人数的减少。"我告诉你，我极其难受，"凯瑟琳夫人说，"我相信谁都不会像我这样为失去朋友而难过。但我特别喜欢这些年轻人，也知道他们非常喜欢我！他们真舍不得走！可他们一直这样。亲爱的上校直到最后才勉强打起精神，但达西似乎难过至极，我想比去年更难过。他对罗辛斯的感情，当然在加深。"

柯林斯先生此处说了句恭维话，还给了个暗示，引起了母亲和女儿的善意微笑。

晚餐后，凯瑟琳夫人说班尼特小姐似乎心情不好，又立即自己加以解释，认为她不想这么快就回家，接着说道：

"但如果是那样，你必须写信给你母亲，求她让你多住一阵。柯林斯太太会很高兴有你做伴，我相信。"

"我非常感谢夫人的好意邀请，"伊丽莎白答道，"但我无法接受，我必须下星期六去城里。"

"哎呀，那样的话，你只在这儿待了六个星期。我以为你会住两个月。你来之前我就这样告诉了柯林斯太太。你绝对不需要这么快离开。班尼特太太当然能让你再住两个星期。"

"但我父亲不能，他上个星期就写信催我回去。"

"哦！你父亲没你当然行，如果你的母亲可以。女儿对于父亲从来不会那么重要。要是你能再住一整个**月**，我就能把你们其中一人带到伦敦去，因为我六月初要去那儿，待一个星期；因为道森不反对用车夫专座①，能给你们中的一个人足够的位置。说真的，如果天气碰巧很凉爽，我不会反对带上你们两人，因为你们的体形都不算大。"

"你太好了，夫人，但我相信我们必须按照原来的计划。"

凯瑟琳夫人看似接受了。

"柯林斯太太，你必须派个仆人陪着她们。你知道我总是有话就说，我也无法忍受让两位年轻小姐独自乘坐驿车的想法。② 这很不得体。你必须设法派个人。我最不喜欢那样的事情。

---

① 原文为"barouche box"，指一种轻型马车的车夫专座。这种马车新近从欧洲大陆传来，有可折叠顶篷，因为适合在温暖天气出游而深受贵族喜爱。
② 乘坐驿车常常需要因为更换马车而搬运行李。年轻女性通常需要在男性家人或仆人的陪伴下乘坐驿车。

年轻小姐应该始终有得体的看护与陪同，根据她们的身份境遇。当我的外甥女乔治安娜去年夏天去拉姆斯盖特时，我特意派了两个男仆陪她去。达西小姐，达西先生的女儿，来自彭伯利，还有安妮夫人，她们不可能以别的方式得体出现。我对所有那些事情极其在意。你必须派约翰陪同这些年轻小姐，柯林斯太太。我很高兴我想到提起这件事，因为**你**要是让她们独自离开会很不光彩。"

"我舅舅会派个仆人来接我们。"

"哦！你舅舅！他有男仆①，是吗？我很高兴有人想着这些事情。你们在哪儿换马？哦！布罗姆利，当然。你要是在贝尔客栈提起我的名字，就会有人来关照你们。"

关于她们的旅程凯瑟琳夫人还有许多别的问题，因为她并未自己回答所有的问题，所以必须认真听，伊丽莎白相信这对她而言很幸运，否则，她这样心事重重，也许会忘了身在何处。沉思必须留给独处的时间。无论她何时独自相处，她都以尽情思考作为最大的解脱；她每天都会独自散步，也许能尽情沉溺于不愉快的回忆中。

达西先生的信她很快就以合适的方法熟记于心。她研究了每一句话，她对作者的感情时而会迥然不同。当她想起他求婚的方式，她依然愤怒不已；可当她想到她曾经多么不公正地指责他并斥骂他，她又转而对自己恼怒。他的失望之心成了她的同情对象。他的爱慕引发了感激，他的大体性格带来了尊敬，但她无法

---

① 雇佣男仆的费用是女仆的数倍，是否雇佣男仆以及男仆的数量可以显示主人的经济状况。

赞许他，她一刻也没有后悔她的拒绝，或感到一丝想再见到他的心愿。在她本人过去的行为中，总有一些让她不断感到恼火和遗憾，而她家人令人不快的缺点，让她更觉懊丧。这些都无可救药。她的父亲心满意足地嘲笑她们，从来不愿费心约束他小女儿们的放荡轻佻；而她的母亲，本身的行为就极不正确，完全不知道这些错误。伊丽莎白常和简一起努力制止凯瑟琳和莉迪亚的轻浮，可当她们得到了母亲的纵容，还能有什么改进的机会？凯瑟琳头脑愚钝、急躁易怒，完全学着莉迪亚的样子，总是因为她们的劝告而恼火；而莉迪亚固执己见又漫不经心，根本不听她们的话。她们无知、散漫、自负。只要梅里顿有个军官，她们就会和他调情。因为梅里顿和朗博恩是步行距离，她们就一直往那儿去。

为简的担忧是另一个重要顾虑。达西先生的解释，让宾利先生恢复了她曾经的所有好感，也更让她意识到简的失去。这说明他感情诚挚，他的行为无可指摘，除了对他朋友的盲目信任。她痛苦不堪地想到这门亲事在各个方面都称心如意，充满着有利条件，非常有望带来幸福，简却因为她自己家人的愚蠢和不得体而失去！

当在这些想法之外又加上对韦翰性格的认识，也许很容易相信这个以前难得沮丧的愉悦性情，如今深受打击，几乎让她连强颜欢笑都做不到。

待在那儿的最后一个星期里，他们在罗辛斯的约会和第一个星期一样频繁。最后一个晚上是在那儿度过的，夫人再次详细询问她们旅行的细节，指点她们打点行李的最佳方式，极力要求她们必须以唯一正确的方式摆放长裙，让玛丽亚觉得她回去后，必须毁掉上午所做的一切，重新收拾她的行李。

　　当她们告别时，凯瑟琳夫人极其屈尊俯就地祝她们旅行愉快，邀请她们明年再来亨斯福德。德·布尔小姐竭尽所能，竟然行了屈膝礼并向她们两人都伸出了手。

第十五章

星期六上午伊丽莎白和柯林斯先生在早餐前几分钟，其他人还没出现时遇见。他借此机会做临行告别，认为这样的客套必不可少。

"我不知道，伊丽莎白小姐，"他说，"柯林斯太太是否已经感谢你来我们这儿，但我十分确信你离开这座屋子前一定会得到她的感谢。相信我，你的陪伴令我们非常感激。我们知道没有什么能诱惑别人光临寒舍。我们生活简朴，住所狭小且仆人不多，也孤陋寡闻，一定让亨斯福德对你本人这样的年轻小姐显得极其沉闷。但我希望你能相信我们对这番屈尊非常感激，而且我们竭尽全力避免你在这儿的日子过得不愉快。"

伊丽莎白急切地表示感谢，向他保证过得很愉快。她已经非常快乐地过了六个星期。和夏洛特在一起的愉悦，她所得到的好意关注，一定会让她心生感激。柯林斯先生满意了，并笑意更浓，郑重其事地答道：

"我特别高兴地听说你的时间过得并非不愉快。我们当然尽了全力，最幸运的是能够给你介绍身份极高的同伴，而且，因为我们和罗辛斯的关系，能让我们经常改变寒舍的环境，我想我们也许能为你在亨斯福德的拜访不可能完全令人厌烦感到得意。我们和凯瑟琳夫人一家的关系，是极其有利的好处和福分，得天独厚的境遇。你看到我们有怎样的交情。你看得出我们一直过去。说实话我必须承认，尽管这座简陋的牧师住宅有诸多不便，我不会认为住在里面的任何人值得同情，当他们也在分享我们和罗辛斯的亲密关系时。"

言语不足以表达他的激动情绪；当伊丽莎白试着以几句简短的话语表现礼貌和实情时，他只得在屋里踱起步来。

"事实上，你可以给赫特福德郡带去对我们的极好评价，我亲爱的堂妹。至少我自认为你做得到。凯瑟琳夫人对柯林斯太太的关心备至你每天都能看见。总的来说我相信你的朋友看似没有得到不幸的——但对于这一点也许不必再提。只需让我向你保证，我亲爱的伊丽莎白小姐，我能发自内心最诚挚地祝愿你婚姻同样幸福。我和我亲爱的夏洛特想法极其一致。我们在性格与想法的每一个方面都无比相似。我们似乎是天造地设的一对。"

伊丽莎白能稳妥地说这种情况是极大的幸福，也能同样真诚地加上，她完全相信他的家庭幸福并为此高兴。然而，她并不遗憾由带来这番幸福的女士打断她的话。可怜的夏洛特！把她留给这样一个同伴真令人伤心！但她是睁开眼睛做出的选择。尽管她显然为她的客人要走感到难过，她似乎并不寻求同情。她的家和对家务的管理，她的教区和她的家禽，以及与之相关的一切，尚未失去它们的魅力。

终于马车到了，行李被绑在车上，包裹放进车里，一切准备就绪。在朋友间的亲热告别后，伊丽莎白由柯林斯先生陪同走向马车，当他们穿过花园时他委托她向她所有的家人致以最热切的问候，也没有忘记为他去年冬天在朗博恩得到的好意招待表示感谢，还向加德纳夫妇问好，尽管不认识他们。接着他送她进去，玛丽亚随后，正要关门时，他忽然有些惊愕地提醒她们，她们至今还忘了给罗辛斯的女士们留下任何消息。

"不过，"他又说道，"你们当然希望向她们表达你们谦卑的敬意，以及为你们在此期间得到的好意对待向她们深表感激。"

伊丽莎白没有反对，那时门才被允许关上，马车离开了。

"天哪！"沉默几分钟后玛丽亚叫道，"我们似乎才来了一两天！然而发生了多少事情啊！"

"的确有很多。"她的同伴叹息着说。

"我们在罗辛斯吃了九次饭，还在那儿喝了两次茶！我能有多少话可说呀！"

伊丽莎白心里暗想："我有多少事情需要隐瞒！"

她们一路没说多少话，也没受任何惊吓。离开亨斯福德不到四个小时她们就到达了加德纳先生的房子，她们会在那儿住上几天。

简看上去很好，在她的舅母特别为她们好意安排的各种事情中，伊丽莎白没什么机会研究她的兴致。但简会和她一起回家，在朗博恩有足够的闲暇进行观察。

与此同时，她甚至能等到回了朗博恩，再告诉姐姐达西先生的求婚，这也并不容易。知道她能透露让简极其震惊的事情，同时，一定能大大满足她的理智尚未消除的虚荣心，这是让她开口的极大诱惑，只因依然不确定能说出几分才得以克制。她也害怕，一旦说起这个话题，她会被催着一再重述和宾利有关的事情，只会让她的姐姐更加伤心。

第十六章

　　这是五月的第二个星期，三位年轻小姐一起从格雷斯丘奇街出发前往赫特福德郡的某镇。当她们临近班尼特先生的马车要来接她们的指定客栈时，她们很快发现，基蒂和莉迪亚都从楼上的餐厅向外看，说明马车准时到达。两个女孩在这个地方已经待了一个多小时，愉快地光顾对面的米伦店，观察站岗的哨兵，还做了一盘黄瓜色拉。

　　迎接了她们的姐姐后，她们得意洋洋地展示了一张桌子，摆着旅店食品柜常有的那种冷肉，大叫道："不错吧？这难道不是个惊喜？"

　　"我们打算款待你们所有人，"莉迪亚又说道，"但你们必须借钱给我们，因为我们刚在那儿的店里花完了我们的钱。"接着，她炫耀购买的东西："瞧，我买了这顶女帽。我认为不算漂亮，但我觉得买不买都一样。我一到家就会把它拆散，看看我能否做得好一些。①"

　　当她的姐姐们说难看时，她又满不在乎地说："哦！可是店里的另外两三顶要难看得多。等我买一些颜色更漂亮的缎子重新装饰后，我认为会很不错。而且，在某郡的民兵团离开梅里顿

---

① 当时戴着女帽去户外是一种时尚。年轻小姐们通常喜爱自己装饰帽子，简·奥斯汀在书信中多次提到装饰帽子。

后，这个夏天戴什么就无关紧要了，他们两个星期就要走。"

"真的吗？"伊丽莎白叫道，感觉心满意足。

"他们将驻扎在布赖顿①附近。我特别想让爸爸把我们都带到那儿过夏天！这会是个极其美妙的计划，我敢说几乎没什么花费。妈妈也很想去！只要想想否则我们的夏天有多痛苦！"

"是的，"伊丽莎白想，"**那**的确是个愉快的计划，会立即要了我们所有人的命。天啊！布赖顿，还有整个军营的士兵。我们已经被一个可怜的民兵团，还有每个月在梅里顿举行的几场舞会弄得心神不宁！"

"现在我有些消息告诉你，"她们坐在桌前时莉迪亚说，"你认为是什么？这是极好的消息、最棒的消息，关于我们都喜欢的某个人！"

简和伊丽莎白面面相觑，侍者被告知他无需待在这儿。莉迪亚放声大笑，说道：

"啊，那正是你们拘泥谨慎的样子。你们觉得侍者不能听见，好像他在乎似的！我敢说他常常听到比我要说的更糟糕的事情。但他是个难看的家伙！我很高兴他走了。我这辈子从未见过这么长的下巴②。好了，不过现在听我的消息吧：是关于亲爱的韦翰。对侍者来说太好了，不是吗？已经没有韦翰娶玛丽·金的危险了。听着！她去了她利物浦③的叔叔那儿，在那儿住下。韦翰安

---

① 英国南部的时髦度假小镇。在简·奥斯汀时代，布赖顿的军营士兵的确给当地带来了很多麻烦。
② 长下巴似乎来自简·奥斯汀的家庭玩笑。
③ 英格兰西海岸的主要港口城市，贸易发达。

全了。"

"玛丽·金也安全了！"伊丽莎白说，"避免了一门只考虑财产的轻率婚姻。"

"她离开真是太傻了，如果她喜欢他。"

"但我希望双方都没有很强烈的感情。"简说。

"我相信**他**这方没有。我能保证这一点，他从来都对她毫不在乎。谁能在乎这样一个长着雀斑的难看小东西呢？"

伊丽莎白吃惊地想到，虽然她本人没法说出这么粗俗的**话语**，她自以为慷慨的心里却真的有过这么粗俗的**感情**！

她们刚吃完，姐姐们付了钱后，就吩咐马车。她们想方设法，把所有人，以及她们全部的箱子、针线袋、包裹，还有基蒂和莉迪亚购买的讨厌物品，都安顿进去。

"我们全都挤进来多好呀！"莉迪亚叫道，"我很高兴我买了帽子，就算只为多一个帽盒的乐趣！好了，现在让我们舒舒服服地挤在一起，一路说笑着回到家吧。首先，让我们听到自从你们离开后发生的一切。你们见过任何讨人喜欢的男人吗？你们有没有谈情说爱？我本来特别希望你们中的哪一个能在回来前得到个丈夫。简很快要变成老姑娘了，说真的。她快二十三岁了！天哪，我要是二十三岁前还没结婚该多么羞愧！我的菲利普斯姨妈有多希望你们得到丈夫，你们想都想不到。她说莉齐最好已经接受了柯林斯先生，但**我**认为那特别没趣。天哪！我多想比你们任何人更早结婚，然后我就能领着你们参加所有的舞会。天啊！那天我们在福斯特上校那儿有一件多么好玩的事情。我和基蒂要在那儿待一天，福斯特太太答应晚上办个小舞会（顺便说一下，我和福斯特太太是**那样的**好朋友！）；因此她邀请两位哈林顿小姐过来，但哈丽特病了，所以佩恩只好独自前来；然后，你们认为我们做了什么？我们让张伯伦穿上女式衣服，故意假扮女人。只要想想有多好玩！除了福斯特上校和太太，我和基蒂，还有我的姨妈，因为我们只好借她一件长裙，其他谁也不知道。你无法想象他看上去多漂亮！当丹尼、韦翰和普拉特，还有别的两三个男人进来时，他们根本认不出他。天哪！我真的笑坏了！还有福斯特太太。我以为我会笑死。**那**让男人们有些怀疑，随后他们很快看出怎么回事。"

莉迪亚说着他们那群人这样的故事和笑话，由基蒂给予提示和补充，努力在回朗博恩的一路上逗乐她的同伴们。伊丽莎白尽量少听，但依然免不了听她们时常提起韦翰的名字。

她们在家中得到极其亲切的接待。班尼特太太看到简漂亮如初非常高兴；晚餐前班尼特先生不止一次主动对伊丽莎白说：

"我很高兴你回来了，莉齐。"

他们的客厅里人数众多，因为卢卡斯一家几乎都来接玛丽亚并听听消息。他们的话题各式各样：卢卡斯太太询问玛丽亚她姐姐的生活境遇和家禽①；班尼特太太忙着两件事，一边从坐在她下方的简那儿得知目前的时尚，一边再把这一切都说给卢卡斯家的小姐们听；莉迪亚的声音比谁都大，正在向愿意听她说话的任何人细数上午的种种乐事。

"哦！玛丽，"她说，"我希望你和我们去了，因为我们玩得

---

① 简·奥斯汀或许从亚历山大·蒲伯（1688—1744）习得的"轭式搭配"，将两个毫无关联的概念放在一起，达到幽默的效果。

那么开心！一路上，我和基蒂拉下百叶窗，假装马车里空无一人。我本来可以一路这样，假如基蒂没觉得难受的话。到了乔治客栈，我的确认为我们的表现非常得体，因为我们请另外三人吃了世界上最美味的冷肉，你要是去了，我们也会邀请你。还有我们走的时候真好玩！我以为我们永远不可能挤进马车。我简直要笑死了。接着我们回家一路上都那么开心！我们那么大声地说笑，离我们十英里外的任何人都能听得见！"

对于这些玛丽十分严肃地答道："我亲爱的妹妹，我绝不会贬低这样的快乐。毫无疑问它们通常符合女人的心性。但我承认这些对**我**毫无魅力。我肯定完全愿意读书。"

但这番回答莉迪亚一个字也没听见。她难得听人说半分钟话，而且从来不听玛丽说话。

下午莉迪亚急于和其他女孩一起走到梅里顿，看看每个人情况如何，但伊丽莎白坚决反对这个安排。不能让别人说，班尼特小姐们在家待不了半天就去追求军官。她还有另一个反对理由。她害怕再次见到韦翰先生，决心尽量避开这件事。民兵团即将离开，的确让**她**无比舒心。两个星期后他们就要走了，一旦离开，她希望再也没有和他相关的事情来折磨她。

她到家没几个小时，就发现莉迪亚在客栈向她们暗示的布赖顿计划，被她的父母时常讨论着。伊丽莎白立即看出她父亲丝毫没打算让步，但与此同时他的回答非常含混模糊，因而她的母亲虽然常常灰心，却尚未对最后的成功感到泄气。

第十七章

伊丽莎白迫不及待地想告诉简发生的事情，再也无法忍耐。最后，她决定隐瞒和她姐姐有关的每个细节，准备着让她大吃一惊，第二天上午对她说出了达西先生和她本人之间那一幕的主要情形。

班尼特小姐的惊讶之情很快得到缓解，因为对妹妹的强烈喜爱让任何对伊丽莎白的爱慕之情显得自然而然，所有的惊讶迅速消失于别的感情中。她很遗憾达西先生竟然以那么不可接受的方式表达他的感情，但她更为她妹妹的拒绝一定会带给他的痛苦感到难过。

"他那么确信能够成功，是个错误，"她说，"当然不该显得那样。但想想这一定会让他的失望之情增加多少！"

"说实话，"伊丽莎白答道，"我真心为他难过。但他有别的感情，也许很快会消除他对我的爱慕。不过，你不责备我拒绝他吧？"

"责备你！哦，不。"

"但你责备我那么激动地说起韦翰？"

"不，我不知道你说出那些话有什么错。"

"但你**会**知道的，当我告诉你就在第二天发生的事情。"

随后她说起那封信，尽量说起和乔治·韦翰相关的所有事情。这对可怜的简是多大的打击！她可以看遍世事，也不会相信这么多的邪恶存在于整个人类，现在却集中于一个人身上。而达西的澄清，虽然让她心怀感激，这样的发现却不能给她慰藉。她极其恳切地设法证明可能有错，试着在洗脱一个人的罪名时不牵连另一个。

"这不行，"伊丽莎白说，"你永远不可能让两个人都完美无缺。做出你的选择，但你必须满足于只选一个。他们之间只有那么多优点，只够让一个成为好人，最近发生了很大的转变。对我而言，我宁愿相信这些优点全都属于达西，但你可以自行选择。"

然而，过了一段时间，简才勉强露出一丝笑容。

"我感觉从未这么震惊过，"她说，"韦翰那么坏！这几乎难以置信。还有可怜的达西先生！亲爱的莉齐，只要想想他一定有多痛苦。这样的失望！还知道了你的坏评价！必须告诉你他妹妹的那样一件事！这真的太让人难过了。我相信你一定会有同感。"

"哦！不，我的遗憾和同情都已消除，因为看到你满怀这两种情感。我知道你会对他足够公正，所以我时刻都变得更不在乎，更无所谓。你的慷慨使我吝啬；如果你更久地为他感到痛惜，我的心将轻如羽毛。"

"可怜的韦翰，他的神情显得那么善良！他的举止那么坦率文雅。"

"那两个年轻人的教育中一定存在某些巨大的错误。一个具备所有的美德，另一个具备所有的外表。"

"我从未像你这样认为达西先生那么缺乏这样的**外表**。"

"但我没任何理由就坚决讨厌他，本想显得异常聪颖。有了那种厌恶，能大大激发天赋，增长智慧。人可能恶语不断却说不出任何公正的话，但要是一直嘲笑别人，总会时而发现些妙语。"

"莉齐，当你第一次读那封信时，我相信你不能像现在这样对待这件事。"

"我的确不能。我极其不安。我非常不安，可以说很不快乐。我没人能说出心里话，没有简来安慰我，说我并不像我认为的那样软弱自负、荒唐愚蠢！哦！我多么需要你！"

"你竟然以那么激烈的话语对达西先生说起韦翰真不幸，因为现在这些话**的确**显得完全错误。"

"当然。但言语刻薄，不幸是我一直助长的偏见最自然的结果。有一件事，我需要你的意见。我想知道我应该，还是不应该让我们所有的熟人了解韦翰的人品。"

班尼特小姐稍停一会儿，然后答道："当然无需这么严厉地揭露他。你怎么想?"

"我想这不该尝试。达西先生并未让我公开这些话。相反和他妹妹有关的每个细节，本该尽量只由我本人知道。如果我试着让别人在他其余的行为上不受蒙骗，谁会相信我? 大家对达西先生的偏见那么强烈，说他很和蔼可亲，梅里顿一半的人死也不会相信。我做不到。韦翰很快要走了，因此他究竟是怎样的人，对谁都无关紧要。将来的某个时候会真相大白，然后我们也许能嘲笑他们以前不知道的愚蠢。现在我会对此闭口不言。"

"你很正确。公开他的错误也许会永远毁了他。也许，他此时已经为他做过的事感到难过，急于恢复人品。我们一定不能令他绝望。"

伊丽莎白激动不安的心情因为这番谈话得到缓解。她已经去除了两个星期以来始终压在她心头的两个秘密，也相信无论她何时或许想再说起哪件事，简都是个乐意的听众。但还隐藏着某些事情，出于审慎而无法泄露。她不敢说出达西先生信件的另一半内容，也不敢向她姐姐解释她曾经多么被她的朋友真心看重。这是谁也不能分享的消息，她很清楚只有完全了解双方的情况，她才能摆脱这最后的神秘包袱。"然后，"她说，"如果那件很不可能的事情竟然会发生，我也只能告知宾利先生本人也许会以动听很多的方式说出的话。沟通的自由不可能属于我，除非它已经失去所有的价值！"

如今，住在家里，她能从容地观察姐姐的真实情绪。简不开心。她还怀着对宾利的满腔柔情。她以前从未想过自己陷入爱河，她的爱意有着初恋的全部热情。又因为她的年龄与性情，比初恋通常拥有的状态更加坚定。她极其热切地珍惜对他的回忆，爱他胜过别的任何男人，这使得她所有的理智，她对朋友们感受的极度在意，对避免她沉湎于那些遗憾必不可少，否则一定会伤害她本人的健康和他们的平静。

"好了，莉齐，"班尼特太太一天说，"你**现在**对简的这桩伤心事怎么看？对我来说，我决心永远不再对任何人提起。那天我这样告诉了我的菲利普斯妹妹。我真没想到会发现简在伦敦完全没见着他。好了，他是个很不值得看重的年轻人，我想现在她绝对没机会得到他了。完全没听说他夏天会再来尼日斐尔德，我也问了每一个人，那些可能知情的人。"

"我相信他永远不会继续住在尼日斐尔德。"

"哦好吧！就随他的便。谁也不想让他来。虽然我会一直说他对我女儿的行为极其恶劣，如果我是她，我绝对不能忍受。好了，我的安慰是，我相信简会死于心碎，然后他就会为他做的事而难过了。"

但因为伊丽莎白不可能从任何这样的期待中得到安慰，她没有回答。

"好了，莉齐，"她母亲很快又说道，"那么柯林斯夫妇过得很舒服，是吗？好了，好了，我只希望这能持久。他们用的是哪种桌子①？夏洛特是个出色的管家，我敢说。如果她有她母亲一半精明，她就能省下足够的钱。**他们的**持家绝对不会奢侈，我敢说。"

"是的，完全没有。"

"很多的精打细算，肯定如此。是的，是的。**他们**会当心不要超出收入。**他们**永远不会为钱发愁。好了，但愿这对他们很有好处！因此，我想，他们会常常谈论在你父亲死后得到朗博恩。他们会将此视为己有，我敢说，无论那何时发生。"

"这是他们不可能在我面前提起的话题。"

"是的。如果他们那样做就怪了，但我毫不怀疑他们之间会常常谈论。好了，如果他们能对并不合法属于他们的财产感到安心，那就更好。**我**会为只限定继承给我的财产感到羞愧。"

---

① 反映家庭的饮食状况。在《爱玛》《曼斯菲尔德庄园》和短篇作品《沃森一家》中都有对不同餐桌的描述。

第十八章

她们回来后的第一个星期很快过去。第二个星期开始了。这是民兵团在梅里顿的最后一个星期,附近的年轻小姐们很快全都垂头丧气。几乎到处都是沮丧之情。只有年长的两位班尼特小姐还能吃饭、喝水、睡觉,继续做着她们寻常的活计。她们时常因为这样的麻木不仁受到基蒂和莉迪亚的责备。她们自己痛苦不堪,无法理解任何家人能如此心肠冷酷。

"天哪!我们会变得怎样?我们该做什么?"她们时常痛苦哀伤地叫喊着,"你怎么还能这样笑,莉齐?"

她们慈爱的母亲分享着她们所有的伤心;她记得她本人曾在类似情况下承受了什么,在二十五年前。

"说真的,"她说,"当米勒上校的军团离开时我哭了两整天。我想我当时心都碎了。"

"我相信**我的**心也会碎。"莉迪亚说。

"要是能去布赖顿该多好!"班尼特太太说。

"哦,是的!能去布赖顿多好呀!可是爸爸那么讨厌。"

"一点海水浴能让我永远健康。"

"我的菲利普斯姨妈相信这会对**我**很有好处。"基蒂又说道。

这就是始终回响在朗博恩大宅的哀叹。伊丽莎白试着被她们逗乐,但所有的快乐感都消失在羞愧中。她再次感到达西先生反对的公正，她从未像现在这样乐意原谅他对他朋友想法的干涉。

但莉迪亚的忧伤很快就烟消云散，因为她得到了福斯特太太的邀请，那是军团上校的妻子，莉迪亚将陪她去布赖顿。这位无价的朋友是个非常年轻的女人，最近才结婚。因为她和莉迪亚都生性愉悦，兴致高昂，所以意气相投，在认识的**三**个月里她们有**两**个月都是密友。

这件事让莉迪亚欣喜若狂，对福斯特太太无比崇拜，使班尼特太太高兴不已，令基蒂屈辱不堪，简直无法形容。莉迪亚完全无视她姐姐的感情，在屋里四处飞奔，喜不自胜，让每个人向她祝贺，说笑声比任何时候更加响亮；而不幸的基蒂留在客厅，以无礼的话语和恼怒的语气抱怨她的命运。

"我不明白福斯特太太邀请莉迪亚时不叫上**我**，"她说，"虽然我**不**是她特别的朋友。我和她有同样的权利得到邀请，而且更加如此，因为我还大两岁。"

伊丽莎白试着让她明白道理，简想让她接受现实，却徒劳无益。对于伊丽莎白本人，这个邀请完全没激起和她母亲与莉迪亚一样的感情，她反而认为这注定会让后者彻底失去可能的理智。尽管这样的做法一旦为人所知，必然会让她受到嫌恶，她还是忍不住私下建议父亲别让她去。她向他说明了莉迪亚寻常表现的所有不得体之处，她从和福斯特太太这样一个女人的友谊中几乎得不到任何好处，以及她在布赖顿有了这样的同伴可能会变得更加轻浮，因为那儿的诱惑一定比家中大得多。他专心听着她的话，然后说道：

"莉迪亚不在某个公众场合出了丑就不会安心，我们也永远不能指望她像目前这样，在不给家庭带来花费或不便的情况下做到这点。"

"如果你知道，"伊丽莎白说，"莉迪亚冒失轻率的行为引起的公众关注，一定会把我们所有人置于多么不利的境地；不，这已经造成了，我相信你会对这件事有不同的对待。"

"已经造成了！"班尼特先生重复道，"什么，她吓走了你们的一些情人了？可怜的小莉齐！但别心情低落。脆弱到无法忍受和少许荒唐相联的年轻人不值得遗憾。来吧，让我看看被莉迪亚的蠢行吓走的那些可怜家伙的名单。"

"你真的错了。我没有这样的伤害去怨恨。我现在抱怨的并非特别情形，而是总体的坏处。我们在这个世界上的重要性，我们的体面一定会因为莉迪亚性格中的反复无常、厚颜无耻和放荡不羁受到伤害。原谅我，因为我必须言语坦率。如果你，我亲爱的父亲，不愿努力遏制她狂野的心性，教她认识到不可能一辈子这样到处追逐，她很快会变得无可救药。她的性格将会定型，她十六岁时，就会变成最执意卖弄风情的人，把她自己和她的家人变得荒唐可笑。作为卖弄风情的人，也是最糟糕最低劣的卖弄风情，除了年轻和稍有姿色的相貌外毫无吸引力。而且，因为无知和头脑空空，完全无法抵挡她对爱慕之情的狂热追逐引来的众人鄙夷。基蒂也处于这个危险中。无论莉迪亚去哪儿她都会跟随。自负、无知、懒散、完全不受控制！哦！我亲爱的父亲，她们无论在何处为人所知，都不会受到指责和鄙视，也不会让她们的姐姐常被卷进耻辱，你认为这可能吗？"

班尼特先生看出她满心都在想着这件事，便慈爱地拉着她的手答道：

"别让你自己不安，我亲爱的。无论你和简在哪儿为人所知，你们一定会被尊敬和看重。你们不会因为有了两个——或者我可以说，三个非常愚蠢的妹妹而显得不够体面。如果莉迪亚不去布赖顿我们在朗博恩会不得安宁。那么，让她去吧。福斯特上校是个理智的人，不会让她陷入任何真正的麻烦。幸运的是她太过贫穷，不会成为任何人追逐的目标。在布赖顿即使作为寻常的卖弄风情者她也不及在这儿显得重要。因此，让我们相信，她在那儿能明白自己的微不足道。无论如何，她要是变坏了很多，我们就会把她一辈子锁在家中。"

伊丽莎白只得对这样的回答表示满意，但她自己的想法依然如初，离开他时失望又难过。然而，她的天性不会让她因为反复的思考而更加恼火。她相信自己已经履行了责任，为不可避免的坏事而烦恼，并以焦虑增加烦恼，绝非她性情的一部分。

假如莉迪亚和她母亲知道她和父亲谈话的实质，她们的愤怒即使两人都滔滔不绝也无法说尽。在莉迪亚的想象中，去布赖顿的旅行包含着所有可能的尘世幸福。她凭借天马行空的想象力，看见欢乐的浴场街道上满是军官。她看见自己成了目标，被尚未认识的几十个人大献殷勤。她看到蔚为壮观的军营，帐篷整齐漂亮地一排排延伸开来，挤满年轻和快乐的人，红得耀眼炫目。为使这幅画面变得完美，她看见自己坐在帐篷下，和至少六个军官同时温柔地调情。

假如她知道她姐姐试图把她从这样的未来和这样的现实中扯开，她会是怎样的感觉？这只能被她母亲理解，她的感觉也许几乎相同。因为悲哀地相信了她丈夫本人从未打算去那儿，莉迪亚去布赖顿成了她的全部安慰。

但她们对发生的事情一无所知，于是她们继续欣喜若狂，几乎没有间断，直到莉迪亚离开家的那一天。

伊丽莎白现在要最后一次见到韦翰先生了。她自从回来后常和他在一起，已经不再激动不安，为曾经的爱恋感到的激动彻底结束。她甚至能够从最初令她喜爱的文雅中，觉察出让她厌倦疲惫的装腔作势和千篇一律。而且，从他现在对她本人的行为中，她有了新的不悦之源，因为他很快证明他有意延续他们在相识最初阶段的那些意图，这只能让她愤怒。发现自己就这样被如此懒散轻浮之人选作献殷勤的对象，她失去了对他的全部好感。当她不断抑制这些想法时，却忍不住感到责备，因为看出他相信，无论他有多久或是因为什么原因没能献上殷勤，但在任何时候重新开始，她的虚荣心都会得到满足，也必然能获得她的好感。

民兵团留在梅里顿的最后一天，他和其他军官一起在朗博恩吃饭。因为伊丽莎白完全不想愉快地和他告别，所以当他询问她在亨斯福德过得怎样时，她提到菲茨威廉上校和达西先生两人都在罗辛斯待了三个星期，并问他和前者是否熟悉。

他看上去惊讶，不悦又恐慌，但片刻镇定后他又微笑着答道，他以前常和他见面，在说到他是个很绅士的男人后，问她觉得他怎样。她的回答是对他热烈的肯定。他带着满不在乎的神情很快又说道：

"你说他在罗辛斯住了多久？"

"将近三个星期。"

"你经常见到他吗?"

"是的,几乎每一天。"

"他的举止和他表弟大不相同。"

"是的,非常不同。但我认为达西先生熟悉之后有了改进。"

"真的!"韦翰先生叫道,脸上的神情没有逃脱她的注意,"请问,我可否问你,"但他克制了自己,又以更欢快的语调说道,"他是在言谈上有改进吗?他是否屈尊在他平常的风格上增添了一丝礼貌?因为我不敢期望,"他以更低沉更严肃的口吻继续说道,"他在本质上有了改进。"

"哦,不!"伊丽莎白说,"在本质上,我相信,他和从前一样。"

当她说话时,韦翰看似不知该为她的话高兴,还是怀疑话的意思。她脸上有着某些神情,让他在她又说话时,焦虑不安地认真听着。

"当我说他在熟悉后有了改进,我并非指他的想法或他的举止处于改进的状态,而是说,因为对他了解更多,对他的性情有了更好的理解。"

韦翰的惊恐此时以涨红的脸色和不安的神情表现出来。有几分钟他沉默着,直到他摆脱了尴尬,再次转向她,以极其温柔的语气说道:

"你,既然非常清楚我对达西先生的感情,会即刻理解他若能明智得足以假装**表面上的**正确,我一定会真心欢喜。他的骄傲,在那个方面,也许会有用,如果不是对他本人,也会对许多人,因为这一定只会阻止他做我所承受的那些不端行为。我只担心，按我猜想，你所暗示的那种谨慎，只因他在拜访姨妈才会表现出来，她的好感与评价令他深感敬畏。我知道，当他们在一起时，他对她的畏惧总能起到作用，还有很大一部分原因要归结于他想促进和德·布尔小姐的婚事，我相信他很有此念。"

伊丽莎白忍不住对此笑了，但她只以轻微的摇头作为回答。她看出他想和她再谈他的伤心事这个老话题，但她完全没心情纵容他。晚上剩下的时间，他**表面上**像平常一样高兴，但没再试着特别关注伊丽莎白，最后他们彼此客气地分开，可能彼此永远都不想再见面。

当这群人散开后，莉迪亚和福斯特太太回到梅里顿，她们第二天一早要从那儿出发。她和家人的告别吵吵嚷嚷，毫不伤心。基蒂是唯一流泪的人，但她却是因为恼火和嫉妒而哭泣。班尼特太太再三祝愿她女儿幸福，还着重告诫她尽量别错过享乐的机会，有足够的理由相信这个建议会被听从。莉迪亚本人喧闹幸福地说着再见，她姐姐们更温柔的告别声完全没被听见。

第十九章

　　假如伊丽莎白的想法全都从她自己的家庭得出，她不可能对夫妻的幸福或家庭的安适形成很愉快的观点。她的父亲被青春与美貌，以及青春美貌通常带来的愉悦外表迷惑，娶了一个女人，而她贫乏的智力和狭隘的思想在他们婚姻的最初阶段就彻底结束了他对她所有的真心爱恋。尊敬、看重、信任永远消失，他对家庭幸福的所有想法都被颠覆。但班尼特先生的性情，不会让他从通常能抚慰不幸之人愚蠢或错误的任何欢愉中，为他们本人的轻率导致的失望寻求安慰。他喜欢乡村、爱好读书，从这些品位中获得了他的主要乐趣。对于他的妻子，他的感激之情几乎只源于她的无知和愚蠢带给他的快乐。这并非男人通常希望从妻子那儿获得的那种幸福，可当缺少了其他愉悦能力时，真正的哲人会从已有的情形中得到益处。

　　然而，伊丽莎白从来没有对她父亲作为丈夫的不得体行为视而不见。她总是痛苦地看着，但她尊重他的能力，感激他对她本人的深情挚爱，便努力忘记她无法忽略的事情，从她的想法中消除那些不断违背夫妻责任与体统的表现，而他让他妻子被自己孩子鄙视的行为，非常应受责备。但她从未像现在这样强烈地体会到一桩如此不般配的婚姻一定会给孩子们带来多少坏处，或这么完全地意识到对于才华如此错误的运用会造成多少祸害。这些才华如果正确使用，也许至少能维持他女儿们的体面，即使无法开阔他妻子的见识。

尽管伊丽莎白为韦翰的离开而高兴，她从失去民兵团中几乎得不到别的满意之情。他们在外面的聚会不像以前那么有变化，在家中她有个母亲和妹妹，她们时刻对沉闷生活的抱怨给他们的家庭生活笼罩了真正的阴影。虽然基蒂也许终将恢复她正常的理智，因为扰乱她心智的人们已经离开，但她的另一个妹妹，或许能担忧她的性情会带来更大的麻烦，她有可能在浴场和军营这双重危险的境遇中，变得愚蠢至极、厚颜无耻。因此，总的来说，她发现，以前也曾发现过，她迫不及待地期盼着一件事，在发生之后，并未带来她曾经希望得到的所有满足。因此必须找出某些别的阶段来延续真正的幸福，有一些也许能寄托她心愿和希望的其他事情，通过再次期待享受快乐，为现在安慰自己，准备着另一次失望。她去湖区的旅行现在成了她最快乐的想法，在对母亲和基蒂的不满必然导致的所有不悦时间，这是最好的安慰；要是她能把简放进这个计划，就会完美无缺了。

"不过幸运的是，"她想，"我能有些期待。假如整个安排都很完美，我一定会感到失望。可是这儿，因为姐姐不在，让我时刻有个遗憾之源，我也许能合理希望实现我所有的愉快期待。每个部分都尽善尽美的计划永远不可能成功；总体的失望只能被一些特别的小烦恼抵挡在外。"

当莉迪亚离开时她答应经常给她母亲和基蒂写信，详细讲述发生的事情，但她的信总得期盼很久，总是非常简短。给她母亲的信除了说他们刚从图书馆①返回没什么别的内容，由这些或那些军官陪同，她在那儿看到了极其漂亮的饰品，让她喜得发狂，她有了一件新长裙，或是一把新太阳伞，她本想更详细地描述，但只得匆忙离开，因为福斯特太太在叫她，她们要去军营。从她和姐姐的信中，能得到的信息更少，因为她写给基蒂的信，虽然很长，但字里行间的内容根本无法公开。

在她离开两三个星期后，健康、愉悦和快乐开始重现于朗博恩。一切都呈现出更美好的状态。去城里过冬的家庭重新返回，夏日的盛装和夏天的约会出现了。班尼特太太恢复了她平常爱发牢骚的平静，到六月中旬，基蒂已经大大恢复，能进入梅里顿而不掉眼泪。这件事非常可喜，让伊丽莎白希望到了圣诞节，也许她能变得很有理智，每天提起军官不会超过一次。除非，因为战争部某些残忍邪恶的安排，另一个民兵团会驻扎在梅里顿。

他们决定北上旅行的日子即将到来，只剩下两个星期，这时加德纳太太写来一封信，不仅推延了时间也缩短了日程。加德纳先生因为生意的影响，在两个星期后的七月才能出发，而且必须在一个月内回到伦敦，因为那样留下的时间短得让他们无法走那么远，看之前提到的那么多地方，或至少按照他们的打算轻松舒适地游览那些地方，他们只得放弃湖区，代以更加紧凑的旅行。根据目前的安排，向北最多到达德比郡。在那个郡里有足够的风景几乎用完他们的三个星期时间，对加德纳太太有着特别强烈的吸引力。她曾在那儿度过了人生中几年时间的小镇，他们现在打

---

① 指私人开办的流动图书馆，除租书之外，也出售女性喜爱的衣帽饰品等。

算去待上几天，因为马特洛克、查兹沃斯、达沃河谷以及皮克峰等所有那些著名景致也许会同样令她神往[①]。

伊丽莎白极其失望。她本来一心想要看看湖区，现在还觉得可能有足够的时间。但她要做的是感到满意，而她的性情当然会让她开心，于是一切很快恢复正常。

提起德比郡，就会产生许多联想。她不可能看到这个词却想不起彭伯利和它的主人。"不过当然，"她说，"我也许能毫发无损地进入他的郡，偷走几颗晶石[②]却不被他发现。"

等待的时间如今增加了一倍。在她的舅舅舅母到来前还要过四个星期。但时间的确过去了，加德纳夫妇，带着他们的四个孩子，最后的确出现在朗博恩。他们的孩子，六岁和八岁的两个女孩，还有两个更小的男孩，将交给他们的表姐简特别照料。她受每个孩子喜爱，而她沉稳的理智和甜美的性情让她在各个方面正适合照料他们——教他们知识，陪他们玩耍，并疼爱他们。

加德纳夫妇只在朗博恩住了一晚，第二天上午和伊丽莎白出发去追逐新奇与快乐。有一种快乐明确无疑：有了合适的同伴。这种合适包括能忍受不便的健康与脾气，能增加每个快乐的愉悦感，以及深情和智慧，这也许能在他们之间产生快乐，如果在外面遇到失意的事情。

本书的目的不在于描述德比郡，或是他们沿途经过的任何非凡的地方；牛津、布莱尼姆、瓦威客、凯内尔沃思、伯明翰等已经足够著名。德比郡的一小块地方是目前关注的一切。看完郡里

---

① 德比郡的优美景致。
② 德比郡过去和现在都富含矿产资源。

所有的主要风景后，他们将前往拉姆顿①小镇，这是加德纳太太曾经居住的地方，她最近了解到一些熟人还住在那里。伊丽莎白从舅母那儿得知，彭伯利坐落于离拉姆顿不到五英里的地方。这不在他们经过的路上，但只离开一两英里。在前一天晚上谈论路线时，加德纳太太表示想再去看看那个地方。加德纳先生宣称他愿意，接着他们想让伊丽莎白赞同。

"我亲爱的，难道你不想看看你最近总是听说的地方吗?"她舅母说，"也是和你的许多熟人有关的地方。韦翰在那儿度过了整个青年时期，你知道。"

伊丽莎白很沮丧。她觉得自己无权前往彭伯利，只好假装不愿去看。她必须承认她对看了不起的大宅感到厌倦;在看了那么多之后，她对精美的地毯或丝绸帷幔真的毫无兴趣。

加德纳太太责备她愚蠢。"如果这只是一座富丽堂皇的大宅，"她说，"我自己也不会感兴趣，但那些庭院真的令人喜爱。那儿有一些郡里最美丽的树林。"

伊丽莎白没再说话，但她在心里无法同意。她立即想到参观这个地方时遇见达西先生的可能性。这会非常可怕!这个念头让她脸红，她觉得最好对她舅母坦率地说出想法，不去冒这样的风险。但对于这一点，也有反对意见。她最终决定，如果她私下询问这家人是否在外面，并且得到否定答复，这将是她最后的理由。

因此，她晚上出去了，问女仆彭伯利是不是个很漂亮的地

---

① 此为虚构地点。

方？它的主人叫什么名字？同时，有些惊恐地问她这家人有没有回来过夏天？最后一个问题带来了最受欢迎的否定答复。现在她消除了恐慌，能尽情为自己去参观房子感到非常好奇。当第二天上午重新谈到这个话题时，她再次被询问，能够带着满不在乎的得体神情，欣然回答她没有真正不喜欢这个计划。

于是，他们将要去彭伯利。

第三卷

第一章

伊丽莎白在马车前行时，有些忐忑不安地等待着彭伯利树林的首次出现。他们最后从门房小屋旁转入时，她感到非常心慌意乱。

庄园很大，地势起伏多变。马车从某个低处进入，穿过一片美丽的树林行走了一段时间，林子绵延开阔。

伊丽莎白思绪万千无心说话，但她看见并赞赏着每一处非凡的景致与视野。他们渐渐往上走了半英里，然后发现自己来到高高的山丘顶部，树林到此为止，他们的视线立即被彭伯利大宅吸引，它坐落于山谷对面，通往那儿的道路忽然变得曲折蜿蜒。这是一座高大漂亮的石头建筑，矗立于高地之上，背靠一排树木繁茂的山峦——在它前面，一条较为开阔的天然小溪融入更大的溪流，但没有任何人工雕琢的模样。溪流的堤岸既不整齐也没被错误地修饰。伊丽莎白很高兴。她从未见过更显自然魅力的地方，或是自然之美更少被拙劣的品位抵消之处。他们全都热切地赞叹着，在那时她感到，成为彭伯利的女主人也许真的很不错！

他们下了山，过了桥，驶到门前。当从近处打量这座大宅时，她再次为见到主人而担忧不已。她害怕女仆弄错了。他们请求参观此处，被领入大厅。他们等待管家时，伊丽莎白有了时间为她身在何处感到惊讶。

管家来了，是个相貌体面的年长女人，远不如她想象的那么高贵，却更加文雅。他们跟随她进入餐厅。这是一间大而匀称的屋子，装饰得很漂亮。伊丽莎白稍加打量后，便走到一扇窗前欣赏景致。他们下来的那座山丘密林掩映，从远处看来更加陡峭，美不胜收。庭院里的每一处景物都令人赞叹；她看着目之所及的整个景致，溪流、散布在堤岸上的树木、蜿蜒的山谷，感到心情愉悦。当他们进入其他屋子时这些景色变换了位置，但从每一扇窗户都能看见美景。房间高大美观，家具和主人的财富十分相称。但伊丽莎白看出这既不俗艳也没有无益的华贵，比起罗辛斯的家具少了些奢华，却更有真正的高雅，对他的品位心生钦佩。

"这个地方，"她想，"我本来可以成为它的女主人！也许我现在已经对这些屋子非常熟悉！我也许能为拥有它们感到欢喜，而非作为陌生人来看着它们，并且能欢迎我的舅舅舅母前来做客。可是不，"她镇定下来，"那绝无可能，我会失去我的舅舅舅母，我不会被允许邀请他们。"

这是个幸运的想法，帮她免除了很像是遗憾的感觉。

她很想询问管家她的主人是否真不在家，但没勇气这样做。不过最后，这个问题由她舅舅提出。她惊恐地转过身，这时雷诺兹太太回答他是的，又说道："但我们在等他明天回来，还有一大群朋友。"伊丽莎白想到他们的旅行没因任何情形耽搁一天有多么欣喜！

她的舅母这时叫她来看一幅画。她走上前，看到在壁炉上的好几幅小型画像中间，挂着一幅像是韦翰先生的画。她舅母笑着问她觉得怎样。管家走上前，告诉她们这是一位年轻先生的画像，已故的主人管家之子，由主人供养长大。"他现在参军了，"
她又说道，"可我担心已经变得非常放荡。"

加德纳太太笑吟吟地看着她的外甥女，但伊丽莎白无法回
视她。

"那幅，"雷诺兹太太指着另一幅小型画像说，"是我的主人，
和他很像。和另一幅同时画的，大约在八年前。"

"我常常听说你的主人相貌英俊，"加德纳太太看着画像说，
"这是张俊美的脸庞。不过，莉齐，你能告诉我们像不像。"

雷诺兹太太得知伊丽莎白认识她的主人，似乎对她更加
敬重。

"这位年轻小姐认识达西先生吗?"

伊丽莎白脸红了，说道："有一点。"

"你不认为他是非常英俊的年轻人吗，小姐?"

"是的，非常英俊。"

"我相信**我**从不认识这么英俊的人，但在楼上的画廊你能看
到比这张更大更精美的他的画像。这是我已故的主人最喜爱的屋
子，这些小型画像还和从前一样摆放着。他很喜欢它们。"

这就为伊丽莎白解释了韦翰先生的画像为何在其中。

雷诺兹太太随后让他们看一张达西小姐的画像，在她八岁时
画的。

"达西小姐是否和她哥哥一样漂亮?"加德纳太太说。

"哦! 是的，从未有过这么漂亮的年轻小姐，还那么多才多
艺! 她整天弹琴唱歌。隔壁屋里有一架刚为她买来的钢琴——来
自我主人的礼物。她明天和他一起来这儿。"

加德纳先生的举止轻松愉悦，以他的问题与评论鼓励她多说这个话题。雷诺兹太太出于骄傲或喜爱，显然非常乐意谈论她的主人和他妹妹。

"你的主人一年中待在彭伯利的时间多吗？"

"没我希望的多，先生。但我敢说他也许能在这儿待上一半的时间，达西小姐夏天总会来住几个月。"

"除了，"伊丽莎白想，"她去拉姆斯盖特的时候。"

"要是你的主人结了婚，你也许能更多地见到他。"

"是的，先生，但我不知**那**会是什么时候。我不知道谁能配得上他。"

加德纳夫妇笑了。伊丽莎白忍不住说道："我相信，你能这么想，真是对他的很大赞赏。"

"我说的只是事实，所有认识他的人都会这么说。"对方答道。伊丽莎白觉得这有些离谱，当管家继续说下去时她听得愈发惊讶。"我这辈子从未听他说过一句恼人的话，我从他四岁时就认识他了。"

这句夸赞在所有之中最异乎寻常，和她的想法最背道而驰。他不是个好脾气的人，一直是她最坚定的看法。这唤起了她最热切的关注。她想多听一些，很感激她的舅舅说道：

"能得到这番夸赞的人不多。你很幸运能有这样的主人。"

"是的，先生，我知道是这样。就算我能游历世界，也遇不上更好的人。但我一直发现，那些在孩子时好脾气的人，长大后脾气也好，而他始终是世界上性情最甜美，心地最慷慨的孩子。"

伊丽莎白几乎在瞪着她。"这可能是达西先生吗！"她想。

"他父亲是个极好的人。"加德纳太太说。

"是的，太太，他的确如此。他的儿子将和他一模一样——对穷人一样和蔼可亲。"

伊丽莎白听着、诧异着、怀疑着，迫不及待地想听见更多。雷诺兹太太在别的任何问题上都引不起她的兴趣。她说起画像中的人物、房间的尺寸、家具的价格，却徒劳无益。加德纳先生认为她对她主人的极度赞赏源自家庭的偏见，感到十分有趣，很快又提起这个话题。当他们一起登上主楼梯时，她热切地详述着他的众多优点。

"他是这世上有过的最好的庄园主，最好的主人，"她说，"不像如今放荡的年轻人，一心只想着自己。他的每一个佃农或仆人都对他交口夸赞。有些人说他骄傲，但我相信我从未看出过。在我看来，只因为他不像别的年轻人那样夸夸其谈。"

"她把他说得多么令人喜爱！"伊丽莎白想。

"对他的这番好话，"走路时她的舅母对她耳语道，"和他对我们可怜朋友的做法不太一致。"

"也许我们受了欺骗。"

"那不大可能，我们的消息太可靠了。"

到达宽敞的门厅后他们被领入一间非常漂亮的客厅，是新近装饰的，比楼下的屋子更优雅更明亮，随后他们得知这只是为了让达西小姐高兴，她上次来彭伯利时很喜欢这间屋子。

"他当然是个好哥哥。"伊丽莎白在走向一扇窗户时说。

雷诺兹太太期待着达西小姐进入屋子时会非常高兴。"他总是这样，"她又说道，"能让他妹妹高兴的任何事都会立即做到。

没有任何他不愿为她做的事情。"

只有画廊和两三间主要卧室尚未领他们去看。画廊里有许多出色的画作，但伊丽莎白对这门艺术一窍不通。根据她在楼下已经看过的画作，她宁愿转身去看达西小姐的蜡笔画，这些主题通常更有趣，也更容易看懂。

在画廊里有许多家庭画像，但难以引起一个陌生人持久的兴趣。伊丽莎白走进去寻找她唯一认识的那个脸庞。最后这吸引了她，她看见一张和达西先生非常相似的画像，脸上带着那样的笑容，她记得他时而看着她时她曾经见到过。她在画像前站了几分钟，热切地注视着，在他们离开画廊前又回到那儿。雷诺兹太太告诉他们这是他父亲在世时画的。

此时，在伊丽莎白的心里，当然对本人油然而生比他们最熟悉的时候更温柔的情感。雷诺兹太太对他的夸赞绝不该小觑。怎样的夸赞能比一位聪慧仆人的夸赞更有价值呢？作为一个哥哥、一个庄园主、一个主人，她想到他掌控着多少人的幸福！他有能力带来多少快乐或造成多少痛苦！他一定行了多少善或做了多少恶！管家提起的每件事都说明他品行端正。当她站在他的画像前，看着他的眼睛注视着自己时，她怀着比以往任何时候更深的感激之情想起他的看重。她记得那番热切，缓和了言语的不当之处。

看完了房子里所有可供公众参观的地方后，他们回到楼下，向管家告别，被托付给园丁，他正在厅门等待着他们。

当他们穿过草坪向溪流走去时，伊丽莎白转身又看了一眼。她的舅舅舅母也停了下来，当前者在猜测房子的建造年代时，房主本人忽然从大路走了过来，这条路通往后面的马厩。

他们彼此间隔不到二十码^①，因此不可能避开他的目光。他们即刻目光相接，两人的脸都涨得通红。他吃惊不已，有一会儿似乎惊讶得动弹不得，但他很快镇定下来，朝这群人走来，对伊丽莎白说话，即使算不上完全镇定，至少非常礼貌。

她先是本能地转身离开，但在他走近时停了下来，怀着无法抑制的尴尬接受他的问候。假如他刚出现时的模样，或者他和画像的相似度还不足以让另外两人确信他们此时见到了达西先生，园丁看见他主人时的惊讶之情，一定立即说明了情况。在他对他们的外甥女说话时他们保持了一些距离。她吃惊又困惑，几乎不敢抬眼看着他的脸，不知对他向她家人的礼貌问询做了怎样的回答。他自从上次分开后态度的改变令她惊奇，他说出的每一句话都使她愈发尴尬。她一再想着竟然在这儿被人发现很不得体，他们待在一起的时间是她生命中最难熬的几分钟。他看上去也不轻松，当他开口说话时，他的语调完全没有平常的镇定。他反复询问她离开朗博恩多久了，以及她在德比郡待了多长时间，说得匆匆忙忙，显然表明他心慌意乱。

最后他似乎想不出任何话题。在一言不发地站了几分钟后，他忽然镇定下来，离开了。

其他人来到她身旁，对他的仪态表示赞赏。然而伊丽莎白一个字也没听见，完全沉浸在自己的感情中，默默跟随着他们。她无比羞愧，满心懊恼。她来到那儿真是极其不幸，愚蠢至极的事

---

① 原文为"yard"，一码等于 36 英寸或约 91.4 厘米。

情！在他看来该是多么奇怪！在这么自负的人眼中一定多么丢脸！好像她是故意再次来到他面前！哦！她为何要来呢？或者，他为何这样提前一天过来？只要他们能提前十分钟，也会让他无法轻视他们。因为显而易见他刚刚到来，刚刚下马或下了马车。她为这次有悖常理的会面一再脸红。而他的举止变得截然不同，这是什么意思？他竟然对她说话真是令人惊奇！然而说得如此礼貌，还问候她的家人！她这辈子从未见过他的表现如此平易近人，他从未像这次不期而遇时这样言语温柔。这和他在罗辛斯庄园的最后一次话语形成了多大的反差，当他把信放入她的手中时！她不知该怎么想，或该如何解释。

他们这时进入溪边的一条美丽步道，每走一步地势都更低一些，离美丽的树林更加接近，但伊丽莎白过了很久才意识到身边的任何事情。虽然她机械地答复着舅舅舅母的一再要求，似乎把眼睛转向了他们指出的地方，她却完全辨不出那些风景。她满心想着彭伯利大宅的那个地方，无论那是什么地方，都是达西先生刚才站立的位置。她很想知道那时他的心里在想什么，他以什么方式想着她，以及他是否会无视一切，依然珍爱她。也许他的礼貌，只是因为他感觉自己很轻松，然而他声音中的**那点**并不像是轻松。他见到她更觉痛苦还是更加快乐，她无法说清，但他见到她时当然不镇定。

不过，最后，同伴们说她心不在焉的话语唤醒了她，让她觉得有必要表现得更加自如。

他们进入树林，向溪水告别片刻，登上了一些高地。在林中的开阔地带，能够极目远眺之处，可以看见山谷中的许多美景，对面被树林遮蔽的许多山峦，偶尔有一段溪流映入眼帘。加德纳先生表示想沿着庄园走一圈，不过担心会超出步行距离。园丁带着得意的笑容告诉他们一圈有十英里，这就了结了此事。他们沿着之前的环路前行，一段时间后，再次来到林木茂密的低处，小溪的边缘，这儿的溪流最为狭窄。他们从一座朴素的小桥过了小溪，桥的样子和周边的景致很协调，这儿比他们去过的任何地方更加素雅。山谷在此处缩成幽谷，只容得下溪流和溪边参差的矮树林间一条狭窄的步道。伊丽莎白很想探究这蜿蜒的小路，但在他们过了小桥，看出他们离房子有多远后，不善走路的加德纳太太无法继续前行，只想尽快回到马车上。因此，她的外甥女只得依从，他们沿最近的路线朝溪水对面的大宅走去。但他们进程缓慢，因为加德纳先生虽然难得能纵情钓鱼，却对此非常喜欢，所以专心致志地看着一些鳟鱼偶尔跃出水面，和园丁谈论着它们，没走几步路。当他们这样缓慢游荡时，他们看见达西先生向他们走来，已经离他们很近，并再次感到吃惊，而伊丽莎白的惊讶之情不亚于第一次。这儿步道上的树木不像对面那么浓密，让他们在相遇前就看见了他。伊丽莎白尽管十分惊奇，但至少比之前见面更有准备，决心看似平静地和他说话，如果他真的打算来见他们。有一会儿，她的确觉得他也许会转入一条别的小路。当步道的一个拐弯让他们看不见他时，她确实这样想了一会儿。这个想法在步道的转弯把他从他们的视线中遮蔽时持续着，转过弯后，他即刻站在他们眼前。她只需一瞥就看出他没有失去近来的客气，为效仿他的礼貌，在他们见面后，她开始欣赏起这儿的美景。但她刚说出"可爱"和"迷人"这几个字，脑海中忽然闯入某个不幸的回忆，让她觉得对彭伯利的赞赏也许会被当成恶作剧。她变了脸色，不再说话。

加德纳太太站在后面不远处。当她停顿时，他问她可否赏光把他介绍给她的朋友们，这番礼貌完全出乎她的意料。想到他现在竟然想和那些人结交，而他曾经正是出于对他们的骄傲而不愿向她求婚，她几乎无法掩饰一丝笑意。"等他得知他们是谁，"她想，"他该有多惊讶？他现在当他们是上等人了。"

不过，还是立即做了介绍。当她说出他们和她本人的关系时，她狡黠地瞥了他一眼，看他会如何承受，也并非不指望他会从如此丢脸的同伴面前拔腿就跑。显然他为这种关系感到**惊讶**，不过，他坚毅地承受了，完全没有走开，反而转向他们，和加德纳先生谈起话来。伊丽莎白只能觉得高兴，也只能感到得意。他能知道她有一些不会令她脸红的亲戚让她感到安慰。她专心致志地听着他们说的每一句话，为她舅舅的每个表情，每句话语感到喜悦，这说明了他的智慧、他的品位，以及他行为得体。

话题很快转到钓鱼上。她听见达西先生礼貌至极地邀请他，让他住在附近时可以随心所欲地去那儿钓鱼，与此同时主动提出给他一些渔具，还向他指出通常鱼儿最多的那些地方。和伊丽莎白挽着手走路的加德纳太太，向她投来充满惊奇的神情。伊丽莎白没有说话，但这令她极其得意，这番恭维一定都是因为她本人。然而她也无比吃惊，反复想着："他为何改变这么大？这会是什么原因？这不可能因为**我**——不可能因为**我**而让他的态度变得这么温和。我在亨斯福德的责备不会带来这样的变化。他不可能还爱着我。"

就这样走了一段时间，两位女士在前，两位先生随后，下到溪边更好地观赏一些稀奇的水草，正要回归原位时，碰巧出现了一点变化。这源于加德纳太太，她因为一上午的运动而深感疲惫，发现伊丽莎白的胳膊不能支撑她，于是去了丈夫身边。达西先生替她站在她外甥女的身旁，他们一起往前走。短暂沉默后，小姐首先开口说话。她希望他知道她来这儿之前已经确信他不在家，于是开口说，他的到来出人意料，"因为你的管家，"她又说道，"她告诉我们你在明天之前一定不会来。说真的，在我们离开贝克威尔前，我们以为你们不会很快回到郡里。"他承认这都是事实，说他找男管家有事，所以比同行的其他人早到了几个小时。"他们明天一早过来，"他又说道，"其中有你的一些熟人——宾利先生和他的姐妹。"

伊丽莎白只以稍稍鞠躬作为回答。她立即想起上次在他们之间提到宾利先生的时候。如果她能凭他的脸色做出判断，**他的**想法也相去不远。

"里面还有另一个人，"他停顿一下又说道，"她特别想认识你。你在拉姆顿逗留期间，能否允许我介绍我的妹妹与你相识，或者我是否要求过高？"

这样一个请求的确让她非常惊讶，她惊讶得不知道自己是怎样答应的。她立即感到无论达西小姐有多想与她结识一定是因为她哥哥的影响，她没再多想，心里感到满意。得知他的愤恨并未让他真正厌恶她，令她十分高兴。

现在他们默默前行，两人都陷入沉思。伊丽莎白并不自在；那是不可能的；但她感到荣幸和愉快。他想要介绍妹妹和她相识是最大的恭维。他们很快超过别人，当他们到达马车时，加德纳夫妇还在半英里之外。

他接着请她走进屋里，但她宣称自己不累，于是他们一起坐在草坪上。在那样的时候可以说许多话，而且沉默很令人尴尬。她想说话，但似乎每个话题都不便谈论。最后她想起她在旅游，于是他们坚持不懈地谈论着马特洛克和达沃河谷。但时间过得慢，她的舅母也走得很慢，两人结束交谈前她几乎要无话可说了。加德纳夫妇刚来到跟前，他们就全都被催促着进屋吃些点心，但这被拒绝，双方都极其礼貌地告了别。达西先生扶女士们上了马车。马车离开后，伊丽莎白看见他慢慢朝大宅走去。

现在她的舅舅舅母开始说话了，两人都宣称他远远超出了他们的期待。"他的举止非常得体礼貌，毫不装腔作势。"她舅舅说道。

"他当然**的确**有点威严，"她的舅母答道，"但只是在气质上，并不令人不悦。我现在能赞同管家的看法了，虽然有些人会说他骄傲，但**我**完全没看出。"

"他对我们的表现实在太让我吃惊。这不止是礼貌，这简直是殷勤；可完全没必要这么殷勤。他和伊丽莎白的交情很不值一提。"

"说真的，莉齐，"她的舅母说，"他没有韦翰英俊，或者，可以这样说，他没有韦翰的神情，因为他的五官非常漂亮。但你怎会告诉我他那么令人讨厌呢？"

伊丽莎白尽量为自己辩解，说他们在肯特相遇时她已经比以前更喜欢他了，还说她从未见他像今天上午这样令人喜爱。

"但也许他的礼貌有点随心所欲，"她的舅舅答道，"那些大人物常常这样。所以关于钓鱼的事我不会把他的话当真，因为他也许哪一天就会改变主意，警告我离开他的地盘。"

伊丽莎白感觉他们完全误解了他的性格，但一言未发。

"从我们对他的所见，"加德纳太太又说道，"我们的确不该认为他会对任何人做出他对可怜的韦翰做的事情。他没有恶意的神情。相反，当他说话时他的嘴巴很讨人喜欢。他的神情有些高贵，不会让人认为他心地不善。不过，说真的，那位领我们参观他大宅的好心管家的确把他夸上了天！有时我几乎忍不住想放声大笑。但我想，他是个慷慨的主人，**那**在一个仆人的眼里就包含了所有的美德。"

伊丽莎白感觉自己有必要为他对韦翰的行为做些澄清，因此尽量小心翼翼地让他们明白，根据她从他肯特的亲戚那儿听到的消息，他的行为可以得到截然不同的解释，他的品格完全没那么糟糕，韦翰也不像他们在赫特福德郡认为的那样，如此和蔼可亲。为证明这一点，她详细讲述了他们之间的所有金钱来往，但并未说出来源，只说消息比较可靠。

加德纳太太惊讶又担忧，但因为他们此时正接近她从前喜爱的风景，所有的想法都让位于美好的回忆。她忙着为她丈夫指出这儿全部的有趣景致，想不到别的任何事。虽然上午的散步使她疲惫，但他们刚吃完饭她就再次出发去寻访昔日的朋友，晚上的时间她和阔别多年的朋友谈心叙旧，过得非常快乐。

白天发生的事太过趣味盎然，让伊丽莎白完全无心关注这些新朋友。她只能思考，对达西的礼貌想得满心惊讶。更重要的是，他竟然想让她结识他的妹妹。

第二章

　　伊丽莎白认定达西先生会在他妹妹到达彭伯利的第二天，带着妹妹来拜访她，因此决定那天一整个上午都不离开客栈。但她的推断是错的，因为在一行人到达拉姆顿的那个上午，他们就来做客了。伊丽莎白与舅舅舅母和一些新朋友在附近散了步，刚回到客栈更衣，打算和那家人一起吃饭，这时马车声把他们吸引到窗前，他们看见一位先生和一个小姐乘着轻便马车沿街而至。伊丽莎白立即认出了号衣①，猜出是怎么回事，在告诉她的亲戚即将有贵客到来时满脸惊奇。她的舅舅舅母无比惊讶。她说话时的尴尬神情，加上事情本身，以及前一天发生的许多情况，让他们对这件事有了新的看法。他们以前从未想过，可现在觉得除了认为他爱上了他们的外甥女之外，没有别的办法解释这样一个大人物的此番殷勤。当这些新生的念头进入他们的脑海时，伊丽莎白时刻感到愈发心慌意乱。她为自己的焦虑不安感到很惊讶，但除了令她不安的其他原因外，她也担心那位哥哥的偏爱让他说了太多她的好话。她从未这样有心取悦，便自然怀疑自己根本无法让人喜爱。

　　她从窗边退后，担心被看见。当她在屋里走来走去，努力让

---

① 仆人穿的衣服，可由此判断主人是谁。

自己平静下来时，看见她舅舅舅母非常惊讶的探究神情，这使一切变得更加糟糕。

达西小姐和她哥哥出现了，令她害怕的相互介绍也做好了。她吃惊地发现，她的新朋友至少和她本人一样尴尬。自从她来到拉姆顿，她已经听说达西小姐非常骄傲，但她只在几分钟的观察后便相信她只是特别羞涩。她发现除了只言片语外，很难从她口中掏出完整的一句话。

达西小姐个子很高，比伊丽莎白更加高大，虽然刚到十六岁，她已发育成熟，像个大人，并且仪态优雅。她不及她哥哥漂亮，但她的神情理智愉悦，她的举止毫不装腔作势，温柔可亲。伊丽莎白本以为她像达西先生曾经那样，是个眼神锐利、毫无尴尬之色的观察者，发现她的感情如此不同觉得十分轻松。

他们见面不久后，达西先生就告诉她宾利先生也要来问候她。她几乎没时间表达她的满意之情，为接待这位客人做些准备，就听见宾利快步走上楼梯的声音，片刻他就进了屋子。伊丽莎白对他的愤怒之情早已消逝，但假如她还余怒未尽，看着他情真意切地表示很高兴再次见到她时，也会烟消云散。他友好却笼统地问候她的家人，神情话语和从前一样开心自在。

加德纳夫妇对他的兴趣几乎不亚于她本人。他们早就想见他。说实话，他们面前的所有人，都让他们兴致盎然。他们刚刚产生的对达西先生和他们外甥女的怀疑，让他们以热切却审慎的眼神观察着他们。很快他们便从那番探究中完全相信至少其中一人陷入了爱河。对小姐的感情他们还稍有疑惑，但显而易见先生是满心爱慕。

在伊丽莎白这方，她有许多事要做。她想弄清她每位客人的感受，她想让自己平静下来，对每个人和颜悦色。对于后一个目标，她本来最担心失败，却一定能成功，因为她很想取悦的那些人本来就对她满怀好感。宾利乐意被取悦，乔治安娜急于被取悦，而达西一心想要被她取悦。

一见到宾利，她自然想起她的姐姐。哦！她多么热切地渴望知道他是否也有同样的想法。有时她会觉得他说话不如从前那么多，有一两次，她愉快地想到当他看着她时，他在试着发现一些相似之处。不过，虽然这也许只是想象，她不可能弄错他对达西小姐的举止，她曾被当作简的情敌。双方都绝未表现出特别的爱意。没有发生任何能够表明他妹妹会如愿以偿的事情。她很快对这件事感到满意。在他们告别前发生了两三件小事，她因为心情急切，将此解释为他对简依然满怀柔情，他要是敢这么做，就会想要多说些也许能提到她的话。有一次当别人在一起说话时，他以含有真切悔意的语气对她说"离他上次有幸见到她已经过了很久"。她还没能回答，他又说道："已经八个多月了。我们自从11月26日后就再也没见过面，那天我们全都一起在尼日斐尔德跳舞。"

伊丽莎白很高兴他的回忆如此精确；后来当他们身边没有别人时，他趁机问她是否她**所有的**姐妹都在朗博恩。这个问题和前面的话语都不甚重要，但某种神情和态度令其耐人寻味。

她不常能把目光投向达西先生本人，然而，无论何时她的确瞥他一眼时，她总能看到十分和悦的神情，从他说的所有话语中她完全听不到对他同伴的傲慢或鄙夷，让她相信她昨天见到的他态度的改进，无论最终多么短暂，至少已经延续了一天多。当她看着他这么想和这些人结识，希望获得他们的好感，而几个月前同他们的任何交往都会令他感到羞耻——当她看着他如此礼貌，不仅对她本人，还对着他曾经公开蔑视的她的亲戚，想到他们在亨斯福德牧师住宅最后的激烈情形——这些不同，这些变化如此之大，令她深受震撼，几乎难以掩饰惊讶之情。即使和他亲爱的朋友在尼日斐尔德时，或是和他尊贵的亲戚在罗辛斯，她从未见过他如此有心取悦，像现在这样毫不自负也绝不矜持，虽然他的努力获得成功也完全不能增加他的声望，甚至他很想结识的这些人会惹来尼日斐尔德和罗辛斯夫人小姐们的嘲笑与指责。

他们的客人和他们待了半个多小时。当他们起身离开时，达西先生叫他妹妹同他一起表示希望加德纳夫妇和班纳特小姐离开这儿前去彭伯利用餐。达西小姐虽因不习惯邀请而有些胆怯，却欣然顺从。加德纳太太看着她的外甥女，想知道和这个邀请最有关系的**她**，是否乐意接受，伊丽莎白却扭过头去。不过，她认为这番刻意的躲避更表示暂时的尴尬，而非不喜欢这个建议，又看到喜爱社交的她的丈夫完全乐意接受，她便大胆应允，日期定在了后天。

宾利为一定能再次见到伊丽莎白表示非常喜悦，因为他还有许多话要对她说，对她在赫特福德郡的朋友们还有许多事要问。伊丽莎白将所有这些心愿解释为想听她说起她姐姐，并感到高兴。因此，也鉴于一些别的方面，当客人离开他们后，她发现自己能怀着满意之情想着过去的半个小时，尽管在当时，她几乎没感到愉悦。她急于独处，也担心舅舅舅母的询问或暗示，只和他们待到听完他们对宾利的好评后，就匆忙离开去更衣了。

但她毫无理由担忧加德纳夫妇的好奇心，他们不想强迫她谈论此事。显然她和达西先生的熟悉程度出乎他们的意料，显而易见他深爱着她。他们对此很感兴趣，但觉得不便询问。

他们现在急于想着达西先生的好。从他们的交往来看，他无可挑剔。他们不可能不被他的礼貌打动。如果他们从自己感受到的他的人品以及他仆人的话语做出判断，无视其他任何说法，他在赫特福德郡认识的那些人会辨不出这是达西先生。不过，他们现在乐意相信管家的话，他们很快意识到从他四岁起就认识他的仆人，她本人的举止也显示她为人正派，因而不该仓促否认她的话。从他们在拉姆顿的朋友们那儿得到的消息也没能实际降低她话语的分量。他们除了说他骄傲别无指责。也许他的确骄傲，如果不是，必定是由于一个小集镇上的居民，因为这家人从未去过那儿。不过，大家都承认他是个慷慨的人，为穷人做了不少好事。

至于韦翰，旅行者们很快发现他在那儿不大被看重，因为尽管他和他恩主儿子的事情人们不太清楚，但众所周知的事实是，他离开德比郡后，欠下了一大堆债务，是达西先生后来帮他偿还的。

对伊丽莎白来说，她这个晚上比前一天更多想着彭伯利。这个夜晚，虽然过得似乎很漫长，却没能长得让她明确对那座宅邸中一个人的感情。她有整整两个小时无法入睡，努力弄清这份感情。她当然不恨他。不，恨意早已消失，如果她曾经对他有过所谓的厌恶之情，那么她感到羞愧的时间几乎一样长。因为相信他有宝贵的品质，带来了她起初不愿承认的尊重，她已经有一段时间不再讨厌他了。此时这提升为某种更友善的情意，因为听说了他的那么多好话，而昨天的经历让他的性情变得和蔼可亲。但更重要的是，除了尊重和敬意，还有一种在她心中无法忽视的友善动机。那是感激之情。不仅因为他曾经爱过她而心生感激，而且因为他依然爱她，爱得足以原谅她在拒绝他时所有任性尖刻的态度，以及伴随着拒绝的所有不公正指责。她曾相信，他会把她当成他最大的敌人而躲避她，而他却似乎在这次偶然相遇时，极其热切地想要保持这段关系。仅就他们两人而言，他没有任何无礼的表现，或任何怪异的态度。他正努力获得她朋友们的好感，并一心想让她结识他的妹妹。一个如此骄傲的男人这样的变化不仅引起诧异也带来了感激，因为这一定出于爱情，炽热的爱情。这种感觉虽无法明述，却绝非令人不快，她愿意任其发展。她尊敬他，她看重他，她对他心怀感激，她对他的幸福感到了真正的兴趣；她只想知道那种幸福在多大程度上取决于她本人，她能凭借她的能力为两人带来多少幸福，她认为自己依然拥有那种能力，可以为她带来他的再次求婚。

晚上舅母和外甥女决定，既然达西小姐如此礼貌，因为她到达彭伯利只赶上一顿很晚的早餐，就在当天来看望她们，这样的行为应该效仿，虽然她们尽力而为也无法与之相比，因此她们必须在第二天上午去彭伯利拜访她。于是，她们将要去那儿。伊丽莎白很高兴，尽管她问自己为何高兴时，几乎无言以对。

加德纳先生早餐后不久离开了她们。前一天他们又提起钓鱼计划，约好在中午前和彭伯利的几位先生会面。

第三章

伊丽莎白如今相信宾利小姐对她的厌恶之情源于嫉妒，她不禁感到她出现在彭伯利对她而言一定多么不受欢迎，并且很想知道这次重逢那位小姐能够有多礼貌。

来到大宅后，她们被领着穿过大厅进入会客厅，屋子朝北，夏季舒适宜人。窗户外是一片开阔的空地，一眼可见屋后高耸葱郁的山峦令人心旷神怡的景致，以及中间草坪上散布的美丽橡树和西班牙栗树。

她们在这间屋子里得到达西小姐的接待，她正和赫斯特太太与宾利小姐，以及陪她住在伦敦的那位女士坐在那儿。乔治安娜对她们的接待非常礼貌，但一直十分窘迫，虽然这是由于羞涩以及担心做错事，却很容易让那些自认为身份低下的人相信她骄傲又矜持。然而，加德纳太太和她外甥女能公正对待她，并同情她。

赫斯特太太和宾利小姐只对她们稍稍鞠躬。在她们坐下后，出现了一阵沉默，这种必然令人尴尬的沉默持续了一段时间。这首先被安斯利太太打破，她是个温文尔雅、和颜悦色的女人。她努力引起交谈，证明她比另外两人有着真正的好教养。她和加德纳太太，偶尔在伊丽莎白的帮助下，进行着谈话。达西小姐似乎很希望有足够的勇气加入，有时在最不可能被人听见时，的确会大胆地咕哝几个字。

伊丽莎白很快发现她本人被宾利小姐密切观察着,她说的每一句话,尤其是对达西小姐说的话,都会引起她的关注。这种观察本不会阻止她试着同达西小姐说话,要不是她们之间的距离不太方便,但她并不为无需说太多话感到遗憾。她本来就思绪万千。她时刻期待着某些先生进入屋子。她希望,她也担心房子的主人或许也在其中,她究竟更加期待还是更加担忧,她几乎弄不清楚。伊丽莎白就这样坐了一刻钟,没听见宾利小姐的声音,这时她对伊丽莎白全家人冷淡的问候将她惊醒。她同样冷漠简短地做了回答,另一位没再说话。

她们拜访中的下一个变化,是因为仆人送来了冷肉、蛋糕以及各种各样的上等时令鲜果,但这是在安斯利太太给达西小姐传递了无数个意味深长的眼神和微笑,提醒她尽主人之谊后才做到的。现在所有人都有事可做了,因为虽然她们不能全都说话,但她们全都会吃;一堆堆漂亮的葡萄、油桃和桃子很快让她们围拢到桌旁①。

伊丽莎白这样忙碌时,她有了个好机会决定她最担心还是最希望达西先生出现,可以通过他进入屋子时哪种感情占了上风进行判断。结果是,虽然片刻前她还相信她更希望他出现,她又开始为他来了而感到遗憾。

他已经和加德纳先生待了一段时间,那位先生正和这儿的两三位别的先生在河边钓鱼,达西先生只在听说他家中两位女士打

①　根据季节,这应该是达西的园丁在暖房培育的水果。

算那天上午拜访乔治安娜后才离开了他。他刚出现，伊丽莎白就明智地决定要从容不迫、落落大方。这个决心下得很有必要，但也许不那么容易做到，因为她看到所有人都对他们表现出怀疑，在他刚走进屋子时几乎没有哪双眼睛不在盯着他的一举一动。宾利小姐的脸上显示出最强烈的专注与好奇，虽然她无论和谁说话时都笑容满面，因为嫉妒尚未令她绝望，她也并未停止向达西先生献殷勤。达西小姐在她哥哥进来后，更加努力地进行交谈，伊丽莎白看出他急于让他妹妹和她本人熟悉起来，尽量促使双方多多谈话。宾利小姐全都看在眼里，她因为愤怒而变得无礼，抓住第一个机会，礼貌却语带嘲讽地说道：

"请问，伊莱莎小姐，某郡的民兵团不是离开梅里顿了吗？那对**你的**家人一定是个重大损失。"

在达西面前她不敢提起韦翰的名字，但伊丽莎白立刻明白她说的就是他，和他相关的种种回忆让她一时有些忧伤，但她振作起来抵制这恶意的攻击，很快以一种满不在乎的语气回答了这个问题。当她说话时，她不由自主地瞥了一眼，看到达西满脸通红，热切地看着她，他的妹妹不知所措，不敢抬眼。要是宾利小姐能知道她给她亲爱的朋友带来了多大的痛苦，她无疑不会给出这样的暗示，但她只打算提起她认为伊丽莎白心有爱慕的那个男人，让她心烦意乱，使她暴露一种也许会伤害达西对她好感的感情，也许，提醒达西她的一些家人和那个民兵团之间所有的荒唐蠢事。她完全不知道达西小姐曾想私奔。除了对伊丽莎白，这个秘密从未向任何人透露过。达西小姐的哥哥特别急于向宾利的所有亲戚隐瞒这件事，就是因为伊丽莎白很久以前对他的看法，因为他希望他们今后和达西小姐成为一家人。他当然有过这样的计划，但并未打算以他的努力拆散宾利先生和班尼特小姐，也许更是因为他热情关心着他朋友的幸福。

然而，伊丽莎白镇定的举止很快平复了他的心情。因为恼怒失望的宾利小姐不敢进一步谈论韦翰，乔治安娜也很快恢复，虽然还不足以让她再开口说话。她不敢迎上她哥哥的目光，而她哥哥几乎没想到她和这件事的关系。这个本打算让他不再倾心于伊丽莎白的情况，似乎令他对她越发喜爱。

在上述问答后，她们的拜访没持续很久。当达西送她们上马车时宾利小姐对伊丽莎白的相貌、举止和衣服大加批评，以发泄情绪。但乔治安娜不愿附和。她哥哥的夸赞足以保证她的好感，他的判断不可能出错。他那样赞扬伊丽莎白，让乔治安娜只能觉得她可爱又可亲。等达西回到会客厅时，宾利小姐忍不住重复了她刚才对他妹妹说过的一些话。

"伊莱莎·班尼特今天上午的脸色真难看，达西先生，"她叫道，"我这辈子从未见过谁的变化像她冬天以来这么大。她变得这么黝黑又粗糙！我和路易莎一致认为我们都快认不出她了。"

无论达西先生可能多不喜欢这番话，他还是对自己冷淡的答复感到满意，说他除了她晒黑许多外没看出别的变化，这对于夏季旅游不足为奇。

"对我而言，"她又说道，"我必须承认从未看出她有任何漂亮之处。她的脸蛋太瘦，她的肤色没有光泽，她的五官一点也不好看。她的鼻子缺乏个性，线条毫不分明。她的牙齿还可以，但不过平平常常。至于她的眼睛，有时被称作非常美丽，我却从未看出特别之处。她眼里的神色尖酸刻薄，我一点都不喜欢。她的气质总的来说自负又粗俗，令人无法忍受。"

宾利小姐既然相信达西爱慕伊丽莎白，这一定不是让自己受他喜爱的最好方式，但愤怒的人并非总能明智。看到他终于有些恼怒时，她期待能够大获全胜。然而，他执意保持沉默，因为决心让他开口说话，她继续说道：

"我记得，我们第一次在赫特福德郡认识她时，我们全都多么惊讶地发现她是个公认的美人。我特别记得你有一天晚上说过，就是他们在尼日斐尔德吃饭的那一天：'**她**是个美人！我也能称她母亲为智者了。'可是后来你对她的印象似乎变好了，我相信你有一次认为她很漂亮。"

"是的，"达西答道，他再也无法克制，"但**那**只是我第一次见到她时，因为我已经好几个月都将她视为我认识的人中最漂亮的一个女人。"

他说完就离开了，留下宾利小姐为迫使他说出只会伤害她本人的话，独自品尝着苦果。

回去的路上，加德纳太太和伊丽莎白谈论着拜访期间发生的一切，除了让两人都特别感兴趣的事。她们讨论了见到的每个人的神情举止，除了她们最关注的那个人。她们谈论了他的妹妹，他的朋友，他的房子，他的水果，除他本人之外什么都谈；然而伊丽莎白很想知道加德纳太太对他的看法，而加德纳太太非常希望她的外甥女能开始这个话题。

第四章

伊丽莎白刚到拉姆顿时，因为没收到简的来信感到特别失望；这种失望在来这儿的两天上午又分别感受了一次。然而第三天她的苦恼结束了，因为她一下收到了两封信，其中一封注明被误投至别处。伊丽莎白对此没感到惊讶，因为简把地址写得很不清楚。

他们正准备去散步时信被送到。她的舅舅舅母留下她安静地享受阅读，自己出发了。那封被误投的信当然要先读，是五天前写的。开头包括了对他们所有的小聚会和小约会的叙述，也就是乡下发生的那些事情；但后半部分的日期在一天后，显然写得心烦意乱，有些更重要的信息。大意如下：

> 在写完上述内容后，最亲爱的莉齐，发生了一件非常意外、极其严重的事情；可我担心会吓坏你。请放心我们都好。我必须说的话和可怜的莉迪亚有关。昨晚十二点来了一封加急信，就在我们都准备睡觉时，是福斯特上校写的，告诉我们她已经和他手下的某个军官去往苏格兰[①]；说实话，是和韦翰！想想我们有多惊讶。不过，对于基蒂，这似乎并

[①] 按照当时的英国法律，年轻人成为教区居民几个星期后，才能在当地结婚；但苏格兰没有这样的要求，可以迅速结婚。

不完全出乎意料。我非常非常难过。对于双方是多么轻率的婚事！但我宁愿抱有最好的期望，认为他的品格被人误解。我能轻易相信他自私轻率、缺乏审慎，但这一步（让我们为此喜悦）说明他绝无坏心肠。至少他的选择不为钱财，因为他一定知道父亲什么也给不了她。我们可怜的母亲伤心极了。父亲能更好地承受。我们从未让他们知道关于他的坏话，我对此多么感激，我们自己必须忘记。根据猜测，他们在星期六夜里十二点离开，但直到昨天早上八点别人才想起他们。于是立即发出了快信。我亲爱的莉齐，他们一定距离我们不到十英里。福斯特上校说了他可能会很快过来的原因。莉迪亚给他妻子写了封短信，把他们的打算告诉她。我必须结束，因为我不能长时间离开可怜的母亲。我担心你会看不明白，因为我都弄不清自己写了什么。

伊丽莎白没给自己思考的时间，几乎不知道自己的感受，在读完这封信后便立即拿起另一封，极不耐烦地打开了它，这是在第一封信完成的第二天写的。内容如下：

　　我最亲爱的妹妹，此时你已经收到我匆忙写下的来信；我希望这封信更好理解，但虽然时间并不紧迫，我的头脑却混乱不堪，所以无法保证条理清晰。最亲爱的莉齐，我简直不知道我要写什么，但我有坏消息要告诉你，而且刻不容缓。尽管韦翰先生和可怜的莉迪亚的婚事十分轻率，可我们现在急于知道这已经发生，因为我们很有理由担心他们没去苏格兰。福斯特上校昨天来了，他在前一天离开布赖顿，距离发出快信没几个小时。虽然莉迪亚写给福太太的信让他们以为两人要去格雷特纳·格林，然而丹尼说的一些话表明他相信韦翰从未打算去那儿，也根本无意娶莉迪亚，这话又说给了福上校听，他大吃一惊，从布赖顿出发，打算寻觅他们的踪迹。他的确轻易追踪到了克拉彭，但无法继续，因为到那儿后，他们转进一辆出租马车，打发了那辆把他们从埃普瑟姆①带来的马车。在此之后关于他们的全部消息，是有人看见他们继续前往伦敦。我不知该怎么想。福上校在伦敦的那片地方四处打听却一无所获，就继续前往赫特福德郡，急于在所有的关卡，以及巴尼特和哈特菲尔德的所有客栈里找到他们，但徒劳无益，谁也没见到有这样的人过去。他万分关切地来到朗博恩，告诉我们他的忧虑，说话的样子最能证明他为人正派。我为他和福太太感到真心难过，但谁也无法责备他们。我亲爱的莉齐，我们特别悲伤。父亲母亲相信情况糟糕至极，但我无法把他想得那么坏。许多情况或许使得他们在城里私自结婚比实施第一个计划更可行；即使**他**能对莉迪亚这种年轻女人心怀不轨，而这本身就不大可能，我能认为她会不顾一切吗？不可能！然而，我很伤心地发现福上校并不太指望他们结婚。他在我表达希望时摇摇头，说他担心韦翰不是能够信任的人。可怜的母亲真的病了，一直待在房间里。要是她能尽力而为，也会好些，但这绝不可能。至

---

① 克拉彭在伦敦南部，埃普瑟姆在萨里郡。

于父亲，我从未见他这样深受打击。可怜的基蒂为隐瞒他们的感情而生气，但因为这是件需要保密的事情，也并不奇怪。最亲爱的莉齐，我真高兴你能避开这些伤心的情景，不过现在，因为最初的震惊已经结束，我能承认我渴望你回来吗？然而，我没那么自私，若是不方便我不会催促你。再见。我再次提笔，做我刚才告诉你我不会做的事情，但情况糟糕，让我忍不住热切恳求你们全都尽快过来。我太了解亲爱的舅舅舅母，所以不担心做出这番请求，尽管我还有事情要拜托舅舅。父亲会立即和福斯特上校去伦敦，试着找到她。我当然不知道他打算怎么做，但他痛苦至极，无法以最稳妥或最安全的办法行事，而福斯特上校明晚就得回到布赖顿。在这紧急关头，舅舅的建议和帮助将至关重要。他会即刻理解我一定有怎样的感受，我也相信他的善良。

"哦！舅舅呢，舅舅在哪儿?"伊丽莎白叫着，刚读完信就从座位上一跃而起，没浪费一刻宝贵的时间就急着去找他。可当她来到门口时仆人打开门，达西先生出现了。她苍白的脸色和冒失的举止让他吃了一惊。他还没镇定下来开口说话，而她满心想着莉迪亚的境遇，匆忙叫道："很抱歉，但我必须离开你。我必须此时找到加德纳先生，因为事不宜迟，我一刻也不能耽搁。"

"天哪！发生了什么事?"他叫道，激动得忘了礼貌，随后他镇定下来："我绝不会耽搁你，但请让我，或让仆人去找加德纳先生和太太。你身体不太好，你不能自己去。"

伊丽莎白犹豫了，但她的膝盖颤抖不已，也意识到她几乎不可能找到他们。因此，她叫回仆人，虽然气喘吁吁，说出的话几乎无法听清，但还是吩咐他立即把男女主人找回家。

他刚离开屋子她就坐了下来，无法支撑自己，看上去痛苦不堪，因而达西不可能离开她，同时忍不住以温柔又同情的声音说道："让我叫来你的女仆。你就不能吃点什么缓解一下吗？一杯葡萄酒——我能给你拿一杯吗？你的脸色很差。"

"不，我谢谢你，"她答道，努力镇定下来，"我没事。我很好。我只是为刚刚从朗博恩得到的可怕消息感到难过。"

她刚提及此事就痛哭流涕，有几分钟一句话也说不出来。达西为这个悬念担忧不已，只能含糊说了些关切的话语，便同情地默默看着她。最后她又开口说道："我刚收到一封简的来信，带来了极其可怕的消息。这无法向任何人隐瞒。我的小妹妹已经离开她所有的朋友——已经私奔——已经委身于韦翰先生。他们一起从布赖顿离开了。**你**对他太过了解，不会怀疑后面的事情。她身无分文，无亲无靠，没有任何能诱使他——她将从此堕落。"

达西惊呆了。"我想到，"她又以更激动的声音说，"**我**本来可以阻止这件事！**我**了解他的为人！只要我能说出某些方面——某些我知道的方面，只告诉我自己的家人！要是他的性格为人所知，这本来不会发生。但这就是全部，如今一切都为时已晚。"

"我很难过，真的，"达西叫道，"难过，震惊。但这确定吗，完全确定？"

"哦，是的！他们一起在星期天晚上离开布赖顿，几乎被追踪到伦敦，但再无消息。他们一定没去苏格兰。"

"有没有做些什么，或试着做点什么，以便找到她？"

"我父亲正前往伦敦，简写了信请求舅舅即刻帮忙，我希望，我们半小时后可以出发。但什么也做不了，我很清楚完全无能为力。怎么可能说服这样一个人？甚至怎么可能找到他们？我不抱一丝希望。这可怕至极。"

达西摇头表示默认。

"当**我的**眼睛看清了他的真实人品，哦！我要是知道该怎么做，我能敢做些什么就好了！但我不知道，我害怕做得太多。多么，多么可怕的错误！"

达西没有回答。他似乎根本没听见她的话，正在屋里来回踱步并热切思考着，他眉头紧锁，神情严肃。伊丽莎白很快发现，并立即明白。她的能力正在失去；在家庭缺陷的这番证明，这样的奇耻大辱面前，一切**必然**会失去。她既不诧异也无法责备，但相信他在自我克制完全没让她感到安慰，也丝毫没有缓解她的痛苦。相反，这恰好能让她了解自己的心愿。她从未像现在这样，如此坦诚地感到她本来可以爱上他，在所有的爱意必成枉然之时。

但虽然会忍不住想到自己，她却不会沉迷于这个想法。想到莉迪亚，她给所有人带来的耻辱和痛苦，这很快吞噬了对她自己的各种考虑。伊丽莎白用手帕捂住脸，很快忘记了别的一切。停顿几分钟后，她只因她同伴的声音才意识到自己的处境，他说话的态度既饱含同情，又非常克制："我担心你早就希望我离开了，我也没任何理由请求待在这儿，除了我虽然无益却很真诚的关心。我要是能说些什么或做点什么，为这样的痛苦带来些安慰该多好！但我不想以徒劳的心愿折磨你，这也许像是在故意寻求你的感激。我担心，这件不幸的事情，会让我妹妹今天无法愉快地在彭伯利见到你了。"

"哦，是的。请你替我们向达西小姐道歉。说紧急情况让我们必须立即回家。尽量隐瞒这件不幸的事实——我知道不可能长久。"

他立刻让她放心他会保守秘密，再次为她的伤心表示难过，希望事情的结果比现在能想象的更好，并向她的家人表示问候，只给她一个严肃的离别眼神，便离开了。

在他离开屋子时，伊丽莎白感到他们之间再也不可能像在德比郡时那样诚挚友好地见面了。当她回顾他们的整个相识过程，如此充满矛盾与变化，想到她曾经会为这段关系的结束而喜悦，如今却希望能够延续，不禁为她反复无常的感情而叹息。

如果感激与尊重是爱情的良好基础，伊丽莎白感情的变化也许既不奇特也非错误。但假如不是这样，如果相比于通常被描述为一见钟情，甚至只交换三言两语就产生的感情而言，由此产生的爱慕之情既不合理也不自然，那么说什么都无法为她辩护，除了她已经因为对韦翰的喜爱，就后一种情况做了些尝试，也许失败的结果让她有权寻求另一种不那么有趣的恋爱方式。可无论如何，她还是难过地看着他离开；莉迪亚的丑事必然会带来的早期恶果，让她在思索这个不幸的事件时更加悲痛。自从读了简的第二封信后，她从未对韦翰打算娶莉迪亚有过一丝希望。她想，除了简，谁也不可能怀有那样的期待。事情的发展完全没让她感到惊讶。当她还在想着第一封信的内容时，她觉得满心惊讶，为韦翰竟然会娶一个完全无利可图的女孩感到惊讶至极——莉迪亚究竟怎么能吸引他，曾经显得不可理喻。然而现在一切都再自然不过。因为对于这样的关系，她也许有足够的魅力。虽然她不认为莉迪亚会在没有结婚的打算时故意私奔，但她毫无困难地相信她不懂贞洁也不明事理，容易上当受骗。

当民兵团在赫特福德郡时，她从未发觉莉迪亚对他有任何特别的偏爱，但她相信莉迪亚只需鼓励就能爱上任何人。有时是一个军官，有时另一个她的最爱，只要他们献上殷勤就能受她喜爱。她的感情起伏不定，但从来没有明确目标。对这样一个女孩的忽略和错误的纵容造成的恶果——哦！她如今的体会多么深刻！

她急不可耐地想要回家，去听、去看，在一个混乱不堪的家中，当场替简分担一定使她心力交瘁的所有忧愁。父亲离开了，母亲无能为力，随时需要照顾。虽然她几乎相信莉迪亚已经无可救药，但她舅舅的干涉似乎极为重要，在他进屋前她心急火燎。加德纳夫妇惊恐地赶回家，也许因为仆人说他们的外甥女忽然病了。但他们马上对那一点放下心来，伊丽莎白急切地说出叫他们回来的原因，大声读出了两封信，用颤抖的声音一再说起后一封信的附言。虽然莉迪亚从来不是加德纳夫妇的最爱，他们只能深感痛苦。这不只和莉迪亚有关，所有人都牵连其中。在最初惊恐的叫喊后，加德纳先生答应尽他所能提供帮助。伊丽莎白虽然毫不意外，却含着感激的泪水一再表达谢意。因为三人齐心协力，旅行的所有事情很快就安排好。他们会尽早出发。"可是彭伯利那边怎么办？"加德纳太太叫道，"约翰告诉我们你让他找我们时达西先生在这儿，是吗？"

"是的，我告诉他我们无法赴约。**那**都安排好了。"

"那都安排好了，"加德纳太太跑进房间准备时重复道，"难道他们的关系已经能让她对他吐露实情了吗？哦，那我知道是怎么回事了！"

然而心愿徒劳无益，或最多只能在随后仓促忙乱的一个小时里逗她发笑。假如伊丽莎白能有时间空闲下来，她本来会确信像她本人这样痛苦不堪的人，什么都不可能做到。但她得和她的舅母一起做事，除别的事情外需要给他们在拉姆顿的所有朋友写封短信，为他们的突然离开编些借口。不过，一个小时后，一切都完成了。在此期间加德纳先生支付了客栈的费用，准备就绪只待离开。伊丽莎白经历了上午的所有痛苦，发现自己在短得超乎她想象的时间内，坐进马车，朝着朗博恩出发了。

第五章

"我又重新思考了一遍，伊丽莎白，"从小镇出发时她的舅舅说，"说实话，在认真考虑后，我比之前更愿赞同你姐姐对这件事的判断。在我看来太不可能，竟然会有任何年轻人对一个绝非无亲无友的女孩心怀不轨，而且她实际上住在他上校的家中，因此我满心期待着最好的结果。他能指望她的朋友不会介入吗？在如此冒犯福斯特上校后，他还能期望军团的关照吗？对他的诱惑不值得他冒这样的风险。"

"你真这样想吗？"伊丽莎白叫道，一时愉快起来。

"说真的，"加德纳太太说，"我开始同意你舅舅的想法了。这件事的确大大违反了体面、名誉和利益，他不会犯这样的错。我无法把韦翰想得这么坏。莉齐，你本人会对他信心全无，认为他能做出这样的事吗？"

"也许他不会忽略自己的利益。但我能相信他会无视别的一切。如果，说实话，必须这么做！可我不敢抱有期望。他们为何不继续前往苏格兰，如果是那样的情况？"

"首先，"加德纳先生答道，"没有确凿的证据说明他们没去苏格兰。"

"哦！但他们从轻便马车换到出租马车就可以推测！而且，在前往巴尼特的路上没发现他们的踪迹。"

"好吧，那么，假如他们就在伦敦。他们也许在那儿，尽管是为躲藏，不会别有用心。双方都不大可能有许多钱；也许他们发现在伦敦结婚比在苏格兰更省钱，虽然没那么迅速。"

"可是为何这样偷偷摸摸？为何害怕被发现？他们的婚事为何必须悄悄进行？哦，不，不，这不大可能。你从简的信中看出，他最好的朋友也相信他从未打算娶她。韦翰永远不会娶一个没钱的女人。他承受不起。莉迪亚有什么条件呢？除了年轻、健康和好脾性，她还有什么吸引力，能让他为了她，放弃通过有利的婚姻获得财产的所有机会？至于因为和她如此不光彩的私奔而担心在部队蒙受耻辱，能够给他多少约束，我无从判断，因为我对这种行为可能带来的结果一无所知。但对于你的另一条反对理由，我担心几乎站不住脚。莉迪亚没有兄弟为她挺身而出，从我父亲的表现上，从他对家庭似乎一直都懒散怠惰、漠不关心的样子看来，他或许认为*他*也会像任何父亲对这种事情能够做到的那样，无所作为、毫不在意。"

"但你能认为莉迪亚会那么不顾一切，只因对他的爱，在没有任何婚约的情况下就答应和他住在一起吗？"

"的确似乎如此，这真是极其令人震惊，"伊丽莎白含泪说道，"一个妹妹在这个问题上的体面和贞洁竟会让人怀疑。可是，说真的，我不知能说什么。也许我对她不够公正。但她很年轻，她从未学会对严肃的问题进行思考；在过去半年，不，在过去的一年里，她一心享乐并爱慕虚荣。她被允许用最闲散放荡的方式打发时间，接受她遇到的任何观点。自从某郡的军官驻扎在梅里顿后，她满脑子只想着恋爱、调情和军官们。她一直尽她所能思考并谈论这个话题，让她更加——我该怎么说呢？更加容易动情，因为她天生就足够多情。我们都知道韦翰在相貌和谈吐上完全可以迷住一个女人。"

"可是你看，"她舅母说道，"简没把韦翰想得那么坏，并不相信他能做出这种事。"

"简把谁当过坏人呢？无论是谁，不管他们曾经做过什么，在没得到证明前，她想过别人会做坏事吗？但简和我一样，知道韦翰的真实人品。我们两人都知道他极其挥霍放荡，他既不正直也不体面，正如他逐渐表现出的那样，虚伪狡诈。"

"这些你真的全都知道吗？"加德纳太太叫道，对她怎样得到这些消息感到满心好奇。

"我的确知道，"伊丽莎白红着脸答道，"那天，我告诉了你他对达西先生的可耻行为。而你本人，在朗博恩的最后一天，听见了他以怎样的方式说起曾经对他非常忍耐、极其慷慨的那个人。还有别的情况我不能随意，也不值得提及，但他对整个彭伯利家庭说了无尽的谎言。从他对达西小姐的评价中我完全指望着见到一个骄傲、矜持、令人讨厌的女孩。但他本人知道恰恰相反。他一定知道她和我们看见的那样和蔼可亲、毫不做作。"

"可是莉迪亚对此一无所知吗？她能对你和简十分了解的事毫不知情？"

"哦，是的！那是最糟糕的地方。在我去了肯特，经常见到达西先生和他的亲戚菲茨威廉上校前，我本人也完全不知道真相。当我回到家中，某郡的兵团一两个星期后就要离开梅里顿。既然如此，无论从我这儿得知整件事的简，还是我自己，都觉得没有必要把这些公布于众，因为在那时颠覆所有人对他的好感，能对谁有明确好处呢？即使决定了让莉迪亚和福斯特太太一同离开，我也从未想过需要让她了解他的人品。我从未想过**她**有任何被欺骗的危险。你能轻易相信，我从未想过能出现**这个**后果。"

"因此，当他们全部前往布赖顿时，我想，你没理由认为他们彼此喜欢？"

"完全没有。我记不起双方有任何爱慕的表现，假如能够觉察任何蛛丝马迹，你一定知道我们的家庭绝不可能对此熟视无睹。当他最初来到军队时，她随时打算爱上他，可我们都是那样。在最初的两个月里梅里顿和附近的每一个女孩都为他神魂颠倒，但他从未向**她**大献殷勤。因此，经过对他不长的一段狂热爱恋后，她对他的感情消失殆尽，那些对她更加看重的士兵，再次成为她的最爱。"

不难相信，她们对这个有趣话题的反复讨论，无论多么难以给她们的担忧、希望和猜测增添多少新意，但在整段旅行中，其他任何事都不能让她们长久离开这个问题。伊丽莎白不断思索。她悲痛万分、自责不已，没有片刻的安宁或忘却。

他们尽快赶路，途中休息了一晚，在第二天晚餐时到达了朗博恩。想到简不会因为长久的等待而精疲力尽，让伊丽莎白感到安慰。

小加德纳们被马车吸引，当他们进入围场时都站在家中的楼梯上。等马车来到门前，他们又惊又喜、神采奕奕，以手舞足蹈和各种欢呼雀跃，作为对他们热情洋溢的最初欢迎。

伊丽莎白跳下马车，在匆匆亲吻了每个孩子后，急忙来到前厅，立刻遇见了刚从母亲卧室里跑出来的简。

伊丽莎白深情地拥抱着她，尽管两人都眼泪汪汪，却迫不及待地询问简有没有听到出逃者的任何消息。

"没有，"简答道，"可是现在亲爱的舅舅来了，我希望一切都会变好。"

"父亲去城里了吗？"

"是的，他星期二走的，正如我在信中所说。"

"你们经常收到他的信吗？"

"我们只收到一封信。他星期三给我写了封短信，说他平安到达，告诉我他在哪儿，这是我特别请求他做的。他只是加上，如果没有值得一提的重要事情，他不会再次写信。"

"那么母亲——她怎么样？你们全都怎样？"

"母亲还算可以，我相信，虽然她的情绪深受打击。她在楼上，看到你们所有人会非常高兴。她还没离开过她的更衣室。感谢上帝，玛丽和基蒂都很好。"

"可是你呢——你怎么样？"伊丽莎白叫道，"你面色苍白。你一定经历了多少痛苦！"

然而，她的姐姐让她放心她一切都好。当加德纳夫妇忙着和孩子们亲热时她们说着话，此时因为所有人都来了而停止。简跑到舅舅舅母身边，欢迎并感谢两人，时而欢笑时而流泪。

当他们都来到客厅时，伊丽莎白已经提过的问题当然会被别人重复一遍，他们很快发现简给不出什么消息。然而，简心地善良，看得出她依然乐观期待着好的结果，她依然希望有好的结局，期待每天上午能收到信件，来自莉迪亚或父亲，说明事情的进展，也许，宣布他们已经结婚。

一起聊了几分钟后，她们全都来到班尼特太太的房间，得到的接待正如他们所料。她悔恨得泪水涟涟，哀声叹气，咒骂韦翰的无耻行为，抱怨她本人承受的痛苦和受到的欺侮，责备了每个人，除了主要因为他错误的纵容，才让女儿铸成大错的那个人。

"假如，"她说，"我能坚持己见，让全家人一起去布赖顿，**这**就不会发生，可是没人来照顾可怜的小莉迪亚。福斯特夫妇为何让她离开他们的视线呢？我肯定他们有某些重大疏忽，因为如果能得到妥善照料，她不是能做出这番错事的那种女孩。我一直认为他们很不适合照料她，但没人肯听，我也总是这样。可怜又亲爱的孩子！如今班尼特先生走了，我知道他要和韦翰决斗，无论在哪儿遇见他，然后他会被杀死，我们所有人该怎么办呢？他在坟墓里尸骨未寒时柯林斯夫妇就会赶走我们，要是你不收留我们，弟弟，我不知道我们还能怎么办。"

他们全都因为这么可怕的念头惊叫起来。加德纳先生在大致保证了对她和她所有家人的感情后，告诉她他打算第二天就去伦敦，会想方设法帮助班尼特先生找到莉迪亚。

"别陷入无益的惊恐，"他又说道，"虽然应该做最坏的打算，但毫无必要将此视为必然。他们离开布赖顿还不到一个星期。再过几天我们也许会得到他们的一些消息；在得知他们尚未结婚，也毫无结婚的打算之前，我们别认为情况无可救药。我一进城就会去找姐夫，让他和我一起回到格雷斯丘奇的家中，然后我们也许能一起商讨该做些什么。"

"哦！我亲爱的弟弟，"班尼特太太答道，"那正是我最期待的事。等你到了城里，一定要找到他们，无论他们会在哪儿；如果他们还没结婚，**让**他们结婚。至于结婚礼服，别让他们等待，告诉莉迪亚，她能随心所欲地花钱购买，在他们结婚之后。最重要的是，叫班尼特先生不要决斗。告诉他我的情况有多糟糕，我已经被吓得六神无主、浑身颤抖、心慌意乱，我身体抽搐、头痛欲裂、心跳加速，整日整夜都无法休息。告诉我亲爱的莉迪亚在见到我之前别订购衣服，因为她不知道最好的服装店有哪些。哦，弟弟，你太好了！我知道你能办成一切。"

然而加德纳先生，尽管再次向她保证他会对此尽力而为，却忍不住让她别过于期待，也别太过担忧。他就这样一直和她说到晚餐端上了桌子，于是所有人都留下她向管家发泄所有的情绪，管家在女儿们都离开时照料她。

虽然她的弟弟弟媳相信她并非真有必要和家人分开，却没有试着加以反对，因为他们知道她缺乏审慎，当仆人在一旁伺候时，无法在他们面前保持沉默，所以觉得最好让其中**一位**，他们相信最能理解她对这件事全部担忧和牵挂的那一位照顾她。

在餐厅他们很快迎来了玛丽和基蒂，两人都独自忙碌，没能早点出现。一个离开了书本，另一个停止了打扮。然而，两人的脸色都很平静，看不出任何变化。只是基蒂失去了她最好的朋友，又为自己和此事的关联感到恼火，让她的语气比平时更加烦躁。至于玛丽，他们坐在餐桌旁不久后，她便十分镇定地和伊丽莎白轻声说话，表情郑重其事：

"这是一件极其不幸的事情，也许会被众人谈论。但我们必须抵制恶意的话语，向彼此受伤的心灵注入姐妹的柔情慰藉。"

接着，她看出伊丽莎白无意回答，又说道："这件事对于莉迪亚一定绝非乐事，我们也许能从中得到有益的教训，女人的贞洁一旦失去就不可挽回，她一步走错就陷入无尽的毁灭，她的名誉虽然美好也同样脆弱，在轻浮的男人面前，她的行为怎么谨慎都不为过。"

伊丽莎白诧异地抬起眼，但她情绪太过低落，无法给出任何答复。然而，玛丽却继续为眼前的坏事，以这种道德说教聊以自慰。

下午时，两位年长些的班尼特小姐有了半个小时的单独相处时间。伊丽莎白立即借此机会问了许多问题，而简同样急着给予答复。她们共同为这一系列可怕的事情伤心叹息，伊丽莎白认为大局已定，而班尼特小姐认为并非完全无望。前者继续这个话题，说道："可是把我还没听说的一切全都告诉我。给我进一步的细节。福斯特上校说了什么？在私奔之前他们完全没有过任何担忧吗？他们一定看到两人总在一起。"

"福斯特上校的确承认他常常怀疑有些偏爱，尤其在莉迪亚这边，但没有任何令他惊恐的事情。我为他感到非常难过！他已是关怀备至，尽心尽意。他**的确**正在赶来，为了告诉我们他的担忧，在他完全不知道他们没去苏格兰之前。当他听说那个担忧后，又加快了他的行程。"

"是丹尼相信韦翰不愿结婚吗？他知不知道他们打算离开？福斯特上校是否见到了丹尼本人？"

"是的。可在被**他**盘问时，丹尼否认知道他们的任何安排，也不愿说出他对此的真实想法。他没有重复他相信他们还没结婚的话——从**那点**上，我有些希望，他也许之前被人误解了。"

"在福斯特上校本人过来前，我想，你们谁都没怀疑他们真的结婚了吧？"

"那样的念头怎可能进入我们的脑子？我感到有点不安，有点担心妹妹和他结婚能否幸福，因为我知道他的行为并非一直正确。父亲母亲对那些一无所知，他们只觉得这门亲事一定有多轻率。然后，怀着比别人知道更多而自然产生的得意感，基蒂承认莉迪亚在上封信中就向她透露了这一步。似乎，她已经知道，他们彼此相爱了好几个星期。"

"但不是在他们去布赖顿之前。"

"不，我相信不是。"

"福斯特上校本人是否显得对韦翰看法不好？他知道他的真实人品吗？"

"我必须承认他不像以前那样对韦翰有那么好的评价。他相信他轻率又奢侈。自从这件伤心事发生后，据说他离开梅里顿时债台高筑。我希望这也许是个错误。"

"哦，简，如果我们不那么保密，要是我们说出了对他的了解，这也许不会发生！"

"也许情况会好些，"姐姐答道，"但在不知道一个人如今的感情时，揭露他曾经的错误，似乎很不公正。我们是以最好的意图行事。"

"福斯特上校能否复述莉迪亚给他妻子短信的详细内容？"

"他把信带来给我们看了。"

简接着从口袋里拿出信，交给伊丽莎白。内容如下：

我亲爱的哈丽特：

你要是知道我已经离开会放声大笑，我也忍不住为你明天早上刚发现我已失踪时的惊讶而笑出声来。我要去格雷特纳·格林了，你要是猜不出和谁一起，我会认为你是个傻瓜，因为在这个世界上我只爱一个男人，他是个天使。如果没有他我就永远不会幸福，因此想着我的离开绝无坏处。你不必告诉朗博恩的人我已离去，如果你不想这么做，因为这只会令他们更加惊讶，当我给他们写信，并签上我的名字"莉迪亚·韦翰"时。这将是多好的玩笑！我笑得几乎没法写字了。请代我向普拉特①道歉，说我不能遵守约定，今晚和他跳舞了。告诉他我希望他在得知一切后原谅我，也告诉他我会在相遇后的下一场舞会和他跳舞，并且深感荣幸。等我到朗博恩后我会带走我的衣服，但我希望你能告诉莎莉在打包前把我细纱布长裙上的一个大裂口缝好。再见。向福斯特上校问好。我希望你们为我们旅行快乐而干杯。

你挚爱的朋友

莉迪亚·班尼特

"哦！多么轻率，轻率的莉迪亚！"伊丽莎白读完后叫道，"这是怎样的一封信，写在那样的时刻！但至少这表明**她**对他们

---

① 原文为"Pratt"，是简·奥斯汀在多部作品中使用的名字，有讽刺意味，比如《理智与情感》中露西的舅舅也叫普拉特。

旅行的目标十分严肃。无论他后来也许怎样劝说她，并非是她这方的无耻**计划**。可怜的父亲！他该有怎样的感受！"

"我从未见过任何人如此震惊。有足足十分钟他一句话也说不出来。母亲立刻病倒，整个家中乱成一团！"

"哦！简，"伊丽莎白叫道，"在这天结束前，家中有哪个仆人能不对整件事一清二楚吗？"

"我不知道，我希望有。但在那样的时刻做到谨慎，非常困难。母亲歇斯底里，虽然我竭尽全力帮助她，我担心我还是做得不够！但我对可能发生的事情惊恐万分，几乎让我六神无主。"

"你对她的照料，实在太过辛苦。你脸色不好。哦！要是我和你一起该多好！你独自照料家人，担惊受怕。"

"玛丽和基蒂都很好，本来愿意分担所有的辛劳，我相信，但我认为这对她们两人都不好。基蒂单薄虚弱，玛丽总在学习，不该占用她的休息时间。菲利普斯姨妈星期二来到朗博恩，在父亲离开后，她好心陪我住到了星期四。她对我们所有人都很有帮助，给我们许多安慰。卢卡斯夫人也很善良，她星期三上午走来对我们表示同情，提出由她，或她的任何一个女儿帮助我们，假如她们能够对我们有所帮助。"

"她最好待在家里，"伊丽莎白叫道，"也许她**意图**很好，但在这种不幸的情况下，和邻居见面越少越好。帮忙毫无可能，安慰难以忍受。让他们远远地对我们表示得意，感到心满意足吧。"

她接着询问父亲到了城里后，打算以何种方式追踪他们，以找到他的女儿。

"我相信，"简答道，"他打算去埃普瑟姆，是他们最后换马的地方，去见车夫，看能否做些什么找到他们。他的主要目标，一定是找出带他们去克拉彭的出租马车的编号。马车来自伦敦的一个集市，因为他想到一位先生和小姐从一辆马车换到另一辆的情形也许会引人注意，他打算在克拉彭问一问。如果他能发现车夫在哪座房子前放下了客人，他打算去那儿问询，希望找出马车的位置和编号并非没有可能。我不知道他别的任何打算。但他走得匆匆忙忙，极其心烦意乱，即使这些信息我也是费尽心思才得到。"

第六章

所有人第二天上午都在期盼着班尼特先生的来信，然而邮车却没带来他的只言片语。他的家人知道，在通常情况下，他对写信极其疏忽怠惰，但在这样的时候本以为他能勤勉一些。他们只能认定他没有好消息可说，但即使**那一点**他们也会乐意明确。加德纳先生本想等到信件再出发。

在他走后，她们至少能确定可以常常收到信件，了解事情的进展。她们的舅舅在分手时答应，要尽快劝说班尼特先生回到伦敦，让他的姐姐倍感安慰，她认为这是不让她丈夫在决斗中丧生的唯一保障。

加德纳太太和孩子们要在赫特福德郡多住几天，因为她觉得待在这儿也许能给外甥女们一些帮助。她和她们一同照料班尼特太太，是她们在空闲时间的很大安慰。她们的姨妈也常来看望她们，如她所说，总是为了让她们开心振作。然而，因为她每次过来都要报告关于韦翰奢侈放荡的新消息，所以几乎每次离开后都让她们比之前更加心灰意冷。

整个梅里顿似乎都在努力抹黑这个男人，而就在三个月前，他几乎是他们的光明天使。据说他对那儿的每个商人都欠下了债务，而他的调情，全都被冠上勾引的罪名，几乎殃及了每个商人的家庭。人人宣称他是世界上最邪恶的年轻人；每个人也开始发现他们一直都不相信他伪善的外表。伊丽莎白相信的话虽然不到其中一半，但她相信的内容足以让她更加确定妹妹已经堕落的想法。即使简，虽然她相信的更少，也变得几乎失去希望，如今更是如此，因为他们如果去了苏格兰，她从未对这一点感到彻底绝望，那么她们一定已经得到了两人的一些消息。

加德纳先生星期天离开了朗博恩，星期二他的妻子收到他的一封来信。信中说，他刚到达就立即找到他的姐夫，劝说他来到格雷斯丘奇街；说班尼特先生在他到达前，已经去了埃普瑟姆和克拉彭，但没得到任何令人满意的消息；说他现在决定去城里所有的主要旅店打听一番，因为班尼特先生认为他们有可能去过某一家，在他们刚来伦敦，还没找到住所时。加德纳先生本人并不指望这种方式可能成功，但因为他的姐夫急于这样做，他打算帮他做这件事情。他还说班尼特先生此时似乎完全不想离开伦敦，并答应很快会再写信。末尾还有这样一段附言：

> 我已经给福斯特上校写信，请求他尽其所能，弄清这个年轻人在军队里关系密切的人，韦翰是否可能有任何亲友，可以在城里的某个地方为他提供藏身之所。假如有可能从任何人那儿得到这样的线索，将会至关重要。此时我们了无头绪。我敢说，福斯特上校会在那件事上尽力而为。不过，转念一想，也许，莉齐比别的任何人，更有可能告诉我们他如今还有哪些亲友。

伊丽莎白完全明白对她的这番推崇源自何处，但她给不出此番恭维理应带来的任何令人满意的消息。她从未听说过他有任何亲戚，除了父母双亲，而两人都已去世多年。然而，他可能在某郡有些朋友，能够提供更多消息，虽然她对此的期待并不乐观，倒也不妨考虑这样的做法。

如今在朗博恩的每一天都过得令人心焦，但最让人焦虑的是等待邮车时。她们每天上午都迫不及待地等着信件的到来，对信中得到的无论任何好坏消息都会相互交流，在随后的每一天都期盼着收到某些重要来信。

不过她们再次收到加德纳先生的信件之前，来了一封写给她们父亲的信，来自别的地方，是柯林斯先生写的。简因为之前得到父亲的指示，让她打开他离家期间写给他的所有信件，于是开始读信。伊丽莎白知道他的信件总会多么令人惊奇，便俯靠着她，也读了起来。内容如下：

我亲爱的先生：

我们昨日从赫特福德郡的一封来信中得知情况，因为我们的关系，以及我的生活境遇，我感觉自己有必要为你们正在承受的痛苦折磨，向你们表示慰问。请相信，我亲爱的先生，我本人和柯林斯太太对您和您所有可敬的家人在此番困境中必然感到的极度痛苦深表同情，因为此事的缘由将是永久的耻辱。我将竭尽全力，以言语缓解如此重大的不幸，也希望给您带来安慰，作为父亲您在此情形下必然最受折磨。相比而言，您女儿的死去或许堪称幸事。正如我亲爱的夏洛特对我所言，有理由认为您女儿的此次放荡行为源于错误的过度纵容，这更加令人痛惜。不过，与此同时，为宽慰您本人和班尼特太太，我宁愿相信她本人生性恶劣，否则她不会铸成如此大错，在这么小的年纪。无论原因究竟如何，您实在令人同情；这一点上不仅柯林斯太太表示同意，从我这儿听说此事的凯瑟琳夫人和她女儿也很赞同。她们和我一样，担忧一个女儿的失足会伤害其他所有女儿的终身幸福，因为，正如凯瑟琳夫人屈尊所言，谁会和这样的家庭结亲？此番考虑让我进一步思索，对去年十一月发生的某件事情更觉满意，因为假如情形相反，我必然已被卷入你们所有的伤心与耻辱。那么让我建议您，亲爱的先生，尽量宽慰自己，永远抛开对您不肖之女的喜爱之情，由她为自己的罪恶行径自食苦果。

亲爱的先生

我是……

加德纳先生在得到福斯特上校的回复前没再写信，那时他也没什么好消息可说。没人知道韦翰和任何亲友保持联系，他也肯定没有活着的近亲。他曾有不少熟人，但自从他加入民兵团，似乎他没和任何人保持特别的朋友关系。因此，找不到任何有可能提供他消息的人。他本人的经济状况非常糟糕，除了害怕被莉迪亚的亲友发现，还有一个重要的保密动机，因为刚刚弄清他身后欠下了很大一笔赌债。福斯特上校相信需要一千多英镑才能还清他在布赖顿的债务。他在小镇债务累累，但他欠下的赌债更加惊人。加德纳先生没有试着向朗博恩的一家人隐瞒这些细节。简听得惊恐万分。"一个赌徒①!"她叫道,"这完全出人意料。我根本想不到。"

加德纳先生在他的信中还写道,她们的父亲第二天也许能够到家,就在星期六。他因为所有的努力都毫无结果而情绪低落,便听从了妹夫让他回家的劝告,由他来以无论怎样的可行方式继续追踪。班尼特太太听说此事后,没表现多少她孩子们期待的满意之情,鉴于她之前有多担忧他的性命。

"什么,他要回来,也没带上可怜的莉迪亚?"她叫道,"他在找到他们之前当然不能离开伦敦。要是他走了,谁来和韦翰决斗,让他娶她?"

因为加德纳太太开始想回家了,于是决定她和孩子应该回到伦敦,就在班尼特先生从那儿出发的时候。因此,马车送她们走了第一段旅程,再把它的主人带回朗博恩。

加德纳太太离开时,对伊丽莎白和在德比郡关照她的那个朋友感到困惑不解。她的外甥女从未主动提过他的名字。加德纳太太曾有的稍许期待,以为随后会收到他的一封来信②,也毫无结果。伊丽莎白自从回来后没收到来自彭伯利的一封信件。

家中此时的不幸状态,使得无需以其他任何理由来解释她的低落情绪,因此,不会从**那一点**进行合理猜测,尽管伊丽莎白此时已经十分清楚她本人的感情,也很清楚,如果她对达西一无所知,或许能更好地承受对莉迪亚丑行的恐惧。她想,也许能把她失眠的夜晚减少一半。

---

① 当时的言情哥特小说中经常出现的角色。
② 当时订了婚的恋人才能相互通信,加德纳太太以为伊丽莎白和达西已经订下婚约。

当班尼特先生到达后，他完全是平时那副达观冷静的模样。他说的话和他平时习惯说出的一样少，也绝口不提让他离开的那件事，而他的女儿们过了一段时间才有勇气说起这件事。

直到下午，他和她们一起喝茶时，伊丽莎白才敢提起这个话题。随后，当她简短地表达了对他一定承受的痛苦感到的难过时，他答道：“别再说那件事。除了我本人还有谁应该痛苦？这是由我一手造成，我应该感到难过。”

“你绝不要过分苛责自己。”伊丽莎白答道。

“你可以提醒我别那样做。人性很容易深陷于此！不，莉齐，让我此生再一次感受我犯了多大的错误。我不害怕为此郁郁寡欢。这很快就会过去。”

“你认为他们在伦敦吗?”

“是的。还有什么别的地方能让他们隐藏得这么好?”

“而且莉迪亚曾想去伦敦。”基蒂说。

“那她就高兴了，”她的父亲冷冷地说，“她也许会在那儿住上一段时间。”

短暂沉默后他又说道：

“莉齐，五月时你对我的劝告很有道理，我完全不为此对你生气。考虑到这件事，说明你有些远见卓识。”

他们被班尼特小姐打断了，她来为母亲端茶。

“这真气派，”他叫道，“真是件好事。给不幸的事情增添了那样一份优雅！哪天我也要这么做。我会坐在图书室里，戴上睡帽穿上睡袍，尽我所能制造麻烦。或者，也许，我会推迟到基蒂逃走之后。”

"我没打算逃走，"基蒂气恼地说道，"要是**我**去了布赖顿，我会比莉迪亚表现得更好。"

"**你**去布赖顿。给我五十英镑我也不愿让你去伊斯特本这么近的地方！不，基蒂，我终于学会了谨慎，你会感受到它的效果。任何军官都绝不可能再次踏进我的家中，甚至穿过村子。舞会将被彻底禁止，除非你和哪个姐姐在一起。除非你能证明你每天能以合理的方式度过十分钟，否则你永远别想迈出家门。"

基蒂把这所有的威胁全都当真，哭了起来。

"好了，好了，"他说，"别让自己不开心。要是随后的十年你都做个好女孩，结束后我会带你去看阅兵式。"

第七章

班尼特先生回来两天后，当简和伊丽莎白一起在屋后的灌木林里散步时，看见管家朝她们走来。她们想到她是来叫她们去母亲那儿，便上前迎接。然而，她们走近后发现并非如此，她对班尼特小姐说："对不起，小姐，我打扰你们了。但我以为你们也许从城里得到了好消息，便冒昧前来询问。"

"你是什么意思，希尔？我们没从城里得到任何消息。"

"亲爱的小姐，"希尔太太叫道，她大吃一惊，"你不知道加德纳先生派人给主人送来一封快信吗？他已经来了半个小时，主人收到了一封信。"

女孩们赶紧跑开，急得没时间说话。她们穿过前厅跑进早餐室，从那儿去往图书室——她们的父亲两处都不在。她们正准备上楼去母亲那儿找他，这时遇见了男管家，他说：

"如果你们在寻找主人，小姐，他正朝小灌木林走去。"

听到此言，她们立即再次穿过大厅，跑过草坪去追赶她们的父亲，而他正有意朝着围场一边的矮树林走去。

简没有伊丽莎白轻盈，也不像她那样习惯奔跑，很快落在后面，而她的妹妹跑得气喘吁吁，来到他身边，急切地大声叫道：

"哦，爸爸，什么消息？什么消息？你收到舅舅的信了？"

"是的，我已经收到他的一封快信。"

"那么，带来了什么消息？是好是坏？"

"还能期待什么好消息？"他说着从口袋里掏出信件，"但也许你愿意读一读。"

伊丽莎白迫不及待地从他手中接住。简现在赶来了。

"大声读出来，"她们的父亲说，"因为我自己也几乎不知道是什么内容。"

> 格雷斯丘奇街，星期一，8月2日
>
> 我亲爱的姐夫：
>
> 　　我终于能给你一些我外甥女的消息，这个情况，总的来说，我希望能让你满意。你星期六离开我不久后，我就幸运地找到他们在伦敦的住处。详细情况我会留到见面时再说。得知他们被发现就已足够。我已经见到他们两人——

"那么正是这样，如我一直所愿，"简叫道，"他们结婚了！"
伊丽莎白继续读下去：

> 　　我已经见到两人。他们没有结婚，我也看不出他们有任何这样做的打算；但如果你愿意执行我冒昧替你做出的约定，我相信他们不久就会这样做。对你的全部要求是，向你女儿保证，根据契约，在你本人和我姐姐去世后，她能平等享有为你的孩子们留下的五千英镑；而且，和她约定，你在世时，每年给她一百英镑年金。考虑到所有情况，这是我毫不犹豫地答应下来的条件，我觉得自己有权替你这样做。我

会以快信送来消息，以便尽快得到你的回复。从这些细节上，你能轻松看出，韦翰先生的情况并非人们普遍认为的那样无可救药。世人在那个方面受了欺骗。我很高兴地说，即使他偿还了所有债务，还能有些钱给我的外甥女，除她本人的财产之外。如果，我也相信会这样，你让我以你的名义，全权接管此事，我会立即让哈格斯顿准备一份正式协议。你完全没必要再来城里，就静静地待在朗博恩，相信我会勤勉谨慎行事。尽快寄回你的答复，务必书写清楚。我们认为最好让我的外甥女从这座房子去结婚，我希望你能赞成此事。她今天来我们这儿。一旦有了更多决定，我会尽快写信。

你的

爱德华·加德纳

"这可能吗！"伊丽莎白读完后叫道，"他可能愿意娶她吗？"

"那么，韦翰不是我们想象的那么坏，"她姐姐说，"我亲爱的父亲，我祝贺你。"

"你回信了吗？"伊丽莎白叫道。

"没有，但这必须很快就写。"

她极其恳切地请求他不再耽搁，写信回复。

"哦！我亲爱的父亲，"她叫道，"赶紧回去立即写信。想想在这种情况下每一刻有多么重要。"

"让我替你写吧，"简说，"如果你自己不喜欢这个麻烦。"

"我非常不喜欢，"他答道，"但这必须要做。"

说着，他和她们一同转身，朝房子走去。

"我能否问问?"伊丽莎白说,"可是这些条约,我想,必须遵守。"

"遵守!我只为他要这么少的钱感到羞愧。"

"他们**必须**结婚!然而他是**那样**的人!"

"是的,是的,他们必须结婚。没有别的办法。不过有两件事我很想知道——第一,你的舅舅花多少钱做成了此事;另外,我该怎么偿还他。"

"钱!我的舅舅!"简叫道,"你是什么意思,先生?"

"我的意思是,但凡有理智的男人,都不愿为我活着时的每年一百英镑,以及死后五十英镑那么小的诱惑娶莉迪亚。"

"那很正确,"伊丽莎白说,"虽然我之前没想到。他的债务被偿还,还能有些盈余!哦!这一定是舅舅做的!慷慨善良的人,我担心他让自己陷入了苦恼。一点点钱解决不了所有的事情。"

"对,"她父亲说道,"韦翰要是得不到一万英镑就娶她,那他就是个傻瓜。我很遗憾把他想得那么坏,在我们交往的最初时刻。"

"一万英镑!天哪!就算一半的钱该怎么还?"

班尼特先生没有回答,每个人都陷入沉思,他们一直默默地走进屋子。她们的父亲随后去图书室写信,女孩们走进了早餐室。

"他们真要结婚了!"她们刚单独待在一起,伊丽莎白就叫道,"这多么奇怪!我们还要为**此**而感激。他们竟然会结婚,尽管幸福的希望渺茫,而且虽然他人品糟糕,我们只得感到喜悦。

哦，莉迪亚！"

"我以这一点自我安慰，"简答道，"想到他要是并非真正喜爱莉迪亚就不会愿意和她结婚。虽然我们好心的舅舅为给他偿还债务做了些事情，我无法相信花了一万英镑，或类似的数额。他有自己的孩子，也许还会有更多。就算一万英镑的半数，他怎么拿得出来？"

"我们要是能弄清韦翰的债务金额，"伊丽莎白说，"他那方能给我们的妹妹多少钱，我们就能准确得知加德纳先生为他们做了多少，因为韦翰本人身无分文。对舅舅舅母的恩情永远无以回报。他们带她回家，亲自保护她、劝慰她，为她做了那么多事，对他们此生都感激不尽。现在她已经和他们在一起！如果这样的善意都不能让她现在感到痛苦，她永远都不配得到幸福！当她最初见到舅母时，该是怎样的相见！"

"我们必须努力忘记双方做过的事情，"简说，"我希望并相信他们依然会幸福。他答应娶她就是个证明，我愿相信，他已经开始有正确的思考方式。他们的相互喜爱会使他们变得稳重。我自认为他们会静静地安顿下来，以非常理智的方式生活，也许不久会让人忘记他们曾经的轻率。"

"他们的行为已是那样，"伊丽莎白答道，"无论你，或是我，或任何人都不可能忘记。谈论这一点毫无用处。"

女孩们现在想到她们的母亲很有可能完全不知道发生的事情。因此，她们去了图书室，问她们父亲是否愿意告诉她。他正在写信，头也不抬地说道：

"随你们便。"

"我们能把舅舅的信拿去读给她听吗?"

"要什么就拿走，出去。"

伊丽莎白从他的写字桌上拿走了信，她们一起上了楼。玛丽和基蒂都和班尼特太太在一起，因而，只说一次就能让她们全都知道。在为好消息稍作准备后，信被大声读出。班尼特太太喜不自胜。简刚读到加德纳先生希望莉迪亚很快结婚，她的喜悦之情就喷涌而出，随后的每一句话都让她更加狂喜。她此时因为强烈的喜悦之情而兴奋不安，不久前却因为惊恐和恼怒而心烦意乱。得知她的女儿将要结婚就足够了。她绝不为担心她的幸福而忧虑，也不因想起她的不当行为而羞愧。

"我亲爱的，亲爱的莉迪亚!"她叫道，"这真让人高兴!她要结婚了!我能再次见到她!她十六岁就要结婚!天哪，好心的弟弟!我就知道会是怎样!我知道他会安排一切!我多想见到她!也看看亲爱的韦翰!可是衣服，结婚礼服!我会为此立即给加德纳弟媳写信。莉齐，我亲爱的，跑到你父亲那儿，问他愿意给她多少钱。别走，别走，我自己去。我亲爱的，亲爱的莉迪亚!我们全都见面时该有多开心!"

她的大女儿试着让她别那么狂喜，让她想想加德纳先生的行为让他们所有人得到了多少恩惠。

"因为我们必须把这个愉快的结局，"她又说道，"在很大程度上归功于他的善意。我们相信他主动资助了韦翰先生一大笔钱。"

"好了，"她的母亲叫道，"这都很对。除了她自己的舅舅还有谁该这么做?他要是没有自己的家庭，我和我的孩子一定能得到他所有的钱，你知道。这是我们第一次得到他的任何东西，除一些礼物之外。好了！我太开心了！很快我就会有一个结了婚的女儿。韦翰太太！多好听啊！她六月才刚满十六岁。我亲爱的简，我太激动了，我肯定无法写信，所以由我来说，你帮我写。我们随后再和你父亲决定钱的事情，但这些东西得立即订购。"

她接着便开始详细讲述印花布、细纱布和薄麻纱，本来会很快说出许多要订购的物品，要不是简不厌其烦地说服她等到她父亲有时间再商量。她说，一天的耽搁无关紧要，而她母亲高兴得不像平时那么固执。她的脑中还想到了别的计划。

"我要去梅里顿，"她说，"穿好衣服就去，把这个大好消息告诉我的菲利普斯妹妹。等我回来后，我要去拜访卢卡斯夫人和朗太太。基蒂，跑下楼去叫马车。我相信透透气会对我很有好处。女儿们，我能在梅里顿为你们做些什么吗？哦！希尔来了！我亲爱的希尔，你听到好消息了吗？莉迪亚小姐就要结婚了。你们所有人都能在她的婚礼上喝一碗潘趣酒助兴。"

希尔太太马上开始表达她的喜悦之情。伊丽莎白和其他人接受了她的祝贺，随后，因为对这样的傻事感到厌恶，她躲进自己的房间，以便能够自由地思考。

可怜的莉迪亚的处境，在最好的情况下，也足够糟糕，但没有变得更糟，她必须为此感激。她觉得是这样。虽然，展望未来，她无法为妹妹合理期待理智的幸福或尘世的富足，但回想起仅仅两个小时前的担忧，她感觉得到的结局已是非常有利。

第八章

班尼特先生在他生命的这个阶段之前，常常希望他没有花光所有的收入，而是每年能存下一笔钱，以便更好地供养自己的孩子，以及他的妻子，假如她比他活得长久。他现在比任何时候更希望如此。假如他在那方面尽了责任，莉迪亚就不用因为舅舅为她购得的名誉或体面，欠下他的人情。同时，也能让合适的人选，为说服全英国最一无是处的年轻人成为她的丈夫感到满意。

他对由妻弟独自出钱，促成这件对任何人都无甚好处的事情感到十分不安，并打定主意，如果可能，弄清他给了多大的帮助，并尽量早日偿还。

在班尼特先生刚结婚时，完全没必要节省，因为，他们当然会有个儿子。等儿子成年后，就消除了限定继承的问题，那样寡母和小点的孩子便能得到供养。五个女儿相继出生，但儿子还是没来；班尼特太太在莉迪亚出生很多年后，依然确信他一定会到来。这件事最终让他们感到绝望，但那时省钱已经太晚。班尼特太太完全不会精打细算，只因她丈夫喜爱独立自主，才避免了他们的入不敷出。

根据结婚条约，为班尼特太太和孩子们准备了五千英镑。但孩子们按照怎样的比例分配取决于父母的意愿。至少，关于莉迪亚，这个问题现在就要解决，班尼特先生只能毫不犹豫地接受眼前的提议。他对妻弟的好意表达了感激之情，虽然言语非常简短，随后在信中表示他完全赞成所做的一切，以及他愿意履行替他做出的约定。他以前从未想过，如果韦翰能被劝说着娶他的女儿，能像目前的安排这样，给他本人带来这么小的麻烦。每年给他们支付的一百英镑，带给他的损失还不到十英镑，因为她得吃住，还有零花钱，而且她母亲还不断给她钱当作礼物，莉迪亚的花费没少什么。

而且，这件事几乎没让他费力，这是另一个惊喜，因为他此时希望在这件事情上尽量减少麻烦。他最初的愤怒让他去寻找她，这种情绪消失后，他自然彻底恢复了原先的怠惰。他的信很快被发出，因为他虽然行事拖沓，做起来却很快。他请求进一步得知对他妻弟欠下的恩情，但对莉迪亚气愤至极，没给她任何问候。

好消息很快传遍了家里，也以同样的速度在邻里间传开。后者以贤明圣哲的姿态接受了消息。假如莉迪亚·班尼特小姐已堕入风尘，或者，最让人高兴的结果是，已经与世隔绝，住在某个遥远的农舍①，会更加方便谈论。但她的出嫁有许多可谈论之处。梅里顿恶毒的老太太们之前好意祝她幸福，此番情形的变化几乎没减少她们的兴致，因为和这样的丈夫在一起，她应该注定会痛苦。

班尼特太太已经两个星期没有下楼，但这个幸福的日子她再次在餐桌前端就座，兴致高得令人难以忍受。她的得意中没有丝毫的羞耻感。自从简十六岁开始，嫁出女儿就是她的首要心愿，

①《曼斯菲尔德庄园》中的伯特伦小姐是这样的命运。

现在即将如愿以偿，她想的说的全都是优雅的婚礼必备的一切，精美的细纱布、全新的马车，还有一众仆人。她忙着在附近为她女儿寻找合适的住所，不知道也不考虑他们的收入，因为太小和不够气派否决了许多房子。

"海耶庄园也许可以，"她说，"要是古尔丁一家可以离开；或者在斯托克的大宅，如果客厅再大一些；但阿什沃思太远了！我受不了让她离我十英里；至于帕维斯宅邸，阁楼太糟糕了。"

仆人在场时，她的丈夫任由她说下去，没有打断。但他们退下后，他对她说："班尼特太太，在你为你的女儿女婿租下任何或所有这些房子时，让我们达成正确的共识。在这一带有**一座**房子他们永远不可能进入。我不想通过在朗博恩接待他们，鼓励任何一方的轻率。"

这番话引发了长久的争执，但班尼特先生意志坚定。这很快引发了另一个问题，班尼特太太惊恐地发现，她的丈夫不肯给出一个畿尼让女儿买衣服。他声称在这种情况下她休想得到他的丝毫疼爱。班尼特太太几乎无法理解。他的生气竟会变成不可思议的愤恨，以至于拒绝女儿应有的特权，而没有这些婚礼几乎不成体统，这让她觉得难以置信。她为女儿在婚礼上没有新衣服而深感耻辱，却对她的私奔以及在结婚前和韦翰同居两个星期无动于衷。

伊丽莎白如今对她因为一时的悲痛，让达西先生得知他们为她妹妹的担忧而极度后悔，因为既然她的结婚很快就得体结束了私奔的事情，他们也许有希望对所有并不知情的人隐瞒这段开始。

她完全不担心他会散布这个消息。她比对任何人都更加信任他会保密；然而，与此同时，任何人得知她妹妹的丑行都不会让她如此屈辱。不过，并非担心这对她本人有什么不利，因为，无论如何，他们之间似乎有一道不可逾越的鸿沟。即使莉迪亚的婚礼进行得极其体面，也无法认为达西先生会和这样的家庭结亲，除了所有别的反对之外，如今又加上和他理应鄙视的男人成为至亲的问题。

她毫不怀疑这样的亲事会令他退缩。她曾希望被他看重，在德比郡她曾相信他对自己的感情，然而无法合理期待能够经受这样的打击。她惭愧，她伤心，她懊悔，虽然她几乎不知为何而懊悔。她开始对他的爱意感到嫉妒，在她绝不能期待从中获益时。她想得到他的消息，当她似乎最不可能获得他的消息时。她相信她和他一起本来会很幸福，他们却有可能永远不会再相见。

她常常想，假如他知道仅仅四个月前，她骄傲地拒绝了他的求婚，如今却会开心至极、感激不尽地接受，他会感到多么得意！她毫不怀疑他生性慷慨，是慷慨大度的男人，但只要是个凡人，就一定会得意。

她现在开始发现他正是在性情和才华上，最适合她的那个男人。他的理智与脾性，虽然和她本人不同，却完全合她心意。这样的亲事一定会给双方带来好处。因为她的轻松活泼，他的性格会变得柔和，他的举止会得到提升；而因为他的判断力、学问和见识，她一定能获得更重要的益处。

然而如今没有了这样的幸福婚姻，能让心生仰慕的众人领教夫妻之间真正的幸福。一桩截然不同的婚事，很快将出现在她的家中，让另一门亲事变得不再可能。

韦翰和莉迪亚怎能维持独立生活，她无法想象。然而一对更因为激情而非美德走到一起的夫妻，他们多么难以获得永久的幸福，她很容易猜测。

加德纳先生很快又给姐夫写了封信。他简短答复了班尼特先生的谢意，说他热切希望能够提升家中任何成员的幸福，结束时请求别再向他提起这个话题。他来信的主要目的是告诉他们韦翰先生已经决定离开民兵团。

他又写道：

> 我真心希望他能这样做，一旦婚事订妥。我想你会同意我，认为离开那个军团非常可取，无论对他还是对我的外甥女来说。韦翰先生打算进入正规军，他曾经的朋友，还有一些能够并且愿意帮他进入军队。某将军已答应让他在自己的兵团担任少尉，现驻扎在北方。让他远离王国的这块地方会有好处。他很有前途，我希望在不同的人中间，两人都能维护名誉，变得更加审慎。我已经给福斯特上校写信，告诉他我们现在的安排，请求他让韦翰先生在布赖顿一带的债主放心，欠款会很快结清，我也为此做出了承诺。能否麻烦你给梅里顿的债主们类似的承诺？我会附上他给的名单。他已经说出了所有的欠款，我希望他至少没有欺骗我们。哈格斯顿已经得到我们的指示，一切将在一周内完成。随后他们会加入韦翰的兵团，除非他们先被邀请至朗博恩。我从加德纳太太那儿得知，我的外甥女很想在离开南方前见到你们所有

人。她很好，请我向你和她的母亲问好。

你的

爱·加德纳

　　班尼特先生与他的女儿们和加德纳先生一样，对韦翰离开某郡的好处看得很清楚。但班尼特太太不那么乐意。莉迪亚要去北方，就在她期待着非常开心、无比骄傲地和她待在一起时。因为她并未放弃让她住在赫特福德郡的打算，这使她极其失望。除此之外，莉迪亚竟然要离开她和每个人都很熟悉的兵团，而且里面有那么多她喜爱的人。

　　"她那么喜爱福斯特太太，"她说，"把她送走真是令人震惊！还有好几个年轻人，她特别喜欢。某将军兵团里的军官也许没那么可爱。"

　　女儿的请求，因为这也许能被视为请求，想在出发去北方前获准再次回家，起初得到父亲的坚决否定。但简和伊丽莎白一致希望，为她们妹妹的感情和地位着想，她的婚事应该得到父母的关注，便言辞恳切，同时合情合理、言语温柔地力劝他在朗博恩接待她和她的丈夫，一旦他们结婚之后。最终他同意了她们的想法，同时按照她们的心愿行事。她们的母亲满意地得知能在她被放逐到北方前，向邻居们展示她结了婚的女儿。因此，当班尼特先生再次给妻弟写信时，他表示同意他们过来；于是决定，一旦结婚仪式结束，他们将前往朗博恩。然而，伊丽莎白很惊讶，韦翰竟然会答应这样的计划。她若是考虑自己的意愿，就绝不想和他再有任何相见。

第三卷　　309

第九章

妹妹的婚期到来，简和伊丽莎白对她也许比她对自己更加同情。马车被派出，将在某处接他们，他们会在晚餐前返回。他们的到来让两位年长些的班尼特小姐感到担忧，尤其是简，她把自己的感情赋予了莉迪亚，想象着**她**是犯错者，为她妹妹必然承受的痛苦感到难过。

他们来了。一家人聚在早餐室，准备迎接他们。班尼特太太满脸笑意，当马车驶向大门时。她的丈夫看上去极其严肃，他的女儿们惊恐、焦虑、不安。

门厅传来了莉迪亚的声音，门被推开，她跑进了屋子。她的母亲走上前，拥抱着她，欣喜若狂地欢迎她，又带着慈祥的笑容把她的手递给跟随着妻子的韦翰，并且祝他们两人快乐，欣欣然的样子表明她毫不怀疑他们会幸福。

他们随后回到班尼特先生面前，从他那儿得到的接待没那么热情。他的神情反而变得更加严厉，他几乎一言不发。说实话，这对年轻夫妻轻松自在的样子，足以让他恼怒。伊丽莎白感到厌恶，即使班尼特小姐也很震惊。莉迪亚依然是那个莉迪亚，野性难驯、不知羞耻、缺乏管教、吵闹不堪、无所畏惧。她从一个姐姐转到另一个姐姐，要求她们的祝贺。当他们最终全都坐下时，她急切地环顾屋了，注意到里面的一些小小的改变，并大笑着说，离她上次在这儿已经很久了。

韦翰一点不比她本人更忧虑，但他的举止总是那么讨人喜欢，假如他的人品和他的婚姻都十分得体，那么他在声称他们之间的关系时，脸上的微笑和轻松的话语，本来会让每个人都感到高兴。伊丽莎白之前不相信他能这么厚颜无耻，但她坐在那儿，在心里决定从此相信一个无耻男人的无耻程度没有极限。她脸红了，简也脸红了，但造成她们困惑的两个人，脸色没有丝毫变化。

不缺乏交谈。新娘和她母亲两人都有说不完的话；韦翰碰巧坐在伊丽莎白身边，开始问候他在那一带的熟人，镇定自若的样子，让她觉得根本无法做出回答。那两人似乎都拥有着世界上最美好的回忆。过去的任何回忆都不会带来痛苦。莉迪亚主动挑起她的姐姐们无论如何都不愿暗示的话题。

"只要想想已经三个月了，"她叫道，"自从我离开后。我敢说似乎只有两个星期，然而在此期间发生了足够的事情。天啊！当我离开时，我相信我绝对没想到能在回来前结婚！虽然我觉得如果这样会很有趣。"

她的父亲抬起了眼。简感到困窘。伊丽莎白意味深长地看着莉迪亚，但她从来听不见也看不到她选择无视的情形，继续高兴地说道："哦！妈妈，这儿的人知道我今天结婚吗？我担心他们也许不知道。我们超过了威廉·古尔丁的马车，因为我决心让他知道这件事，所以我放下了他这边的窗玻璃，取下我的手套，把我的手正好放在窗框边，这样他也许能看到戒指。接着我鞠了一躬，笑得开心极了。"

伊丽莎白再也无法忍受。她站起身，跑出屋子，没再回来，直到听见他们穿过大厅进入餐厅。她刚加入他们就看到了莉迪亚，她急于炫耀，走到母亲的右手边，伊丽莎白随后听见她对大姐说："啊！简，我现在要取代你的位置了，你必须坐到下方，因为我是个结了婚的女人。"

不该认为时间会让莉迪亚感到她起初浑然不觉的尴尬。她变得更加轻松快乐。她渴望见到菲利普斯太太、卢卡斯一家，以及他们别的所有邻居，听每个人称呼她本人"韦翰太太"。与此同时，她晚餐后来到希尔太太和两位女仆面前，展示她的戒指，吹嘘她已经结婚了。

"那么，妈妈，"他们全都回到早餐室后她说道，"你认为我的丈夫怎么样？难道不是个迷人的男人吗？我相信我的姐姐们一定全都羡慕我。我只希望她们有我一半的好运气。她们必须全都去布赖顿。那是找丈夫的地方。妈妈，真可惜我们没有全都去。"

"很正确。如果按照我的心愿，我们应该去。但我亲爱的莉迪亚，我一点也不喜欢你去那么远的地方。必须这样吗？"

"哦，天啊！是的，那无关紧要。我会在所有事情中最喜欢这一点。你和爸爸，还有我的姐姐们，一定要来看我们。我们一整个冬天都会在纽卡斯尔[①]，我敢说那儿会有一些舞会，我会用心帮她们全都找到好舞伴。"

"我会对此最为喜爱！"她的母亲说。

"等你们离开时，你们也许会留下我的一两个姐姐；我敢说

---

① 原文为"Newcastle"，英格兰东北部海滨小镇。

我会在冬天结束前帮她们找到丈夫。"

"我谢谢你对我的好意,"伊丽莎白说,"但我并不特别喜欢你得到丈夫的方式。"

他们的客人最多只能和他们住上十天。韦翰先生在离开伦敦前已经得到任命,他将在两周内加入军团。

除了班尼特太太,谁都不遗憾他们的停留时间太短。她最大程度地利用时间,陪着女儿四处拜访,常常在家中举办宴会。这些宴会人人都可接受。愿意思考的人,比没有心思的人,更想避开家庭聚会。

韦翰对莉迪亚的感情,正如伊丽莎白原先料想的那样,不及莉迪亚对他的喜爱。她几乎无需现在的观察,就能通过理智的判断,知道他们的私奔是由于她的狂热爱恋所致,而非因为他的感情。她本来会奇怪,既然对她不那么在乎,他为何会选择同她一起私奔,若不是她相信他的逃离由于窘迫的处境变成了必需。如果情况是那样,面对有人做伴的机会,他不是那种能够拒绝的年轻人。

莉迪亚对他极其喜爱。他时刻都是她亲爱的韦翰。没人能够与他相比,他做什么都举世无双。她相信他在九月第一天射杀的鸟儿[①],比王国中的任何人都要多。

一天上午,在他们到来不久后,她和两位姐姐坐在一起时,对伊丽莎白说:

"莉齐,我相信我从未对**你**说过我的婚礼。当我对妈妈和其

---

① 9月1日是打鹧鸪的季节开始的日子。

他人讲述时，你不在身边。你难道不好奇婚礼是怎样进行的吗？"

"不好奇，"伊丽莎白答道，"我想对这个话题说得越少越好。"

"天哪！你太奇怪了！但我必须告诉你是怎样进行的。你知道，我们是在圣克莱门特结婚的，因为韦翰的住所在那个教区。根据安排我们全都要在十一点前到达那儿。我和舅舅舅母一起去，其他人会在教堂和我们见面。星期一上午到了，我真是激动不安！你知道，我非常担心会发生什么事推迟婚礼，那我简直要疯了。还有我的舅母，在我穿衣的整个时间里，都在喋喋不休地说教着，像是在读布道词。不过，我连十分之一都没听见，因为你也许能猜到，我在想着我亲爱的韦翰。我很想知道他结婚时会不会穿那件蓝色上衣。"

"然后，我们和平时一样在十点吃了早餐，我以为永远都无法结束，因为，顺便说说，你会明白，舅舅舅母在我和他们一起的所有时间都特别讨厌。如果你肯相信我，我一步都没迈出过家门，虽然我在那儿住了两个星期。没有一次晚会，没有一个安排，什么都没有。说真的伦敦是很冷清，但小剧院还开着。好了，接着正当马车来到门前时，舅舅被那个讨厌的斯通先生叫去办事情。于是，你知道，他们刚来到一起，就没完没了。哎呀，我太害怕了，不知该如何是好，因为舅舅要把我交出去；如果我们超出了时间①，我们一整天都无法结婚了。不过，幸运的是，他十分钟后又回来了，接着我们全都出发。可是，后来我想到假

───────────

① 婚礼不能在中午十二点后举行。

如他**真的**不能去，婚礼也无需推迟，因为由达西先生来做也行。"

"达西先生！"伊丽莎白重复道，感到万分惊讶。

"哦，是的！他要陪韦翰去那儿，你知道。可是天哪！我全忘了！我本不该透露一个字。我向他们郑重地发了誓！韦翰会怎么说？应该严格保密的！"

"如果是个秘密，"简说，"这件事不要再提。你可以放心我不会继续询问。"

"哦！当然，"伊丽莎白说，尽管她满心好奇，"我们绝不提任何问题。"

"谢谢，"莉迪亚说，"因为如果你们要问，我一定会全都告诉你们，然后韦翰会很生气。"

见她这样鼓励她们询问，伊丽莎白只好跑开，让她无法鼓励下去。

但让她始终对这样一件事蒙在鼓里，那绝不可能，或至少不可能让她不试着得到些消息。达西先生出席了她妹妹的婚礼。置身于这样的场景，身处这样的人群中，正是他显然最不可能，也最不情愿做的事情。她迅速猜测这是什么意思，满脑子胡思乱想，但一个都不能使她满意。那些最让她高兴的想法，认为他的行为有着最高尚的动机，似乎最不可能。她无法忍受这样的悬念，便匆忙拿起一张纸，给她的舅母写了封短信，请求解释莉迪亚透露的消息，如果这符合他们对此保密的意图。

"你也许很能理解，"她接着写道，"得知和我们任何人毫无关联的一个人，（相对而言）是我们家庭的陌生人，竟然会在那样的时间和你们在一起，我该有多么惊讶。请立即写信，让我明白这件事。除非，因为很重要的理由，如莉迪亚似乎认为的那样，需要保守秘密，然后我必须努力接受不知情的状况。"

"然而，我并非**愿意**，"当她写完信时她又自言自语道，"我亲爱的舅母，你要是不如实告诉我，我一定会耍些伎俩或阴谋来弄清楚。"

简对名誉的敏感心性，让她不会和伊丽莎白私下谈论莉迪亚没说完的话题。伊丽莎白对此很高兴。在得知她的询问能否收到满意的答复前，她宁愿不向任何人吐露心事。

第十章

伊丽莎白满意地收到了对她信件的回复，以可能的最快速度。她刚收到信，就匆忙跑进小灌木林，在那儿她最不容易被打扰。她在一张长凳上坐下，准备得到快乐，因为信的长度让她相信里面不是拒绝的话语。

格雷斯丘奇街，9月6日

我亲爱的外甥女：

我刚收到你的来信，打算花这一整个上午给你回复，因为我估计**寥寥数语**无法包含我必须告诉你的话。我必须承认自己对你的请求感到惊讶，我没想到会来自于**你**。然而，别以为我在生气，因为我只打算让你知道，我没想到在**你**这方有必要做出这样的请求。如果你有意不明白我的话语，请原谅我的无礼。你的舅舅和我一样吃惊，除非相信与你有关，他绝不可能这样行事。但假如你真的对此一无所知，我必须说得更清楚。就在我从朗博恩回家的那天，你舅舅有了一位最意想不到的客人。达西先生前来拜访，和他在屋里关了好几个小时。这在我到达前都结束了，因此我不像**你**显得那么惊诧不已。他来告诉加德纳先生他已经找到你妹妹和韦翰先生在哪儿，说他已见到两人并和他们谈了话，和韦翰谈了多次，莉迪亚一次。根据我的记忆，他只比我们自己晚一天离开德比郡，来到城里，决心找到他们。他声称的动机，是他相信因为他本人，韦翰的无耻行径才没能为人所知，否则任何正派的年轻女子，都不可能爱上他或信任他。他慷慨地把整件事都归结于自己错误的骄傲，承认他曾想过向世人公开他做过的坏事，会有失他的身份。韦翰的人品将不言自明。因此，他说他有责任挺身而出，努力弥补由他本人导致的坏事。如果他**有另**一个动机，我相信这绝不会令他羞愧。他在城里待了几天，才找到了他们；但他有些寻找的线索，**我们**却没有。因为明白这一点，这是他决定跟随我们的另一个理由。似乎，有一位太太，一位杨太太，在某个时间之前是达西小姐的家庭教师，因为做了错事被解雇了，虽然他没说什么事。她后来在爱德华大街租了一座大房子，从此靠出租寓所为生。他知道，这位杨太太和韦翰非常熟悉，他刚到城里就去找她打探他的消息。但他过了两三天才从她那儿得到了他想要的情况。我猜，没有一些钱财贿赂，她就不愿背信弃义，因为她的确知道去哪儿找她的朋友。韦翰刚到达伦敦时确实找了她，要是她能让他们住进她的房子，他们本来会愿意和她住在一起。不过最终，我们好心的朋友得到了想要的地址。他们在某街。他见到了韦翰，随后坚持要见莉迪亚。他承认，他对她的最初目标，是说服她离开目前可耻的境遇，在她的朋友们愿意接纳她时尽快回到他们身边，主动提出尽他所能帮助她。但他发现莉迪亚坚决打算留在那儿。她不在乎任何朋友，她完全不要他的帮助，她不愿听到离开韦翰。她相信他们随后的某个时间会结婚，什么时候无关紧要。既然她是这样的感情，他想，唯一能做的，是保证他们尽早结婚，而在他第一次和韦翰谈话时，他迅速得知这从来不是**他**的打算。他承认自己被迫离开民兵团，是因为一些十分紧迫的债务问题；他毫不顾忌地将莉迪亚私奔的恶果，只归结于她的愚蠢。他打算立即辞去军职，至于他未来的境遇，他几乎没想过。他必须去某个地方，但他不知去哪儿，他也知道自己会无以为生。达西先生问他为何不立即和你妹妹结婚。虽然班尼特先生也许并不十分富裕，但也可能为他做些什么，他的情况一定能因为结婚而受益。但他发现，在回答这个问题时，韦翰依然希望通过在别处结婚，更有效地发家致富。然而，在这样的情形下，他也不会完全反对即刻解脱的诱惑。他们见了许多次，因为有很多问题需要讨论。韦翰当然漫天要价，但最终只能回归理性。在**他们**之间谈妥了一切，达西先生的下一步是让你舅舅知道情况，他在我回家前的那个晚上第一次来格雷斯丘奇街拜访。但他见不到加德纳先生，在追问后，达西先生发现，你父亲还和他在一起，但第二天上午会离开城里。他认为和你父亲商量不如和你舅舅商讨妥帖，因此欣然将见他的时间推迟到你父亲离开之后。他没有留下姓名，在第二天前，我们只知道一位先生曾有事前来。星期六他再次来访。你的父亲已经离开，你舅舅在家，正如我之前所说，他们一起谈了很久。他们星期天再次见面，那时**我**也见到了他。直到星期一才全部安排好。一旦决定，就发了一封快信到朗博恩。但我们的客人非常固执。我想，莉齐，归根究底固执才是他性格中的真正缺点。他在不同时候被人指责有许多缺点，但**这**是真正的缺点。他凡事都要亲力亲为；虽然我相信（我说这话不为感谢，因此请勿提起），你的舅舅会非常乐意安排一切。他们为此争执了很久，超出了与此相关的先生小姐应得的对待。但最终你舅舅被迫退让，他没被允许为外甥女做些事情，只得担下可能的虚名，这完全违背了他的意愿。我真的相信你今天上午的来信让他非常愉快，因为这需要解释，让他不再掠人之美，使赞扬实至名归。可是，莉齐，这些只能你自己知道，或最多还有简。我想，你很清楚为这对年轻人做的事情。他的债务将被偿还，我相信，远远超出一千英镑，又另外在**她的**名下给了一千英镑，还为他购买了军衔。他为何独自一人做了所有的事情，我已经在前面给出了理由。是因为他，因为他的矜持和考虑不周，韦翰的人品才如此被人误解，所以让他被人接受并得到看重。也许**这**有几分事实，尽管我怀疑**他的**矜持，或**任何人的**矜持，能够为此负责。但虽然这所有的漂亮话语，我亲爱的莉齐，你完全可以相信，如果我们不认为他对这件事还有**另一个兴趣**，你的舅舅绝不会让步。当所有这一切都已决定，他再次回到他朋友的身边，他们还待在彭伯利，但众人同意他应该在婚礼进行当天再次来到伦敦，那时最终解决所有的钱财问题。我相信我现在已经把一切都告诉了你。你告诉我这些会让你特别吃惊；我希望至少不会让你有任何不悦。莉迪亚来到了我们这儿，韦翰常来家里。**他**完全和以前一样，正如我在赫特福德郡认识他时。但我不想告诉你我对**她**和我们住在一起时的表现有多不满意，假如我没有从简星期三的来信中得知，她回家后的表现完全如出一辙，因此我现在告诉你的话不会给你新的痛苦。我极其严肃地一再对她说话，告诉她所做的事情多么恶劣，以及她给家人带来的所有痛苦。如果她听见了，只是运气，因为我相信她根本没听。我有时非常恼火，但随后我想起我亲爱的伊丽莎白和简，为了她们我才能耐心对待她。达西先生准时返回，正如莉迪亚对你所说，参加了婚礼。他第二天和我们一起吃饭，打算星期三或星期四再次离开城里。你会对我生气吗，我亲爱的莉齐？如果我借此机会说（我以前从没足够的勇气说出的话）我有多么喜欢他。他对我们的态度，在各个方面，都和我们在德比郡时一样讨人喜欢。他的理智与见解都令我喜爱；他只缺少一些活泼，而**那一点**，如果他**慎重**结婚，他的妻子也许能教会他。我觉得他很狡黠——他几乎从未提起你的名字。但狡黠似乎成了时尚。若是我言语冒昧请你原谅我，或至少别对我惩罚太过，不让我进入彭伯利。我不游遍庄园就绝不会十分满意。只要一辆小马车，加上一对漂亮的小马驹就行。但我不能再写了，孩子们这半个小时都在要我。

你十分诚挚的

马·加德纳

这封信的内容让伊丽莎白心潮澎湃，难以弄清究竟愉悦还是痛苦的感觉占了上风。她隐约又不安地怀疑达西先生促成她妹妹的婚事，究竟在做什么，同时不敢鼓励这个想法，因为此番善意好得令人难以置信。与此同时她又担心这是真的，从他不辞辛苦地做成这件事上，已经完完全全地证明的确如此！他故意跟随他们来到城里，他独自一人承担了这番调查带来的所有麻烦和屈辱。为了此事他必须见到他一定痛恨并鄙视的女人；也只得见到，并常常见到，他一直想要避开的那个男人，同他理论，劝说他，最终贿赂他，而提起他的名字都会令他痛苦。他为了他既不能爱慕也无法看重的女孩做了所有这些。她在心里的确想过他做这些是为了她。但这个希望很快就被别的考虑遏制，她很快觉得即使她的自负也没有充分的理由，因为需要相信他对她的感情——对一个已经拒绝他的女人的感情——能够克服对和韦翰的关系自然而然的厌恶。成为韦翰的兄弟！每一种骄傲都必然会反对这样的关系。他已经，说真的，做了许多。她羞于想到做了多少。但他已经为他的干涉给了个理由，无需费力便可相信。他感到自己错了也合情合理；他很慷慨，他也有办法做到慷慨；虽然她不愿将自己当成他的主要诱因，也许，她能相信，对她残存的爱恋，可能让他在和她平静的心绪必然有实际关联的事情上付出努力。想到他们欠了别人的恩情却永远无以回报，这令人痛苦，极其痛苦。找回莉迪亚，保全她的名声，一切的一切，都是他的功劳。哦！她为自己曾经助长对他无礼的感情，曾经对他说出的每一句刻薄的话语，感到多么痛苦伤心。她对自己感到羞愧，但她为他而骄傲。骄傲在事关同情和体面时，他能控制自己的情绪。她反复阅读着舅母对他的夸赞。这话远远不够，但让她高兴。她甚至能感到一些愉悦，虽然夹杂着悔恨，当发现舅母和舅舅坚定不移地相信在达西先生和她本人之间依然有着爱恋和信任时。

有人走过来，惊得她从座位上起身，也停止了思绪。她还没能走进另一条小路，就被韦翰赶上了。

"我恐怕打扰了你的独自漫步吧？我亲爱的姐姐。"他说着来到她身边。

"的确如此，"她微笑着答道，"但打扰未必一定不受欢迎。"

"如果是我会很遗憾，真的。**我们**一直是好朋友，现在就更好了。"

"对。其他人出来了吗？"

"我不知道。班尼特太太和莉迪亚乘马车去了梅里顿。因此，我亲爱的姐姐，我从我们的舅舅舅母那儿得知，你真的去看了彭伯利。"

她给了肯定的答复。

"我几乎羡慕你的快乐了，然而我相信我做不到，否则我去纽卡斯尔会顺路去那儿。你见到老管家了，我猜？可怜的雷诺兹，她一直很喜欢我。但她一定没向你提起我的名字。"

"不，她提了。"

"她说了什么？"

"说你进了军队，她担心已经——不是太好。隔了**那么**远的距离，你知道，有些事情会被奇怪地误传。"

"当然。"他咬着嘴唇答道。伊丽莎白希望已经让他沉默了，但他很快又说道：

"上个月我很惊讶地在城里见到达西先生。我们见了几次面。

我很好奇他能在那儿做什么。"

"也许在准备他和德·布尔小姐的婚礼，"伊丽莎白说，"一定有某些特别的事情，在一年中的这个时候把他带到了那儿。"

"毫无疑问。你在拉姆顿时见到了他吗？我想我从加德纳夫妇那儿得知你见到了。"

"是的，他介绍我认识了他的妹妹。"

"你喜欢她吗？"

"很喜欢。"

"说真的，我听说她这一两年大有长进。我上次见到她时，她还不是很出色。我很高兴你喜欢她。我希望她能变得很好。"

"我敢说她会的；她已经度过了最麻烦的年纪。"

"你们有没有路过金普顿村？"

"我不记得路过那儿。"

"我提到这一点，因为这是我应该获得的圣职所在的地方。特别漂亮的地方！极好的牧师住宅！本该在各个方面都适合我。"

"你怎么会喜欢布道了？"

"非常喜欢。我本该会将此视为我责任的一部分，为此付出的努力将不值一提。人不该埋怨，但，说实话，这本来对我是多好的事情！这种安安静静、与世隔绝的生活，本可以满足我对幸福的所有理念！但不可能如此了。你在肯特时，有没有听达西说过这个情况？"

"我**的确**从知情人那儿听说，我认为**一样可靠**，说这个职位只是有条件地给你，要根据如今恩主的意愿。"

"你听说了。是的，**那**有些道理；我一开始就这样对你说的，你也许能记得。"

"我也**的确**听说，有一段时间，你不像现在这么喜爱布道，你其实宣称决定永远不接受圣职，而且是按照你的想法做出的安排。"

"你听说了！这也并非完全空穴来风。你也许记得我和你说过那一点，在我们第一次谈论这件事时。"

他们现在几乎到了家门口，因为她走得很快，想要摆脱他。为了她的妹妹，她不愿惹恼他。她只是和蔼地笑着，答道：

"好了，韦翰先生，你知道我们已是姐弟。让我们别为过去而争执。从今往后，我希望我们始终能想法一致。"

她伸出她的手，他亲切又殷勤地吻了它，尽管神情不太自然，随后他们进了屋。

第十一章

韦翰先生对这次谈话满意至极，因而从未再次提起这个话题，让自己难过，或让他亲爱的姐姐恼火；她满意地发现她说的话足以让他保持安静。

他和莉迪亚离开的日子很快到来，班尼特太太只得接受分离。因为她丈夫从未打算他们全都去纽卡斯尔，有可能至少要分开一年。

"哦！我亲爱的莉迪亚，"她叫道，"我们什么时候能够再相见？"

"哦，天啊！我不知道。也许再过两三年。"

"经常给我写信，我亲爱的。"

"我尽量常写。但你知道结了婚的女人从来没多少时间写信。我的姐姐们可以写信给**我**。她们没别的事可做。"

韦翰先生的告别比他妻子亲热得多。他面带微笑、英俊帅气，说了许多漂亮话。

"他是我所见过，"他们刚离开屋子，班尼特先生就说道，"最出众的年轻人。他既假笑又傻笑，对我们所有人都情意绵绵。我为他无比骄傲。我谅他威廉爵士本人，也拿不出一个更宝贝的女婿来。"

失去女儿让班尼特太太好几天都闷闷不乐。

"我常想着，"她说，"没什么比和朋友分离更糟糕。没有他们真孤单。"

"你看，太太，这就是嫁女儿的结果，"伊丽莎白说，"这一定让你对另外四个依然单身感到更满意。"

"根本没有这样的事。莉迪亚并非因为结婚而离开我，只是因为她丈夫的军队碰巧特别远。要是那能近一些，她就不用这么快就走了。"

然而这件事让她陷入的无精打采的状态，很快得到了缓解，因为一条开始传播的消息，在她心里又激起了希望。尼日斐尔德的管家已经得到指令，准备迎接主人，他一两天就会到来，要在那儿打几个星期的猎。班尼特太太坐立不安。她看着简，时而微笑，时而又摇头。

"好了，好了，那么宾利先生要来了，妹妹，"（因为菲利普斯太太首先给她带来了消息）"嗯，这样更好。不过，并非我在乎这件事。他对我们无关紧要，你知道，我相信**我**从未想要再次见到他。可是，不过，欢迎他来到尼日斐尔德，如果他喜欢。谁知道**可能**发生什么呢？但那对我们无所谓。你知道，妹妹，我们很久以前就约好对此绝不再提。那么，他真的要来了吗？"

"你尽管相信，"对方答道，"因为尼科尔斯太太昨晚在梅里顿。我看见她路过，就自己走了出去，有意去了解真相；她告诉我这千真万确。他最晚星期四过来，很有可能在星期三。她告诉我她要去屠夫那儿，特地为星期三订购一些肉，她还买了三对鸭子，正适合宰杀。"

班尼特小姐听说他要来，不禁变了脸色。她已经好几个月没向伊丽莎白提起他的名字，可是现在，她们刚单独在一起，她就说道：

"我看见你今天望着我，莉齐，当姨妈把这个消息告诉我们时；我也知道我看起来有些难过。但别以为是由任何傻事引起。我只是一时有些困惑，因为我感到我**竟然**被你看着。我明确向你保证，这个消息既没令我愉快也未让我痛苦。我对一件事感到高兴，因为他独自前来，因为我们会更少见到他。并非我担忧**我自己**，但我害怕别人的评论。"

伊丽莎白不知该怎么想。假如她没有在德比郡见到他，她也许会认为他能够来到这儿，只是因为众所周知的原因。但她依然觉得他喜爱简，然而他究竟是**带着**他朋友的许可来到这儿，还是勇敢得没得到许可就来，她不确定哪一种情况更有可能。

"真不容易，"她有时想着，"这个可怜人来到自己合法租下的房子里，却没法不引得众人猜测纷纷！我**会**让他自行其是。"

不管姐姐说了什么话，或是相信自己对他的到来有何真实感受，伊丽莎白能轻易看出她的情绪受到了影响。她变得比平时的样子更心烦意乱，更忐忑不安。

她们的父母大约在一年前时常热烈讨论的话题，如今被再次提起。

"宾利先生刚到，我亲爱的，"班尼特太太说，"你自然要去拜访他。"

"不，不。去年你逼着我去拜访他，向我承诺如果我去看他，他会娶我们的一个女儿。但结果一无所获，我可不会再去做个傻瓜。"

他的妻子告诉他，他一回到尼日斐尔德，附近的所有先生一定都需要前去拜访。

"这是让我鄙视的礼节，"他说，"如果他想和我们交往，让他来寻求吧。他知道我们住在哪儿。我可不想在我的邻居们每次离开和返回时，花掉**我的**时间去追随他们。"

"好了，我所知道的全部，是你如果不拜访他会无礼至极。可是，不过，那不会阻止我请他来这儿吃饭，我已下定决心。我们必须马上邀请朗太太和古尔丁一家。那样加上我们自己就是十三个人，刚好能在桌上给他留个位置。"

她从这个决心得到安慰，能更好地忍受她丈夫的无礼；尽管她十分屈辱地想到，因为此事，她所有的邻居也许都能在**他们**之前，见到宾利先生。

他到来的日子临近时，"我开始为他竟然会来而感到遗憾，"简对她的妹妹说，"这无关紧要；我能毫不在乎地见到他，但我几乎无法忍受听人们没完没了地谈论此事。母亲是好意，可她不知道，谁也不会知道她的话让我多么痛苦。当他待在尼日斐尔德的日子结束后，我会很高兴！"

"我希望我能说出任何话来安慰你，"伊丽莎白答道，"但我完全无能为力。你必然有这样的感情，我也无法带着寻常的满足感教导一个受苦的人学会忍耐，因为你一直极其忍耐。"

宾利先生到了。班尼特太太在仆人的帮助下，设法最早得到消息，以便尽可能长久地感受着忧心忡忡和烦躁不安。她计算着必然得间隔多少天才能送出他们的请柬，为在此之前见到他感到绝望。但他到达赫特福德郡的第三天上午，她从她更衣室的窗户看到了他，见他骑马进入围场，朝着她的房子过来。

她急切地叫上女儿们分享她的快乐。简坚定地留在餐桌旁，但伊丽莎白，为使母亲满意，走到了窗前，她看着，她看见达西先生和他一起，然后又在姐姐身边坐下。

"有一位先生和他一起，妈妈，"基蒂说，"那会是谁呢？"

"我想是某个熟人，我亲爱的。我肯定不认识。"

"天哪！"基蒂答道，"看上去正是以前和他一起的那个人。他叫什么名字？那位高个子的骄傲男人。"

"天啊！达西先生！我发誓是这样。哎呀，宾利先生的任何朋友在这儿当然会受到欢迎，否则我一定会说我讨厌见到他。"

简惊讶又关切地看着伊丽莎白。她对他们在德比郡的见面知之甚少，以为妹妹在收到他的解释信后几乎是第一次见到他，对她必然感到的尴尬深觉同情。两个姐妹都极不自在。每个人都同情对方，当然也同情自己。她们的母亲继续说着，说她对达西先生的讨厌，以及她决定只因他是宾利先生的朋友而对他礼貌，姐妹二人都没听见。但伊丽莎白有着简意想不到的不安之源，她从未有勇气把加德纳太太的信给她看，或是告诉她自己对他感情的变化。对简来说，他只是向伊丽莎白求婚被拒的男人，而且他的优点曾被伊丽莎白低估；但妹妹本人对他了解更多，知道他是全家人应该为他最初的帮助深表感激的人。她也知道妹妹喜爱他，即使并非满怀柔情，至少像简对宾利的感情那样，合理又公正。伊丽莎白对他的到来，对他来到尼日斐尔德，来到朗博恩，主动再来看她，惊讶之情几乎像在德比郡第一次见到他改变的举止时那样。

她脸上褪下的红晕，半分钟后又返回面颊，并且变得容光焕发，一丝愉快的微笑让她的眼睛更有神采，因为她在那段时间，想到他的感情和心愿一定依然坚定。但她不敢确信。

"让我先看看他怎样表现，"她说，"现在期待还为时过早。"

她坐在那儿专心做着针线活，努力保持镇定，不敢抬起眼睛，等仆人走到门前时，她才因为焦虑和好奇而抬眼看着姐姐。简看起来比平时稍显苍白，但比伊丽莎白预料的镇定一些。先生们刚出现，她的脸色变得更红，然而她算得上轻松地接待了他们，举止得体，看不出任何怨恨或任何不必要的殷勤。

伊丽莎白在礼貌允许的范围内，尽量对两人少说话，又坐下来做针线活，似乎对做活计的兴趣异常强烈。她只敢看了达西一眼。他看上去很严肃，和平时一样；她想，更像他以前在赫特福德郡的样子，而不是她曾经在彭伯利看到他的表现。不过，也许他在她母亲面前无法表现出在她舅舅舅母面前的样子。这是个痛苦的猜测，但并非不可能。

她也看了一眼宾利，从短暂一瞥中看出他显得既高兴又尴尬。班尼特太太接待他的客套程度，令她的两个女儿感到羞愧，尤其和她对他朋友冷淡正式的鞠躬问候相对比时。

尤其是伊丽莎白，她知道母亲应该感谢后者，是他让她最喜爱的女儿未能陷入永远身败名裂的境地，并为如此错误的看重感到伤心又痛苦。

达西向她询问了加德纳先生和太太的情况，这个问题让她回答时难免感到困惑，之后他几乎一言未发。他没有坐在她身旁，也许那是他沉默的原因，但在德比郡时并非这样。在那儿他和她的朋友说话，当他不能和她本人说话时。可现在过去了几分钟，却完全没听见他的声音。偶尔，当她无法抑制自己的好奇心时，她抬眼看着他的脸，发现他看简的次数和看她本人一样多，常常只是看着地面。显而易见，他比他们上次见面时，更加心事重重，也不那么急于取悦。她为此感到失望，也对自己感到恼火。

"我还能有别的期待吗?"她说，"可是他为何要来?"

除了对他本人，她没心情和任何人说话，然而她几乎没勇气和他说话。

她问候了他的妹妹，但说不出更多。

"宾利先生，你已经离开很久了。"班尼特太太说。

他立即表示同意。

"我开始担心你永远都不再回来了。人们**的确**说你打算在米迦勒节彻底离开这儿，可是，不过，我希望这不是真的。自从你离开后，这一带发生了许多变化。卢卡斯小姐结了婚并安顿下来。还有我自己的一个女儿。我想你已经听说了，说实话，你一定在报纸上看到了。[①] 我知道《泰晤士报》和《信使报》上都有，虽然写得不太像样。只写道:'最近，乔治·韦翰先生娶了莉迪亚·班尼特小姐'，只字未提她的父亲，或她住在哪儿，或任何情况。这还是我弟弟加德纳拟的稿子，我不知道他怎么写得那么糟糕。你看见了吗?"

宾利回答他看见了，并表示祝贺。伊丽莎白不敢抬起她的眼睛。因此，达西先生是怎样的表情，她不知道。

---

① 当时结婚都要登报宣布。

"这当然是件愉快的事情，有一个女儿嫁得很好，"她母亲继续说道，"但与此同时，宾利先生，让她离开我这么远真令人难过。他们去了纽卡斯尔，似乎是很北的地方，他们要住在那儿，我不知道会有多久。他的部队在那儿，因为我想你已经听说他离开某郡，加入了正规军。感谢上帝！他有**一些**朋友，虽然不及他应有的那么多。"

伊丽莎白知道这话在影射达西先生，羞愧得痛苦难当，几乎坐不住了。然而，这使她尽力开口说话，在此之前她无论如何都做不到。她问宾利，他是否打算目前住在村子里。他相信会住几个星期。

"等你们打完了你所有的鸟儿，宾利先生，"她母亲说，"我请求你们来这儿，在班尼特先生的庄园里想打多少就打多少。我相信他会极其高兴地邀请你，会把最好的鹧鸪留给你。"

伊丽莎白为如此毫无必要、装腔作势的殷勤，感到更加痛苦！假如此时出现了一年前让她们感到满意的美好前景，她相信，一切都会迅速到达同样令人烦恼的结局。在那一刻，她觉得即使多年的幸福生活，也无法补偿简和她本人这时感受的痛苦迷茫。

"我的第一个心愿，"她暗想道，"是永远不再和他们中的任何一个人在一起。和他们做伴的快乐，完全无法弥补这样的痛苦！让我永远别再见到他们中的任何一位！"

然而，这多年的幸福都无法补偿的痛苦，很快得到了真正的缓解，因为她看出她姐姐的美貌再次点燃了她曾经那位情人的爱慕。在他刚进来时，他很少和她说话，但每隔五分钟，他似乎就对她更加殷勤。他发现她和去年一样漂亮，一样性情温和，一样毫不做作，虽然说话没有那么多。简急于不让他看出她的任何改变，并真心相信她和以前说话一样多。但她心事重重，常常不知道自己陷入了沉默。

当先生们起身离开时，班尼特太太想着要对他们礼貌相待，于是他们得到邀请，约好几天后来朗博恩吃饭。

"你还欠我们一次来访呢，宾利先生，"她又说道，"因为你去年冬天去城里时，你曾经答应一旦返回，就来我们家里吃顿饭。你看，我没有忘记，我向你保证，我当时非常失望你没能回来履行约定。"

想起此事宾利显得有点傻气，说了些有事耽搁感到抱歉的话。接着他们离开了。

班尼特太太本来很想邀请他们留下来吃饭，就在当天，然而，虽然她的饭菜总是很丰盛，她依然认为如果没有两道菜，对于她满心念想的那个男人一定不够好，也不能满足年收入一万英镑的那个人的胃口和骄傲。

第十二章

他们刚离开，伊丽莎白就走出去恢复情绪，或者换句话说，去一刻不停地想着必然会让她更加心情沉重的问题。达西先生的表现让她吃惊又恼火。

"如果他来只是这样沉默、严肃、满不在乎，"她说，"那他为何要来？"

她无法以令她高兴的方式解答这个问题。

"当他在城里时，他能对我的舅舅舅母依然和蔼可亲，依然令人喜爱，为何对我不行？如果他害怕我，为何来到这儿？要是他不再喜欢我，为何保持沉默？这是戏弄、戏弄，男人啊！我不会再想着他。"

因为她姐姐走来，她有一小会儿不由自主地没能下定决心。姐姐神情愉快地来到她身旁，表明她比伊丽莎白对客人们感到更加满意。

"现在，"她说，"第一次见面结束了，我感到非常轻松。我知道我本人的力量，我永远不会因为他的到来再次觉得尴尬。我很高兴他星期二要来吃饭。人们都会看出，我们双方，只作为普普通通、无关紧要的熟人而见面。"

"是的，的确非常无关紧要，"伊丽莎白大笑着说，"哦，简，当心。"

"我亲爱的莉齐，你不会认为我意志薄弱，以至于现在还处于危险中吧？"

"我认为你极有危险让他和以前一样深爱着你。"

在星期二之前她们没再见到两位先生。与此同时，班尼特太太为所有的愉快计划喜不自胜，这是宾利先生在半个小时的来访中表现出的好脾气和寻常的礼貌，再次唤醒的期待。

星期二在朗博恩聚集了许多人，最令人渴盼的两位，以值得称赞的猎手习惯，准时到达。当他们进入餐厅时，伊丽莎白急切地看着，宾利是否会和从前所有的聚会时一样，坐在属于他和她姐姐的位置。她审慎的母亲也怀着同样的想法，没有邀请他坐在自己身旁。进屋的那一刻，他似乎在犹豫，但简碰巧回过头来，碰巧面带微笑。于是决定下来，他在她身边坐下。

伊丽莎白怀着得意的感觉，朝他的朋友望去。他大度且若无其事地忍受了这件事。假如她没有看见宾利的眼睛也转向达西，带着似笑非笑的担忧表情，她本来会以为宾利已经获准得到幸福。

吃饭的时候，他对她姐姐的态度，显然表明了对她的仰慕，尽管比以前更加谨慎；也让伊丽莎白相信，如果完全由他本人决定，简的幸福，以及他本人的幸福，很快会有保证。虽然她不敢相信这个结果，她还是从对他行为的观察中得到了快乐。这使她活泼兴奋起来，因为她之前情绪低落。达西先生几乎坐在桌子能把他们隔得最远的地方。他坐在她母亲一旁。她知道这样的情形多么不可能给双方带来快乐，也对任何一方都没有好处。她远得无法听见他们的任何交谈，但她能看出他们彼此难得说话，当他们的确说话时，态度有多郑重冷淡。她母亲的无礼，让伊丽莎白因为他们对他的亏欠感到更加痛苦。有时，她宁愿付出一切，只为有机会告诉他，并非全家人都不知道他的好意，或是不对他心怀感激。

她希望晚上能让他们有机会来到一起，希望不要在整个来访期间，除了他进门时的客套问候外，都不能让他们进行一些真正的交谈。先生们进来前，她在客厅里度过的那段时间焦虑又不安，极其令人疲倦、沉闷乏味，几乎使她变得无礼。她期待他们走进来，将此视为决定她晚上得到快乐的唯一机会。

"如果他不来我的身边，**然后**，"她说，"我会永远放弃他。"

先生们来了。她觉得他看似会满足她的心愿。可是，哎呀！女士们都涌到了桌旁，班尼特小姐正在那儿泡茶，伊丽莎白在倒咖啡，她们紧紧挤在一起，让她身边连放一张椅子的位置都没有。先生们走近时，一个女孩比任何时候和她靠得更近，低声说道：

"这些男人不能过来把我们分开，我已下定决心。我们谁都不需要，是吗？"

达西已经走到屋子的另一边。她用目光追随着他，羡慕每一个和他说话的人，几乎没耐心帮任何人倒咖啡。那时她对自己如此愚蠢感到极其愤怒！

"一个曾被拒绝的男人！我怎能愚蠢到期待他的再次爱恋？在所有的男人中，有谁不会反对这样的软弱，竟然愿意对同一个女人第二次求婚？再没有比这更令他们感到厌恶的耻辱了！"

不过，他本人拿回了咖啡杯，让她稍稍振作起来。她抓住这个机会说道：

"你妹妹还在彭伯利吗？"

"是的，她要在那儿待到圣诞节。"

"是独自一人吗？是否她所有的朋友都离开了她？"

"安斯利太太和她在一起。其他人三个星期前，都去了斯卡伯勒。"

她想不出更多话可说，但如果他想和她说话，也许能做得更好。然而，他在她身旁站了几分钟，沉默不语，最后，当那个妹妹又对伊丽莎白耳语时，他走开了。

茶具挪开后，摆上了牌桌，女士们全都起身，伊丽莎白那时期待他很快会来到她身旁。然而她的想法全都化成了泡影，因为看见她母亲一心找人打惠斯特牌，拉上了他，几分钟后他和别人一起坐了下来。现在她失去了对快乐的所有期待。他们整个晚上都被困在不同的桌旁，她毫无希望，但他的眼睛频频转向屋里她这一边，让他的牌打得和她本人一样差。

班尼特太太有意留尼日斐尔德的两位先生吃夜宵，但不幸的是他们的马车比其他任何人的都来得更早，她没有机会挽留他们。

"好了女孩们，"她们刚单独留下来她就说道，"你们觉得这一天过得怎样？我认为一切都进展得极其顺利，相信我。晚餐做得比任何时候都要好。鹿肉烤得恰到好处——人人都说，他们从未见过这么肥美的腰腿肉。汤比我们上星期在卢卡斯家吃的好五十倍。即使达西先生也承认，鹧鸪做得极其美味，我猜他至少有两三个法国厨子。而且，我亲爱的简，我从未见你更漂亮过。朗太太也这么说，因为我问她是否这样。你认为她还说了什么？

'啊！班尼特太太，我们最终会看着她嫁入尼日斐尔德。'她真的说了。我的确认为朗太太是极好的人，她的侄女全都是举止得体的女孩，一点都不漂亮。我对她们特别喜爱。"

班尼特太太，简而言之，兴致高昂。她看见了宾利对简的态度，这足以使她相信简最终会得到他。她心情愉悦，期待着家中即将发生的好事，简直想入非非，因而第二天没能又在家中见到他，没见他前来求婚，让她满心失望。

"这真是非常愉快的一天，"班尼特小姐对伊丽莎白说，"宾客似乎都选得非常好，彼此十分融洽。我希望我们能常常这样聚会。"

伊丽莎白笑了。

"莉齐，你不能这样做。你绝不能怀疑我。这让我难过。我向你保证我现在已经学着喜欢和他说话，把他看作一个可爱又理智的年轻人，没有别的念想。他如今的表现，让我完全相信他从未打算得到我的爱。只是因为他比别的男人举止更加甜美，更愿取悦他人。"

"你很残忍，"她的妹妹说，"你不会让我发笑，你每时每刻都让我恼火。"

"有些情况下被人相信是多么困难！"

"在别的情况下是多么不可能！"

"可你为何想说服我，我的感情超出了我所承认的部分？"

"那个问题我几乎不知该如何回答。我们都喜爱教导，虽然我们只能教会值得了解的内容。原谅我。如果你执意无动于衷，别让**我**成为你的知己。"

第十三章

这次拜访几天之后，宾利先生再次来访，并且独自一人。他的朋友那天上午已经离开他去了伦敦，不过会在十天后返回。他和她们坐了一个多小时，兴致极高。班尼特太太邀请他和他们一起吃饭，可是，他一再表达歉意，承认自己在别处还有事情。

"你下次来访时，"她说，"我希望我们能更加幸运。"

他非常乐意在任何时候过来，随时都行，如果她能允许，会早早过来拜访他们。

"你明天能来吗?"

是的，他明天完全没事，她的邀请被欣然接受。

他来了，时间太好，夫人小姐们还全都没有梳妆。班尼特太太穿着睡裙，头发才梳了一半，跑进她女儿的房间，大声叫道:

"我亲爱的简，快点，赶紧下来。他来了。宾利先生来了。他来了，真的。快点，快点。莎拉，立即来班尼特小姐这儿，帮她穿上长裙。别在意莉齐的头发。"

"我们会尽快下来，"简说，"但我敢说基蒂比我们两人都早，因为她半小时前就上楼了。"

"哦! 该死的基蒂! 和她有什么关系? 快点来，快点! 你的腰带在哪儿，我亲爱的?"

可当她母亲离开后，简无论如何都不肯在没有妹妹陪伴时下楼。

晚上母亲显然又急着让他们单独待在一起。喝完茶后，班尼特先生按照他的习惯，回到了图书室，玛丽上楼去弹琴。就这样去除了五个障碍中的两个，班尼特太太坐在那儿看着伊丽莎白和基蒂使了很久的眼色，却完全没引起她们的注意。伊丽莎白不愿看她，当基蒂终于看着她时，她很天真地说道："怎么了妈妈？你为何一直对我挤眉弄眼？我该做什么？"

"没什么，孩子，没什么。我没对你挤眼。"她接着又坐了五分钟，但不能浪费如此宝贵的机会，于是她突然起身，对基蒂说："来这儿，我的宝贝，我想和你说话。"便把她带出了屋子。简立即看着伊丽莎白，显出她对这样的预谋感到苦恼，请求她不要屈服。几分钟后，班尼特太太半开着门叫道：

"莉齐，我亲爱的，我想和你说话。"

莉齐只得离开。

"我们最好让他们单独在一起，你知道，"她刚进走廊母亲就说，"我和基蒂要去楼上，坐在我的更衣室里。"

伊丽莎白没有试着和母亲理论，但静静地待在走廊里，直到她和基蒂走出了视线，然后回到了客厅。

班尼特太太这一天的计划未见成效。宾利迷人至极，可惜没有成为她女儿的求爱者。他的轻松愉悦让他成为晚上最讨人喜欢的新成员。他忍受着胡言乱语、多管闲事的母亲，忍耐镇定地听着她的傻话，让她的女儿尤为感激。

他几乎无需邀请就留下来吃夜宵；在他离开前，主要由他本人和班尼特太太约定，让他第二天上午来和她丈夫打鸟。

这一天之后，简再也不说她毫不在意了。两姐妹间完全没提起宾利，但伊丽莎白上床时愉快地相信一切必然很快就有结果，除非达西先生提前返回。不过，认真思考后，她几乎相信所有这一切的发生必然得到了那位先生的同意。

宾利准时赴约，按照约定，他和班尼特先生整个上午都待在一起。后者比他同伴期待的和悦得多。宾利身上没有任何自以为是或愚蠢能惹得他语带嘲讽，或让他厌恶得一言不发。他比宾利至今见过的样子更乐于交谈，也没那么古怪。宾利当然和他一起回来吃饭，晚上班尼特太太当然再次设法带所有人离开他和她的女儿。伊丽莎白有一封信要写，喝完茶后很快为此去了早餐室，因为当其他所有人全都准备坐下打牌时，不可能需要她来抵制母亲的花招。

但她写完信，正要回到客厅时，她无比惊诧地发现，有理由担心她母亲对她而言过于聪明。推开门时，她看见姐姐和宾利一起站在壁炉旁，仿佛在热切地交谈着，假如这未引起任何怀疑，两人匆忙转身，从彼此身边离开时的表情，也能说明一切。**他们的境遇足够尴尬，但她觉得她的更糟**。双方都一言未发；伊丽莎白正要再次离开，这时和另一位一样刚刚坐下的宾利忽然起身，对她的姐姐耳语几句，便跑出屋子。

当简的秘密能带来快乐时，她对伊丽莎白毫无保留，她立刻拥抱着她，欢喜至极地承认，她是世界上最幸福的人儿。

"我太幸福了！"她又说道，"太过幸福。我配不上这些。哦！为何不能每个人都这么幸福？"

伊丽莎白的祝贺给得真挚、热烈、喜悦，无法以言语形容。

每一句善意的话语都是简新的幸福之源。但她不能允许自己和妹妹待在一起，或说出半数现在想说的话。

"我必须马上去母亲那儿，"她叫道，"我无论如何不能忽视她慈爱的牵挂，或允许她从除我本人之外的任何人那儿听到这个消息。他已经去了父亲那儿。哦！莉齐，想到我要说的话将给全家人带来那样的喜悦多么幸福！我怎能承受如此强烈的幸福感！"

她接着赶到母亲那儿，母亲之前故意解散了打牌的人，正和基蒂坐在楼上。

伊丽莎白独自待着，想到这件事数月以来带给他们那么多悬念和烦恼，此时终于迅速又轻松地得以解决，笑了。

"这样，"她说，"就结束了他朋友的担忧谨慎！以及他妹妹所有的谎言诡计！是最幸福、最明智、最合理的结局！"

几分钟后宾利来到她身边，他和她父亲的会谈简短有效。

"你姐姐在哪儿？"他推开门时匆忙说道。

"和母亲在楼上。我敢说她很快就会下来。"

他随后关上门，来到她身边，接受妹妹的祝福与爱意。伊丽莎白极其诚挚地对他们的未来关系表示喜悦。他们亲切友好地握了手。接着，在她姐姐下来之前，她只能听他说着所有想说的话，说他本人的幸福，以及简的完美无缺。尽管他是个恋人，伊丽莎白的确相信他对幸福的所有期待，都建立在合理的基础上，因为这些以简出色的理解力和极其出色的性情，以及她和他本人之间相似的感情与品位为基础。

这是一个让所有人都极其愉快的夜晚，班尼特小姐内心的满足感使她的脸上容光焕发，让她比任何时候更加漂亮。基蒂痴痴傻笑，期待她的那一天很快到来。班尼特太太同意和赞许的话语怎么热烈都无法让她自己感到满意，虽然她有半个小时没和宾利说别的话；当班尼特先生和他们一起吃夜宵时，他的声音和态度显然表明他有多么开心。

然而，他没说一句与此相关的话，直到他们的客人晚上告辞，但他刚刚离开，他就转向他的女儿，说道：

"简，我祝贺你。你将成为很幸福的女人。"

简立即来到他身旁，亲吻他，感谢他的好意。

"你是个好女孩，"他答道，"想到你如此幸福地安顿下来我感到非常高兴。我毫不怀疑你们能一起过得很好。你们的性格绝非不相似。你们两人都乐意顺从，对什么都下不了决心；你们那么随和，每一个仆人都会欺骗你们；又那么慷慨，所以总会入不敷出。"

"我希望并非如此。对钱财的轻率或大意是**我**不能原谅的事情。"

"入不敷出！我亲爱的班尼特先生，"他的妻子叫道，"你在说什么？天啊，他每年有四五千英镑，很有可能会更多。"接着她对女儿说："哦！我亲爱的，亲爱的简，我太高兴了！我相信我整晚都无法合眼。我知道会是怎样。我始终说一定会这样，终于做到了。我相信你不会无缘无故地长得这么美！我记得，当我见到他时，当他去年第一次来到赫特福德郡，我就想着你们多有可能走到一起。哦！他是世界上最英俊的年轻人！"

韦翰、莉迪亚，全都被忘记。简胜过了她最喜爱的孩子。在那时，她不在乎别的任何人。她的妹妹们开始向她提出要求，希望她未来能分给她们一些快乐。

玛丽请求使用尼日斐尔德的图书室，基蒂使劲乞求每个冬天在那儿举办几场舞会。

宾利，从这时起，当然每天都会来朗博恩。常常在早餐前过来，总是待到夜宵之后，除非某个不通情理的邻居，生怕自己不够讨厌，邀请他去吃饭，而他觉得自己必须接受。

伊丽莎白现在没多少时间和姐姐谈话，因为当他在场时，简没有心思关注其他任何人。但她发现自己在两人必须分开的那些时候对他们极其有用。当简不在时，他总是来到伊丽莎白身旁，为了愉快地说起她；当宾利离开时，简总会寻求同样的安慰。

"他让我特别高兴，"一天晚上她说道，"因为他告诉我春天时他完全不知道我在城里！我本来觉得这毫无可能。"

"我也这么想，"伊丽莎白答道，"可他是怎么解释的？"

"这一定是他妹妹所为。他的姐妹完全不赞同我和他的交往，我对此毫不惊讶，既然他在许多方面都可能做出有利很多的选择。但当她们看出，我也相信她们会看出，她们的兄弟和我一起很幸福，她们会学着感到满足，我们会再次和睦相处，虽然我们永远回不到从前的样子。"

"这是我听你说出的，"伊丽莎白说，"最不肯谅解的话。好女孩！说真的，要是再看着你被宾利小姐虚伪的喜爱所欺骗，会让我恼火。"

"你能相信吗，莉齐？当他去年十一月去城里时，他还真心爱着我，只因为相信**我的**冷漠，才使他没有再次过来。"

"他当然犯了一点错误，但这说明了他的谦逊。"

这自然让简夸赞起他的缺乏自信，以及他对自己优点的毫不看重。

伊丽莎白高兴地发现他没有透露他朋友的干涉，因为，虽然简是世界上最慷慨最宽容的人，她也知道这样的情形一定会让她对他产生偏见。

"我当然是世界上最幸福的人儿！"简叫道，"哦！莉齐，为何这样把我从家人中挑选出来，让我比所有人更幸福！要是我能看着**你**一样幸福就好了！要是**能有**另一个这样适合你的男人该多好！"

"就算你能给我四十个男人，我也永远不能和你一样幸福。在我拥有你的性情、你的善良之前，我永远得不到你的幸福。不，不，让我自求多福吧，也许，如果我非常幸运，我迟早会遇上另一位柯林斯先生。"

朗博恩一家的事情不可能是个长久的秘密。班尼特太太优先悄悄说给了菲利普斯太太听，**她**又在没有任何许可的情况下，贸然对她梅里顿的所有邻居们做了同样的事情。

班尼特一家很快被宣称为世界上最幸运的家庭，虽然仅仅几个星期前，当莉迪亚刚刚逃走时，人们都认定他们特别不幸。

第十四章

一天上午，大约在宾利和简订婚一个星期后，当他和家中的女士们一起坐在餐厅时，他们的注意力忽然被吸引到窗户前，因为听到了马车的声音，他们看见一辆驷马马车沿着草坪驶来。时间太早，还不适合访客，而且，车子的装备并非任何邻居所有。马儿是驿马，无论马车，还是前面仆人的号衣，他们都不熟悉。不过，既然确定有人来访，宾利马上说服班尼特小姐别因为这番打扰被困在家里，和他一起去灌木林。两人出发了，留下的三个人还在猜测，虽然想不出结果，直到门被推开客人进入。是凯瑟琳·德·布尔夫人。

她们当然全都准备惊讶一番，但她们的惊奇出乎了她们的意料。对班尼特太太和基蒂而言，虽然她们完全不认识她，却甚至不如伊丽莎白惊讶。

夫人以比平时更加无礼的态度进了屋，对伊丽莎白的问候除了稍稍点头没有别的答复，就坐下来一言不发。伊丽莎白在夫人进来时已经向她母亲提了她的名字，尽管夫人完全没请她做介绍。

班尼特太太万分惊讶，虽然对如此高贵的访客感到得意洋洋，但还是极其礼貌地接待了她。沉默地坐了一会儿后，夫人语气生硬地对伊丽莎白说：

"我希望你很好，班尼特小姐。那位女士，我猜，是你的母亲。"

伊丽莎白简短回答"是的"。

"那位我想是你的一个妹妹。"

"是的，夫人，"班尼特太太说，她很高兴能和凯瑟琳夫人说话，"她是我的倒数第二个孩子。我最小的孩子刚刚结婚，我最大的孩子在园子里，正和一位年轻人散步，我相信，他很快会变成我们的家庭成员。"

"你的庄园很小。"凯瑟琳夫人短暂沉默后答道。

"和罗辛斯相比不值一提，夫人，我敢说，但请相信这比威廉·卢卡斯爵士家的大得多。"

"这间客厅夏天的晚上一定极不舒服，窗户正朝西面。"

班尼特太太向她保证晚餐后她们从不坐在那儿，然后又说道：

"我能冒昧请问夫人柯林斯夫妇都好吗？"

"是的，很好。我前天晚上见到了他们。"

伊丽莎白这时期待她会拿给她一封夏洛特的信，因为这似乎是她的来访唯一可能的动机。然而没有任何信件，她感到困惑不已。

班尼特太太礼貌至极地请求夫人吃些点心，但凯瑟琳夫人非常坚定，且不太礼貌地拒绝吃任何东西。接着，她站起身，对伊丽莎白说：

"班尼特小姐，你们草坪的另一边似乎有一小片很漂亮的荒园①。我很乐意到那儿走走，如果你肯陪我一起去。"

---

① 原文为"wilderness"。小荒原和灌木林一样，是当时较大的花园中较为时髦的布局，反映了对自然风景的品位。

"去吧，我亲爱的，"她母亲叫道，"带夫人去不同的步道上走走。我想她会喜欢那片僻静之地①。"

伊丽莎白听从了，跑进她自己的房间拿了她的太阳伞，去陪她在楼下的尊贵客人。当她们穿过走廊时，凯瑟琳夫人打开了通往餐厅和客厅的门，迅速查看后，宣称这些是看上去很体面的屋子，然后继续往前走。

她的马车还在门口，伊丽莎白看见她的侍女坐在里面。她们默默地沿着通往矮树林的石子路走着。伊丽莎白打定主意绝不试着和此时显得异常讨厌无礼的那个女人说话。

"我怎可能认为她和她的外甥相似呢？"她看着她的脸时心想。

她们刚进入矮树林，凯瑟琳夫人就以这种方式开始道：

"班尼特小姐，你绝不可能不知道我来这儿的原因。你本人的心，你本人的良知，一定能告诉你我为何而来。"

伊丽莎白带着毫不掩饰的惊讶看着她。

"说真的，你错了，夫人。我完全不能解释为何有幸在这儿见到你。"

"班尼特小姐，"夫人答道，语调很气愤，"你应该知道，我不会被人戏弄。但无论**你**也许想要多不真诚，你会发现**我**绝不是这样。我的性格一直因为诚恳坦率受人夸赞，在如今这样的原因面前，我当然不会违背个性。两天前我听到一个最令人惊恐的消息。我听说不仅你的姐姐就要结一门极其有利的婚事，

---

① 原文为"hermitage"。在十八世纪英国花园布局中较为流行，指其中的一小片优雅静谧之处。

而且**你**，那个伊丽莎白·班尼特小姐，也极有可能，很快和我的外甥，我自己的外甥，达西先生结婚。虽然我**知道**这一定是最可耻的谎言，虽然我不会以相信此事的真实性来深深伤害他，但我还是立即决定出发来到这里，这样我也许能让你知道我的感情。"

"如果你相信这不可能是真的，"伊丽莎白说道，因为吃惊和鄙夷而红了脸，"我奇怪你为何不辞辛苦地来到这么远的地方。夫人这样做能说明什么？"

"立即坚持让所有人否认这样的消息。"

"你来到朗博恩，来见我和我的家人，"伊丽莎白冷静地说，"反而会证明这一点；如果，的确，存在这样的消息。"

"如果！那么你想假装不知情吗？难道不是由你们自己费尽心机地散布出来的？你不知道这样的消息已经传开？"

"我从未听说过。"

"你能否也宣称，这些流言没有**依据**？"

"我不想假装和夫人一样坦诚。**你**可以提问，而**我**能选择不予回答。"

"这无可容忍。班尼特小姐，我坚持要得到满意的答复。他有没有，我的外甥有没有向你求婚？"

"夫人已经宣称这不可能。"

"理应如此；必须如此，在他保留了他的理智时。但**你的**伎俩和诱惑，也许会让他因为一时的迷恋，忘记他对自己和对他所有家人的责任。你也许已经诱他上当。"

"如果我这样做了，我绝不会承认。"

"班尼特小姐，你知道我是谁吗？我不习惯这样的话语。我几乎是他在这个世界上最近的亲人，有权知道他最关心的所有事情。"

"但你无权知道**我的**，而且这样的行为，绝不可能诱使我直言不讳。"

"让我把话说清楚。这门婚事，你胆敢追求的婚事，绝不可能发生。不，永远不可能。达西先生和**我的女儿**订了婚。现在你有什么可说？"

"只有这一点：如果他真是这样，你绝无理由认为他会向我求婚。"

凯瑟琳夫人犹豫片刻，然后答道：

"他们之间的婚约是很特殊的类型。从他们的婴儿时期，他们就注定要在一起。这是**他的**母亲最大的心愿，也是她母亲的心愿。当他们还在摇篮里时，我们就安排了这门亲事。现在，正当两姐妹的心愿即将因为他们的结婚而达成时，要被一个出身低贱、一无是处，和这个家庭毫无关联的年轻女人阻止！你完全不在意他朋友们的心愿吗？也不在乎他和德·布尔小姐心照不宣的婚约？你会完全无视所有得体微妙的感觉？你没听我说从他出生的最初时刻他已经注定要娶他的表妹？"

"是的，我已经听说过。但这对我算得了什么？如果对我嫁给你的外甥没有别的反对，我当然不会因为知道他的母亲和姨妈曾希望他娶德·布尔小姐而退缩。你们两人已经尽力安排这段婚姻。它的完成取决于别人。如果达西先生不因名誉或意愿只能选择他的表妹，他为何不能另做选择？如果我是那个选择，我为何不能接受他?"

"因为名誉、礼节、审慎,不,利益,禁止这样做。是的,班尼特小姐,利益。不要期待被他的家人或朋友关注,如果你恣意违背所有人的意愿。你会被指责、轻贱、鄙视,来自和他有关的每一个人。你们的结合将是个耻辱;你的名字永远不会被我们当中的任何一人提起。"

"这些是深重的不幸,"伊丽莎白答道,"但达西先生的妻子一定拥有必然与她境遇相联的非凡幸福之源,因此,总的来说,她没任何理由感到懊悔。"

"固执任性的女孩!我为你感到羞愧!这是你为我春天时对你的看重表达的感激吗?不能为那一点感谢我吗?让我们坐下。你应该明白,班尼特小姐,我来到这儿是要坚决达到我的目的,我也不会被说服着放弃。我从不习惯接受任何人的异想天开。我也不习惯容忍失望。"

"**那**会让夫人目前的处境更加可怜,但这对**我**毫无影响。"

"我不想被打断。安静地听我说。我的女儿和我的外甥注定要在一起。他们,在母亲这边,源于同样的高贵家族;在父亲那边,源于体面、荣耀、古老——尽管没有爵位的家族。他们父母双方都有可观的财富。他们在双方家庭每一个成员的口中都是天作之合;什么能把他们拆开?一个没有家世、没有贵亲,也没有财产、狂妄自大的年轻女人。这可以容忍吗!但绝对不能,也不会如此。如果你能有自知之明,你就不会想离开你自幼身处的圈子。"

"如果嫁给你的外甥,我不会认为自己离开了那个圈子。他是个绅士，我是绅士的女儿①，就此而言我们是平等的。"

"是的。你**是**个绅士的女儿。但你母亲是谁？还有你的舅舅姨妈们？别以为我对他们的境遇一无所知。"

"无论我的亲戚是怎样的人，"伊丽莎白说，"如果你的外甥不反对，他们和**你**毫不相干。"

"直截了当地告诉我，你和他订婚了吗？"

虽然伊丽莎白如果只为凯瑟琳夫人，本来不愿回答这个问题，但她还是忍不住在短暂思考后说道：

"我没有。"

凯瑟琳夫人似乎很高兴。

"你能向我承诺，永远不进入这样的婚约吗？"

"我不会做出那样的承诺。"

"班尼特小姐，我非常震惊。我本来指望见到一个更通情达理的年轻女子。但别自欺欺人，认为我会退缩。在你给出我想要的保证之前，我不会离开。"

"我当然**绝不会**给。我不会因为恐吓，就接受任何如此完全不合情理的事情。夫人想让达西先生娶你的女儿，但如果我给你想要的承诺，就能让**他们的**婚姻更有可能吗？假如他爱我，那么**我的**拒绝会让他想向他的表妹求婚吗？请允许我说，凯瑟琳夫人，你为这异乎寻常的请求提出的道理毫无意义，而请求本身也不合情理。你完全弄错了我的性格，若是你以为我能被这样的话

---

① 此处的绅士有双重意思。一是指达西和班尼特先生都是继承了家族财产的富裕乡绅，这是社会阶层的证明；"绅士"一词也是对道德品质的肯定。伊丽莎白曾在达西第一次求婚时表明绝不会嫁给他，"就算你表现得更像个绅士"，让达西难以置信又倍感屈辱。

语说服。你的外甥有多赞成你对**他**事情的干涉，我不知道，但你当然无权参与我的事情。因此，我必须请求你，别在这个话题上继续纠缠。"

"请你别这么匆忙。我还远未结束。除了我已经提出的所有反对，我要加上另外一条。我并非不知道你小妹妹可耻私奔的详细情况。我全都知道。那个年轻人娶她是事后的补救，花了你父亲和舅舅很多钱。**那样**的女孩要成为我外甥的妹妹吗？而**她的**丈夫，是他先父管家的儿子，要成为他的兄弟？天哪！你在想什么？难道彭伯利要这样门庭蒙羞吗？"

"你**现在**无话可说了，"她厌恶地答道，"你已用尽所有的方式来侮辱我。我必须请求你返回屋里。"

她说话时站起身。凯瑟琳夫人也站了起来，她们往回走。夫人极其愤怒。

"那么，你毫不看重我外甥的名声和体面！无情、自私的女孩！你不认为和你结婚一定会让他在所有人眼中蒙受耻辱吗？"

"凯瑟琳夫人，我已无话可说。你知道我的感情。"

"那么你决定嫁给他了？"

"我没有说这样的话。我只决定那样行事，能够在我看来，构成我的幸福，和**你**无关，也和任何与我毫无关联的人无关。"

"好。那么，你拒绝答应我。你拒绝遵从责任、名誉和感恩的要求。你决定毁了他所有朋友对他的看法，让他被世人鄙视。"

"责任、名誉或感恩，"伊丽莎白答道，"都与我毫无关联，在目前的情况下。没有任何原则会因为我嫁给达西受到违反。至于他家人的怨恨，或世人的愤怒，如果前者**的确**因为他娶我而起，这一刻也不会让我担忧，而世人总的来说有足够的理智，不会参与这种蔑视。"

"这就是你真实的想法！这就是你最后的决定！很好。我知道该怎么做。别以为，班尼特小姐，你的野心能得到实现。我是来考验你的。我希望能发现你通情达理，不过，请相信，我会坚持到底。"

凯瑟琳夫人就这样说着，直到她们来到马车门前。这时她迅速转身，又说道："我不向你告别，班尼特小姐。我也不问候你的母亲。你不值得这样的看重。我极其恼火。"

伊丽莎白没有回答，她没有试着劝说夫人回到屋里，自己安静地走了进去。她上楼时听见马车离开的声音。她的母亲迫不及待地在更衣室门前迎上她，问她为何凯瑟琳夫人不愿再进来休息一下。

"她不愿进来，"她的女儿说，"她想走。"

"她是个很漂亮的女人！她来这儿拜访真是太客气了！因为我想，她来只是告诉我们柯林斯太太很好。我敢说，她要去别的地方，在路过梅里顿时，想着她不妨来看看你。我想她没有特别的话对你说吧，莉齐？"

伊丽莎白此时被迫说了些谎言，因为承认她们的谈话内容绝无可能。

第十五章

这次意想不到的来访搅得伊丽莎白心绪不宁，难以恢复平静。有好几个小时，她无法做到别一刻不停地想着它。看来，凯瑟琳夫人果真不辞辛劳地从罗辛斯赶来，只为打破她和达西先生所谓的婚约。这当然是个合理的方案！但有关他们婚约的传闻从何而来，伊丽莎白无法想象，直到她想起**他**是宾利的密友，而**她**是简的妹妹，当对一场婚礼的期待让人人渴盼着另一场婚礼时，足以带来这样的想法。她本人也没忘记曾经觉得她姐姐的婚姻一定会让他们更多地在一起。她在卢卡斯宅邸的邻居，因此（她断定，从他们和柯林斯夫妇的交流中，这个消息已经让凯瑟琳夫人得知），只需表明**那件事**几乎明确并且近在眼前，而**她**曾认为那有些可能，在未来的某个时候。

然而，对凯瑟琳夫人的话语反复思索后，她不禁为她坚决反对这件事会带来的后果感到有些不安。从她说过要阻止他们结婚的决心上，伊丽莎白想到她一定在思考怎样向她的外甥提出；**他**也许会对和她结婚的坏处做出怎样的类似陈述，她不敢断言。她不知道他和他姨妈实际的亲密程度，或是他多么依赖她的判断，但自然可以认为他对夫人比**她**看重得多。明确无疑的是，在细数和**一个人**结婚的痛苦时，他的姨妈只需说出她的亲友和他自己亲友的极不平等，就可能击中他的软肋。因为他对尊严的看法，他也许会觉得，在伊丽莎白看来牵强荒唐的理由，却非常明智，也合情合理。

如果他之前曾对该怎样做感到动摇，这一点常常看似很有可能，这样的近亲提出的建议和请求也许会消除每一个困惑，让他立即决定在无损尊严的前提下尽量追求幸福。在那个情况下他不会再回来。凯瑟琳夫人也许在返回的路上去城里见了他，他和宾利之间再来尼日斐尔德的约定必须让步。

"因此，如果几天后他的朋友为他没有信守承诺给出理由，"她又想到，"我会知道该如何理解。那时我会放弃每一个期待，对他内心坚定的每一个愿望。如果他只满足于让我遗憾，在他也许能得到我的爱慕和接受时，我很快会不再对他感到一丝遗憾。"

别的家人听说他们的客人是谁后，感到非常惊讶，然而他们欣然以和班尼特太太同样的猜想，也满足了他们自己的好奇心，因而没让伊丽莎白为这件事受到太多取笑。

第二天上午，当她下楼时，她遇见了父亲，他从图书室出来，手里拿着一封信。

"莉齐，"他说，"我正要找你，到我房间来。"

她跟着他走到那儿。她急于知道他要告诉她什么，想到这件事可能和他手里的信有关让她更加好奇。她忽然想到可能来自凯瑟琳夫人，她沮丧地等待着随之而来的所有解释。

她跟随父亲来到壁炉旁，两人都在那儿坐下。他接着说道：

"我今天上午收到一封更令我惊讶至极的来信。因为这主要和你本人有关，你应该知道内容。我以前不知道，我有**两个**快要结婚的女儿。让我祝贺你了不起的征服。"

伊丽莎白的脸涨得通红，她即刻相信这是一封来自外甥而非姨妈的来信；她不确定更该因为他最终表白而高兴，还是为他没把信写给她本人而恼火；这时她的父亲继续说道：

"你看上去很羞涩①。年轻小姐们对这样的事情很有洞察力；但我想我也许在挑战**你的**智慧，假如让你说出你仰慕者的名字。这封信来自柯林斯先生。"

"来自柯林斯先生！**他**能有什么话要说？"

"当然是一些很中肯的话。他首先祝贺我大女儿即将到来的婚事，似乎这些是从好脾气又爱说闲话的卢卡斯一家听说的。我不想读出他在那一点上的内容，让你不耐烦。和你有关的内容，是后面这些：'在我本人和柯林斯太太为这件喜事向你们表达了诚挚的祝贺后，容我此时稍稍提及另一件喜事。我们通过同样的知情人获悉。据说，您的女儿伊丽莎白，在她的长姐放弃家族姓氏后，亦不愿长久冠以班尼特之姓，选择了她的命中天子，可被视为这片土地上最辉煌显赫之人。'"

"你可能猜得出来吗，莉齐，这是指谁？'这位年轻绅士，以独特的方式，拥有世人心中最为渴求的一切——雄厚的资产、高贵的门第、广阔的教区。然而尽管这所有的诱惑，容我告诫我的伊丽莎白堂妹，以及您本人，仓促接受这位年轻绅士的求婚将会遭致何种麻烦，你们也许愿意即刻听从。'"

"你知道吗，莉齐，这位绅士是谁？不过马上就要说出

———————————————

① 原文为"conscious"，暗指恋爱中的人隐藏了一些令人尴尬的秘密。

来了。"

"'我告诫你们的动机如下。我们有理由认为，他的姨妈，凯瑟琳·德·布尔夫人，并不欢迎这桩婚事。'"

"**达西先生**，你看，真是这个人！现在，莉齐，我想我**已经**让你惊讶了。他，或是卢卡斯一家，可能在我们的熟人中挑出任何一个男人，而他的名字不会让他们的谎言更像是真话吗？达西先生，除了吹毛求疵从来不看任何一个女人，也许这辈子从未看**你一眼**！真是令人钦佩！"

伊丽莎白试着和她父亲一同打趣，但只能挤出一丝极其勉强的微笑。他戏谑的方式从未让她这么不喜欢。

"你不觉得好笑吗？"

"哦！是的。请读下去。"

"'昨晚向夫人提及这门亲事的可能性后，她立即以她平日的屈尊俯就，表达了她对此事的感受。显而易见，由于对我堂妹某些家人的反对，她永远不会同意在她看来非常可耻的亲事，因而我认为自己有责任迅速将此告知我的堂妹，让她和她高贵的仰慕者明白自己的所为，切勿仓促进入未获正当许可的婚姻。'柯林斯先生还写道：'我为莉迪亚堂妹的不幸事件能妥善平息感到真心喜悦，只是担忧他们结婚前同居之事已尽人皆知。然而，我不能无视我的职责，对于听说你们让这对年轻人刚刚结婚就进入家门之事，我无法不表明我的惊诧。此乃鼓励恶行。倘若我是朗博恩的牧师，我会竭尽全力加以反对。作为基督徒，您自当宽恕他们，但永远别让他们出现在您眼前，或让人在您能听见之处提起他们的名字。'那就是在他看来基督徒的宽恕！信中剩余的内容只是关于他亲爱的夏洛特的情况，以及他对一个年轻的橄榄枝①的期待。可是，莉齐，你看似不喜欢这些。我希望你不会变得**矜持**，假装对一则无聊的消息感到冒犯。因为我们为何活着，不就是被邻居戏弄，再转而嘲笑他们吗?"

"哦!"伊丽莎白叫道，"我觉得有趣至极。但这太奇怪了!"

"是的，**那**是这件事有趣的原因。假如他们选定别的任何男人，这本会毫无趣味。但**他的**全然冷漠，和**你的**明显厌恶，让这件事变得荒唐可笑！虽然我很厌烦写信，我不会因为任何考虑放弃和柯林斯先生的通信。不，当我读他的信时，我会忍不住对他比韦翰更喜欢，尽管我非常看重我女婿的轻率和虚伪。莉齐，请问凯瑟琳夫人对这个消息怎么说? 她的来访是为了拒绝同意吗?"

对这个问题他的女儿只一笑了之。因为他提问时毫不怀疑，他的重复也没让她痛苦。伊丽莎白从未对遮掩情绪感到如此困惑。必须笑，而她宁愿哭。她的父亲说起达西先生的冷漠，残忍地让她备受屈辱。她什么都不能做，只能好奇他为何如此缺乏洞察力，或是担心，并非他见得太**少**，也许是她想得太**多**。

---

① 柯林斯先生在第一封信中提到"不会让你们拒绝这抛来的橄榄枝"，此处暗示柯林斯夫妇即将有个孩子。如果是男孩，可能成为朗博恩的下一任继承人。

第十六章

伊丽莎白有些期待宾利先生从他朋友那儿收到这样的道歉信，然而并非如此，他反而在凯瑟琳夫人来访没过许多天后，把达西先生带到了朗博恩。先生们早早到达。班尼特太太还没时间告诉达西他们已经见到了他的姨妈，她的女儿也为此担心了一会儿，这时宾利想单独和简在一起，便提出他们全都出去散步。众人同意了。班尼特太太没有散步的习惯，玛丽从来腾不出时间，但剩下的五个人一同出发。然而，宾利和简很快让别人超过了他们。他们落在后面，而伊丽莎白、基蒂和达西得互相取乐。谁也没说多少话。基蒂对他非常害怕，不敢说话；伊丽莎白暗自决定要孤注一掷；或许他也在做同样的决定。

他们往卢卡斯家走去，因为基蒂想去看望玛丽亚。然而伊丽莎白看出这件事无需人人在意，当基蒂离开他们后，她勇敢地独自和他走在一起。现在是她下定决心的时候了。在她勇气高涨时，她立即说道：

"达西先生，我是个非常自私的人，为了发泄自己的情绪，毫不在意我可能怎样伤害了你的感情。我已情不自禁，必须感谢你对我可怜的妹妹无与伦比的善意。自从得知此事，我迫不及待地想向你承认我有多么感激。假如我的家人知道，我就不只为自己表达感激之情了。"

"我很抱歉，非常抱歉，"达西答道，语气惊讶又动情，"你已经得知了，假如错误地理解，可能让你不安的事情。我没想到加德纳太太那么不可信任。"

"你绝不要责备我的舅母。莉迪亚的轻率首先让我知道你与这件事有关；当然，在得知细节前我不可能罢休。让我再三感谢你，以我所有家人的名义，因为你慷慨的同情心让你不辞辛劳，忍受了那么多屈辱，为了找到他们。"

"如果你**要**感谢我，"他答道，"那就只为你自己。想让你幸福的心愿也许增添了让我前进的其他动力。我不想试着否认。但你的**家人**对我没有亏欠。尽管我很尊重他们，我相信我只想着**你**。"

伊丽莎白尴尬得一个字也说不出。短暂停顿后，她的同伴又说道："你太过慷慨，不会戏弄我。如果你的感情依然像四月时那样，立刻告诉我。**我的**爱意和心愿没有改变，但来自你的一个字会让我对此话题永远沉默。"

伊丽莎白为他的处境愈发感到困窘焦急，此时强迫自己说话。虽不太流畅，却立即让他明白自从他暗示的那段时间以来，她的感情已经经历了极大的变化，因而能让她感激愉悦地接受他此时的表白。这个回答带来的幸福，强烈得他也许从未体会过。他在此情景下以一个热恋的男人应有的样子，理智又热烈地表达了他的情感。假如伊丽莎白能够迎上他的目光，她也许能看出那发自内心的喜悦弥漫在他的脸庞时，他的模样；然而，虽然她不能看，但她能听，他向她倾诉着感情，在证明她对他的重要性时，让他的爱恋每时每刻变得更加宝贵。

他们继续前行，不知往哪个方向。有太多事要思考、要感受、要诉说，不可能关注别的任何事情。她很快得知他们应该为如今的相互理解，感谢他姨妈的努力，她**的确**在返回时去伦敦看了他，在那儿说起她的朗博恩之旅，去的动机，以及她和伊丽莎白谈话的实质；对那些让夫人担心，特别表明后者的倔强与无耻的每一句话，都再三强调；她相信这些话一定能帮她设法从她外甥那儿得到**她**拒绝给予的承诺。然而，对夫人来说不幸的是，结果恰恰背道而驰。

"这给了我希望，"他说，"因为我之前几乎不允许自己希望。我对你的性情足够了解，可以确定，假如你完完全全、义无反顾地讨厌我，你会坦率公开地向凯瑟琳夫人承认。"

伊丽莎白回答时红着脸笑了："是的，你对我的**坦率**足够了解，能相信我会**那样做**。在如此可恶地当面辱骂你之后，我能毫不顾忌地对你所有的亲戚辱骂你。"

"你对我说的话，哪一句不是我应得的？因为，虽然你的指责不合情理，来自错误的基础，但我那时对你的态度应该得到最严厉的斥责。这无可原谅。我每次想起都会倍感厌恶。"

"我们不要为那天晚上谁更该受责备而争执，"伊丽莎白说，"严格来说，谁的表现都并非无可指摘，但从那时起，我希望，我们两人，都变得更有礼貌。"

"我不能如此轻易地原谅自己。想起我那时说的话，我的行为、我的态度、我在整个过程中的表情，如今，在过了几个月后，依然让我痛苦得难以言喻。你的责备，说得很对，我永远都忘不了：'就算你表现得更像个绅士。'那是你的原话。你不知道，你难以想象，它们让我多么痛苦。虽然，我承认，我是过了一段时间才变得足够理智，能承认其公正之处。"

"我当然远未想到这些话给你带来如此强烈的感受。我根本没想过你会有那样的感觉。"

"我能轻易相信这一点。你当时认为我没有任何正确的情感。我相信你是的。当你说无论我以任何方式向你求婚都不可能诱使你接受我时，我永远忘不了你神情的改变。"

"哦！不要重复我那时说的话。这些回忆令人难受。我向你保证我已经很久以来都为此感到真心羞愧。"

达西提到他的信。"这封信，"他说，"有没有**很快**改善你对我的想法？你有没有，在阅读时，对里面的内容给予任何肯定？"

她解释了这封信对她的影响，她曾经的所有偏见是怎样逐渐消失的。

"我知道，"他说，"我写的话一定让你痛苦，但很有必要。我希望你已经毁了这封信。尤其是一个部分，信的开头，让我担心你能否再读一遍。我记得有一些话，能让你公正地厌恶我。"

"这封信当然应该被烧掉，假如你相信这对保持我的爱慕至关重要。可是，我们两人都有理由认为我的想法并非完全不可改变；我希望，它并非如那暗示的一样，那么容易改变。"

"当我写那封信时，"达西答道，"我相信自己完全镇定冷静，但从那以后我就相信那是写在心情极其愤怒的时候。"

"这封信，也许，始于愤怒，但并非结束于此。再见本身就足够仁慈①。但别再想这封信了。写信人的感情，以及收信人的

---

① 达西在信的末尾写道：我只想再说，上帝保佑你。

感情，都与当初截然不同，因此所有与之相随的不愉快情形都应该被忘记。你必须学习我的一些哲理，只回忆能带给你快乐的过去。"

"我不能赞成任何这样的哲理。**你的**回忆一定完全不受责备，你的满足并非来自哲理，而是更好，源于问心无愧。但对**我**来说，并非如此。痛苦的回忆总会闯入，我无法，也不该排斥。孩提时期我学会了什么是**正确**，但并未学会怎样纠正我的脾气。我知道好的原则，却任由自己骄傲又自负地遵从这些原则。不幸的是作为独子（因为许多年里我都是唯一的**孩子**），我被父母宠坏了，他们虽然本身正直（尤其是我父亲，极其与人为善、和蔼可亲），却允许我、鼓励我，甚至教我变得自私傲慢，除了自己的家人对谁都不在乎，对其他所有人都态度刻薄，至少**希望**在把他们的理智和价值与我相比时轻视他们。我就是那样，从八岁到二十八岁；我也许依然会这样，要不是因为你，最亲爱的，最可爱的伊丽莎白！我对你万分感激！你给了我一个教训，起初非常痛苦，但极有好处。因为你，我得到了应有的屈辱。我来到你身边，毫不怀疑会被你接受。你向我表明以我所有的自命不凡，去取悦一位值得取悦的女人，是多么不够。"

"你本人那时相信我会接受吗？"

"我的确相信。你看我有多自负？我相信你希望，并期待我的求婚。"

"一定是我的态度有错，可并非故意，我向你保证。我从未打算欺骗你，但我的兴致也许常常让我犯错。**那个晚上后你一定会多么恨我？**"

"恨你！也许我起初很愤怒，但我的愤怒很快开始走上正确的方向。"

"我几乎害怕询问你对我的想法，当我们在彭伯利见面时。你责备我来这儿吗？"

"不，当然没有。我只感到惊讶。"

"你不可能比**我**被你关注时更加惊讶。我的良心告诉我，我不配得到特别的礼貌，我也承认我没有期望得到**超乎**应得的对待。"

"我**那时**的目标，"达西答道，"是通过尽量做到礼貌，向你表明我并非那么小气，会为过去而怨恨。我希望得到你的原谅，减轻你的坏印象，通过让你看出你的责备起了效果。我几乎说不清多久后涌出了别的心愿，但我相信是在见到你半个小时后。"

他随后告诉她乔治安娜多么高兴与她相识，以及她对突然中断的失望。这自然引到中断的原因，她很快得知，他还没离开客栈时，就已经下定决心从德比郡跟随她去找她的妹妹，而他的严肃和沉思并非因为别的挣扎，而是想着这样的目标一定包含着哪些事情。

她再次表示感谢，但这件事让两人都太过痛苦，无法进一步讨论。

他们慢悠悠地走了好几英里，忙得对此一无所知。看了表之后，他们才终于发现，到了回家的时候。

"宾利和简怎样了？"这番好奇带来了对**他们**事情的讨论。达西对他们的订婚很高兴，他的朋友尽早把消息告诉了他。

"我必须问，你是否惊讶？"伊丽莎白说。

"完全不。当我离开时，我感觉这很快会发生。"

"那就是说，你已经给了你的许可。我也那么猜的。"虽然他为这个词惊叫起来，但她发现情况基本如此。

"我离开伦敦的那个晚上，"他说，"我对他坦白了，这件事我相信早就该做。我告诉他我以前对他的事情加以干涉，一切都很荒唐无礼。他特别惊讶。他从未有过一丝怀疑。我还告诉他，我之前认为你姐姐对他冷淡，我相信我自己弄错了，因为我能轻易看出他对她的爱恋没有减少，我毫不怀疑他们能幸福地在一起。"

伊丽莎白忍不住为他能如此轻松地指引他的朋友笑了。

"当你告诉他我姐姐爱他时，"她说，"你的话主要来自你的观察，还是只因为我春天时给你的信息？"

"来自前者。在我最近的两次拜访中我仔细观察着她，我很确信她的爱恋。"

"而你对此的保证，我想，立即说服了他。"

"是的。宾利极其真诚谦逊。他的不自信让他在这么重要的问题上无法相信自己的判断，但他对我的信赖让一切变得简单。我只得承认一件事，有一段时间，并非不合情理地惹恼了他。我不能让自己隐瞒你姐姐去年冬天在城里住了三个月，我知道此事，却故意不让他知道。他很生气。但他的气愤，我相信只持续到他毫不怀疑你姐姐的感情时。他现在已经真心原谅我了。"

伊丽莎白很想说宾利先生是个最讨人喜爱的朋友，这么容易被人牵引，实在难能可贵；但她忍住了。她想起他还需要学着被取笑，现在还为时过早。他期待着宾利的幸福，当然仅次于他本人的幸福，就这样一直聊到他们进了家门。他们在走廊里分开了。

第十七章

"我亲爱的莉齐，你们走到哪儿去了？"这是伊丽莎白刚进入她们的房间时简提出的问题，也是他们坐在桌旁时来自其他所有人的问题。她只能回答他们四处闲逛，直到她不知去了何处。她说话时脸红了，但无论那一点，还是其他任何事，都没有唤起对真相的猜疑。

晚上过得安安静静，没发生任何特别的事情。被认可的情人有说有笑，未被认可的情人一言不发。达西不是那种喜形于色的性格；而伊丽莎白激动又困惑，更是**知道**她很幸福，而非**感觉**自己如此，因为，除了眼前的尴尬，还面临着别的麻烦。她想着公开她的境遇后家人的感受。她知道除了简谁都不喜欢他，甚至担心对于别人是一种甚至他所有的财富和地位都无法抵消的**厌恶**。

夜晚她向简敞开心扉。虽然班尼特小姐通常很不习惯怀疑，她此时也感到完全难以置信。

"你在开玩笑，莉齐。这不可能！和达西先生订婚！不，不，你不能欺骗我。我知道这不可能。"

"这真是个可悲的开始！我只能依靠你，我肯定别人都不会相信我，如果连你也不相信。然而，说实话，我是认真的。我说的只是事实。他依然爱我，我们订婚了。"

简怀疑地看着她。"哦，莉齐！这不可能。我知道你有多不喜欢他。"

"你对这件事一无所知。**那**都应该被忘记。也许我并非一直像现在这样深爱着他。但在这种情况下，好记性不可原谅。这将是我本人最后一次记得这些。"

班尼特小姐看上去依然万分惊讶。伊丽莎白再一次，并且更加严肃地向她保证是真的。

"天啊！真会是这样吗？但我必须相信你，"简叫道，"我亲爱的，亲爱的莉齐，我会——我真心祝贺你——可你确定吗？原谅这个问题——你很确信你和他一起会幸福吗？"

"那一点无可怀疑。我们之间已经决定，我们要成为世界上最幸福的夫妻。可是你高兴吗，简？你愿意有这样一个兄弟吗？"

"是的，很愿意。什么都无法让宾利和我本人更高兴。但我们以为，我们谈过此事，觉得毫无可能。你真的足够爱他吗？哦，莉齐！绝不要进入无爱的婚姻①。你十分确信你得到了应有的感觉吗？"

"哦，是的！你只会认为我的感觉**超出了**应有，当我把一切都告诉你时。"

"你是什么意思？"

"哎呀，我必须承认我爱他胜过爱宾利。我担心你会生气。"

"我最亲爱的妹妹，现在**请**严肃。我想十分严肃地交谈。让我知道我该知道的一切，不要耽搁。你能告诉我你爱他多久了吗？"

---

① 简·奥斯汀在 1814 年 11 月 18—20 日写给侄女范尼的信中表达了类似的想法："比起没有爱情的婚姻，一切皆可选择或忍受。"

"这是逐渐发展的，我几乎不知从何时开始。但我相信我必须认为这始于我第一次见到他美丽的彭伯利庄园那一天。"

不过，简再次请求她严肃些，带来了想要的效果；她很快郑重保证她的爱恋，让简感到满意。当相信了那一点后，班尼特小姐别无所求。

"现在我很高兴，"她说，"因为你会和我本人一样幸福。我一直看重他。就算除了他对你的爱意别无其他，我也一定会永远敬重他；可是现在，作为宾利的朋友和你的丈夫，只有宾利和你本人对我更加宝贵。可是莉齐，你一直很狡猾，对我非常矜持。在彭伯利和拉姆顿发生的事情你几乎没告诉过我！我知道的一切都来自另一个人，不是来自你。"

伊丽莎白告诉她自己保密的动机。她一直不情愿提起宾利，而且她本人不安的情绪也让她避免提起他朋友的名字。可是现在她不愿再向她隐瞒他对莉迪亚婚事的参与。一切都和盘托出，半个夜晚都用于交谈。

"天啊！"班尼特太太叫道，当她第二天上午站在窗前时，"要是那个讨厌的达西先生没有再和我们亲爱的宾利一起过来就好了！他那么恼人地一直过来是什么意思？我只想让他去打猎，或做点别的事情，别在我们身边打扰我们。我们该拿他怎么办？莉齐，你必须再和他走出去，这样他也许就不会妨碍宾利。"

伊丽莎白听到如此方便的提议几乎忍不住想大笑，然而她为母亲总是那样说他感到真心恼火。

他们刚进来，宾利就特别意味深长地看着她，激动不已地和她握手，无疑已经很清楚此事；不久后他大声说道："班尼特太太，附近还有更多能让莉齐今天再次迷路的小道吗？"

"我建议达西先生、莉齐和基蒂，"班尼特太太说，"今天上午走到奥克姆山。那段路又长又漂亮，达西先生从未见过那儿的景色。"

"对其他人非常不错，"宾利答道，"但我肯定对基蒂来说太远了。不是吗，基蒂？"

基蒂承认她宁愿待在家里。达西表示对从山上看到的景致非常好奇，伊丽莎白默默同意了。当她上楼准备时，班尼特太太跟着她，说道：

"我很抱歉，莉齐，让你被迫独自陪着那个讨厌的人。但我希望你不会介意。这都是为了简，你知道；你不必和他说话，偶尔就行。因此，别让自己不方便。"

他们在散步时，决定应该在晚上请求班尼特先生的同意。伊丽莎白给自己保留了对她母亲的请求。她无法确定母亲会怎样接受，有时怀疑他所有的财富与显赫是否足以克服她对这个人的厌恶。但无论她是强烈反对这桩婚事，还是为此狂喜，能够确定的是她的态度都无法表现她的理智。她无法忍受让达西先生听见她的第一阵欣喜若狂，也不能让他承受她的第一阵强烈反对。

晚上，班尼特先生刚要回到图书室，她看见达西先生也站起身并跟着他，见此她极度焦虑不安。她不害怕她父亲的反对，但他会因此而不高兴；竟然会因为她，而**她**，是他最喜爱的孩子，竟会因为她的选择让他难过，竟然让他在交出她时感到担忧和遗憾，这是令人伤心的想法。她痛苦地坐着，直到达西先生再次出现，当她看着他时，对他的微笑稍感放心。几分钟后他走到她和基蒂坐着的桌前，在假装欣赏她的针线活时，他低声说道："去你父亲那儿，他在图书室等你。"她立即走了。

她的父亲正在屋里踱步，神情严肃焦虑。"莉齐，"他说，"你在做什么？你失去理智了吗，要接受这个男人？你不是一直恨他吗？"

她那时多么热切希望她曾经的看法更加合理，她的言语更加缓和！这会让她免去令她尴尬至极的解释和表白。可是现在很有必要，于是她有些困窘地向他保证，她爱达西先生。

"或者换句话说，你决心得到他。他很富有，当然如此，你也许能比简有更漂亮的衣服和马车。但这些会让你幸福吗？"

"你有别的反对理由吗，"伊丽莎白说，"除了你相信我很冷漠？"

"完全没有。我们都知道他是骄傲、不讨人喜欢的那种男人，但你如果真心喜欢他这无关紧要。"

"我真的，我真的喜欢他，"她答道，眼里含着泪水，"我爱他。说实话他没有不得体的骄傲。他非常和蔼可亲。你不知道他真正的样子，那么请别以这样的话语说起他，让我难过。"

"莉齐，"她父亲说，"我已经答应他了。的确，他是那种人，让我永远不敢拒绝任何事，当他屈尊要求时。我现在由**你**决定，你是否决心得到他。但让我建议你好好想想。我知道你的性情，莉齐。我知道你不可能幸福或体面，除非你真正敬重你的丈夫，除非你视他比你更高。在不平等的婚姻中你活泼的天性会将你置于更大的危险。你几乎无法逃脱耻辱和痛苦。我的孩子，别让我伤心地看着你无法尊重你一生的伴侣。你不知道你在做什么。"

伊丽莎白更加动情，并热切郑重地给出她的答复。最后，通过一再保证达西先生的确是她选择的对象，通过解释她对他的看法经历的逐渐变化，说她完全相信他的感情并非一日之功，而是经受了几个月悬念的考验，并激动地细数他所有的好品质，她的确打消了父亲的疑虑，让他接受了这门亲事。

"好了，我亲爱的，"他在她停止说话时说道，"我没什么可说了。但如果情况是这样，他配得上你。我的莉齐，我不能把你交给任何不那么相称的人。"

为了给他完美的印象，她接着告诉他达西先生主动为莉迪亚做了什么。他惊讶地听着。

"这是个神奇的夜晚，真的！那么，达西先生做了一切：补救了婚事，给了钱，支付了那个家伙的债务，帮他买了职位！这样更好。这会省了我一大堆的麻烦和钱财。如果是你舅舅做的，我必须也愿意偿还他；但这些热恋中的年轻人什么都我行我素。我明天会提出给他钱，他会大叫大嚷对你的爱，这件事就结束了。"

他随后想起她几天前的尴尬，在他读柯林斯先生的来信时；嘲笑她一段时间后，他终于允许她离开，在她走出屋子时说道："如果有哪个年轻人想娶玛丽或基蒂，带他们进来，我正闲着呢。"

伊丽莎白的心里此时摆脱了一个沉重的负担，在自己的房间里静静思考半小时后，她能较为平静地和别人在一起了。一切刚刚发生，还来不及高兴，但夜晚过得很平静，再没有真正需要担忧的事情，轻松又亲密的舒适感很快会来临。

当母亲夜晚上楼去更衣室时，她跟随着她，和她说了这件重要的事情。效果极不寻常。因为刚听见时，班尼特太太静静地坐着，说不出一个字。经过了许多、许多分钟后，也无法理解她听到的话；虽然她总的来说在赞赏对她家庭有利的事情，或可能是任何一个女儿的情人时并不迟钝。最终她开始恢复，在椅子上坐立不安，站起身，又再次坐下，满脸惊讶，并祝贺自己。

"天啊！上帝保佑我！只要想想！天哪！达西先生！谁能想得到！这是真的吗？哦！我最可爱的莉齐！你将多么富有多么了不起！你会有多少零花钱，怎样的珠宝和怎样的马车呀！简的与之相比不值一提——完全不值一提。我真高兴——真幸福。这么可爱的男人！那么英俊！那么高！哦，我亲爱的莉齐！请让我为以前那么不喜欢他而道歉。我希望他会忽略这一点。亲爱的，亲爱的莉齐。一座城里的房子！一切都令人陶醉！三个女儿结了婚！每年一万英镑！哦，天哪！我会变成怎样。我要发疯了。"

这足以证明无需怀疑她的赞成。伊丽莎白为这喷涌的感情只被她一人听见感到喜悦，很快离开了。但她在自己的房间还没待三分钟，她的母亲就跟了过来。

"我最亲爱的孩子，"她叫道，"我想不了别的任何事情！每年一万英镑，很有可能会更多！简直像是王公大臣！还有特许结婚证①。可是我最亲爱的宝贝，告诉我达西先生最喜欢吃什么菜，

---

① 按照当时的贵族传统，举办较为私密的婚礼。

我明天就做。"

　　这不幸地预示了她母亲对这位先生本人的表现也许会怎样。伊丽莎白发现，虽然她明确拥有了他最热烈的情感，也得到了她家人的赞同，她还有一些别的心愿。但第二天过得比她期待的好得多，因为幸运的是班尼特太太对她未来的女婿非常敬畏，不敢和他说话，除非在她能向他献殷勤，或表示赞成他的想法时。

　　伊丽莎白满意地看见父亲想方设法地和他熟悉；班尼特先生很快向她保证他每时每刻都让他更加看重。

　　"我非常欣赏我的三个女婿，"他说，"韦翰，也许，是我的最爱；但我想我会对**你的**丈夫和对简的一样喜爱。"

第十八章

伊丽莎白兴致高昂，很快又变得活泼起来，她想让达西先生解释怎样爱上了她。"你怎么会开始的？"她说，"我能理解你一旦开始，后面会很愉快；但你是怎样开始的呢？"

"我说不清是哪个时刻，或地点，或神情，或话语，打下了基础。那是太久之前。在我知道我**已经**开始前我就身处其中了。"

"你起初经受了我的美貌，至于我的态度——我对**你的**举止至少常常近乎无礼，我只要和你说话都更是想让你痛苦。现在说真心话，你是因为我的无礼而喜欢我吗？"

"你活泼的心灵，我的确喜欢。"

"你也可以马上称之为无礼。没什么区别。事实上，你讨厌客套、顺从和过分的殷勤。你厌恶那些总是只为**你的**赞许而说话、表现和思考的女人。我引起你的注意，让你感兴趣，因为我和**她们**截然不同。假如你并非真的和蔼可亲，你会为此恨我；但尽管你煞费苦心地伪装你自己，你的思想总是高贵公正，在你的心里，你完全鄙视那些孜孜不倦地取悦你的人。那一点上，我就不麻烦你解释了；说真的，考虑到一切，我开始认为这完全合理。当然，你不知道我真正的优点，但人们坠入爱河时谁也想不到**那个**。"

"你对简挚爱的表现不是优点吗，当她在尼日斐尔德生病时？"

"最亲爱的简！谁能为她做得更少呢？但无论如何将此视为优点吧。我的好品质处于你的保护之下，你会尽量夸大它们；作为回报，由我来经常寻找机会取笑你并与你争执吧。我想马上开始，问是什么让你那么不情愿到达最后一步？什么使你对我那么迟疑，在你第一次拜访，以及后来在这儿吃饭时？对了，尤其是，为何在你的来访中，你看似并不在乎我？"

"因为你严肃又沉默，没有给我鼓励。"

"但我是尴尬。"

"我也是。"

"你本来吃饭时可以和我多说些话。"

"感情没那么深的男人，也许可以。"

"你竟能给出合理答案真是不幸，而我竟然能通情达理到承认这一点！可我好奇你**愿意**坚持多久，如果只靠自己的努力。我好奇你什么时候**愿意**开口，如果我没有问你！我决定感谢你对莉迪亚的善意当然起了很大作用。恐怕**太大**了；因为道义会成为什么，如果我们的幸福源于违反承诺？因为我不该提起这个话题。这绝对不行。"

"你无须让自己难过。道义上完全公正。凯瑟琳夫人想拆散我们的不公正做法成了消除我所有疑虑的方式。我现在的幸福并非因为你想要表达你的感激之情。我没心情等待你的任何开始。我姨妈的消息已经给了我希望，我当即决定要知道一切。"

"凯瑟琳夫人起了极大的作用，这本该让她高兴，因为她很爱起作用。可是告诉我，你来尼日斐尔德做什么？是否只为骑马到朗博恩体会尴尬？或者你是否打算得到任何更严肃的结果？"

"我真正的目的是来看**你**，如果我可以，来判断我还能否希望让你爱上我。我宣称的目的，或者我对自己宣称的理由，是看看你姐姐是否还爱着宾利，如果她是，就向他坦白，我后来也这样做了。"

"你会有勇气向凯瑟琳夫人宣布，即将降临于她的事情吗？"

"我可能更需要时间而非勇气，伊丽莎白。但这应该做，如果你愿意给我一张纸，这马上就能做到。"

"假如我本人没有信可写，我也许会坐在你身边，欣赏你工整的字迹，就像另一位年轻小姐曾经做过的那样。可我有个舅母，绝不能忽略她更久了。"

因为不愿承认她和达西先生的亲密关系被大大高估，伊丽莎白至今都从未回复加德纳太太的那封长信，不过现在，有了她知道一定最受欢迎的**那件事**要告诉她，她几乎羞愧地发现，她的舅舅舅母已经失去了三天的快乐，便立即写了以下内容：

我之前就想感谢你，我亲爱的舅母，我也本该表达了谢意，因为你又长、又亲切、又令人满意的细节描述，但说实话，我气恼得不想写信。你的猜想远超事实。可是**现在**随心所欲地猜想吧，放飞你的幻想，纵情想象这个话题能带来的一切可能性，除非你相信我已经结婚，否则你不会错得离谱。你必须很快再次写信，比在你的上一封信中给他更多夸赞。我要再三感谢你，没有去湖区。我怎会傻得想去那儿？你对小马的想法很令人愉快。我们会每天绕庄园一圈。我是世界上最幸福的人儿。也许别人以前也这样说过，但谁都不会这么名副其实。我甚至比简更幸福；她只微笑，而我在大笑。达西先生把能从我这儿省下的爱，全都送给你们。你们都要来彭伯利过圣诞节。

你的……

达西先生写给凯瑟琳夫人的信，是另一种风格；与两封信更截然不同的，是班尼特先生写给柯林斯先生的信，作为对他上封信的回复。

亲爱的先生：

我必须麻烦你再次表示祝贺。伊丽莎白即将成为达西先生的妻子。你要尽量安慰凯瑟琳夫人。不过，如果我是你，我会站在外甥这边。他有更多的好处。

你真诚的……

宾利小姐为她哥哥即将到来的婚事对他的祝贺，充满深情又虚伪做作。她甚至为此给简写了信，表达她的喜悦，重复了她曾经所有的喜爱话语。简没被欺骗，但很感动；虽然完全不觉得信任她，还是忍不住回复了一封明知比她配得上的内容善意很多的信。

达西小姐收到类似消息时表达的喜悦，和她哥哥寄信时的感受一样真诚。四页纸的内容都不足以包含她所有的欣喜，以及她热切渴望被嫂嫂疼爱的心愿。

还没得到柯林斯先生的任何回复，或是他妻子对伊丽莎白的任何祝贺，朗博恩一家就听说柯林斯夫妇自己来到了卢卡斯宅邸。这个突然离开的原因很快弄清。凯瑟琳夫人为她外甥信件的内容勃然大怒，因而为这门亲事真心喜悦的夏洛特急于离开，直到风暴停歇。在这样的时刻，朋友的到来让伊丽莎白感到真心愉快，虽然在她们见面时她一定时常觉得这种快乐代价高昂，当她看见达西先生只能接受她丈夫的所有吹嘘炫耀和谄媚奉承时。然而，他以令人钦佩的冷静承受了这些。他甚至能听威廉·卢卡斯爵士说话，当他夸赞他攫取了王国中最亮的一颗明珠，表示希望他们都能常常在王宫见面时，表现了得体的镇定。如果他真的耸了耸肩，也是在威廉爵士走出视线时。

菲利普斯太太的粗俗，是对达西忍耐力的另一个考验，或许是更大的考验。虽然菲利普斯太太和她姐姐一样，对他非常敬畏，不敢像对好脾气的宾利那样，说话随意，不过，无论她何时**真的**开口，一定话语粗俗。尽管她对他的尊重使她更加安静，但完全不可能让她更优雅。伊丽莎白竭尽全力，保护他别常常被他们关注，总是急于让他待在自己身边，以及他也许能与之交谈而不觉窘迫的那些家人面前。虽然这一切引起的不舒适的感觉大大减少了求爱时期的欢愉，却增加了对未来的希望。她愉快地期待着何时能够离开难以带给他们快乐的同伴，在彭伯利享受家庭聚会的所有舒适和优雅。

第十九章

　　班尼特太太摆脱两个最体面的女儿的日子，是她作为母亲最幸福的日子。她以后会怎样开心又骄傲地去看望宾利太太，谈论达西太太，这都可想而知。为了她的家人，我希望我能说，她嫁出了那么多孩子，实现了她的热切心愿，带来了极其令人愉快的结果，把她在未来的日子里变成了一个理智、和蔼、见多识广的女人；尽管她的丈夫也许不太享受如此不同寻常的家庭幸福，对他而言幸运的是，她偶尔还会神经紧张，并且始终愚蠢。

　　班尼特先生极其想念他的二女儿，他对她的疼爱比任何事更常让他离开家。他喜欢去彭伯利，尤其在最不期待他的时候。

　　宾利先生和简只在尼日斐尔德住了一年。和她的母亲以及梅里顿的亲戚住得这么近并不可取，即使对**他的**随和脾气，或是**她的**挚爱心灵而言。他姐妹的美好心愿随后得到满足；他在和德比郡相邻的郡里购置了地产，简和伊丽莎白，除了别的所有幸福之源，彼此只隔了三十英里。

　　基蒂得到了非常实际的好处，大多数时间都和两个姐姐在一起。处在比以往高雅很多的人群中，她大有长进。她不像莉迪亚那样脾气不受控制；在摆脱了莉迪亚的榜样影响后，通过适当的关注和管束，她变得不那么易怒、无知和乏味了。为了不再受到莉迪亚的影响，她当然被小心照看，尽管韦翰太太常常邀请她来和她住在一起，承诺有舞会和年轻人，她的父亲从不答应让她去。

玛丽是唯一留在家中的女儿；因为班尼特太太几乎无法独自坐着，自然会影响她培养才华。玛丽只得更多与人交往，但她依然能为每天上午的拜访高谈阔论一番。因为她不再把姐妹的美貌和自己比较而自惭形秽，她父亲怀疑她并非不太情愿接受这个改变。

至于韦翰和莉迪亚，他们的性格完全没有因为她姐姐们的婚姻得到改变。他豁达地相信他所有的忘恩负义和虚伪狡诈，伊丽莎白曾经一无所知，如今必然知晓，无论如何，他对也许能说服达西帮他寻找职位并非完全不抱希望。伊丽莎白结婚时从莉迪亚那儿收到的祝贺信让她知道，即使并非他本人，至少他的妻子，依然抱有这样的希望。信的内容大致如下：

我亲爱的莉齐：

我祝你幸福。如果你爱达西先生比得上我对我亲爱的韦翰一半的爱，你一定会非常幸福。你能这么富有真令人高兴，当你没别的事情可做时，我希望你能想到我们。我相信韦翰很想在官中找个职位，我想要是得不到一些帮助我们会没有足够的钱来生活。任何职位都行，每年大约三四百英镑。可是，不过，别告诉达西先生，如果你不想说。

你的……

因为伊丽莎白碰巧很不想说，她设法在回信中结束了所有的此类请求与期待。然而，她会尽她所能，从对她零花钱的所谓精打细算中，常常省下钱来寄给他们。她一直很清楚，按照他们的收入，由两个挥霍无度、不顾未来的人分配，一定远不足以养活他们；无论他们何时更换住所，总会向简或她本人寻求帮助，帮他们支付账单。他们的生活方式，即使恢复和平①后能够回到家中，也极不稳定。他们总是搬家寻找便宜的住所，始终花钱过多。他对她的爱意很快变成冷漠，她的爱情持续得稍久一些；虽然她年轻且举止轻浮，她依然维持了婚姻给予她的所有好名声。

尽管达西一直不肯在彭伯利接待**他**，不过，为了伊丽莎白，他继续帮他寻找职位。莉迪亚偶尔去那儿做客，当她的丈夫去伦敦或巴斯享乐时。两人常常在宾利夫妇家住上很久，即使宾利也失去了好脾气，甚至会**说起**要提醒他们离开。

宾利小姐因为达西的婚姻深感屈辱，然而她觉得最好保留去彭伯利拜访的权利，便停止了她所有的怨恨。她对乔治安娜更加喜爱，几乎和从前一样向达西献殷勤，并还清了对伊丽莎白欠下的所有礼貌。

彭伯利如今成了乔治安娜的家，姑嫂间的感情正如达西所愿。她们甚至能按照自己的心愿彼此喜爱。乔治安娜对伊丽莎白推崇备至，虽然起初听到伊丽莎白和她哥哥活泼、嬉闹的说话方式时，她常常惊讶近乎惊恐。他，始终让她本人心生敬意，几乎压倒了喜爱之情，她此时却看着他成为公开打趣的对象。她学到了以前从未见识的学问。在伊丽莎白的教导下她开始明白，女

---

① 可能指 1802 年签订的亚眠和平协议，由此将小说的时间置于 18 世纪 90 年代，即小说最初创作的时期。

人也许能在丈夫面前亲昵放肆，而哥哥却并非总是允许比他本人小十岁的妹妹这样做。

凯瑟琳夫人对她外甥的婚事极为愤慨。因为无力掩饰她直言不讳的性格，她回复他那封宣布婚约的信件时，在信中恶语谩骂，尤其针对伊丽莎白，以致一段时间所有的交往全都终止。然而最后，在伊丽莎白的劝说下，他答应无视冒犯，寻求和解；他的姨妈在稍作抵抗后，消除了怨恨，不是因为她对外甥的喜爱，就是很好奇他妻子的表现。她屈尊来彭伯利看望他们，尽管这儿的树林已被玷污，不仅因为有了这样一位女主人，也因为她的舅舅舅母经常从城里来探望。

他们一直和加德纳夫妇保持最亲密的关系。达西和伊丽莎白一样，真心喜爱他们，双方都对带伊丽莎白来到德比郡的人深怀感激。正因为他们，两人才能结为夫妻。

·